HEYNE

DEBBIE JOHNSON

# Schlittschuhglück und Mandelduft

ROMAN

WILHELM HEYNE VERLAG
MÜNCHEN

Die Originalausgabe erschien 2017 unter dem Titel
*Coming Home to the Comfort Food Café* bei HarperImpulse.



FSC
www.fsc.org
MIX
Papier aus verantwortungsvollen Quellen
FSC® C014496

Verlagsgruppe Random House FSC® N001967

Originalausgabe 11/2018

Neumarkter Str. 28, 81673 München
Printed in Germany
Redaktion: Hanne Hammer
Umschlaggestaltung: Eisele Grafik Design, München
unter Verwendung von Shutterstock (baibaz);
Bigstock (tashka200, Mangpor_2004,
worldofvector, Green Art Photography, olindana,
Natalia Zakharova, Nadianb)
Satz: Leingärtner, Nabburg
Druck und Bindung: GGP Media GmbH, Pößneck
ISBN 978-3-453-58073-2

www.heyne.de

*Dieses Buch widme ich Helen Shaw –*
*der Großartigsten unter den Rothaarigen!*

# ERSTER TEIL

# 1. KAPITEL

*Liebe Zoe,*
*ich weiß nicht, warum ich dir diesen Brief schreibe – ein überfallartiger Anfall einer Depression, vermute ich. Eine der unerwarteten Begleiterscheinungen des Mutterseins, vor denen einen niemand warnt. Plötzlich geht die Fantasie mit dir durch, als würde ein Jack-Russel-Terrier nach deinem Verstand schnappen und damit herumwedeln wie mit einer Stoffpuppe, sodass du am Schluss ein dem Wahnsinn verfallenes Häufchen Elend bist.*

*Aus irgendeinem Grund habe ich mir heute Abend darüber Gedanken gemacht, was aus Martha wird, wenn ich einmal nicht mehr bin. Also, »aus irgendeinem Grund« stimmt eigentlich nicht – den Grund kenne ich ganz genau. Prinzessin Diana. Ich habe noch Klassenarbeiten korrigiert und dabei diese Dokumentation gesehen – zu ihrem zehnten Todestag.*

*Der Anblick der beiden Jungs auf der Beerdigung – der kleine Will und Harry – hat diese Gedanken wohl ausgelöst. Sie haben sich so sehr bemüht, tapfer und erwachsen zu sein – und dabei doch nur wie zwei kleine, verlorene Seelen ausgesehen, die sich fragten, wo ihre Mum war. Am liebsten hätte ich sie in den Arm genommen und ganz fest gedrückt.*

*Meine Begeisterung für die Monarchie hält sich ja in Grenzen, aber so ein Schicksalsschlag hat nichts mit Geld oder Gesellschaftsschicht zu tun, oder? Die Mutter zu verlieren – eine Mutter, die ihre Kinder über alles geliebt hat, so wie Diana ihre Jungs offensichtlich geliebt hat – ist einfach schrecklich.*

*Und so habe ich schließlich aufgrund der Sendung, des Weins und der späten Stunde total aufgelöst dagesessen. Du hättest mich sehen sollen – tränenverschmiert habe ich die Kissen an mich gedrückt und mich vor Trauer um eine Frau geschüttelt, die ich nie kennengelernt habe, und um ihre beiden mutterlosen Jungs. Abgedreht.*

*Danach konnte ich stundenlang nicht einschlafen und habe nachgedacht – über dich, über Martha und darüber, welche Lieder auf meiner Beerdigung gespielt werden sollen. Herausgekommen ist dabei nichts – ich weiß, es sollte was Würdevolles sein, aber … na ja, würdevoll sind wir ja wohl eher nicht, oder? Sind's nie gewesen. Mir kommt immer nur was Albernes in den Sinn, wie Boom Boom Boom von den Vengaboys oder Disco 2000 von Pulp, und die Leute tanzen beim Herausrollen des Sargs.*

*Egal. Letztendlich beschloss ich aufzustehen und stattdessen diesen Brief hier zu schreiben. Ich werde ihn morgen zu einem Anwalt bringen, zusammen mit ein paar anderen Unterlagen, und mein Testament machen. Kein fröhliches Thema, ich weiß, aber ich denke, dass ich mich danach besser fühlen werde. Ich handele ausnahmsweise mal wie ein verantwortungsvoller erwachsener Mensch – nicht gerade mein Fachgebiet, aber es muss sein.*

*Am allerwichtigsten ist natürlich Martha. Ihr Vater lebt am anderen Ende der Welt. Sie hat ihn bisher nicht einmal kennengelernt, und meine Eltern sind verklemmte Kontroll-*

*freaks. Der einzige Mensch, der sie liebt und sie genauso gut kennt wie ich, bist du, Zoe. Ich habe keinen Schimmer, was die rechtliche Seite betrifft. Ob man ein Kind in einem Testament vermachen kann wie einen alten Ring oder die Erstausgabe der gesammelten Werke von Charles Dickens. Da muss ich mich noch erkundigen.*

*Doch egal was dabei herauskommt, im Grunde meines Herzens – meines vor Tränen triefenden Herzens, angesichts der beiden mutterlosen königlichen Prinzen – weiß ich schon jetzt, dass sie bei dir aufwachsen soll. Du bist ihre zweite Mum. Du wirst ihr helfen, alles durchzustehen, so wie wir uns geholfen haben in unserer verrückten Jugendzeit. Nichts war perfekt – doch wir haben es geschafft, da wir uns hatten. Du kannst das Gleiche für sie tun. Das weiß ich.*

*Hoffentlich wirst du diesen Brief nie lesen müssen, Zoe. Hoffentlich bin ich noch da, wenn wir hundert sind und uns im Pflegeheim den Gin hinter die Binde gießen und den Chippendales auf der Bühne zujubeln, mit den dritten Zähnen im Mund. Hoffentlich kichern wir darüber, wie peinlich wir Martha sind, und erinnern uns an die Zeit, als wir noch wussten, welcher Wochentag war.*

*Doch … ich wollte das hier … einfach nur mal vorsichtshalber schreiben. Du sollst wissen, dass ich dich lieb habe und dass du für mich meine Familie bist, mehr als meine eigene. Sollte es hart auf hart kommen, also sollte ich bei einem Autounfall sterben oder aus der Achterbahn fallen oder sonst was, brauche ich dich. Für Martha. Der Gedanke wird dir Angst einjagen. Ich weiß. Du hast es sogar geschafft, diesen Kaktus umzubringen, den wir damals aus unserem Urlaub auf Ibiza mitgebracht haben und der angeblich nicht totzukriegen war. Das weiß ich auch. Du kannst nicht kochen, fährst wie eine*

*Irre, trägst unterschiedliche Socken, verlierst dreimal am Tag deine Schlüssel und bürstest dein Haar alle Jubeljahre mal, sodass du Dreadlocks bekommst. All das weiß ich.*

*Doch ich weiß auch, dass du da, wo es drauf ankommt, alles hast, um für ein Kind zu sorgen – weil du sie nämlich genauso sehr lieben wirst wie ich. Du wirst sie weder in einen Menschen verwandeln wollen, der sie nicht ist, noch in eine Form hineinpressen, die nicht zu ihr passt. Du wirst sie lieben, egal wie groß das Chaos ist, das in ihrem Zimmer herrscht. Und das ist, ehrlich gesagt, sehr viel wichtiger als gleichfarbige Socken – also glaub mir, wenn ich dir sage, dass du das kannst.*

*Wie auch immer, ich bin jetzt ziemlich erledigt. Ich trinke noch einen Schluck Wick MediNait, rede mir ein, es wäre Absinth, lege mich wieder hin und hoffe auf das Beste. Morgen ist Marthas Aufführung in der Vorschule. Sie spielt … einen Ninja-Fisch. Frag besser nicht! Ich muss frisch wie der Frühling sein und so tun, als würde ich mich über die Auftritte der anderen Kinder genauso freuen wie über ihren (was eine Lüge ist, die alle Eltern erzählen müssen – in Wahrheit warten alle nur darauf, dass der eigene zauberhafte Superstar auf der Bühne erscheint).*

*Ein paar Sachen muss ich dir noch sagen, obwohl mir klar ist, dass die Auswahl zufällig ist. Martha isst am liebsten Sandwiches mit Fischstäbchen. Das Weißbrot muss gebuttert sein und die Scheiben so fest zusammengedrückt, dass Fingerabdrücke zurückbleiben.*

*Ihre Lieblingssendung ist noch immer Spongebob Schwammkopf. Insgeheim mag sie aber auch In the Night Garden, obwohl sie das schon ein bisschen kindlich findet. Sie zieht sich gern wie Stephanie aus Lazy Town an und wird versuchen, mit der pinkfarbenen Perücke ins Bett zu gehen, wenn du das nicht verhinderst, was du aber tun wirst. Ihr eigenes Haar wird nämlich dadurch derart zerzaust, dass du es mit Kindershampoo waschen musst. Eigentlich soll damit ja nichts mehr ziepen, doch meine Erfahrung hat mich was anderes gelehrt.*

*Wenn sie nicht schlafen kann, hört sie gern eine CD mit den Geschichten dieser sprechenden Hamster. Darüber nickt sie dann ein. Ihr momentaner Lieblingsschlafanzug ist der mit Shaun dem Schaf. Sie trägt ihn auch schon mal gern tagsüber. Ich habe da kein Problem mit, und ich weiß, dass du auch keins haben wirst.*

*Wenn sie irgendwas aufregt, sing das Titellied von Postbote Pat. Aber laut und mit Schmackes, sonst funktioniert es nicht. Mag sein, dass sie anfangs noch zu wütend ist, doch irgendwann fängt sie an mitzusingen und vergisst ihren Kummer. Obwohl sie die Sendung nicht mehr sieht, hat sich das Lied scheinbar in ihr Gedächtnis eingebrannt und beruhigt sie, egal was ist.*

*So, mit diesem nützlichen Hinweis verabschiede ich mich. Ja, ich weiß, ich bin irre – aber das war ich schon immer, oder? Die arme Prinzessin Diana.*

*Vergiss nicht – das Titellied von Postbote Pat. Laut, mit Schmackes. Das heilt sämtliche Übel.*

*Hab dich schrecklich lieb,*

*Küsschen, Kate*

Ich lese den Brief zum gefühlten millionsten Mal und falte ihn wieder zusammen. Er beginnt langsam zu zerfleddern. Dagegen muss ich was machen. Irgendwas. Ihn laminieren oder so, um die kostbaren Worte, die kostbare Handschrift, die kostbare Verbindung zwischen mir und meiner mittlerweile toten Freundin zu erhalten.

Die wichtigste Verbindung zwischen uns ist genauso kostbar. Na ja, noch kostbarer, da sie ein Mensch ist und kein Stück Papier – allerdings ist sie nicht annähernd so leicht zu beschützen. Mein Blick wandert zu Martha, die in sich zusammengesackt auf dem Wohnzimmerboden liegt, die Kleider vollgespritzt mit Erbrochenem, und ich frage mich, ob ich sie vielleicht auch laminieren kann. Auf jeden Fall würde ich mir so eine Menge Wäsche ersparen.

Dieser Brief wurde vor Jahren geschrieben. Gefühlt vor einem Jahrtausend. Damals war Martha noch ein unbeschwertes, liebenswertes, kleines Mädchen, das sich anzog wie Stephanie, einschließlich der pinkfarbenen Perücke, während ich Sportacus gemimt habe. Wir aßen Satsumas und leckten uns den Saft von den Fingern, als würden wir den Nektar der Götter kosten.

Mittlerweile ist Martha sechzehn, und ich könnte die Badewanne bis zum Rand mit Kindershampoo füllen und sie darin einlegen, es würde nichts bringen. Sie würde wahrscheinlich bloß davon trinken, um auszuprobieren, ob sie davon high wird. Sie lebt nicht mehr in der Welt von *Lazy Town*, sondern in der von Crazy Town.

Und ich lebe ebenfalls in Crazy Town. Nur ohne Kate. Ohne meine beste Freundin. Ohne den Menschen, der mich so viele Jahre davor bewahrt hat durchzudrehen. Meine Schulter, an der ich mich ausweinen konnte. Meine Vertraute. Meine andere Hälfte. Wir haben beide nie geheiratet, hatten beide nicht einmal eine ernsthafte Beziehung – wohl auch deshalb nicht, weil niemand unserer Freundschaft je hätte das Wasser reichen können, denke ich. Wir waren Freundinnen seit dem sechsten Lebensjahr, in guten wie in schlechten Zeiten. Siamesische Zwillinge, egal was ihre Eltern auch unternahmen, um die krankhafte Zuneigung ihres Sonnenscheins zu diesem Pflegekind mit der Zottelmähne zu unterbinden, das in einer sozialen Wohnungsbausiedlung lebte, die sie für den Vorhof der Hölle hielten.

Martha stöhnt. Ich knie neben ihr auf dem Boden. Mittlerweile bin ich geübt darin, sie in die stabile Seitenlage zu drehen, und darauf zu achten, dass ihre Atemwege frei sind. Nur für den Fall, dass sie auf Joplin macht und an ihrem Erbrochen zu ersticken droht.

Das gefärbte Haar klebt an den blassen Wangen, die Haut ist voller kleiner lila Sprenkel, wahrscheinlich von einem alkoholischen Mixgetränk mit schwarzem Johannisbeersaft. Sie hat mehrere Piercings, eines in der Nase und mehrere in den Ohren. Der Eyeliner, der vor ein paar Stunden noch auf eine Tim-Burton-Batgirl-Weise cool ausgesehen hat, ist mittlerweile verschmiert, sodass sie wie eine Leiche aussieht. Sie trägt eine schwarze Netzstrumpfhose mit Löchern, die da absichtlich drinnen sind, einen kurzen, inzwischen hochgerutschten schwarzen Jeansrock und ein Nirvana-T-Shirt, auf dem vorne ein Smiley-Gesicht ist und hinten »flower sniffin kitty pettin baby kissin corporate rock whores« steht.

Ich bemerke ein Gekritzel auf ihrem Arm und kneife die Augen leicht zusammen, um es zu lesen: Fuk You. Hoffentlich ist es nur Filzstift und kein Tattoo. Insbesondere da das erste Wort auch noch falsch geschrieben ist.

Ihre dünnen Beine liegen noch immer auf dem Sofa, einer ihrer Füße steckt noch in dem Doc-Martens-Stiefel, der andere ist halb ausgezogen. Vermutlich ist sie hereingekommen und hat sich auf die Couch gesetzt, um sich bettfertig zu machen. Dann ist ihr wahrscheinlich von der Riesenmenge Alkohol schlecht geworden, die sie heute Abend in sich hineingeschüttet hat. Vielleicht hat sie auch noch Drogen eingeworfen – zu meiner Zeit wären es Ecstacy und Speed gewesen. Heute haben sie alle möglichen ausgefallenen Namen, die wie die Namen niedlicher Schulmädchen aus japanischen Anime-Büchern klingen.

Ich streiche eine Haarsträhne aus ihrem Gesicht, die an der Wange klebt. Sie öffnet die Augen – leuchtende, dunkelbraune Augen – und starrt mich an, als wäre ich eine Kreatur aus einem Horrorfilm. Vor nicht allzu langer Zeit hätte noch der Schalk aus diesen Augen geblitzt, und sie hätten vor purer, unbändiger Lebensfreude gestrahlt. Doch jetzt nehmen sie einfach nur enttäuscht wahr, dass ich mich über sie beuge – dass ich nicht die Person bin, die Martha sich wünscht –, und verschleiern sich.

Martha macht die Augen wieder zu. Dicke Tränen rollen seitlich über ihr Gesicht, vermischen sich mit dem Eyeliner, sodass sie einen schmutzigen Streifen hinter sich herziehen.

Ich murmele ein paar hoffentlich beruhigende Worte und weiß nicht einmal selbst, ob ich sie glaube.

Ich denke wieder an diesen Brief. An Kates Ratschläge, an die Worte der Frau, die wir so geliebt haben. Wie lange ist das schon her, wie falsch erscheinen diese Ratschläge heute. Ich schaffe das nicht. Martha entgleitet mir, sie geht unter einer Lawine von Trauer und schlechten Lebensentscheidungen unter. Und ich weiß nicht, wie ich sie retten soll. Ich weiß nicht einmal, wie ich mich selbst retten soll.

Ich kauere vor ihr und beginne die Titelmelodie von *Postbote Pat* zu summen. Doch ich singe sie nicht mehr mit Schmackes. Der ist mir abhandengekommen.

So kann es nicht weitergehen. Etwas muss sich ändern, bevor wir alles verlieren. Bevor ich meine beste Freundin auf eine Weise enttäusche, die ich mir niemals würde verzeihen können.

# 2. KAPITEL

Als ich am nächsten Morgen aufwache, habe ich Kopfschmerzen. Und einen Plan. Einen Plan, unser Leben zu verändern.

Die Kopfschmerzen sind verständlich. Ich habe zwar im Bett gelegen, als Martha in den frühen Morgenstunden polternd heimkehrte, aber ich habe nicht wirklich geschlafen.

Das war früher anders. Da war ich Weltmeister im Schlafen. Ich hatte einen ruhigen Job in einer Buchhandlung und wohnte in einem Einzimmerapartment, das auf der anderen Straßenseite des Hauses von Kate und Martha lag. Ich verdiente genug Geld, um die Hypothek abzuzahlen, mir Eis von Ben & Jerry's zu leisten und auch noch was auf die hohe Kante zu legen.

Ich hatte sämtliche Verbindungen zu meiner grässlichen Vergangenheit gekappt und führte ein ruhiges Leben. Andere mögen es für bescheiden und langweilig gehalten haben – ich nicht. Aufregung hatte ich in meiner Jugend genug. Mir ging es besser ohne.

Ich fand mich äußerst clever, als ich mir dieses kleine, beschauliche Leben aufbaute. Zweitmutter für Martha. Keine Verpflichtungen, die mich überforderten. Ein schlichtes, einfaches Leben. Genau das gefiel mir. So wie es mir auch gefiel, dass mein aufreibendstes Erlebnis der letzten Jahre ein zu Bruch gegangener Becher mit Instantnudeln war. Sein Inhalt, eine breiige Hähnchen-Pilz-Masse, ergoss sich auf die Küchentheke. Mit achtunddreißig hatte ich mein persönliches Nirvana erreicht: Beständigkeit.

Deshalb waren der Schlaf und ich beste Freunde. Früher wachte ich morgens auf, fühlte mich frisch und hatte ein Lächeln auf dem Gesicht. Ich freute mich darauf, mit dem Fahrrad zur Buchhandlung zu fahren und keiner anspruchsvolleren Tätigkeit nachzugehen, als ein paar zusätzliche Exemplare von Dan Browns jüngstem Roman zu bestellen und die drei Kunden, die täglich vorbeischauten, zu überreden, das Buch eines einheimischen Autors zu kaufen.

Mittlerweile hat sich mein Leben völlig verändert. Ich bin unbeabsichtigt Mutter geworden. Eine Rolle, die ich echt schlecht ausfülle. Ich vermisse Kate und bin ein völliger Versager im Behüten von Martha. Wenn ich wach bin, wünsche ich mir meistens, ich würde schlafen. Und wenn ich schlafe, bin ich meistens halb wach. Ich habe stets ein Ohr offen, um zu hören, ob sie gerade nach Hause kommt oder sich davonschleicht oder die Küche in Brand setzt.

Kate ist vor einem halben Jahr gestorben. Vor zehn Monaten entdeckte sie den Knoten. Als sie mit der Chemotherapie begann, zog ich vorübergehend bei ihr ein. Als sie starb, endgültig.

Martha denkt wahrscheinlich, dass sie mit sechzehn Jahren erwachsen ist. Das dachte ich auch, als ich so alt war wie sie. Doch sie muss sich damit abfinden, dass ich da bin, ob ihr das nun passt oder nicht. So wie ich mich damit abfinden muss, die Tage zu überstehen wie ein unter Schlafmangel leidender Zombie.

Martha ist eine Sechzehnjährige, die äußerst konkrete Vorstellungen hat, was ihre Lebensweise betrifft. Sie war schon immer »willensstark«, um es einmal diplomatisch auszudrücken, was Kate und ich für positiv hielten. Anders als Barbara, Kates Mum. Sie erachtete es als eine Charaktereigenschaft, die Lepra gleichkam.

Doch Barbara läuft schon ihr ganzes Leben lang mit einem Riesenstock in ihrem Allerwertesten herum, um ehrlich zu sein. Sie hat sich stets Gedanken darüber gemacht, was andere »denken« könnten: die Nachbarn, der Pfarrer, der Schuldirektor, die Passanten, irgendwelche Leute, die uns gerade auf Google Earth entdeckten … die Meinung von Hinz und Kunz war ihr wichtig, außer unserer. Außer der von Kate. Das, was sie für einen verabscheuungswürdigen, schlimmen Charakterzug bei Martha hielt, empfanden wir als etwas Gutes.

Wir waren stolz auf unsere kleine Rebellin. »Man muss als Frau in dieser Welt eine gewisse Haltung an den Tag legen«, meinte Kate immer, und ich pflichtete ihr bei. Dann stießen wir an und lachten über Marthas Mätzchen.

Heute ist Martha nicht mehr »willensstark«, sondern eher »ein totaler Albtraum«. Sie bestraft sich, mich und die gesamte, verfluchte Welt – vornehmlich im hellen Schein des silbrigen Monds. Martha ist nämlich eine Nachteule – und ich seit Neustem daher auch.

Gestern Abend sollte sie um elf Uhr zu Hause sein. Um Mitternacht begann ich dann meinen telefonischen Rundruf. Freunde. Kneipen, in denen ich sie vermutete. Die Polizistin, die sie vor einem Monat nachts nach Hause gebracht hatte und mit der ich in Kontakt geblieben war. Ich simste sogar die Eltern einiger Freundinnen an.

Ihr geht's schon gut, sagte ich mir mit müden Augen, hin-

und hergerissen zwischen Sorge und Wut. Nein, geht's ihr nicht, widersprach ich mir selbst, setzte mich auf die Bettkante und holte erneut den Brief heraus. Den Brief von Kate, in dem sie schreibt, dass ich das schaffen kann.

Ich war gerade an der Zeile angelangt, in der sie davon spricht, dass ich Martha in keine Form hineinpressen würde, die nicht zu ihr passe, als ich schließlich die sich öffnende und wieder zuschlagende Haustür hörte. Ich vernahm das stapfende Geräusch ihrer Stiefel im Flur, den auf- und wieder zugedrehten Wasserhahn in der Küche sowie ein paar Flüche, die sie ausstieß, als sie sich auf das Sofa fallen ließ. Erst als es wieder still war, trat ich aus meinem Schlafzimmer hervor und schlich in meinen uralten Crocs und einem schäbigen, in die Jahre gekommenen Nachthemd die Treppe hinunter, um nach ihr zu sehen. Dabei hielt ich noch immer Kates Brief umklammert.

Natürlich ging es ihr letztendlich gut. Teenager sind zwar einerseits beängstigend zerbrechlich, andererseits aber auch erstaunlich robust. Ich brachte sie ins Bett, flößte ihr ein paar Schlucke Wasser ein und legte ihr eine Packung Paracetamol und eine Dose Coca-Cola light auf den Nachttisch. Nicht gerade die Art mütterlicher Fürsorge, die in Zeitschriften beschrieben wird, doch in dem Moment war es das Beste, was ich für sie tun konnte.

Ich hätte mich ebenfalls mit Cola und Schmerztabletten eindecken sollen, ging es mir durch den Kopf, als ich an diesem Morgen in die Küche schwankte, müde und mit so heftigen Kopfschmerzen, dass ich es bedauerte, selbst keinen Wodka getrunken zu haben. Dann hätte ich es wenigstens verdient gehabt, mich derart mies zu fühlen.

Die Kopfschmerzen sind für mich mittlerweile normal.

Sie sind mein treuer, nächtlicher Begleiter, bis der nächste, wundervolle Tag zu dämmern beginnt. Der Plan jedoch – Der Plan, Unser Leben Zu Verändern – ist neu. Neu und drastisch. Und ich glaube absolut notwendig, wenn ich Martha vor sich selbst retten will.

Der Auslöser war ein Traum. Anscheinend besaß ich noch Resterinnerungen an eine Folge von *Countryfile*. Auf jeden Fall spazierte ich in meinem Traum endlose Küstenwege entlang, die an endlosen Klippen vorbeiführten. Dabei sah ich auf ein endloses Meer. Und verspürte einen unendlichen Frieden. Da wurde mir klar, dass ich träumte – denn ich habe diese Art von Frieden schon seit Langem nicht mehr verspürt.

Als ich aufwachte, versuchte ich an diesem Traum festzuhalten, wie man das nun mal so macht mit schönen Träumen: Also wenn man gerade Daniel Craig vernascht, eine Dose Sprühsahne dabei im Spiel ist und man nicht will, dass der Traum vor dem Höhepunkt endet. Oder wenn man wie ein Vogel durch die Lüfte schwebt.

Das war so ein schöner Traum. Und ich wollte dieses Gefühl in die reale Welt mitnehmen. In meinen Tag. In mein gesamtes Leben und in das Leben von Martha. Wir beide brauchten unbedingt Frieden – und Martha wohl auch noch einen Aufenthalt in einer Ausnüchterungszelle.

Die Lage war schlimm und wurde immer schlimmer. So schlimm wie noch nie zuvor, und ich habe schon viel Schlimmes erlebt, womit ich es vergleichen kann. Meine Kindheit war alles andere als beschaulich. Während meine Eltern mal im Gefängnis saßen und mal nicht, wuchs ich mal in Pflegeheimen auf und mal nicht, und meine Vernunft zeigte sich mal und mal nicht. Ich war wild. Ich war verrückt. Und ich habe vieles von dem, was Martha gerade anstellt, selbst angestellt – und aus ähnlichen Gründen. Aus Schmerz, aus Einsamkeit, aus Wut. Aus dem Gefühl heraus, dass man der Welt völlig schnuppe ist. Warum also sollte man sich umgekehrt um die Welt scheren?

Doch als ich so alt war wie Martha, hatte ich Kate. Das hat einen großen Unterschied gemacht. Unsere Freundschaft hat mich gerettet. Das ist keine Übertreibung! Wenn andere über mich urteilten – die verwahrloste Göre mit dem frechen Mundwerk und der rauen Schale, die als vorbeugende Maßnahme erst mal alle Menschen ablehnte –, blies sie nicht in dieses Horn. Mich zu mögen war nicht einfach. Das erkenne ich jetzt – ich war kratzbürstig und schwierig. Und ich lief stolz mit der Einstellung herum, dass die Welt »mich-malkann«. Kate durchschaute mich; sie hatte Röntgenaugen. Sie war magisch.

Jetzt gab es keine Kate mehr – weder für mich noch für Martha. Kein Wunder, dass wir beide aus der Spur geraten und in einen Abgrund gestürzt waren, sodass alles im Chaos versank. Wir hatten uns so oft auf Kate verlassen – was in Marthas Fall auch völlig in Ordnung war; in meinem eher nicht.

Kate hatte mir ihre Tochter anvertraut – und so gerne ich Marthas Kopf auch manchmal in die Toilette getaucht hätte, konnte ich wirklich ehrlich behaupten, ich wäre anders gewesen, hätte es Kate nicht gegeben? Nein, vermutlich nicht.

Ich musste die Zügel in die Hand nehmen und diesen Frieden finden, den wir beide so dringend brauchten. Und ich musste ihn bald finden. Bevor eine von uns zusammenbrach – was uns offen gesagt beide treffen konnte. Martha mag zwar diejenige sein, die die ganzen Piercings hat und Death Metal hört, doch ich stehe genauso kurz davor durchzudrehen. Ginge es hier nur um mich, wäre es egal – doch es geht hier nicht um mich, sondern um dieses kostbare, kleine Mädchen, das einmal Spongebob geliebt, eine Stephanie-Perücke getragen und sehr viel Freude in unser Leben gebracht hat. Es geht darum, sie zu retten.

Und jetzt, nachdem ich davon geträumt habe, weiß ich zumindest, wie ich es versuchen werde: Wir werden umziehen. Wir werden unsere Sachen packen und diese Stadt verlassen. Wir werden einen Ort finden, an dem wir uns ausruhen und an dem unsere Wunden heilen können. Einen Ort, der uns nicht an all das erinnert, was wir verloren haben. Einen Ort, an dem es weder Geister noch Nachtklubs gibt, denen es völlig egal ist, ob Jugendliche gefälschte Ausweise vorzeigen. Einen Ort mit endlosen Klippen, einem endlosen Meer und unendlichem Frieden. Einen Ort, der uns den notwendigen Trost spenden wird, den wir uns scheinbar gegenseitig nicht geben können.

Das wird ihr nicht passen, geht es mir durch den Kopf, als ich ein paar Ibuprofen einwerfe und zu meinem Laptop gehe. Natürlich nicht. Andererseits passt ihr nie etwas – ich habe also nichts zu verlieren.

# 3. KAPITEL

Ich hole mir eine Flasche Wasser aus dem Kühlschrank. Als ich die Tür schließe, sehe ich – zum millionsten Mal – das Foto, das dort unter einem kitschigen Magneten hängt und auf dem »Ich liebe Bristol« steht.

Das Foto zeigt Kate, Martha und mich und ist in unserem Urlaub in Dorset gemacht worden. Wir waren vor drei Jahren dort – nur drei Jahre ist das her, doch es erscheint mir wie eine andere Wirklichkeit. Meine rote, lockige Mähne verdeckt wie immer den größten Teil meines Gesichts; Kate steht in der Mitte, blond, hübsch, voller Leben. Martha schmiegt sich an sie.

Sie hält ihre Hand hoch und macht die klassische Black-Sabbath-Geste, doch es wirkt nicht rebellisch, sondern einfach nur witzig. Ihr Haar hat noch seine natürliche Farbe – dunkelblond –, und ihre Augen strahlen vor Glück. Wir waren ein seltsamer kleiner Haufen, der eine Familie bildete, aber wir waren eine Familie – und nun liegt es an mir, diese Familie aufrechtzuerhalten. Ich möchte dieses einfache Gefühl der Freiheit wieder verspüren. Und ich möchte, dass Martha die Unschuld und Sicherheit wiederfindet, die ihr durch den Tod ihrer Mutter gestohlen wurden.

Dorset. Das könnte der perfekte Ort sein. Nicht zu weit weg, aber ein anderes Universum. Ich taumele zu meinem Laptop und beginne zu recherchieren.

Innerhalb weniger Minuten schaltet sich das Schicksal ein – oder Google, wie manche Leute beharrlich behaupten. Ich suche nach einem Haus, das ich mieten kann, und ein Objekt springt mir sofort ins Auge. »Kommen Sie zu uns ins sonnige Dorset. Dorthin, wo das Leben noch einfach ist und Sie Ihre Sorgen hinter sich lassen können«, heißt es da.

Wow. Das wäre klasse. Ich klicke die Bilder an, die eine hübsche Ferienhaussiedlung zeigen. Sie heißt The Rockery und liegt in der Nähe von Budbury. Der Ort wirkt idyllisch, und binnen Minuten male ich mir unser Leben dort aus – ohne unsere Sorgen. Ich schwelge so sehr in dieser Vorstellung, dass ich nicht einmal bemerke, wie Martha das Zimmer betritt.

»Wo zum Teufel liegt denn das Kaff?«, fragt sie plötzlich in die Stille hinein, sodass ich zusammenzucke und ein Glas Wasser auf dem Tisch umstoße. Ich fluche äußerst erwachsen, springe auf wie eine Irre und halte den Laptop hoch, damit er nicht nass wird.

Martha lehnt sich gegen die Spüle und grinst, während ich einen Handschuh aus Küchenkrepp forme, um die Schweinerei aufzuwischen. Ich denke kurz darüber nach, ihr eine Backpfeife zu geben, wie fast jeden Morgen, lasse es dann aber doch.

Sie schält sich eine Banane, beißt hinein und beobachtet meine Reinigungsbemühungen, als würde ich gerade eine Performance veranstalten.

»Danke für deine Hilfe«, sage ich, als der Tisch schließlich wieder trocken ist und das vollgesogene, klatschnasse Küchenkrepppapier an meinen Fingern klebt.

»Gern geschehen«, antwortet sie lässig und wirft die Bananenschale in Richtung Mülleimer, verfehlt ihn aber, sodass sie stattdessen auf dem Boden landet. Angesichts meiner hervorragenden hausfraulichen Fähigkeiten und weil sie als Teenager um jeden Preis cool bleiben will, könnte das durchaus ihr endgültiger Aufbewahrungsort bleiben.

Ich setze mich wieder hin. Die Sonne scheint auf Marthas Gesicht, sodass ich blinzeln muss, als ich sie ansehe. Das Wetter ist noch immer strahlend schön in dieser dritten Augustwoche. Unser Küchenfenster geht auf unseren kleinen Garten hinaus. Das Licht fällt in leuchtenden, goldenen Streifen auf Martha und hüllt sie ein. Ich stelle fest, dass sie es wenigstens geschafft hat zu duschen; ihr zombieartiges Make-up von vergangener Nacht ist verschwunden, und ihr Haar fällt nass und sauber auf ihre Schultern. Sie trägt einen alten Glastonbury-Hoodie, der Kate gehört hat. Ich bin sofort milder gestimmt.

Sie ist noch ein Kind, rufe ich mir ins Gedächtnis, was scheinbar mehrfach am Tag notwendig ist. Ein Kind, das seine Mutter vermisst. Ein Kind, das ich lieb habe. Ich war dabei, als sie schreiend und blutverschmiert zur Welt kam, und ich war dabei, als ihre Mutter starb; jetzt bin ich immer noch da – da, wo ich sein soll.

»Das da«, sage ich und zeige auf den Bildschirm, »ist ein Ort namens Budbury. Er liegt in Dorset. Ich habe mir gedacht … dass wir dort hinfahren, um eine Auszeit zu nehmen.«

Ich sage die Worte beiläufig, halte aber die Luft an, während ich auf ihre Antwort warte. Mir steht ein harter Kampf bevor, das weiß ich, und ich will ihn gewinnen.

»Wie? Eine Auszeit? Urlaub machen, oder was?«, fragt sie und verzieht angewidert das Gesicht, als sie auf die Fotos schaut. Budbury liegt an der Juraküste, in der Nähe der Grenze zu Devon. Ein absoluter Bilderbuchort mit einem Gemeindehaus, netten Läden und sogar einem Tierfriedhof; es gibt ein paar Pubs und ein wunderschön aussehendes Café, das auf einer Klippe liegt. Eine weiterführende Schule ist nur wenige Meilen entfernt. Sie war ein wichtiger Gesichtspunkt für mich.

Wir hatten am Vortag einen Brief von ihrer alten Schule erhalten, in dem man uns mitteilte, dass die von Martha gewählten Kurse »leider« alle belegt seien. Was ich allerdings bezweifle – man will sie einfach nur loswerden. Ich bin im Namen von Martha wütend, kann es aber auch verstehen – sie war äußerst schwierig in diesem Schuljahr. Ich habe gefühlt Stunden im Büro der Rektorin verbracht, bin auf der Armesünderbank hin und her gerutscht und habe ihr zugehört, wie sie sich über Marthas Probleme ausgelassen hat.

Ich bin überhaupt nicht überrascht, dass die Schule sie abgelehnt hat. Martha tut zwar so, als wäre es ihr egal, doch ich vermute, dass der Brief der auslösende Faktor für ihr gestriges Besäufnis gewesen ist. Denn er war der Beweis, dass sich alles geändert hat – und das nicht zum Besseren.

Sie starrt auf den Bildschirm meines Laptops. Budbury liegt eingebettet in eine verblüffende Landschaft – eine Million Lichtjahre weg von unserer zugegebenermaßen sehr behaglichen kleinen Ecke hier in Bristol. Ich fühle mich allein vom Betrachten der Strände schon besser, der winzig kleinen Buchten und der Wege, die an den Klippen entlangführen – und sehne mich danach, dort zu sein, die frische Luft einzuatmen, spazieren zu gehen und einfach nur … zu leben. Vielleicht schaffe ich mir einen Hund an, lerne Surfen, schreibe wunderschöne Gedichte und trinke Cider.

Martha blättert die Bilder durch. Ihrem Gesichtsausdruck nach teilt sie nicht unbedingt meine Gefühle.

»Erinnert an einen Horrorfilm«, sagt sie verächtlich. »Das Dorf der Verdammten. Ich wette, das Kaff steckt auch noch in einer Zeitschleife – wahrscheinlich dürfen Rothaarige nicht mal einen Fuß in den Ort hineinsetzen, weil die Bewohner glauben, dass sie keine Seele haben. Da könnte allerdings was dran sein.«

Ich klemme mir eine rote, lockige Haarsträhne hinters Ohr und beiße mir auf die Innenseite meiner Lippe. Dann mal los …

»Wenn ich von einer Auszeit spreche, meine ich keine Ferien«, erkläre ich, stehe auf und entsorge die Bananenschale im Mülleimer, so nervös bin ich. »Damit meine ich … einen längeren Zeitraum.«

Mittlerweile ist es fast Mittag. Ich bin schon stundenlang auf und plane unser neues Leben. Ein Leben voller Glück und Lachen, in dem wir Kräfte sammeln, etwas aufbauen und nach vorne blicken können. Nicht zurück. Aus irgendeinem Grund – wahrscheinlich Verzweiflung – ist es zu einem Symbol für all das geworden, was wir meiner Meinung nach brauchen. Doch diese große Veränderung unseres Lebens kommt für die arme Martha natürlich komplett unerwartet.

»Auf keinen Fall! Auf keinen Fall! Ich würde nicht einmal für ein Wochenende dort hinfahren geschweige denn da leben. Und du kannst mich nicht dazu zwingen, Zoe! Ich bin sechzehn. Das kannst du nicht!«

Ich fülle den Wasserkocher. Ich brauche noch einen Kaffee – ich hatte heute erst siebzehn. Ich bleibe ruhig, ordne meine Gedanken und höre Martha zu, die im Hintergrund schäumt und wütet. Sie schreit derart herum, dass ich um meine Trommelfelle besorgt bin. Einen Augenblick lang auch um meinen Laptop, doch dann stelle ich fest, dass sie nur den Deckel zugeschlagen hat. Als wäre damit die Diskussion beendet, und Budbury würde ins Meer fallen, wegtreiben und in Vergessenheit geraten.

Sie ist sechzehn. Und ich kann sie nicht zwingen. Das ist die Neuauflage einer Unterhaltung, die wir schon viele Male gehabt haben. Und es sind die Argumente, die sie stets als letzte Waffe einsetzt – eine Waffe, die ich ihr nicht wegnehmen darf, denn sie hat wirklich fast keine Waffen mehr. Nehme ich ihr auch noch ihre Fähigkeit weg, mich zu verletzen, wird das nur dazu führen, dass sie sich selbst noch mehr verletzt.

Ich erinnere mich daran, wie ich mit sechzehn war: Ich übernachtete bei Freunden auf dem Sofa, versteckte mich mit einem Schlafsack in Kates Garage, bis ihre Eltern mich fanden und rausschmissen, und hatte weder Geld noch einen Job oder ein Zuhause. Ich hatte nur meinen Mut – und den festen Willen, der Welt zu entfliehen, in der ich groß geworden war, und meinen eigenen Lebensweg zu finden. Hätte man mir auch noch diese Hoffnung genommen, diesen Glauben an die eigene Unabhängigkeit, hätte ich nichts mehr gehabt.

Martha ist nicht ich. Sie braucht mich noch, egal wie sehr sie das auch leugnet. Unter der Schminke, den Piercings und dem aufsässigen Verhalten steckt noch immer ein Kind – schreiend und blutverschmiert –, das darf ich nicht vergessen.

»Ich weiß, dass ich dich nicht zwingen kann«, erwidere ich, während der Dampf aus dem Wasserkocher mein Gesicht umwabert. »Doch ich kann wenigstens mit dir darüber reden, oder?«

»Das kannst du, aber erwarte nicht, dass ich dir zuhöre!«, brüllt sie und verschränkt die Arme vor der Brust. Sie hält das wohl für eine herausfordernde Geste, doch eigentlich wirkt sie dadurch nur verängstigt und defensiv. »Hier ist alles, was mir wichtig ist. Mein Zuhause, meine Freunde, mein Leben – und du wirst mich nicht daraus wegzerren, nur weil du irgendeine Midlifecrisis hast, okay?«

Ich gieße das kochend heiße Wasser auf den Kaffee und spritze es mir dabei auf die Finger. Damit könnte sie nicht ganz unrecht haben. Ich glaube zwar, dass ich das für sie mache – doch bin nicht eigentlich ich diejenige, die von hier wegmuss? Um dem Druck dieser Stadt zu entfliehen und all ihre Erinnerungen, einer Vergangenheit, die mich zum Weinen bringt, und einer Zukunft, die mich in Panik versetzt?

»Hör zu, Martha«, sage ich so ruhig wie möglich. »Ich weiß, dass ich dich zu nichts zwingen kann. Und ich weiß auch, dass du nicht einmal zuhören willst. Aber deine Mum hat mich gebeten, mich um dich zu kümmern, und genau das werde ich tun.«

Ihr Gesichtsausdruck verrät mir sofort, dass ich das Falsche gesagt habe. Mir vermacht worden zu sein hat sie schon immer wütend und wahrscheinlich auch traurig gemacht. Bei mir gefangen zu sein, ohne an das Geld aus der Lebensversicherung heranzukommen, oder an den Gewinn, den der Verkauf des Hauses bringen würde. Ohne die Unabhängigkeit, die sie glaubt, haben zu wollen.

»Abgesehen davon ist das nicht der Grund, warum ich hier bin«, füge ich schnell hinzu, ehe sie eine Schimpftirade loslassen kann. »Ich bin hier, weil ich dich lieb habe. Du kannst dich von mir aus darüber lustig machen oder mir ins Gesicht spucken, aber das ist die Wahrheit – ich hab dich lieb.

Ich kenne dich von klein auf, und ich werde dich immer lieb haben. Ich weiß, ich bin nicht deine Mum, und das werde ich auch nie sein, aber bitte, denk niemals, auch nicht eine einzige Sekunde, dass ich bloß hier bin, weil ein Anwalt mich darum gebeten hat. Ich wäre nämlich auch so hier.«

Tränen steigen ihr in die Augen. Sie wischt sie wütend weg. Martha hält weinen für ein Zeichen von Schwäche. Sie kämpft dagegen an. Mein Herz quillt förmlich über vor Gefühl. Am liebsten würde ich sie in den Arm nehmen, ihr über das nasse Haar streichen und ihr sagen, dass alles gut wird. Doch ich weiß, dass sie das nicht zulassen wird. Das würde ihr den Rest geben, und sie würde es mir nie verzeihen.

»Ja, ich weiß. Ich weiß, dass du mich …«, murmelt sie und formt ihre Hände zu Fäusten, als versuche sie so, ruhig zu bleiben und das Wort, das mit L beginnt, zu vermeiden. »Das weiß ich, aber ich will trotzdem nicht von hier weg. Ich werde mich bessern. Ich … ich werde nicht mehr auf den Wohnzimmerboden kotzen. Ich werde mich anstrengen. Ich werde nur noch Mentholzigaretten rauchen … was immer du willst. Aber in die Pampa ziehen und wie in den 1950er-Jahren leben – nein, das mach ich nicht, okay?«

Ich verkneife es mir, nach dieser kleinen Rede in unangebrachtes Gelächter auszubrechen. Nur noch *Mentholzigaretten*? Um mal eine gängige Abkürzung der Chatsprache heranzuziehen, die die heutige Jugend gern benutzt, WTF? Wie schlimm muss es um die Welt bestellt sein, wenn Martha glaubt, dass sie durch den Austausch eines Sargnagels gegen einen anderen ein neues Leben beginnen würde?

Zumindest ist es ein Schritt in die richtige Richtung. Das einzige Problem ist nur, dass ich fest entschlossen bin, sehr viel mehr Schritte in diese Richtung zu machen, zusammen mit ihr – und zwar bis nach Dorset. Ich habe den ganzen Vormittag darüber nachgedacht, und wir können es uns leisten. Kate hat unmittelbar nach ihrer Diagnose mit ihrem Bankberater und ihrem Anwalt gesprochen – genauer gesagt, unmittelbar nachdem wir zusammengesessen und eine Flasche Wodka getrunken haben.

Sie war keineswegs reich, aber sie hatte einen ordentlichen Beruf – Leiterin des Fachbereichs Englisch an einer höheren Schule – mit Pensionsansprüchen. Und als sie damals das Haus kaufte, traf sie ein paar Entscheidungen, die sehr durchdacht waren, eher untypisch für sie, und schloss unter anderem eine hohe Lebensversicherung ab. Geld war deshalb fürs Erste kein Thema. Die Hypothek war gesichert, Martha würde, wenn sie älter war, einen gewissen Geldbetrag erhalten, und für die nächsten beiden Jahre, in denen Martha noch bei mir lebte, stand uns eine gewisse Summe zur Verfügung.

Nachdem Kate sich rechtlichen Rat eingeholt hatte, regelte sie ihren Nachlass so, dass ich das Bargeld verwaltete und es meinem Ermessen unterlag, ob Martha es mit ihrem achtzehnten oder einundzwanzigsten Lebensjahr erhalten sollte.

Diese Regelung allein brachte uns, trotz allem, schon zum Lachen, so unwahrscheinlich erschien sie uns. Wir saßen beide auf dem Sofa und versicherten uns gegenseitig, dass es dazu nicht kommen würde. Dass die Behandlung anschlagen und sie als brustloses Wunder weiterleben würde. Dass wir bis ans Ende unserer Tage zusammenbleiben würden, als alte, übel riechende Spinatwachteln.

Sollte es aber doch anders kommen … würde Marthas finanzielle Zukunft »meinem Ermessen« unterliegen.

»Ich weiß, das ist nur ein rechtlicher Begriff«, sagte Kate damals und grinste trotz der Düsterkeit der Situation. »Aber ganz im Ernst? Du bist echt verrückt, Zoe. Erinnerst du dich noch, wie du für eine Eintrittskarte zu einem Konzert der Fun Lovin' Criminals einen ganzen Wochenlohn hingelegt hast? Oder mit dem Taxi von London hierhergefahren bist, nur weil die Frau, die neben dir im Zug saß, ein Solei gegessen hat?«

»Ja, aber du musst zugeben, dass der Song Scooby Snacks damals ein Klassiker war … und wenn du diese Soleier gerochen hättest, ich schwöre dir bei Gott, du hättest dir auch ein Taxi genommen …«

»Okay. Aber als du mit neunzehn beschlossen hast, durchs Land zu trampen, um alle Little-Chef-Raststättenrestaurants auszuprobieren, weil du ihre Kirschpfannkuchen so gern gemocht hast?«

»Stimmt, das war schon ein bisschen schräg. Aber ich hab's nur bis Bath geschafft. Aber du hast recht … ich bin verrückt. Bist du dir sicher, was mich und Martha betrifft … und mein Ermessen?«

Sie griff nach meiner Hand und drückte sie, als müsse sie mich beruhigen. »Hundert Prozent«, sagte sie. »Ich würde dir mein Leben anvertrauen – also kann ich dir auch das von Martha anvertrauen.«

An diese Worte denke ich, als ich Martha betrachte – das Kind, das gerade völlig uneigennützig vorgeschlagen hat, Mentholzigaretten zu rauchen, um mich zu beschwichtigen – und ich frage mich, ob Kate nicht selbst verrückt war. Oder ob sie etwas in mir gesehen hat, das ich selbst nicht so recht sehen konnte.

»Ich glaube, dass du mit dem Rauchen ganz aufhören musst«, sage ich zu Martha, die mir den Becher mit dem Kaffee aus der Hand genommen hat und ihn erfreulicherweise selbst trinkt. »Du bist sechzehn. Wahrscheinlich hast du noch keine Raucherlunge. Also hör besser auf, solange du da noch im

Vorteil bist. Und was Dorset betrifft – krieg jetzt bitte keinen deiner Diva-Anfälle, mein Schatz, aber im Moment geht es dir nicht so gut, oder?«

Martha öffnet den Mund, um mit mir zu diskutieren – was momentan der einzige Grund für sie ist, ihn zu öffnen, außer wahrscheinlich noch, um sich eine Mentholzigarette hineinzustecken –, doch ich hebe abwehrend die Hand.

»Nein! Keine Diskussion! Ich streite mich mit niemandem, dessen Gesicht ich gestern Abend noch aus seinem eigenen Erbrochenen gezogen habe, okay? Dir geht es gerade nicht so gut. Basta. Mir auch nicht. Also müssen wir was ändern. Wir brauchen eine neue Weltordnung, denn die hier nervt.«

Ein Klopfen an der Tür rettet mich vor der Schimpftirade, die im nächsten Augenblick auf mich niedergegangen wäre. Bestürzt starren wir uns einen Augenblick lang an, ehe eine vertraute Stimme erklingt: »Hu-hu! Ich bin's nur!«

Ausnahmsweise sind wir uns einmal völlig einig. Wir verdrehen im Duett die Augen und seufzen verzweifelt.

»Heute ist Sonntag, oder?«, sage ich und blicke auf meine Uhr. Genau zwölf. Unsere gemeinsame Erzfeindin ist überaus pünktlich.

»Ja. Mist! Das haben wir vergessen. Wie kann es nur sein, dass so oft Sonntag ist?«, erwidert sie und schaut wirklich verwirrt drein.

»Ich weiß es nicht … scheinbar stecken wir in einer Art Hölle fest, in der wir zu ewigen ›Huhu‹-Rufen und Klopfgeräuschen verdammt sind, und …«

»Und gleich … gleich kommt's …«

Wir halten kurz inne, neigen die Köpfe zur Seite wie neugierige Wellensittiche und grinsen, während wir auf das Unvermeidliche warten.

»Ich bin's nur!«, ruft Barbara noch einmal, und ich sehe sie im Geiste vor der Haustür stehen. Sie nestelt an ihrem Schal herum, tastet nach ihrer Brosche und hält die Nase in die Luft wie ein Bluthund auf der Fährte nach moralischem Frevel. »Will euch nicht stören«, trällert sie. »Benutz nur schnell meinen eigenen Schlüssel …«

Martha starrt mich an. Ich starre zurück.

»Das ist gelogen«, sagt Martha und trinkt ihren Kaffee aus. »Sie liebt es, uns zu stören. Du solltest die Schlösser austauschen.«

Sie stapft davon, um sich was Ordentliches anzuziehen. Ich versuche, meine widerspenstigen Locken zu glätten, damit Barbara sich nicht bekreuzigen muss bei meinem Anblick.

Es ist Sonntag. Schon wieder. Für Martha bedeutet es das einzigartige Vergnügen eines Mittagessens mit ihren Großeltern – für mich bedeutet es, ein paar Stunden mehr zu haben, um unsere Flucht in den Südwesten von England zu planen.

# 4. KAPITEL

Als Martha nach Hause kommt, habe ich der Vermieterin von The Rockery eine E-Mail geschrieben, die Kurse an der weiterführenden Schule überprüft und im nächstgelegenen Tierheim nach Hunden geschaut. Ich habe mir Notizen gemacht, einen Blick auf unsere Finanzen geworfen und darüber nachgedacht, meine Wohnung zu vermieten, um noch länger über die Runden zu kommen.

Eigentlich brauche ich meine Wohnung nicht mehr. Sie liegt auf der anderen Straßenseite im Erdgeschoss eines Reihenhauses aus Sandstein. Allerdings ist sie zurzeit eher ein Museum, das mein früheres Leben beherbergt, als eine funktionsfähige Wohnstätte. Vollgestopft mit Büchern und Klamotten, die ich nie wieder anziehen werde, und billigem Schmuck im Hippie-Look, den ich auf Festivals getragen habe und mit dem ich mir cool vorgekommen bin. Die Wohnung ist überflüssig – im Prinzip zumindest.

Trotzdem habe ich sie behalten – wahrscheinlich weil ich meine Rückversicherung brauche, so wie Martha. Während sie sagt, dass man sie mit sechzehn zu nichts zwingen kann, habe ich die Möglichkeit wegzulaufen, wenn mir alles zu viel wird.

Ich bin in der Tat schon ein paarmal rübergeflitzt – habe mich an den Wertstofftonnen und Nachbarskatzen vorbeigeschlängelt, um ins Haus zu gelangen und mich auf mein eigenes Bett zu legen. Um in meinem eigenen Reich zu sein. Letztendlich entscheide ich mich gegen einen Verkauf – ich werde die Wohnung behalten und stattdessen meine Ersparnisse anzapfen. Ich habe ein Sparbuch angelegt – auf Kates Drängen hin. Darauf befindet sich die eher bescheidene Summe von fünftausend Pfund. Doch da ich kein anspruchsvoller Mensch bin, kann ich locker ein paar Monate davon leben und für mich selbst aufkommen, statt nur Kates Geld zu verbrauchen.

Es gibt noch viel zu regeln. Doch darüber muss ich später nachdenken – denn jetzt höre ich das gekünstelte Geschnatter von Barbara und ihrem Mann, Ron, im Flur.

Ich schließe den Deckel meines Laptops und verstecke die Unterlagen. Barbara hat Adleraugen und entdeckt jede Kleinigkeit – besonders die, die ihre Ansicht untermauern, dass ich ein schrecklicher Mensch bin, der unfähig ist, sich um ihre kostbare Enkelin zu kümmern.

Martha kommt ins Zimmer geschlichen. Sie wirkt verlegen, fast schon beschämt. Wahrscheinlich haben Barbara und Ron ihr in den letzten Stunden immer wieder gesagt, wie wundervoll sie ist, und sie hat sich auf das Spiel eingelassen. Ich mache ihr keinen Vorwurf – das ist sicher der Weg des geringsten Widerstands.

Sie hat ihre Piercings abgelegt und das Haar zu einem Pferdeschwanz gebunden. Ein zufälliger Beobachter könnte sie für einen ganz normalen Teenager halten. »Normal« im Sinne des Wortes, wie Barbara und Ron es benutzen würden. Ich weiß, dass Martha sich dafür hasst. Unser Verhältnis mag zwar stürmisch sein, doch sie kann zumindest sie selbst sein, wenn sie zu Hause ist – und muss sich nicht in einen Stepford-Teenager verwandeln wie für ihre Großeltern.

Barbara trägt einen schicken Tweedanzug, in dem sie wie eine der Moderatorinnen der Antiques Roadshow aussieht. Ihre perfekt toupierte Frisur ist umhüllt von Haarspray, das schimmert wie eine Eisschicht. Sie ist eine ansehnliche Frau und entsprechend ihrem Alter von Anfang sechzig geschminkt. Während ihre Laseraugen mich durchdringen, setzt sie ein Lächeln auf, das fast ebenso eisig daherkommt wie ihr Haar.

Wahrscheinlich würde auch mich ein eisiges Gefühl überkommen, wenn ich mich aus ihrer Perspektive betrachten würde. Sie hat mich nie gemocht. Ich war der schlechte Einfluss, die eigenwillige Zigeunerin, der Fleck in Kates ansonsten perfekt organisierter Kindheit.

Barbara war schon immer davon überzeugt, dass die wilden Kapriolen in Kates Leben auf mein Konto gingen – ihre Reise nach Abschluss des Studiums, die anfangs miesen Jobs, die Freunde, die so eigenartige Namen hatten wie Chili Pepper, das Dasein als alleinerziehende Mutter.

Das war selbstverständlich nicht der Fall. Es gab einen Grund, warum Kate und ich uns auf Anhieb verstanden.

Einen Grund, warum Kate – schlau, hübsch, beliebt und aus stabilen Verhältnissen kommend – mich sofort unter ihre Fittiche nahm, obwohl ich keine dieser Eigenschaften besaß. Die Wirklichkeit sah anders aus. Kate hatte selbst schon immer eine wilde Ader – die sogar meine manchmal in den Schatten stellte. Sie war verwegen und mutig und sehnte sich danach, aus der Enge ihres behüteten Lebens zu Hause auszubrechen. Diese Reise – auf der sie Marthas Vater kennenlernte (eine höfliche Formulierung für einen One-Night-

Stand im betrunkenen, zugekifften Zustand) – war nicht auf meinem Mist gewachsen. Ich war nicht einmal dabei.

Die miesen Jobs dienten bloß dazu, um herauszufinden, was sie wirklich machen wollte, ehe sie sich schließlich für den Lehrerberuf entschied. Die Freunde mit Namen wie Chili Pepper … gut, mindestens ein paar davon waren auf mich und meine obdachlosen Kumpel zurückzuführen, die es mit der Körperhygiene nicht so genau nahmen und ihre Hunde an Seilen führten.

Entweder weiß Barbara nichts davon, oder sie ignoriert es geflissentlich. Ist ja auch einfacher, einen Sündenbock zu haben. Einen Sündenbock, der gerade am Küchentisch sitzt, immer noch im Bademantel, aufgeputscht von Kaffee, mit einer Frisur, die an Struwwelpeter erinnert.

»Zoe!«, sagt sie und mustert mich von oben bis unten. »Wie nett von dir, dass du dir so viel Mühe gibst! Ist spät geworden gestern Abend, was?«

Ja, denke ich. Ist es. Weil ich mich um deine tugendhafte, kein Wässerchen trübende Enkelin kümmern musste. Aber das sage ich natürlich nicht – insbesondere, weil Martha mir schon flehentliche Blicke über die Schulter zuwirft. Ich hole tief Luft und erinnere mich daran, dass Barbara die Mutter von Kate ist. Dass sie ihr einziges Kind verloren hat und sich wahrscheinlich nie von diesem Schicksalsschlag erholen wird. Ihr Make-up übertüncht ihre Falten, so wie sie ihren Schmerz und Kummer übertüncht. Und den Verlust.

»Habt ihr ein schönes Mittagessen gehabt?«, frage ich unschuldig und beiße auf den Köder nicht an. Ich habe die Kunst der Kriegsführung gelernt, was Barbara betrifft – ich gewinne meine Schlachten, indem ich trotz ihrer Sticheleien gnadenlos höflich bleibe, was sie, offen gesagt, auf die Palme bringt. Früher bin ich ständig mit ihr aneinandergeraten – genau genommen mit der ganzen Welt –, doch heute? Da bin ich eine Zen-Meisterin im Bademantel.

»Ganz wunderbar, danke, Zoe«, antwortet Ron, der sich diskret im Hintergrund hält. Er trägt eine Freizeithose und ein perfekt gebügeltes Polohemd. Das schüttere Haar ist kunstvoll über die kahlen Stellen des Kopfes drapiert. Ron ist gar kein so übler Mensch. Ich habe einmal spontan einen Abend mit ihm im Pub verbracht, und er hat sich als ziemlich witzig herausgestellt. Leider gehört er jener Gattung von Männern an, deren Schicksal es ist, im Schatten ihrer sehr viel stärkeren Frauen zu stehen.

»Ja«, wirft Martha ein, da sie unbedingt das Gespräch von meinem späten gestrigen Abend und ihren Schwindeleien weglenken will. »Wir sind zu diesem Restaurant außerhalb der Stadt gefahren, wo es diese richtig guten frittierten Zwiebelringe gibt.«

»Das kenne ich«, erwidere ich lächelnd. Und noch während ich lächele, wird mir bewusst, dass ich den ganzen Tag noch nichts gegessen habe. Mein Magen beginnt zu grummeln, und Barbara rümpft die Nase, als hätte ich mir gerade in der Öffentlichkeit in die Hose gemacht.

»Okay, Ron«, verkündet sie. »Wir gehen dann mal besser. Ach ja, und Zoe? Vielleicht solltest du mal darüber nachdenken, ein Bleichmittel für diese Küche zu kaufen. Du weißt ja, Sauberkeit kommt gleich nach Gottesfurcht.«

Ich nicke begeistert, als wäre das der beste Ratschlag, den ich je gehört habe, und warte, während Martha ihre Großeltern zur Tür begleitet.

Als sie zurückkehrt, ist sie still. Ernst. Nachdenklich.

Normalerweise verbinde ich keines dieser Wörter mit meinem Wirbelsturm Martha.

»Alles in Ordnung?«, frage ich und berühre kurz ihre Hand. Wie nicht anders zu erwarten, zieht sie sie sofort weg. Doch sie setzt sich mir gegenüber an den Küchentisch und zeigt auf den Laptop und die darunter hervorlugenden Unterlagen.

»Planst du noch immer die große Flucht?«, fragt sie mit dumpfer Stimme. Sie ist blasser als üblich, und ihre dunkelbraunen Augen sind Sammelbecken flüssigen Leids. So sollte sie sich weder fühlen noch aussehen. Mich erfasst Traurigkeit angesichts unserer erbärmlichen Situation.

»Ja«, antworte ich entschieden. »Ich weiß, dass du darauf nicht scharf bist, Martha, und ich verstehe deine Gründe. Aber du musst mir in dieser Sache mal vertrauen. Oder es zumindest versuchen.«

Sie ist ein paar Sekunden lang still und kaut so fest auf der Innenseite ihrer Wange herum, dass sie bestimmt blutet. Schließlich nickt sie unvermittelt.

»Ich werd's versuchen. Gran hat heute … na ja, nicht lockergelassen, verstehst du?«

»In welcher Beziehung?«, frage ich stirnrunzelnd. Natürlich war Barbara zutiefst traurig, als Kate ihr eröffnete, dass Martha mit mir leben würde, sollte das Undenkbare eintreten. Als es dann tatsächlich eintrat, dachte Barbara darüber nach, rechtliche Schritte einzuleiten, um mir Martha wegzunehmen. Das weiß ich. Nur ein Brief, den Kate ihr hinterließ, und Marthas Wunsch, in ihrem Zuhause zu bleiben, hielten sie davon ab.

Doch sie hat nie aufgehört, Martha zu beschwatzen. Sie überschüttet sie mit Geschenken, Geld und grenzenloser Liebe, um sie so dazu zu bringen, bei ihr und Ron zu leben statt bei der rothaarigen Teufelin.

»In der Beziehung, dass sie doch nur ›das Beste‹ für mich wollen«, antwortet Martha. »Du weißt schon. Ich würde dann bei ihnen leben, viele rosa Freizeitklamotten tragen, lernen, Kuchen zu backen, und dürfte am Wochenende als besondere Belohnung My-Little-Pony-Videos sehen …«

Ich pruste los und bekomme einen dieser dreckigen Lachanfälle, bei denen man fast erstickt. Die Vorstellung, dass Martha in einem zuckerwattefarbenen, samtenen Trainingsanzug vor dem Fernseher sitzt und Zeichentrickfilme sieht, ist derart komisch, dass ich meine Belustigung darüber herauslassen muss. Marthas Lippen zucken fast unwillkürlich, was dieser Tage einem dröhnenden Lachen gleichkommt.

»Das ist überhaupt nicht lustig«, sagt sie, klingt aber nicht überzeugt.

»Doch. Ist es«, entgegne ich und kichere noch immer. »Zumindest ein bisschen. Aber … hör mal, ich weiß, dass es schwer ist. Deine Großmutter ist eine Frau … mit einer starken Persönlichkeit. Aber sie liebt dich. Und sie hat deine Mum geliebt.«

»Das *weiß* ich! Aber eigentlich versteht sie uns nicht, oder?«

»Nicht mal ansatzweise. Das hat sie noch nie. Doch das macht sie zu keinem schlechten Menschen. Aber … auch zu keinem Menschen, mit dem man zusammenleben will. Fakt ist, dass wir uns alle diese Situation hier nicht gewünscht haben und uns nach deiner Mum sehnen. Ich habe meine beste Freundin verloren. Du deine Mutter. Wir werden nie wieder die sein, die wir einmal waren – doch wir müssen weiterleben. Ich mache mir Sorgen. Um dich. Um die Schule. Um dein Umfeld. Um deine Orthografieschwäche, denn du kannst ›Fuck‹ nicht richtig schreiben. Ich mache mir um alles

Sorgen – und deshalb glaube ich, dass sich unser Leben ändern muss.«

Sie nickt erneut und steht auf. Martha ist nicht groß, aber gertenschlank. Sie erinnert mich immer ein bisschen an Bambi, weil sie nie so genau weiß, was sie mit ihren Beinen machen soll.

»Okay«, sagt sie und geht zur Tür. »Ich werde darüber nachdenken. Und mach dir keine Sorgen darum, dass ich ›Fuck‹ nicht richtig schreiben kann – immerhin kann ich es richtig aussprechen, und darauf kommt's doch an!«

# 5. KAPITEL

Die nächsten Tage vergehen ziemlich ruhig. Martha zeigt sich von ihrer besten Seite, was schon fast beängstigend ist.

Sie hat den Umzug nicht mehr erwähnt. Ich auch nicht – sie will mich wohl auf diese Weise besänftigen und unter Beweis stellen, dass sie doch ein gutes Mädchen sein kann. Wahrscheinlich hofft sie, dass ich die Sache wie durch ein Wunder wieder vergessen habe.

Das habe ich natürlich nicht. Im Gegenteil. Ich habe an nichts anderes gedacht, dabei auf vielen Bleistiften herumgekaut, noch mehr Kaffee getrunken und auf die Rückseite der Quittungen von Bargain Booze, dem Spirituosenladen, Bilder von rosenumrankten Ferienhäusern gekritzelt.

Ich stehe weiterhin in E-Mail-Kontakt mit Cherie Moon, der witzigen Vermieterin von The Rockery, nehme Kontakt zu der weiterführenden Schule in Budbury auf und schicke Marthas früherer Schulleiterin eine äußerst infantile Nachricht, in der ich ihr mitteile, dass wir uns beide freuen, nie wieder zurückzukehren.

Mein Vorhaben kommt schon bald weiter voran. Cherie Moon – meine neu gewonnene beste Freundin – bestätigt mir, dass wir eines ihrer beiden Ferienhäuser mit zwei Schlafzimmern für sechs Monate mieten können. Dazu auch noch zu einem ausgezeichneten Preis, wie es scheint. Sie stellt alle möglichen Fragen, die ich nicht erwartet habe. Scheinbar ist sie viel mehr an dem Grund unseres Umzugs interessiert als an meiner Kreditwürdigkeit, was für eine Vermieterin ungewöhnlich ist.

Ich habe Cherie von Kate und Martha erzählt und dass wir uns mit diesem Schritt einen Neuanfang erhoffen. Warum, weiß ich nicht. Sie hat sehr mitfühlend reagiert und gemeint, dass Budbury und das Café, das sie an der Küste betreibt, »auf Neuanfänge spezialisiert« seien.

Ich grübele kurz darüber nach, ob sie vielleicht eine Sektenführerin ist – den richtigen Namen dafür hat sie ja – und ob sie uns in ihre quasireligiöse Gemeinschaft locken will, in der von uns erwartet wird, dass wir ein Zehntel unserer Einkünfte abgeben, mit dem Hohepriester schlafen und Marmelade aus Teeblättern und den Innereien von Ratten kochen. Andererseits habe ich schon immer eine blühende Fantasie gehabt.

Stolz auf meine Fortschritte, belohne ich mich mit mehreren Folgen *Game of Thrones* und einem Glas Wein – es könnte schlimmer sein, Martha könnte in Sansa Starks Haut stecken. Vielleicht bin ich kurz dabei eingenickt. Vielleicht auch nicht. Auf jeden Fall muss irgendetwas passiert sein, denn als ich mir das nächste Mal meiner Umgebung bewusst werde, ist es draußen dunkel, mein Kinn versabbert, und auf meiner Jeans ist ein roter Fleck. Klasse.

Ich komme langsam wieder zu mir, wische mir das Gesicht ab, hebe das leere Weinglas neben dem Sofa auf und verdecke die Augen mit der Hand, als ich den Fernseher ausschalte. Die Folgen von *Game of Thrones* waren auf automatische Wiedergabe eingestellt – der schlimmste Spoiler überhaupt.

Ich sehe auf die Uhr. Kurz nach elf. Da habe ich doch tatsächlich ein mehrstündiges Nickerchen gemacht. Ein traumloser, tiefer Schlaf völliger Erschöpfung.

Aus Marthas Zimmer dringt noch immer das wummernde Geräusch des Basses. Da drinnen muss eine ohrenbetäubende Lautstärke herrschen. Durchaus möglich, dass ihr ein Leben mit defekten Trommelfellen bevorsteht, wenn sie so weitermacht.

Ich räume kurz die Küche auf – damit meine ich, dass ich noch mehr Teller in die Spülmaschine stopfe und auf das Beste hoffe – und beschließe, schlafen zu gehen. Oder mich zumindest ins Bett zu legen, mit einem guten Buch. Ich schlafe im früheren Gästezimmer. Einem ziemlich kleinen Raum mit Blick auf den Garten. Ich habe mich nie dazu durchringen können, in Kates Zimmer zu schlafen, obwohl es mit Abstand das größte ist. Es ist immer noch zu sehr … ihr Zimmer. Das gilt gewissermaßen für das gesamte Haus, das uns stets an unser früheres Leben erinnert; an die Frau, die wir geliebt haben und die diesem Ort Kraft, Wärme und Geborgenheit verliehen hat. Die Frau, die wir verloren haben.

Doch wir leben im Rest des Hauses. Wir benutzen es; wir kochen, machen Unordnung, waschen, lassen Bücher herumliegen und knallen unsere Taschen in die Diele. Der Rest des Hauses ist nicht in der Zeit stehen geblieben – er wächst weiter, mit uns und um uns herum.

Doch Kates Zimmer? Das ist noch immer tabu. Das ist emotionales Sperrgebiet. Als würde eine unsichtbare Kette darum verlaufen; ein geistiges Absperrband. Die Tür bleibt geschlossen, obwohl ich mich manchmal dabei ertappe, wie ich davorstehe, den Türgriff berühre und mir vorstelle, dass sie da drinnen ist. Dass sie sich gerade fertig macht, um zur

Arbeit oder auszugehen, mit dem Glätteisen herumhantiert oder an ihren siebzehn verschiedenen Parfüms schnuppert, die auf dem chaotischen Schminktisch stehen, um sich dann schließlich doch so gut wie immer für das Burberry zu entscheiden.

Manchmal öffne ich sogar die Tür. Dann sehe ich enttäuscht das ordentlich gemachte Bett, das Kabel des Glätteisens, das wie eine Schlange eingerollt daliegt, rieche die siebzehn verschiedenen Parfüms … was mich fast umbringt, ehrlich. Manche Türen bleiben einfach besser geschlossen – zumindest vorläufig.

Mit steifen Gliedern ächze ich die Treppe hinauf und fühle mich wie die achtzigjährige Ausgabe meiner selbst. Ich bleibe vor Marthas Zimmer stehen und kämpfe mit mir, ob ich an die Tür klopfen soll oder nicht.

Ich will sie nicht bedrängen oder stören … eigentlich will ich im Moment gar nicht mit ihr kommunizieren, um ehrlich zu sein. Ich bin zu müde, und wir beide brauchen etwas Abstand voneinander. Doch ich habe auch keine Lust, die ganze Nacht Death Metal zu hören, während ich den neuesten Krimi von Kate Atkinson zu lesen versuche. Jackson Brodie verdient meine volle Aufmerksamkeit.

Also klopfe ich an die Tür, setze mein allerfreundlichstes Null-Problemo-Lächeln auf und warte, dass sie reagiert. Was aber nicht geschieht – und was wahrscheinlich an der ohrenbetäubenden Lautstärke der Musik liegt. Ich klopfe noch einmal. Mag sein, dass mein allerfreundlichstes Null-Problemo-Lächeln etwas nachlässt. Ich warte noch etwas. Immer noch nichts.

Schließlich trommele ich mit beiden Fäusten gegen die Tür und schreie aus vollem Hals: »Martha! Mach diesen Krach leiser!« Oh Gott, die Nachbarn müssen uns echt mögen.

Das allerfreundlichste Null-Problemo-Lächeln hat mittlerweile die Fliege gemacht. Stattdessen hat sein wütender Verwandter seinen Platz eingenommen: mein allerunfreundlichstes Ich-bring-dich-um-Gesicht.

Wütend, müde und bereits die morgigen Kopfschmerzen vorausahnend, komme ich zu dem Schluss, dass die Privatsphäre eine völlig überbewertete Angelegenheit ist, und reiße die Tür auf. Normalerweise vermeide ich ein derartiges Vorgehen – man weiß ja nie, was einen hinter der Schlafzimmertür eines wütenden Teenagers erwartet –, doch ich habe die Nase gestrichen voll.

Die Tür knallt gegen die Wand, und ich stürme in das Zimmer, um den Stecker der Stereoanlage aus der Steckdose zu zerren und gegebenenfalls ihren supertollen Plattenspieler (genau so ein Modell habe ich in den 1990er-Jahren verschrottet) aus dem Fenster zu schmeißen. Je nachdem, wie es läuft, zerdeppere ich auch noch ihre Plattensammlung.

Natürlich geschieht nichts dergleichen. Und das nicht, weil ich beherrscht, ruhig und gelassen bin. Sondern weil ich begreife, dass ich vor einem größeren Problem stehe als nur vor lauter Musik.

Das Zimmer – in dem ein verdächtiger, kräuterartiger Duft schwebt – ist leer. Martha, das reizende Kind, hat sich davongeschlichen.

# 6. KAPITEL

Das ist einzig und allein meine Schuld, denke ich auf dem Weg in die Stadt. Wäre ich nicht vor der Flimmerkiste eingeschlafen, hätte sie sich nicht an mir vorbei in die Nacht schleichen können. Der Brief von der Schule, das Leben im Allgemeinen und der mögliche Umzug nach Dorset haben sie mehr mitgenommen, als sie es sich hat anmerken lassen. Das habe ich gewusst. Doch ich hatte sie in ihr Zimmer flüchten und vor sich hin brüten lassen.

Die Mühe des üblichen Rundrufs bei ihren Freunden habe ich mir erspart, da sie sich von ihnen zurückgezogen hat. Ich habe allerdings Steph angerufen – die Polizistin, die mittlerweile schon fast zu einer Freundin geworden ist. Nachdem sie Martha an jenem Abend nach Hause gebracht hatte, sind wir uns ein paarmal zufällig in der Stadt begegnet. Sie war immer nett und hat sich nicht nur nach Martha erkundigt, sondern auch gefragt, wie es mir geht. Da das so gut wie nie vorkommt, war ich fast mitleiderregend dankbar. Schon seltsam, wie man der Welt gegenüber seine raue Schale hervorkehren kann, die freundliche Geste einer fast völlig fremden Person dann aber doch den Tränenfluss in Gang setzt.

Also habe ich heute Abend die Gelegenheit wahrgenommen und sie angerufen. Ich habe versucht, dabei fröhlich zu klingen, jedoch die drückende Last der Welt auf meinen Schultern gespürt. Mein Verstand weiß, dass es Martha gut geht – doch als eifrige Bücherleserin kreisten meine Gedanken um Serienmörder, K-o.-Tropfen und merkwürdige europäische Männer, die Mädchen jahrelang in schalldichten Kellern eingesperrt haben.

»Ja, ich habe sie gerade gesehen«, bestätigte mir Steph. »Sie war mit denselben Leuten zusammen wie letztens – dieser Gang, die am Busbahnhof herumlungert –, und es sah so aus, als wären sie auf dem Weg ins The Dump.«

The Dump ist ein Nachtklub am Rande der Innenstadt von Bristol. Der Name ist Programm, denn es sieht dort aus wie auf einer Müllhalde. Natürlich heißt der Laden nicht wirklich so – aber er ist den Einheimischen unter The Dump bekannt. Der Schuppen hat ungefähr fünfmal seinen Namen geändert, seitdem ich alt genug bin, ihn zu kennen. Und scheinbar ändert er ihn immer noch ständig, um sein zweifelhaftes Image aufzupolieren.

Der Klub befindet sich seit ewigen Zeiten an der Ecke einer Gebäudereihe aus den 1970er-Jahren, die Dönerbuden und Sonnenbräunungsstudios beherbergt. Kate und ich kennen den Laden von früher. Er ist nie aus der Mode gekommen. Wahrscheinlich weil er nie in Mode war – ihm mangelte es schon immer an Lässigkeit.

Der Boden klebt vor Schweiß und Bier, das dort seit Jahrzehnten verschüttet wird; es stinkt trotz Rauchverbots ständig nach Qualm, und wacklige, verrostete Metalltreppen dienen als Notausgänge. Ich selbst habe dort schöne Nächte verbracht. Damals, in meinem anderen Leben.

Nach meinem Telefonat mit Steph, beschließe ich, mich

einfach ins The Dump aufzumachen, Martha zu finden und nach Hause zu bringen. Ich weiß nicht, warum ich eine derartige Angst habe – aber irgendwie habe ich instinktiv das Gefühl, dass es wichtig ist. Dass ich ihr das nicht durchgehen lassen darf, da sonst eine Lawine folgt und sie mir für immer entgleiten wird. Mir ist klar, dass ich überreagiere. Trotzdem verlasse ich mich auf meinen Instinkt.

Ich marschiere los. In Flanellschlafanzughose, Kates Glastonbury-Hoodie und meinen Crocs. Als ich bei dem Klub ankomme, bin ich leicht außer Puste und mit meiner Geduld endgültig am Ende. Ich laufe Steph in die Arme. Wahrscheinlich sehe ich einem wütenden Zwerg ähnlich, der seine Klamotten in einem Secondhandladen kauft.

»Hast du sie reingehen sehen?«, frage ich, nachdem wir uns begrüßt haben. »Du weißt ja, sie ist erst sechzehn … eigentlich dürfte sie gar nicht reingelassen werden …«

»Ich weiß, ich weiß«, antwortet sie beschwichtigend. »Und der Laden ist schon lange überfällig für eine Razzia. Doch ich habe sie nicht reingehen sehen, weshalb ich auch nichts unternehmen kann. Du weißt ja, wie das läuft.«

Ich nicke. Das weiß ich in der Tat. Früher fand ich es klasse, dass die Türsteher vom The Dump es mit der Altersbeschränkung nicht so genau nahmen. Ich ging dort ein und aus, seit ich fünfzehn war, ohne dass jemand auch nur mit der Wimper gezuckt hätte. Man brauchte bloß ein fettes Make-up, einen Push-up-BH und viel Selbstbewusstsein.

»Drück mir die Daumen!«, sage ich und setze ein Lächeln auf. »Ich geh rein.«

Ich stapfe zur Tür, vor der ein riesiger Typ mit Bierbauch und rasiertem Schädel steht. Er raucht eine Zigarette und sieht sich ein Video auf seinem Handy an. Ich versuche, an ihm vorbeizugehen, in den schmuddeligen Eingangsbereich hinein, den ich so gut kenne wie meine Westentasche. Doch er streckt eine Hand aus und hält mich auf.

»Hast du deinen Perso dabei, Schätzchen?«, fragt er und grinst schief. Wahrscheinlich hält er sich für witzig. Vielleicht hätte ich seine Frage an einem normalen Abend auch witzig gefunden.

»Ich bin achtunddreißig«, blaffe ich ihn an und werfe ihm einen erbosten Blick zu. Ich verspüre mittlerweile nur noch Wut – Wut auf die ganze Welt. Martha und ich haben mehr gemeinsam, als sie sich vorstellen kann. »Außerdem … außerdem suche ich meine Tochter, sie ist erst sechzehn, und soweit ich weiß, ist sie hier drinnen. Nach *ihrem* Perso hast du sie bestimmt nicht gefragt, wetten?«

Der Türsteher macht einen Schritt zurück. Da bemerke ich, dass ich mich vor ihm aufgebaut und ihm ins Gesicht geschrien habe. Na ja, nicht ganz. Ich reiche ihm eher bis zur Brust, in die ich meinen Finger wütend bohre während meiner Rede. Ich bin weder groß noch schwer – ehrlich gesagt könnte ich noch immer Marthas Klamotten tragen, sollte ich das wollen –, doch ich weiß aus Erfahrung, dass die meisten Menschen vor einer rothaarigen Frau ein bisschen Manschetten haben. Insbesondere vor einer wütenden rothaarigen Frau, die aussieht, als wäre sie gerade aus dem Bett gestiegen und könnte gleich hochgehen wie eine Atomrakete.

Dieser Mann ist fast einen Kopf größer als ich und wiegt wahrscheinlich doppelt so viel. Doch ich habe nicht die geringste Angst – mein Blick ist so entschlossen wie der einer Raubkatze, und er wird mich gleich brüllen hören. Schon eigenartig, wie schnell ich meine alte Rolle wieder annehme: die des toughen Mädchens, die des wütenden Mädchens, die des Mädchens, das sich nichts gefallen lässt und stets zum Kampf bereit ist. Mit anderen Worten, mein altes Ich.

»Okay, okay, beruhig dich!«, sagt er und hält die Hände kapitulierend hoch. Mittlerweile habe ich ihn gänzlich in eine Ecke gedrängt. »Geh rein und such sie! Ich werd' dir nicht mal den Eintritt abknöpfen. Sollte sie erst sechzehn sein, tut's mir leid – ich prüfe immer die Persos, ehrlich, aber die Qualität dieser Fälschungen ist heutzutage unglaublich …«

Ich trete einen Schritt zurück und balle die Hände zu Fäusten. Sein entgegenkommendes Verhalten hat mir den Wind aus den Segeln genommen. Außerdem merke ich, dass ich eher auf mich als auf ihn wütend bin. Er ist nicht für Marthas Sicherheit verantwortlich – ich schon. Und ich werde meiner Verantwortung nicht gerecht.

Ich marschiere hinein. Obwohl der Schuppen mehrfach aufgemotzt wurde, riecht er immer noch genau wie früher und fühlt sich auch so an. Ich weiß genau, wo Martha ist – auf dem Dancefloor der Freaks, da, wo die Musik für die Anhänger von Rock, Indie-Rock und den Songs der 80er- und 90er-Jahre spielt.

Ich stapfe die schmale Treppe hinunter. Die Klubbesucher, die mir dabei entgegenkommen, tragen eher Doc Martens und Sneakers von Vans statt Crocs. Eyeliner scheint äußerst hip zu sein, selbst bei den Jungs. Fast alle sind schwarz gekleidet. Ihre Gesichter glitzern vor Schmuck, sodass selbst Marthas wenige Piercings harmlos erscheinen. Man starrt mich mit einem Blick aus Verwirrung und Feindseligkeit an, und ich begreife, dass ich wie eine Irre aussehen muss: Mein Alter lässt darauf schließen, dass ich die Mutter von irgendwem sein muss, doch meine zusammengewürfelte Kleidung und die wirre Frisur deuten eher darauf hin, dass ich ein Kriseninterventionsteam benötige. Ich lächele und winke ihnen zu, nur um ihnen noch mehr Angst einzujagen. Die Jugend … sie glaubt immer, dass sie das Sonderbare erfunden hat, was?

Auf dem Weg nach unten wechselt die Musik von dem stampfenden Rhythmus des Hip-Hops zu den klimpernden Gitarrenklängen eines Titels von Muse. Ich erkenne ihn sofort: Uprising. Ein absolutes Hammerlied, alle johlen und klatschen und singen im Chor, »screw you world«.

Der Raum ist dunkel und nur halb voll. Immerhin ist das nur ein Mittwoch. Die meisten Goths und Emos liegen schon brav in ihren Betten. Doch diejenigen, die hier sind, lassen es richtig krachen – die Tanzfläche vibriert vor herumzappelnden Körpern und wehenden, dunklen Haaren. Arme schwenken in der Luft, Füße stampfen auf den Holzboden, im Takt zum Lied. Eine Stroboskopleuchte wandert über die Menge und blitzt in kurzen Abständen auf, sodass einzelne Tänzer in ihrem Strahl auftauchen: ein aufgeregtes Augenpaar unter schwarzen Augenbrauen; ein grimmiges Gesicht, das mitsingt; ein dunkler Pony, der hin und her wippt; Fäuste, die sich in gemeinschaftlicher Rebellion in die Luft recken, während der Refrain ertönt: We will be victorious …

Ich verspüre einen Augenblick lang pure Begeisterung: was auf ein emotionales Muskelgedächtnis zurückzuführen sein muss, oder vielleicht auf einen Flashback an einfachere Zeiten. Daran, dass auch ich einmal hierhergehört habe – dass auch ich einmal auf dieser Tanzfläche herumgestampft und gezappelt, mich von der Musik und dem wilden Tanzen und dem, was die Nacht noch so für mich bereithielt, habe mitreißen lassen. Egal wie schlecht die Welt da draußen war, ich wusste, dass sie mit meinen Leuten und meinen Liedern erträglich sein könnte. Mehr als erträglich. Sie könnte sogar toll sein.

Das Lied nähert sich seinem triumphalen Ende. Mein Blick wandert über die Menge, die auf den nächsten Titel wartet und dabei in dieser eigenartigen Pose verharrt, ehe der Einzelne sich entscheidet, ob er weitertanzen will oder nicht.

Ich entdecke sie. Sie steht in einem Kreis mit mehreren anderen, sie haben die Arme umeinandergelegt. Das Stroboskoplicht wandert über die schattenhafte Gruppe. Der Blitz leuchtet kurz auf und erhellt Marthas Gesicht, das vor Schweiß glänzt. Sie lächelt, ihr Blick ist ekstatisch. Sechzehn Jahre und betrunken. High vom Leben und weiß der Geier, wovon sonst noch. Sechzehn Jahre, das Haar gefärbt, Piercings in Nase und Ohren, links und rechts ältere Jugendliche, deren Erscheinungsbild noch krasser ist. Sechzehn Jahre, doch für mich wird sie immer das kleine Mädchen bleiben.

Am liebsten würde ich zu ihr hinlaufen, sie in die Arme nehmen und ihr mit Schmackes die Titelmusik von Postbote Pat vorsingen. Am liebsten würde ich mit ihr nach Hause gehen, ihr ein Sandwich mit Fischstäbchen machen und ihr erlauben, mit der Stephanie-Perücke und dem Shaun-das-Schaf-Schlafanzug ins Bett zu gehen. Am liebsten würde ich ihr sagen, dass ich sie lieb habe. Dass ich sie immer lieb haben werde. Dass sie mein Ein und Alles ist. Dass ich für sie sterben würde. Dass ich alles tun würde, um sie zu beschützen.

Ich starre durch den Raum und spüre Tränen über meine Wangen rollen. An diesem Ort hier, an dem Kate und ich einmal getanzt, gesungen, gelacht, getrunken und stets gedacht haben, wir wären unsterblich, darf ich weinen. Es scheint in Ordnung. Es scheint richtig, als würde ich meiner verstorbenen besten Freundin gedenken und all dem, was wir uns bedeutet haben.

Kate ist tot. Ich bin allein. Und Martha braucht mich.

Die Tränen und die Traurigkeit ergreifen urplötzlich Besitz von mir, sodass es mir fast den Boden unter den Füßen wegreißt und ich befürchte zu fallen. Doch das darf ich nicht. Ich muss mein Kind nach Hause bringen.

Mittlerweile läuft ein Lied der Foo Fighters. Die Menge tanzt wieder. Ich betrete die Tanzfläche und schiebe mich an den kreisenden Körpern vorbei, während meine biergetränkten Zehen in den Plastikschuhen hin und her rutschen. Als ich mich Martha und ihren Freunden nähere, drehen sich alle um und starren mich an.

Marthas Gesicht nimmt einen Ausdruck an, der zwischen Wut und Verlegenheit schwankt. Ihre Clique versucht, sie in ihre Mitte zu nehmen. Sie wissen wohl, wer ich bin. Bestimmt hat sie ihnen Geschichten von ihrer kontrollsüchtigen Ersatzmutter erzählt. Und bestimmt fühlen sie mit ihr mit. Ich bin irgendwann, irgendwie für Martha zum Auge des Gesetzes geworden – paradox.

Einer von ihnen, ein großer, dünner Kerl mit einem Spinnennetz-Tattoo am Hals, tritt zwischen uns. Er hält sich wahrscheinlich für cool und tough und denkt, ich hätte Angst vor ihm.

Da ist er schiefgewickelt.

Ich gebe ihm mit einer Geste zu verstehen, sich zu mir vorzubeugen, damit er mich über den Gesang von David Grohl versteht. Dann flüstere ich ihm ins Ohr: »Ich muss mit Martha sprechen. Wenn du zur Seite trittst und nicht versuchst, mich aufzuhalten, werde ich dir diesen Ring da nicht aus der Nase reißen, okay?«

Er richtet sich auf und versucht, unbeeindruckt zu wirken, was ihm aber nicht ganz gelingt. Mein Blick durchbohrt ihn, und er scheint zu begreifen, dass ich es ernst meine. Er tritt nicht zur Seite – damit wäre sein Gesichtsverlust zu groß –, doch er schreitet auch nicht ein, als ich an ihm vorbeigehe.

Ich komme mir einen Augenblick lang mies vor – er kann nicht älter als neunzehn sein. Ist also selbst noch fast ein Kind, trotz der Tattoos und des vermeintlich selbstbewussten Auftretens. Welches Recht habe ich schon, ihn zu beurteilen oder ihn zu bedrohen? Keines – außer dem, dass ich Marthas Ersatzmutter bin. Ich blicke ihn trotzdem über meine Schulter hinweg an und forme ein »Danke« mit den Lippen. Er runzelt die Stirn – das scheint ihn irgendwie noch mehr zu ängstigen.

Martha steht wie erstarrt da und hat die Arme vor der Brust verschränkt. Ihr Blick ist seltsam – sie versucht, mich zu erfassen, doch ihre Augen gleiten immer wieder weg. Sie ist eindeutig betrunken. Wahrscheinlich mehr als das. Als sich unsere Blicke schließlich treffen, verblasst die Welt um uns herum. Ich versuche, alles auszublenden. Ihre Freunde, die Musik, das Stroboskoplicht und die Jugendlichen, die sich gegenseitig anrempeln und sich die Wut aus dem Leib tanzen.

Ich trete auf sie zu und beuge mich vor, damit sie mich hören kann.

»Martha, es ist Zeit, dass du nach Hause kommst«, sage ich nur.

»Wieso?«, erwidert sie. Ihre Miene schwankt zwischen Spott und Traurigkeit. »Es fühlt sich ja nicht mal mehr wie zu Hause an. Sie ist nicht da. Du hasst mich. Selbst die Scheißschule will mich nicht haben. Es gibt einfach … keinen Grund.«

Ein Teil von mir – ein Teil, den ich ganz schnell verdränge – stimmt ihr sogar zu. Es fühlt sich tatsächlich alles sinnlos an. Wie ein endloser Kampf. Wie eine ständige Abfolge von Schmerz, Genesung und noch mehr Schmerz. Und das Haus – dieses wunderschöne, kleine Haus in diesem netten Stadtteil von Bristol – fühlt sich für uns beide nicht mehr wie ein Zuhause an, sondern wie ein Gefängnis, in dem Kates Geist durch die Flure wandert und uns zuflüstert, wenn die Lichter ausgeschaltet sind. Am liebsten möchte ich mich einigeln und die nächsten zwanzig Jahre schlafen. Doch das kann ich nicht. Wegen Martha. Wegen Kate. Sie brauchen mich. Ich muss mein Bestes für sie geben.

»Ich hasse dich nicht«, entgegne ich mit ruhiger, fester Stimme. »Ich hab dich lieb. Das hier sind deine Freunde, ich weiß. Und du glaubst, dass sie sich um dich kümmern. Doch jetzt ist es an der Zeit, nach Hause zu gehen.«

»Sie kümmern sich um mich! Mehr als jeder andere!«, schreit sie und stapft mit dem Fuß auf die Tanzfläche. Ich werfe kurz einen Blick zu besagten Freunden und begreife die Macht, die sie über sie haben. Trotz ihres provokanten Erscheinungsbilds sind sie keine schlechten Menschen. Da bin ich mir sicher. So wie ich mir auch sicher bin, dass sie sich auf ihre eigene Weise um sie kümmern. Und ich kann den Reiz völlig nachvollziehen – den Reiz zu rebellieren, auszubrechen und gleichgesinnte Außenseiter zu finden, um sich selbst angenommener zu fühlen.

Doch ich erkenne ebenfalls, wie gefährlich das für sie werden kann. Denn sie ist ein Neuling auf diesem Schlachtfeld, dem die nötige Rüstung fehlt. Sie hat nicht meinen Panzer, den ich mir durch die vielen, von unsicheren Verhältnissen und Vernachlässigung geprägten Jahre in ihrem Alter schon angelegt hatte.

»Ich weiß, dass du das denkst. Und wir können später auch gern darüber reden. Doch jetzt musst du mit mir nach Hause kommen. Bitte.«

Ich bin erstaunt über meinen ruhigen Ton, denn am liebsten würde ich herumschreien und sie, wenn nötig, an den Haaren aus diesem Schuppen herausziehen. Doch vielleicht ist genau das eines der Geheimnisse im Umgang mit Kindern: diesem Verlangen zu widerstehen und gelassen zu bleiben.

»Hör mal«, fahre ich fort, während sie auf ihrer Unterlippe herumkaut. »Ich versteh dich, okay? Dir kommt es vor, als hätten dich gerade alle auf dem Kieker. Du hast die beste Mum verloren, die es auf der Welt gab. Und auch sonst geht gerade alles den Bach runter. Das fühlt sich ungerecht an, und der Schmerz scheint nie zu vergehen. Sich in Momenten wie diesem zu verlieren ist der einzige Weg für dich, nicht durchzudrehen. Das begreife ich. Das kann ich nachvollziehen. Ich habe keine Antworten für dich parat, Martha – doch eins weiß ich genau. Ich wünsche mir, dass du mit mir nach Hause kommst. Ich hab dich lieb, und ich möchte dir helfen.«

Ich sehe Tränen in ihren Augen schimmern. Ihre Miene offenbart, dass sie mit sich ringt. Sie führt innerlich einen Kampf: Einerseits ist da die toughe Martha, die es am liebsten sähe, wenn ich auf der Stelle verschwinde. Die am liebsten abhauen und in einem besetzten Haus leben würde. Und andererseits ist da die gute Martha – diejenige, die tief in ihrem Innern weiß, dass ich recht habe. Ich bleibe still und lasse sie nachdenken. Es vergehen mehrere Sekunden. Jugendliche tanzen wild um uns herum, und das Stroboskoplicht wandert über meine zerzauste Mähne.

Martha bearbeitet weiter ihre Unterlippe und wischt sich verärgert die lästigen Tränen weg. »Darf ich wenigstens vorher noch austrinken?«, sagt sie schließlich.

Mich überkommt sogleich eine Welle der Erleichterung. Die gute Martha hat sich durchgesetzt – sie austrinken zu lassen scheint da ein kleiner Preis zu sein für einen so großen Sieg. Um ehrlich zu sein, ist mir selbst nach einem Drink zumute.

Sie trottet von der Tanzfläche zu einer Ablage, auf der leere Gläser und Bierflaschen stehen, greift nach einer grünen Flasche und nimmt einen ordentlichen Schluck. Ihr Beschützer von vorhin – Spider Man – schleicht hinter uns herum, und ich frage mich kurz, ob er Ärger machen wird. Ob er sie überreden wird zu bleiben.

Doch stattdessen setzt er ein schiefes Lächeln auf und bietet mir ebenfalls eine Flasche Bier an. Ein Peroni, was weitaus stilvoller ist, als ich es erwartet hätte. Ich nicke dankbar und greife danach. Am liebsten würde ich ihn für diese kleine Geste umarmen, doch das könnte ihm möglicherweise einen Schrecken einjagen. Ich trinke einen Schluck und merke, dass ich schon eine ganze Weile unter Strom stehe. Jetzt, da ich Gewissheit habe, dass Martha nicht im Keller eines gruseligen alten Sacks eingeschlossen ist, sondern hier ist, bei mir, in Sicherheit, lässt die Anspannung nach. Und das sogar genug, dass ich das Bier tatsächlich genießen kann und auf die ersten Töne des nächsten Lieds reagiere.

Man erkennt es sofort und kann es unmöglich mit etwas anderem verwechseln. Die markanten Gitarrenriffs von David Bowies *Rebel Rebel* schallen durch den Raum, und die Menge stößt kollektiv einen Freudenschrei aus. Sie stürmen die Tanzfläche. David schafft es noch immer, die Freaks weltweit mitzureißen. Ich spüre den Beat, tief in mir drinnen, und meine Zehen wippen mit. Das war eins unserer Lieder – von Kate und mir. Wir haben in Kates Garage dazu getanzt. Und hier, genau auf dieser Tanzfläche, viele Male – wir haben dabei eine Schnute gezogen, sind rumgehüpft, haben uns gedreht, haben rumgealbert und die Musik gespürt. Der Text hat uns in einen größeren Rausch versetzt als jede Droge.

Ich nehme einen ordentlichen Schluck Bier und stelle es auf die Ablage. Dann sehe ich hinüber zu Martha und ziehe eine Augenbraue hoch. Sie hat früher ebenfalls mit uns dazu getanzt – mit vier hopste sie in ihrem rosafarbenen Tutu durch das Wohnzimmer und sprang vom Sofa in unsere Arme. Als sie älter wurde, alberten wir dabei herum und benutzten Haarbürsten oder Weinflaschen als Mikrofone, wir streckten die Brüste heraus und tänzelten durch das ganze Zimmer.

Sie deutet mir mit einem kleinen Lächeln an, dass sie sich erinnert – und schon stürzen wir los. Wir bahnen uns unseren Weg durch das dichte Gedränge schwarz gekleideter Teenager, tätowierter Jungs und gepiercter Mädels. Wir sind mittendrin im Geschehen – und lassen es krachen.

Wir stolzieren und springen herum, wedeln mit den Armen, drehen uns gegenseitig im Kreis, lachen und schneiden Grimassen. Wir posieren, verharren auf der Stelle und hüpfen – wir leuchten in dem Stroboskoplicht, das Haar fällt uns in die verschwitzen Gesichter. Wir tollen herum, dehnen uns, zeigen mit dem Finger aufeinander, während wir diese magische, wundervolle Zeile singen – hot tramp, I love you so. Wir sind brillant. Wir sind toll. Wir sind die verdammten Diamond Dogs, und wir heulen den Mond an.

Als der Song zu Ende geht, fallen wir uns in die Arme und weinen. Wir weinen um Kate. Wir weinen um David Bowie. Wir weinen um uns selbst. Um all das, was wir verloren haben. Um all das, was wir einmal hatten. Um all das, was wir nie wieder haben werden.

# ZWEITER TEIL

# 7. KAPITEL

Wir fahren los und winken Barbara und Ron zum Abschied zu. Das Auto – Kates Nissan, den ich in den vergangenen Monaten kaum benutzt habe – ist vollgepackt bis oben hin. Ich habe darauf bestanden, dass Martha vorne sitzt, damit ich mir auf der Fahrt nach Dorset nicht wie eine Taxifahrerin vorkomme.

Ron legt den Arm um seine Frau, als wir um die Ecke biegen. Und dann fängt Barbara auch noch an zu weinen, was mein Glaubenssystem zum Einsturz bringt. Wieso muss sie ausgerechnet diesen Augenblick wählen, um plötzlich ihre menschliche Seite zu zeigen?

Ich beiße die Zähne zusammen, hupe und fahre weiter.

Martha steht anscheinend noch immer unter Schock, denn sie sitzt still und blass neben mir. Sie hat wohl nach unserem Spontanabend im The Dump unter der irrigen Annahme gelitten, dass ich es mir doch noch mal anders überlege und wir in Bristol bleiben, nur weil wir gemeinsam zu David Bowie getanzt haben – vielleicht dachte sie, wir würden beste Freundinnen werden, gemeinsam die Nächte durchzechen und zu sämtlichen Open-Air-Festivals in England reisen.

Stattdessen hat mir dieser Abend nur gezeigt, dass die Gefahr, die Kontrolle zu verlieren, für mich genauso groß ist wie für sie. Der Umzug dient daher meiner wie auch ihrer geistigen Gesundheit. Das mag eigennützig sein, aber bitte – im Flugzeug wird einem doch auch gesagt, erst selbst eine Sauerstoffmaske übers Gesicht zu ziehen, bevor man anderen hilft, oder?

Ein Teil von mir hat Mitleid mit Martha. Ich musste mit ansehen, wie sie mit ihrer eigenen Machtlosigkeit und ihrem Unvermögen rang, sich eine Alternative auszudenken. Sie hatte drei Möglichkeiten zur Auswahl: erstens bei ihren Großeltern zu leben, zweitens abzuhauen oder drittens bei der verrückten Rothaarigen zu bleiben. Ich habe echt geglaubt, dass die zweite Option das Rennen machen könnte. Also behielt ich sie in der Zwischenzeit im Auge und sah nach, ob sie gerade dabei war, einen Fluchttunnel zu bauen, oder ob lebensnotwendige Utensilien wie ihr Ladegerät fürs Handy oder ihr Eyeliner plötzlich fehlten.

Stattdessen schien sie sich widerwillig ihrem Schicksal zu fügen – was mich nervös machte. Wollte sie etwa, dass ich mich in falscher Sicherheit wiegte? Hatte sie einen bösen Masterplan ausgearbeitet? Würde eine Gruppe jugendlicher Ninjas uns mit einem Hubschrauber verfolgen, sich auf das Dach des Autos abseilen, Martha einhaken und nach oben winden? Würde Peter Parker – diesen geheimen Codenamen hatte ich dem Kerl mit dem Spinnennetz-Tattoo verpasst – aus den dunklen Schatten hervortreten, sie an sich reißen und mit ihr ein Leben am Rand der Gesellschaft führen?

Ich werfe einen Blick zu ihr hin, als wir auf die Hauptstraße einbiegen. Sie starrt geradeaus. Mir ist klar, dass sie sich ebenfalls Gedanken um ihre Großeltern macht.

Barbara hatte getobt und war davongestürmt, als ich ihr von meinem Plan erzählte. Und dann hatte sie noch mal getobt und war noch mal davongestürmt, bevor sie den Plan letztendlich dann doch akzeptierte – denn Martha hatte sich dagegen entschieden, bei ihnen zu leben. Das musste schmerzhaft für sie gewesen sein. Da bin ich mir sicher. Sie hatte schon ihre Tochter verloren. Es musste ihr so vorkommen, als würde sie jetzt auch noch ihre Enkelin verlieren.

Ich habe Mitgefühl mit ihr, wirklich –, doch meine Priorität ist Martha. Ich muss ihr zumindest die Möglichkeit geben, das Ruder in ihrem Leben noch einmal herumzureißen.

Das Ferienhaus ist gebucht, Marthas Schulbesuch ist gesichert, und meine Chefin konnte ihre Erleichterung kaum verbergen, als ich ihr eröffnete, dass ich kündigen würde – nicht weil sie mit meiner Arbeit unzufrieden war, sondern weil der Buchhandel schwere Zeiten durchmachte und sie eigentlich keine zweite Kraft brauchte.

Ich verabschiedete mich von meinen Freunden, kaufte Steph, der Polizistin, einen Blumenstrauß, bestellte die Milch ab und klärte die Finanzen. Ich rief Cal an, Marthas Vater, und schilderte ihm, was ich vorhatte – er wirkte besorgt, war aber auch gelassen, so wie ich es von ihm erwartet hatte. Schließlich ist er Aussie.

Er spielt keine große Rolle in Marthas Leben. Kate und er hatten sich zufällig kennengelernt, und er lebt Tausende Meilen weit weg. Sie war immer froh darüber. Und Martha auch. Er hatte zu ihrer Beerdigung herkommen wollen, doch wir waren zu dem Schluss gekommen, dass das Martha überfordern würde – he, deine Mum ist zwar tot, aber dafür ist dein Dad jetzt da.

Jetzt sind wir endlich unterwegs nach Dorset. Das Haus zu

verlassen war leichter als erwartet. Ich habe ein schlechtes Gewissen, die Wahrheit auszusprechen. Doch irgendwie verspüre ich Erleichterung.

Ich verspüre sie deshalb, weil ich nicht mehr jeden Tag mit der Trauer leben muss, die ich in diesem Haus empfinde, wenn ich einen Haargummi mit ihren Strähnen neben dem Sofa finde, wenn im Briefkasten Werbung für sie liegt, wenn Fernsehsendungen noch immer in der Glotze auftauchen, deren Aufnahme sie programmiert hat.

Ich will Kate nicht vergessen – niemand will das –, doch wir brauchen eine Auszeit, um wenigstens zu versuchen, unsere Wunden heilen zu lassen. Das ist auf jeden Fall meine Sicht der Dinge – Martha schweigt sich zu dem Thema aus.

Mein Blick wandert zu ihr. Das schwarze Haar ist hinter die Ohren gesteckt, ihre Füße, die wie immer in ihren Doc Martens stecken, liegen auf dem Armaturenbrett, sie hat das Handy vor sich, und ihre Daumen fliegen über das Display.

»Wem simst du da?«, frage ich, immer noch leicht besorgt, dass es eine mögliche Invasion jugendlicher Ninjas geben könnte.

»Donald Trump«, antwortet sie trocken.

»Oh. Was meint er?«

»Er meint, dass du eine Loserin bist und dass deine Frisur noch schlimmer aussieht als seine.«

Ich blicke in den Rückspiegel.

Da könnte Donald nicht ganz unrecht haben. In beiderlei Hinsicht.

# 8. KAPITEL

Ich kenne diesen Teil Englands von früheren Besuchen, doch ich habe das Gefühl, als würde ich ihn heute mit anderen Augen betrachten. Heute bin ich nicht hier, um Urlaub oder einen Tagesausflug zu machen. Heute bin ich hier, um mein neues Heim in Besitz zu nehmen.

Vielleicht kommt mir deshalb alles so besonders lebendig und leuchtend vor.

Es ist Anfang September. Die Sonne scheint zwar noch immer, doch die Temperaturen sind bereits zurückgegangen; als wollte Mutter Erde uns auf den Jahreswechsel vorbereiten. Während wir das moderne Leben langsam hinter uns lassen und uns aus dem verstopften Straßengewirr Bristols lösen, scheint die Welt eine langsamere Gangart anzunehmen.

Selbst die Straßen werden schmaler, und der Verkehr lässt nach. Das Bild der Fahrzeuge verändert sich allmählich: weniger Stadtflitzer, mehr Geländewagen/Traktoren. Weniger auffällige Nummernschilder, mehr Zweckmäßigkeit. Es tauchen seltener Schilder von McDonalds und Tankstellen auf, dafür häufiger welche von Pubs mit kuriosen Namen wie The Thatched Cottage, The Jolly Sailor, The Fisherman's Rest.

Die Umgebung wird grüner, Felder erstrecken sich endlos,

Hügel und Täler winden und schlängeln sich wie saftig grüne Luftschlangen. Hecken, knorrige Bäume und noch blühende Wildblumen säumen die Straßen sowie altmodische rote Briefkästen, Viehgitter und Einfahrten zu abgelegenen Bauernhöfen.

Läden, die Krispy Kreme Doughnuts und Pizza verkaufen, verschwinden. Stattdessen tauchen neben den Feldern kleine Stände mit Frauen auf, die ein Buch lesen und Obst und frisches Gemüse auf Tischen anbieten; daneben steht ein Häuschen mit Freilandeiern und einer Kasse, in die der ehrliche Käufer das Geld hineinsteckt; wir fahren durch unbekannte Ortschaften, und Männer auf Mähdreschern kommen uns entgegen. Das Sonnenlicht dringt durch die Zweige, die sich über die Straße neigen. Vor uns breitet sich eine völlig andere Welt aus.

Martha tut so, als wäre sie nicht im Geringsten daran interessiert, doch sie nimmt alles wahr. Nimmt alles in sich auf und verarbeitet es geistig, das weiß ich. Ob der Anblick sie erfreut oder ob sie sich am liebsten übergeben möchte, ist unmöglich zu sagen. Ihre Miene ist völlig ausdruckslos, was auf das sorgfältige Training zurückzuführen ist, ja keine Gefühle zu zeigen.

Ich versuche, mir nicht den Kopf darüber zu zerbrechen, ob ich sie innerlich gebrochen habe. Ob ich ihren Widerstand derart erstickt habe, dass nichts davon mehr übrig ist. Ob ich genau das gemacht habe, was ich nicht habe machen sollen. Ob ich sie in eine Form gepresst habe, die nicht zu ihr passt.

Als sie klein war, fuhren wir häufig nach Dorset, Devon und Cornwall. Damals konnte man Martha keine größere Freude bereiten, als Krabben in Felstümpeln zu jagen.

Wir verbrachten Tage mit unendlich viel Sonnenschein

und mitunter auch unendlich viel Regen. Doch wir hatten immer unendlich viel Spaß. Kate, Martha und ich tollten herum, latschten die Küstenwege entlang, sangen im Auto und tanzten am Strand. Wir hielten das für selbstverständlich – so wie jeder andere auch. Wir alle nehmen die Katastrophen wahr, halten aber nicht inne, um die kleinen Momente des Glücks zu genießen. Der Freundschaft, des Lachens und der Leichtigkeit.

Jetzt fahre ich die Straße entlang und komme mir einsam vor. Marthas Kommunikation hat sich bisher darauf beschränkt, mir mitzuteilen, dass sie zur Toilette muss. Ansonsten glotzt sie in ihr Handy. Ich denke darüber nach, es aus dem Fenster zu werfen. Vielleicht landet es ja auf einem Feld und wird von einer Schar verwirrter Krähen zu Tode gepickt. Doch mit einer digitalen Entziehungskur würde ich es wohl zu weit treiben. Einem Teenager WLAN vorzuenthalten ist für das Jugendamt ein Grund, sich einzuschalten.

Ich benutze das Navi und würde liebend gern die Stimme neu programmieren. Denn wenn es die einzige ist, die ich bis zu unserem Ziel hören werde, wäre es schön, wenn sie etwas freundlicher klingen würde. Navis kommen mir immer ziemlich bevormundend vor. Und auch ein bisschen fehlerhaft – das Gerät verpasst doch tatsächlich die Abzweigung zu The Rockery, der Ferienhaussiedlung, in der wir wohnen werden, sodass ich auf einer engen Landstraße in zig Zügen wenden muss, um den Weg wieder zurückzufahren.

Martha ist zwar still, hat aber alles mitbekommen.

»Wir sind fast da«, sagt sie und klingt voller Freude, Hoffnung und Optimismus. Nein, klingt sie nicht.

»Ja, das sind wir«, erwiderte ich, während ich mich mit dem Lenkrad abmühe und auf das Beste hoffe.

»Du weißt schon, dass es hier richtig langweilig sein wird, oder?«, fragt sie und sieht mich dann doch einmal richtig an.

»Nein, weiß ich nicht. Es könnte vielmehr sogar großartig werden. Du gehst auf eine neue Schule und wirst neue Freunde finden. Ich bin mir sicher, dass man hier viel unternehmen kann.«

»Ach ja? Was denn?«, fragt sie mürrisch und zeigt auf die wunderschöne Landschaft. »Vögel beobachten? Seltene und ungewöhnliche Pilze erkennen? Außerdem glaube ich nicht, dass ich neue Freunde finden werde. Die Leute hier werden nämlich anders sein als die in der Stadt.«

Genau das ist der springende Punkt, denke ich, während ich uns wieder auf Kurs bringe und die Straße zurückfahre – doch das sage ich natürlich nicht. Ich tue so, als würde ich mich aufs Fahren konzentrieren, und versuche mir nicht auszumalen, wie viele seltene Pilze sie möglicherweise finden wird, wenn sie sich da richtig reinhängt. Und ob es welche darunter gibt, aus denen man eine bewusstseinserweiternde Tasse Tee kochen kann.

»Die Leute hier sind bestimmt genauso interessant wie die in der Stadt. Also urteile erst, wenn du sie kennengelernt hast«, sage ich schließlich und wage einen kurzen Blick zu ihr hinüber. Ihr Nasenring schimmert im Sonnenlicht, was ein bisschen unheimlich wirkt.

»Also, Schwarze gibt es hier bestimmt nicht«, blafft sie.

Ich denke darüber nach. Da dürfte sie wohl recht haben. Bristol ist eine große, geschäftige und weltoffene Stadt, in der Menschen unterschiedlichster Herkunft leben. Martha ist in dieser Umgebung aufgewachsen und daran gewöhnt. Hier … ist das anders. Wahrscheinlich hätte sie als kleines Kind gern auf dem Land gelebt – doch jetzt ist sie sechzehn, und ich habe sie aus einem aufregenden Sündenpfuhl irdischer Freuden und unterschiedlicher Kulturen herausgerissen und an einen Ort verfrachtet, den sie eindeutig für eine Art Hölle hält.

»Wahrscheinlich nicht«, gebe ich zu und kneife die Augen leicht zusammen, um die Abzweigung nicht zu verpassen, die scheinbar verlegt worden ist. »Da Budbury nun mal ein kleines Dorf im Südwesten von England ist. Aber das bedeutet nicht, dass die Menschen nicht witzig oder interessant sind oder keine Geschichten zu erzählen haben.«

Schließlich entdecke ich die Abbiegung, reiße ruckartig das Lenkrad herum und vergesse dabei, in den zweiten Gang zu schalten, sodass das Auto ins Schleudern gerät und wir einen Riesenschrecken bekommen. Dann tritt eine beiderseitige Stille ein, in der wir dem Gott der Schlechten Fahrkünste danken, dass er uns mit diesem Manöver hat davonkommen lassen.

Ich sehe mich um und fahre im Schneckentempo den Kieselweg entlang, der zu einem kleinen Parkplatz führt. Die Reifen knirschen. Ich entdecke eins dieser Sommerhäuser aus Holz, in dem ein Spielzimmer untergebracht zu sein scheint mit einer Tischtennisplatte, einem Air-Hockey-Tisch und haufenweise Brettspielen. Ich sehe einen Spielplatz mit Schaukeln, einer Rutsche und einem kleinen Klettergerüst mit Seilnetzen. Und ich mache einen Weg zwischen zwei Steinmauern aus, der zum Hauptteil der Ferienhaussiedlung führt.

Alles sieht einladend aus, hübsch und gepflegt. Wobei das »einladend« darauf zurückzuführen ist, dass ein riesiges handbemaltes Transparent an der Mauer angebracht ist, auf dem in glitzernden Regenbogenfarben »Willkommen in Budbury Martha und Zoe« steht. Das Transparent flattert im sanft wehenden Wind. Glitzerstaub löst sich dabei ab und schwebt in einer leuchtenden Wolke durch die Luft, als hätte Tinkerbell ihn versprüht.

Ich parke und stelle den Motor ab, der ein paar Sekunden lang summt und brummt, bevor er schließlich verstummt. Geschafft, denke ich. Wir sind da. Unverletzt. So gut wie.

Martha scheint nicht ganz so erleichtert zu sein, was vorherzusehen war. Sie starrt das hübsche Transparent an, als wäre es das Widerlichste und Abstoßendste, was sie je in ihrem Leben gesehen hat. Als würde es das Ebola-Virus und nicht bunten Glitzerstaub in den Himmel verbreiten.

»Ich glaube, da liegst du falsch«, sagt sie entsetzt. »Sie werden nicht interessant oder witzig sein. Ich glaube …«

An dieser Stelle des Satzes hält sie inne, da ich sie nicht beachtet habe und aus dem Auto gestiegen bin. Ich strecke mich, dehne die Beine und atme die klare Luft ein. Es ist später Nachmittag und noch immer sonnig, doch die Temperaturen sind etwas zurückgegangen, sodass ich mir wünschte, ich hätte eine Strickjacke an. Ich höre Gelächter und Geplapper von der anderen Seite der Mauer. Plötzlich bin ich nervös.

Ich habe kein Empfangskomitee erwartet – oder überhaupt jemanden, um ehrlich zu sein. Ich hatte gehofft, dass ich mich hineinschleichen, auspacken, Martha in ihren Kerker einsperren und vielleicht ein Stündchen schlafen könnte. Der lockere gesellschaftliche Umgang mit anderen Menschen gehört nicht zu meinen Kernkompetenzen – auf jeden Fall nicht, wenn er über eine Person hinausgeht. Ich neige dazu, keinen Ton zu sagen, mich in meinen Schutzpanzer zurückzuziehen. »Einschildkröten«, nannte Kate das früher.

Ich bin also nervös – weil ich gleich diese Leute kennenlernen werde. Beziehungsweise, um ehrlich zu sein, noch eher deshalb, weil sie mich gleich kennenlernen werden. Kate war der einzige Mensch, der mich je wirklich verstanden hat – sie hat nie geurteilt und immer alles begriffen. Sie wusste stets, warum ich so handelte, wie ich handelte, oder mich auf eine bestimmte Weise verhielt; sie wusste es instinktiv, noch schneller als ich. Jetzt bin ich außerhalb meiner Komfortzone, Kate ist nicht mehr da, und ich trage die Verantwortung für einen Teenager, der mir wahrscheinlich am liebsten ein Messer in den Rücken stoßen würde, während ich hinüber zu dem Weg gehe.

»Ich *glaube*«, sagt sie und führt ihr einseitiges Gespräch fort, »dass sie einfältig sein werden. Und langweilig. Und ganz und gar … normal.«

Ihre Stimme gerät bei dem letzten Wort ins Stocken. Dann verstummt sie in fassungsloser Stille. Ich kann ihr keinen Vorwurf machen.

Das Wort »normal« in den Mund zu nehmen ist schon schwer, wenn man Dracula, Frankenstein und die Mumie erblickt, alle mit Hula-Hoop-Reifen tanzend.

# 9. KAPITEL

Wir treten auf den Weg und sehen eine Rasenfläche mit einem Blumenbeet und einem Wasserspiel in der Mitte. Die Ferienhäuser gruppieren sich um die Grünfläche herum. Außer Doppel- und Reihenhäusern gibt es noch ein einzeln stehendes großes Haus. Alle sind aus hübschem, hellem Stein gebaut. So weit wäre alles im grünen Bereich.

Seltsam wird die Umgebung erst durch die Menschen, die auf dem Rasen stehen. Sie tragen, soweit ich das erkennen kann, alle unterschiedliche Kostüme von Horrorfiguren. Neben ein paar Vampiren mit Umhängen, Zähnen und blutigen Gesichtern gibt es noch eine riesige, eingewickelte Mumie, einen haarigen Werwolf, einen Steampunk-Viktorianer, der möglicherweise Dr. Jekyll oder Mr. Hyde darstellen soll, eine kleine Bande jugendlicher Zombies und einen Jungen mit grün bemaltem Gesicht und falschen Bolzen, die scheinbar durch den Kopf führen. Ich habe das Gefühl, als wären wir gerade in ein spontanes Treffen des Fanklubs der Fernsehserie Hammer House of Horror hineingestolpert.

Der Steampunk-Dr. Jekyll entpuppt sich als eine bemerkenswert große Frau mit knalligem, pinkfarbenem Haar. Der

Werwolf verteilt Flaschen mit Cider. Dann ist da noch eine sehr alte, an eine winzige, vertrocknete Rosine erinnernde Dame in einem Catwoman-Kostüm, was eigentlich keine Horrorfigur ist, aber angesichts ihres Alters doch ziemlich gruselig wirkt. Ein langbeiniger, schwarzer Labrador samt Teufelshörnern tollt um ihre Beine herum.

Ich gehe zögernd auf die Gruppe zu. Martha, die verständlicherweise verwirrt ist, oder vielleicht auch verängstigt, bleibt etwas zurück. Noch ist es nicht zu spät, sage ich mir. Wir können immer noch zurück ins Auto springen, dann wären wir zum Abendessen wieder zu Hause …

Doch bevor ich diesem Impuls nachgeben kann, entdeckt man uns. Eins der Monster – unverkennbar Draculas Braut, circa ein Meter achtzig groß und echt furchterregend – sieht uns und winkt.

»Hallo!«, brüllt sie, das Wort leicht verzerrt durch die falschen Vampirzähne. Zumindest nehme ich mal an, dass sie falsch sind. »Kommt her – wir beißen nicht!«

Der Spruch bringt ihre Mitstreiter zum Lachen. Ich nähere mich ihnen in winzigen Schritten, damit Martha Zeit hat, um sich von dem Schock zu erholen. Das ist gelogen – ich bin selbst etwas durcheinander.

Draculas Braut kommt in großen Schritten auf uns zu. Aus der Nähe betrachtet, ist sie sogar noch imposanter. Eine große, energische, ältere Dame, die eine Statur hat, als könnte sie die gesamte Welt auf ihrem Rücken tragen. Das grau durchwirkte Haar fließt auf ihre breiten Schultern herab. Sie ist barfuß und hat ein zerrissenes altes Hochzeitskleid an, das ein beeindruckendes Dekolleté aufweist. Sie sieht aus wie Wonder Woman's Gruftioma.

Ihr Gesicht ist zerknittert und sonnengebräunt. Ein einladendes Lächeln breitet sich darauf aus, als sie die Plastikzähne herausnimmt.

»Widerlich, die Dinger …«, murmelt sie. »Ehrlich, ich könnte nicht einmal zerkochte Pastinaken damit essen, ganz zu schweigen von einer Vestalin. Du musst Zoe sein!«

Ich nicke. Doch noch ehe ich etwas erwidern kann, umarmt sie mich, drückt mich an ihren Busen und reißt mich in ihrer Begeisterung fast von den Füßen. Ich bin sehr viel kleiner als sie, sodass ich einen tiefen Einblick bekomme – ehrlich gesagt bin ich seit meiner kurzen, fehlgeschlagenen experimentellen Phase vor vielen Jahren dem Busen einer anderen Frau nicht mehr so nahe gekommen.

Zuerst erfasst mich Panik, und ich verspüre das Verlangen, ihr in die Rippen zu boxen und wegzulaufen – Umarmungen sind nicht unbedingt mein Spezialgebiet. Doch sie scheint sich ehrlich über unsere Ankunft zu freuen, und sie drückt mich derart herzlich, dass ich nach meinem anfänglichen Reißausimpuls einfach nachgebe. Ich kann weiß Gott eine Umarmung gebrauchen. Als sie mich loslässt und ich ins Sonnenlicht blinzele, würde ich mich am liebsten sofort wieder in ihre Arme werfen und all meine Sorgen von ihr zerdrücken lassen.

Sie umfasst meine Schultern, um mich in Augenschein zu nehmen. Ich bemerke, dass sie die Stirn runzelt. Dann schüttelt sie den Kopf, sodass ihr langes Haar herumwirbelt.

»Gott sei Dank hast du rotes Haar!«, sagt sie und fasst in meine Locken. »Ich glaube, ich hab dir da gerade falsches Blut reingerieben … Ich bin übrigens Cherie. Cherie Moon.«

Ehe ich etwas antworten kann, tritt sie zu Martha und lässt ihr die gleiche Umarmung zuteilwerden wie mir. Oh oh, denke ich, als Martha versucht zurückzuweichen. Das wird nicht gut enden. Sie steckt zwar in keinem Gruselkostüm, doch sie hat jede Menge gruseliges Verhalten auf Lager. Ich beobachte die Szene weiter. Meine Hände ballen sich vor Anspannung zu Fäusten. Ich rechne mit Schreien und vielleicht sogar mit Karatetritten.

Stattdessen folgt Martha meinem Beispiel – sie gibt einfach nach und scheint nach dem ersten Körperkontakt förmlich in Cheries Arme hineinzusinken. Martha lässt sogar zu, dass sie ihr über das Haar streichelt und beruhigende Geräusche ins Ohr murmelt. Ich meine sogar ein paar Tränen in Marthas Augen schimmern zu sehen, als Cherie sie schließlich loslässt – kann mich aber auch irren.

Du meine Güte, denke ich – was ist denn hier los? Besitzt diese Frau doch übernatürliche Kräfte? Vielleicht geschieht hier gerade das, was ich nur aus Filmen oder aus einer dieser Fernsehserien kenne, für die ich eigentlich zu alt bin, insgeheim aber eine Vorliebe hege, und sie ist eine echte Vampirin, ausgestattet mit der Zauberkraft, uns alle zu unterwerfen …

Doch dann stößt Cherie einen Riesenrülpser aus und zerstört die mögliche Illusion. Sie kichert und entschuldigt sich.

»Tut mir leid, Mädels – ich hab da wohl ein bisschen zu viel Cider getrunken! Wie auch immer, kommt mit! Ich möchte, dass ihr die anderen kennenlernt.«

Mein Blick wandert zu Martha, und ich ziehe die Augenbrauen hoch, während Cherie vorangeht.

»Normal genug für dich?«, frage ich. Sie zuckt nur mit den Achseln und sieht genauso verwirrt aus, wie ich mich fühle.

Wir nähern uns dem restlichen Gruselkabinett, und mir fallen weitere Details der Hula-Hoop-Tänzer auf. Das Monster ist ein großer Mann mit blonder halblanger Surfermähne und blauen Augen, die aus seinem bemalten Gesicht hervorleuchten. Sein Oberkörper ist nackt, grün und äußerst muskulös. Er sieht aus wie ein junger, auf Frankenstein mimender Matthew McConaughey.

Er schwingt spitzenmäßig die Hüften, sodass der orangefarbene Reifen durch die Luft wirbelt, obwohl er sich vor Lachen biegt. Neben ihm steht Graf Dracula, der eine schicke, schwarze Weste und einen Umhang trägt. Mir fällt auf, dass er sehr viel älter ist, als es aus der Entfernung ausgesehen hat – er muss die siebzig schon weit überschritten haben –, doch sein gesundes, wettergegerbtes Gesicht schimmert selbst durch das weiße Make-up hindurch. Auch er kreist gekonnt die Hüften.

Die Mumie aber ... also die hatte gegen die anderen nie eine Chance, da sie ungefähr im sechsunddreißigsten Monat schwanger und derart kugelrund ist, dass es aussieht, als hätte sie einen Medizinball verschluckt. Sie hat sich die Tücher vom Gesicht gezogen, die ihr jetzt zusammen mit ihrem dunklen, langen Haar über die Schultern hängen. Der Hula-Hoop-Reifen bewegt sich keinen einzigen Zentimeter – nachdem sie ihn über den Kopf gestülpt hat, ist er dann doch auf ihrem Babybauch stecken geblieben, den sie griesgrämig betrachtet, als würde sie sich fragen, wie es dazu bloß gekommen ist.

Frankenstein stellt seinen Hüftschwung ein, lässt seinen Reifen auf den Boden fallen und tritt zu der Frau. Er befreit sie von ihrem Reifen, indem er ihn hochhebt und über den Kopf wegzieht – es in die andere Richtung zu versuchen wäre aussichtslos –, und küsst sie sanft. Ach so, denke ich. So ist es dazu gekommen.

In dem Augenblick erspäht uns der Teufelshund. Er rast auf uns zu, um die Neuankömmlinge zu untersuchen. Er beschnuppert meine Chucks, und ich kraule ihn kurz hinter den samtigen Ohren. Martha, die für Menschen nicht viel übrig hat, aber Hunde über alles liebt, kniet sich hin und lässt sich von ihm das Gesicht abschlecken. Der Labrador zeigt dabei größte Begeisterung und wackelt mit dem Schwanz in Lichtgeschwindigkeit. Eine Frau nähert sich. Sie hat ein blutbespritztes, leicht nuttiges Krankenschwesternkostüm an. Den kurzen Rock gleicht sie aber aus, indem sie ihn mit Leggings trägt – als würde ihr doch das letzte Quäntchen Selbstbewusstsein fehlen, um so richtig billig aufzutreten.

Sie ist nicht groß, dafür aber kurvig und hübsch. Außerdem hat sie eine genauso wilde Mähne wie ich, nur dass ihre braun ist. Zumindest größtenteils – eine halb herausgewachsene, grüne Strähne kringelt sich in ihr Gesicht.

»Hallo, ich bin Laura. Und das da ist Midgebo«, sagt sie und deutet auf den Hund. »Er hat leider überhaupt keine Manieren. Willkommen in Budbury.«

Ich nicke, lächele und versuche, nicht so verwirrt auszusehen, wie ich mich fühle.

»Äh … schön, dich kennenzulernen, und danke. Wegen des Hunds musst du dir keine Gedanken machen – Martha hat ebenfalls keine Manieren.«

Aus dem Martha-Midgebo-Knäuel ertönt ein kurzes »Hm«, woraus ich schließen kann, dass sie den letzten Satz gehört hat. Kein Problem. Das war gewollt.

»Sag mal, Laura … warum seid ihr alle verkleidet?«, frage ich und zeige auf die Gruppe. Ich bemerke einen Tisch an der Seite, auf dem Ciderflaschen, Cupcakes mit Totenschädelglasur und Schüsseln mit klebrigem Wackelpudding stehen, in dem Augäpfel zu schwimmen scheinen.

»Ach, das machen wir sonntags immer so …«, sagt sie und

grinst. »Bevor wir dem Heiligen Gott der Finsternis eine Ziege opfern.«

Marthas Gesicht taucht hinter dem herumtollenden Labrador auf und blickt interessiert, was Laura bemerkt. Daraufhin schüttelt sie schnell den Kopf.

»Entschuldigung – ich hab nur einen Witz gemacht! Hier werden keine Ziegen geopfert. Zumindest nicht, soweit ich weiß. Tut mir leid. Frank hat gestern Abend seinen Geburtstag gefeiert. Seinen einundachtzigsten. Er ist Graf Dracula, der, der da mit dem Hula-Hoop-Reifen tanzt. Wir schmeißen immer eine riesige Fete für ihn, auf der wir uns alle verkleiden. Letztes Jahr war das Motto Wilder Westen, dieses Jahr Horrorlegenden. Das Essen und die Kostüme sind von gestern Abend übrig. Und dann ist heute auch noch quasi der letzte Tag der Feriensaison. Außerdem haben wir gewusst, dass ihr kommt, und … ehrlich gesagt, ist uns jede Ausrede recht, um zu feiern.«

Ich nicke, als würde das Sinn machen, und strecke meine Hand aus, um Martha hochzuhelfen. Sie ignoriert meine Geste jedoch völlig, wie nicht anders zu erwarten war. Stattdessen rappelt sie sich allein hoch, sodass meine Hand in der Luft hängt. Ich spüre, wie eine leichte Röte meine Wangen zu überziehen beginnt – eine der vielen Geißeln, wenn man zum Klub der Rothaarigen gehört –, und hole tief Luft. Was hatte ich erwartet? Dass wir nach Dorset ziehen und Martha sich in einen Vorzeigeteenager verwandelt? Sie hat bisher zumindest keinem der Anwesenden gesagt, dass er sich verpissen soll – ich sollte mich mit den kleinen Gaben zufriedengeben.

Laura entgeht meine verschmähte Hand nicht, und sie lächelt mich verständnisvoll an. Sie zeigt auf die Bande der Zombies. Alles Teenager, wie ich bei näherem Hinsehen feststelle – zwischen vierzehn und achtzehn, also Marthas Altersgruppe.

»Der blonde Zombie da«, sagt sie und deutet auf ein zierliches Mädchen mit einem Pferdeschwanz, »ist meine Tochter, Lizzie. Sie ist fast sechzehn. Neben ihr – der Zombie mit der Beanie-Mütze – steht ihr Freund, Josh. Er ist siebzehn. Der Rest sind Freunde aus dem Ort.«

»Wow«, sage ich und betrachte sie. »Ziemlich beeindruckend, wie sie es geschafft hat, den schwarzen Eyeliner in das Zombieoutfit einzuarbeiten.«

»Oh ja«, erwidert Laura und sieht sie stolz an. »Man wird sie nie ohne Eyeliner antreffen – weder tot noch untot! Frankenstein Junior da drüben ist mein Sohn, Nate. Er ist dreizehn. Die schwangere Mumie ist meine Schwester Becca. Die Sahneschnitte neben ihr Sam. Aus ersichtlichen Gründen auch als Surfer Sam bekannt. Frank ist mit Cherie verheiratet, solltest du dich das schon gefragt haben. Und das Mädchen mit dem pinkfarbenen Haar ist Willow. Catwoman ist Edie May. Sie ist einundneunzig, aber lass dich davon nicht täuschen – sie hat den Tanzwettbewerb mit dem Hula-Hoop-Reifen gewonnen. Die anderen haben bloß um die hinteren Ränge gekämpft …«

Eine Menge Informationen. Eine Menge Namen. Eine Menge zu verarbeiten. Eine Menge zu speichern. Nichts davon erscheint mir im Augenblick einfach, da ich vor meinem geistigen Auge nichts anderes sehe als eine einundneunzigjährige Catwoman, die sich hüftschwingend ihren Weg zum Sieg erkämpft hat.

Dieser Ort ist nicht nur seltsam – er ist äußerst seltsam.

Mir muss wohl ins Gesicht geschrieben stehen, was ich denke, denn Laura lacht über mich, und Martha rückt von mir weg. Ganz was Neues!

»Mach dir keine Sorgen! Das erscheint einem viel, ich weiß. Und es ist alles ziemlich merkwürdig – ich bin selbst erst im letzten Sommer hierhergezogen und habe Wochen gebraucht, um mir die Namen alle zu merken. Ich werde da sein, um dir zu helfen, dich einzuleben. Wie viel Hilfe das sein soll, überlasse ich dir. Ich lebe hier in The Rockery. Matt auch. Das ist er da drüben – der furchterregende Doktor.«

Ihre Augen nehmen einen verträumten Ausdruck an, und ich kann unmöglich so tun, als würde ich den Grund dafür nicht verstehen. Matt sitzt ein paar Schritte entfernt auf einer Bank und klimpert auf der Gitarre herum, ein älterer Border Terrier liegt zu seinen Füßen.

Er ist groß und kräftig, hat strubbeliges kastanienbraunes Haar und haselnussbraune Augen. Ein attraktiver Kerl. Selbst in seinem weißen, blutbefleckten Kittel schnellt einem der Blutdruck sofort in die Höhe. Auf positive Weise. Er blickt zu uns herüber, als hätte er gespürt, dass wir ihn beobachten, und winkt Laura zu. Sie winkt zurück, und die beiden lächeln sich so an, dass ich sofort das Gefühl habe, als existierte ich nicht. Als existierte auch sonst niemand hier. Dieses Lächeln ist eine schöne, intime Geste, und ich fühle mich einsam. Ich glaube nicht, dass mich irgendein Mann jemals so angelächelt hat – auf jeden Fall nicht im nüchternen Zustand.

Ich reiße mich von diesem Gedanken los, da er an Selbstmitleid grenzt. Stattdessen lasse ich meinen Blick schweifen, um zu sehen, wie Martha auf den ganzen Wahnsinn reagiert.

Sie steht hinter mir, die Hände in den Hosentaschen vergraben, und ignoriert geflissentlich die in der Nähe stehenden jugendlichen Zombies. Mir wird ein bisschen schwer ums Herz. Vielleicht rutscht es mir sogar in die Hose, denn als ich die jungen Leute entdeckt habe, hatte ich gehofft, dass sich das Blatt durch sie womöglich wenden könnte – Menschen ihres Alters, die ihre Vorliebe für Eyeliner und dieselbe Schuhmarke teilen (die Zombies tragen größtenteils Doc Martens, sie kommen nie aus der Mode, selbst nach dem Weltuntergang nicht). Ich hatte wohl gehofft, dass Martha sie für potenzielle Freunde halten könnte – stattdessen tut sie so, als wären sie gar nicht da.

Meine Augen sind auf Martha gerichtet, und ich bin traurig. In dem Moment hakt sich Laura bei mir unter.

»Mach dir keine Sorgen!«, sagt sie und folgt meinem Blick. »Das braucht nur seine Zeit. Gib ihr eine Chance, sich einzugewöhnen. Sich an uns zu gewöhnen. Und daran, dass du sie von ihren Freunden weggezerrt hast, obwohl sie sich mit Händen und Füßen dagegen gewehrt hat.«

Ich reiße meinen Blick von Martha los und sehe Laura an. Das klingt aus ihrem Mund so einfach, doch ich bin mir da nicht so sicher.

»Vielleicht«, erwidere ich. »Auf jeden Fall hoffe ich es. Sie ist … na ja, sie hat viel durchgemacht.«

»Ich weiß«, antwortet Laura nur. »Cherie hat es mir erzählt. Lizzie war einmal genauso, auch wenn das jetzt nicht mehr erkennbar ist. Sie hat ihren Dad verloren. Ich habe meinen Mann verloren. Wir waren alle am Boden zerstört, als wir hierherkamen. Sie hat mich gehasst, weil ich sie gezwungen habe mitzukommen. Doch heute ist sie … na ja, sie kann noch immer eine Nervensäge sein, man kriegt sie nur mit einem Riesenkampf aus dem Bett, sie ist mit ihrem Handy verwachsen, flucht zu viel, und zwischen ihr und Nate fliegen meistens die Fetzen, aber … na gut, das ist wohl der ganz normale Wahnsinn, was? Nichts, womit wir nicht fertigwerden.«

Menschenskind, denke ich und betrachte Laura mit neuen

Augen. Ich war neidisch auf sie und Matt und bin davon ausgegangen, dass sie eine dieser perfekten Familien sind. Mum, Dad, zwei Kinder. Jede Menge Liebe.

Was das betrifft, habe ich wohl richtiggelegen. Also mit der Liebe – die ist offensichtlich –, nur den Rest habe ich völlig falsch eingeschätzt. Laura ist Witwe, und Lizzie und Nate haben den gleichen Verlust erlitten wie Martha. Nichts ist so glatt, wie es an der Oberfläche erscheint. Vielleicht bewirkt dieser Ort ja das Gleiche bei uns – versprüht seinen Feenstaub, bis ich mir nur noch darüber Gedanken machen muss, dass Martha in ihrem Bett herumgammelt. Und nicht darüber, dass sie in der Toilette eines Nachtklubs eine Überdosis nimmt.

Martha macht derweil einen Spaziergang, aber selbstverständlich nicht in Richtung des Empfangskomitees. Sie beginnt ihr neues Leben hier, wie sie es wahrscheinlich auch weiter tun will: allein. Sie schlendert von Ferienhaus zu Ferienhaus, bleibt stehen, um die in Schiefertafeln eingeritzten Namen zu betrachten, und runzelt die Stirn. Sie wirkt einsam und verloren. Und sehr, sehr jung. Das versetzt mir einen Schlag in die Magengrube, und ich wünsche mir plötzlich, nie hergekommen zu sein. All das Glück um uns herum – auch wenn gleich darunter schon die Traurigkeit hindurchschimmert – erdrückt einen fast.

Am liebsten würde ich alles rückgängig machen, Martha einsammeln, ins Auto packen, zum nächstgelegenen Pub fahren und sie fröhlich ihren falschen Ausweis benutzen lassen, damit wir uns so richtig volllaufen lassen können.

Ehe ich diesem Drang nachgeben kann, kehrt Martha um und gesellt sich zu uns. Ihr Gesicht weist einen Hauch mehr Lebendigkeit auf als vorher. Sie hat das Haargummi herausgenommen, sodass ihr das schwarze Haar auf die Schultern fällt.

»Wie heißt unser Ferienhaus?«, fragt sie unvermittelt.

»Äh … Lilac Wine, glaube ich?«, antworte ich und runzele verwirrt die Stirn.

Sie nickt, als hätte sie gerade etwas herausgefunden.

»Richtig. Das ist von Jeff Buckley. Dann gibt's noch Cactus Tree. Das ist von Joni Mitchell. Poison Ivy von den Rolling Stones. Mad About Saffron. Das ist von diesem Hippie, Donavan. Und ein Haus heißt Black Rose.«

Sie sieht mich erwartungsvoll an und zieht die Augenbrauen hoch. »Thin Lizzy?«, antworte ich.

Die Ferienhäuser von The Rockery – selbst der Name ergibt jetzt mehr Sinn – sind nach Liedern benannt. Obendrein noch nach ziemlich klasse Liedern. Wenn man auf Retro steht.

»Wow«, sagt Laura und schüttelt ehrfürchtig den Kopf. »Ich kann nicht glauben, dass ihr das so schnell herausgefunden habt. Und ihr kennt auch noch all die Songs … ihr beide seid echt viel cooler als wir!«

Martha sieht erst Laura an und dann mich. »Na ja, zumindest einer von uns«, antwortet sie.

Das ist frech, fast schon böse, wäre da nicht der Ansatz eines Lächelns in ihrem Gesicht. Kein breites Grinsen oder sonst so was Verrücktes – Gott bewahre –, aber eindeutig ein Ansatz.

»Wir wohnen in Hyacinth House. Das liegt hinter den anderen Häusern, neben dem Pool«, erklärt Laura und wartet kurz, damit wir auch da die Band herausfinden.

»The Doors«, ertönt es gleichzeitig von mir und Martha. Ich widerstehe dem Verlangen, die Hand zu heben, um abgeklatscht zu werden – denn wir alle wissen, wie das ausgehen würde. Stattdessen begnüge ich mich damit, innerlich zu jauchzen. Vielleicht wird doch noch alles gut. Die heilende Kraft der Rockmusik könnte zumindest gerade ein Anfang gewesen sein.

Cherie kommt zu uns zurückgeschlendert – sie hat mich und Laura beobachtet, als wollte sie uns Zeit lassen, uns kennenzulernen, ehe sie wieder zu uns stößt. Sie hat ihre falschen Vampirzähne mittlerweile oben auf den Kopf gesetzt. Sie sehen ein bisschen so aus, als könnten sie jeden Augenblick erneut zum Leben erwachen und ihre malmende Tätigkeit wieder aufnehmen.

»Martha hat auf Anhieb durchschaut, was es mit den Namen der Ferienhäuser auf sich hat«, verkündet Laura mit weit aufgerissenen Augen, als hätte Martha gerade ein Wunder vollbracht.

»Das überrascht mich nicht«, erwidert Cherie und streckt die Hand aus, um Martha eine Haarsträhne hinter das Ohr zu schieben. Die schafft es dabei sogar erstaunlicherweise, ihre Hand zu ergreifen. »Ich habe sofort gewusst, dass das hier der richtige Ort für die beiden ist.«

# 10. KAPITEL

Unser erster Abend in Lilac Wine ist weder ein Bombenerfolg noch eine Riesenkatastrophe. Auf einer Skala von eins bis zehn erreicht er eine Sechs – wobei die Eins die sofortige Einnahme eines Beruhigungsmittels bedeutet und die Zehn den Ausstoß eines bis dahin noch nie vorgekommenen Freudenschreis.

Das Ferienhaus selbst ist wunderschön; überall Holzbalken, behagliche Möbel und gemütliche Kissen. Im Wohnraum gibt es einen herrlichen, alten offenen Kamin, vor dem ich mich schon an kalten Abenden mit einer Flasche Gin liegen sehe, und einen in die Jahre gekommenen Esstisch aus Kiefernholz, auf dem Wildblumen, selbst gebackenes Brot, Cupcakes und Biowein stehen. Diese Menschen wissen eindeutig, uns kulinarisch zu verwöhnen.

Das Haus hat zwei Schlafzimmer, beide mit einem eigenen Bad. Das ist super, denn so bleibt es mir und Martha erspart, uns zufällig nackt über den Weg zu laufen. In meinem Badezimmer gibt es komischerweise auch noch einen Fernseher – was ich davon halten soll, weiß ich nicht so genau. Vielleicht schaue ich mir die Antiques Roadshow an, während ich auf dem Klo sitze.

Die meisten anderen Ferienhäuser sind mittlerweile unbewohnt, da die Hauptsaison vorbei ist. Ein paar werden allerdings später noch einmal belegt sein – da werde ich wohl hin und wieder Fremden begegnen. Ich gelobe, mir Mühe zu geben, sie nicht mit meinem wilden Erscheinungsbild zu erschrecken. Schon auf der Arbeit habe ich kaum als Inbegriff des gepflegten, raffinierten Stils gegolten – jetzt, als Landei, kann das nur noch schlimmer werden.

Lilac Wine bietet einen Blick auf die große Rasenfläche. Außer Martha und mir leben zurzeit nur Laura, ihre Kinder und Matt in The Rockery. Er bewohnt das große Haus, das Black Rose heißt, und ist, wie sich herausgestellt hat, der örtliche Tierarzt. Die beiden scheinen sich das Sorgerecht für Midgebo zu teilen, was ich für eine gute Vorgehensweise halte, um mit kleinen Schritten eine ernstere Beziehung aufzubauen.

Cherie und Frank leben auf seiner Farm und die anderen im Dorf – wohin sich wohl alle aufmachen, vermute ich, als die Begrüßungsfeier zu Ende geht.

Ich packe meinen Koffer aus und lasse die kleine Welle von Optimismus zu, die mich dabei erfasst. Hoffentlich war es die richtige Entscheidung, und Martha wird mir irgendwann einmal verzeihen.

Martha ist still und mürrisch, als wir durch das Haus und über das Grundstück streifen. Sie registriert alles mit ihren traurigen, dunklen Augen, als hätte das überhaupt nichts mit ihr zu tun. Doch sie ist wenigstens … na ja, nicht offenkundig feindselig, was ich wohl als Pluspunkt werten muss. Sie weint nicht, rastet nicht aus und will weder mir noch sich selbst etwas antun. Mit alldem hatte ich gerechnet. Ich sage mir, dass alles gut werden wird – doch eine distanzierte Martha fühlt sich fast noch schlimmer an als eine aufbrausende Martha.

Ich verbringe den Abend allein auf dem Sofa vor dem Fernseher. Das Programm ist öde, und ich trinke die Flasche Wein fast leer, die man mir auf den Tisch gestellt hat. Irgendwann gebe ich auf und beschließe, ins Bett zu gehen, was ich aus irgendeinem Grund hinausgezögert habe. Vielleicht hat ein Teil von mir gehofft, dass Martha noch auftauchen würde, um zu reden. Oder Musik zu hören. Oder sonst irgendwas. Ich habe wohl vergessen, wie gut Teenager schmollen können – besonders solche wie Martha, die allen Grund dazu haben.

Während ich an dem Wein nippe und mir das öde Programm ansehe, denke ich daran, was wir alles mitgemacht haben. Mir ist selbst nach Schmollen zumute. Ich vermisse Kate so sehr, dass es sich wie ein pochender Schmerz in meiner Brust anfühlt.

Als mir schließlich bewusst wird, dass ich die Anzeichen eines trübsinnigen Säufers aufzeige, schleppe ich mich die Treppe hinauf. Ich lerne das für mich neue Knarren und Ächzen der Stufen kennen und die anderen Geräusche, die für ältere Häuser typisch sind. Ich bleibe vor Marthas Zimmer stehen. Die Tür steht nur einen winzigen Spalt offen, und ich drücke leicht dagegen.

Sie hat sich in die Decke eingerollt, die Stirn verhüllt von ihrem schwarzen Haar, das Gesicht gespenstisch beleuchtet. Das Licht kommt von ihrem Handy, das neben ihr auf dem Nachtschrank liegt und gerade auflädt. Selbst im Schlaf runzelt sie die Stirn. Ihre Beine zucken gelegentlich, wie bei einem Hund, der schlecht träumt. Ich habe sie schrecklich lieb und wünsche mir nichts sehnlicher, als dass ich die Hand nach ihr ausstrecken und ihr helfen könnte. Ihr helfen könnte, das durchzustehen.

Ich blicke mich in dem Zimmer um. Der Mond scheint durch die noch immer offenen geblümten Vorhänge, und ich entdecke ihren ausgebeulten Koffer, den sie in einer Ecke abgestellt hat. Sie hat ihn noch immer nicht ausgepackt, als würde sie hoffen, nicht bleiben zu müssen.

Traurig und leise schleiche ich über den mit Teppich ausgelegten Flur in mein Zimmer und bete zu einem Gott, von dem ich nicht einmal weiß, ob ich an ihn glaube.

# 11. KAPITEL

Marthas erster Tag in der Schule rückt heran, und ich klammere mich daran fest, als wäre er ein Rettungsboot aus Hoffnung. Vielleicht wird er alles ändern. Vielleicht werden ihre neuen Lehrer sie inspirieren, ihre Einsernoten sie beflügeln, vielleicht wird sie neue Freunde finden. Vielleicht wird sie endlich beschließen, diesem Ort eine Chance zu geben, und aufhören, sich so zu verhalten, als käme Dorset der Todesstrafe gleich.

Meine eher mitleiderregenden Hoffnungen erhalten ihre ersten Dämpfer, als sie im Dorf in den Bus einsteigt. Ich bringe sie mit dem Auto zur Bushaltestelle, parke und biete ihr an zu warten.

»Hast wohl Angst, dass ich abhaue, was?«, sagt sie und starrt mich vom Beifahrersitz aus an.

»Wäre ja nicht das erste Mal. Du bist schon in der Grundschule aus Miss Clarkes Unterricht abgehauen, weil du nicht in der Schulversammlung singen wolltest.«

»Da war ich acht!«, entgegnet sie und klingt genervt. »Außerdem habt ihr mir doch immer gesagt, dass ich auf meinen Instinkt hören soll, du und Mum. Wenn sich was falsch anfühlen würde, dann wäre es wahrscheinlich auch falsch …«

»Aha. Dann ist es also unsere Schuld, oder was?«, blaffe ich sie an.

»Ja«, blafft sie zurück und starrt aus dem Autofenster in die Dorfmitte. »Alles ist eure Schuld.«

Ich folge ihrem Blick zur Bushaltestelle. Sie war nicht schwierig zu finden – es gibt nur die eine. In der Hochsaison fahren Touristenbusse auf ihrem Weg zur Juraküste durch den Ort. Doch zu dieser Zeit im Jahr verkehren nur noch zwei Busse täglich, in beide Richtungen. Plus dem Schulbus – er bringt die örtlichen Kinder ins Schulzentrum, das ein paar Meilen entfernt liegt.

Eine kleine Gruppe Jugendlicher steht an der Bushaltestelle herum, was in kleinen Ortschaften normal ist. Ich habe nie herausgefunden, warum sich das soziale Leben der unter Achtzehnjährigen ausgerechnet dort abspielt, doch es scheint stets so zu sein.

Es ist kühler geworden. Eine frische Brise weht von der Küste her, viele Jugendliche tragen karierte Flanellhemden, Beanies und dicke Pullover. Die Jüngeren – einschließlich Nate und Lizzie, die ihr letztes Jahr in der Mittelstufe absolviert – stecken in einer hässlichen lilafarbenen Schuluniform. Die anderen haben Jeans und Stiefel an.

»Es könnte schlimmer sein«, entgegne ich und blicke wieder zu Martha. Sie ist von Kopf bis Fuß schwarz gekleidet, hat den Ring durch ihre Nase gesteckt und das gefärbte Haar nach hinten gekämmt, sodass es wie eine Amy-Winehouse-Gedenkfrisur wirkt.

»Ach ja? Wie denn das?«, fragt sie und blickt wirklich verwirrt drein.

»Du könntest noch ein Jahr jünger sein und diese lilafarbene Uniform tragen müssen.«

Sie schnaubt verächtlich, erwidert aber nichts, da sie zu sehr damit beschäftigt ist, den Schulbus zu beobachten. Er rollt die einzige Straße entlang, die sich durch das Dorf windet. Sie blinzelt finster, und ihre Hände, die den Rucksack auf ihrem Schoß umklammern, ballen sich zu Fäusten. Ich erkenne, wie nervös sie ist. Die Nervosität schimmert deutlich unter der Wut und der thongen Fassade hindurch. Ich strecke meine Hand aus, um ihre kurz zu tätscheln.

»Es wird schon alles gut – gib der Sache nur eine Chance!«

Sie wirft mir einen Blick zu, der durchaus bedeuten kann, dass ich mich in der nächsten Toilette ertränken soll. Doch ich ziehe es vor, ihn so zu interpretieren, als würde Wohlwollen darin liegen. Sie steigt aus dem Auto und knallt die Tür zu. Dann stiefelt sie hocherhobenen Hauptes zur Bushaltestelle, als würde sie nichts bekümmern. Das ist mein Mädchen, denke ich, und lächele.

Lizzie, Josh und ihre Freunde sind bereits in den Bus gestiegen. Lizzie winkt ihr wild zu und klopft gegen die Fensterscheibe, um auf sich aufmerksam zu machen. Sie sitzt oben – der Stammplatz der coolen Jugendlichen – und gibt ihr mit einer Geste zu verstehen, zu ihnen zu kommen. Ach, so ein Schatz, denke ich.

Martha blickt sie an, zeigt keinerlei Reaktion und steigt als Letzte in den Bus ein. Sie setzt sich hin. Allein. Unten. Ich zucke innerlich zusammen, weil sie Lizzie derart hat abblitzen lassen. Doch ich weiß, dass ich daran nichts ändern kann.

Stattdessen atme ich tief aus. Der Bus fährt los, und ich fühle mich … erleichtert, ehrlich gesagt. Weshalb ich wiederum ein schlechtes Gewissen bekomme. Also beschließe ich, aus dem Auto zu steigen und einen Spaziergang zu machen. Ist ja immerhin einer der Gründe, warum ich hierher wollte, oder? Endlose Wege, endlose Klippen, endloser Raum? Auch wenn ich derart müde, zerschlagen und weinerlich bin, dass ich liebend gern im Auto sitzen bleiben und schlafen würde, bis ich Martha am Nachmittag wieder abhole. Aber das bringt nichts. Ich werde einen Spaziergang machen.

Budbury ist klein, doch es schmiegt sich wunderbar in die Landschaft ein, stelle ich fest, als ich den schmalen Bürgersteig entlanggehe. Kleine Reihenhäuser säumen die Straßen. Es gibt eine Handvoll Läden – eine Apotheke, einen Geschenkeladen, wo man Muschelhörner kaufen kann mit einem Rabatt von zwanzig Prozent, einen Metzger und mehrere Teestuben. Keine Buchhandlung, was mich nicht überrascht, aber trotzdem traurig macht. Die Welt braucht mehr Buchhandlungen. Ich komme an einer kleinen Bäckerei und dem Gemeindehaus vorbei, das Reklame macht für einen »Zumablates-Kurs« für die über Sechzigjährigen, womit wohl ein Zumba-Pilates-Kurs gemeint ist, und steuere um die Blumeneimer vor dem Blumengeschäft herum. Ein Schild weist auf einen Tierfriedhof hin, den ich besuchen werde, sobald ich mich nicht mehr so zerbrechlich fühle. Also ungefähr 2021.

Die Menschen, die mir auf meinem Weg durch das Dorf begegnen, lächeln mich an und wünschen mir einen guten Morgen, was mir etwas Angst einjagt. Ich nicke ihnen zu und folge meiner Nase zur Küste. Dabei entdecke ich ein handbemaltes Holzschild, das auf das Comfort Food Café verweist. Ich komme zu dem Schluss, dass es mich wohl die ganze Zeit schon dorthin gezogen hat. Es gehört Cherie. Laura führt es, und Willow arbeitet dort. Außerdem ist es, soweit ich das den Gesprächen am Tag unserer Ankunft entnehmen konnte, das absolute Zentrum des Lebens von Budbury.

Nach zehn Minuten Spaziergang erreiche ich einen kleinen

Parkplatz. Er liegt an der Bucht, die wie ein Huf geformt ist. Die Septembersonne strahlt auf die Wellen, die schäumend über den Sand spülen. Ein paar Feriengäste sind noch da, einige mit Kindern, andere mit Hunden. Alle kosten die letzten Tage des Sommers aus. Ich entdecke einen Eiswagen. In der Fahrerkabine sitzt ein gelangweilt aussehender Kerl und liest Gedichte von Yeats. Ich lobe ihn im Stillen für seinen Geschmack und beginne mit der Wanderung hoch zum Café.

Der Weg ist lang, aber nicht steil, hat niedrige Stufen und ein Geländer, um sich daran festzuhalten, wenn man das Gefühl hat, so hoch zu sein, dass einem schwindelig wird. Ich bleibe immer mal wieder stehen, um die Aussicht zu genießen. Die Farben verändern sich mit zunehmender Höhe: Das Meer, das unten noch grau und weiß ausgesehen hat, schimmert jetzt in blau-, grün- und türkisfarbenen Tönen auf seinem Weg in die Bucht.

Die Klippen erstrecken sich auf beiden Seiten bis zum Horizont. Sie leuchten gelb und rot, Felsen trifft auf Sand, und unterschiedlich hohe, gezackte Spitzen reihen sich aneinander, bis sie in der Ferne verschwinden. Menschen spazieren die Wege entlang. Sie bleiben ebenso stehen wie ich, um den Anblick der auf das Wasser scheinenden morgendlichen Sonne zu genießen. Es herrscht eine wunderbare Ruhe – Budbury liegt zwar an der Küste, doch es ist kein Ort, wo man auf Bananenboote oder Fahrgeschäfte trifft; hier hört man lediglich schreiende, im Sturzflug herabsinkende Seemöwen, Wellen, die auf den Strand spülen, und hier und da einen bellenden Hund, der einem Stock hinterherjagt.

Es ist hier so anders als zu Hause – es riecht sogar anders. Nach Salz, nach Salzwasser, nach Natur. Ich schlucke die Luft, die klar und erfrischend ist. Ich schlucke tatsächlich – denn ich bemerke, dass ich da oben auf dem Pfad, am Rand der Welt, diese Freiheit zu spüren beginne, nach der ich mich so gesehnt habe. Ich weiß nicht genau, woran es liegt. Ob an der Idee des Neuanfangs, an der atemberaubenden Aussicht oder einfach nur daran, dass ich einen ganzen Tag vor mir habe, ohne dass Marthas wütender Blick sich in meinen Rücken bohrt. Tatsache aber ist, dass ich sie spüre – diese Freiheit. In meiner Brust scheint sich etwas zu lösen, Zentimeter um Zentimeter.

Vielleicht habe ich aber auch nur gerade einen Herzinfarkt, denke ich, als ich meinen Aufstieg fortsetze.

Oben angekommen, gehe ich unter einem prachtvollen schmiedeeisernen Bogen hindurch, der mit wunderschönen, rot und grün bemalten Metallrosen verziert ist. Über dem Bogen steht in geschwungenen, eisernen Buchstaben: Willkommen im Comfort Food Café. Diese Worte heben meine Stimmung, als ich anschließend einen leicht abschüssigen Garten betrete.

Holzbänke und -stühle stehen in einem etwas bedenklich erscheinenden schrägen Winkel auf dem Gras. Ich entdecke eine behelfsmäßige Bühne, die scheinbar gestern Abend auf der Geburtstagsparty zum Einsatz gekommen ist. Auf dem Boden liegen hier und da Überbleibsel der Feier: falsche Vampirzähne, ein Kreuz und eine Clownsmaske, die der Wind herumwirbelt. Mensch Meier!

Zu meiner Linken ist die Küste. Der Himmel senkt sich hinab auf das Land, das vom Meer umspült wird, wodurch ein Bild unterschiedlich farbiger Streifen entsteht. Weiter hinten erstreckt sich eine Koppel, auf der im Moment keine Tiere sind. Doch es gibt einen Unterstand und mehrere Hundenäpfe. Anscheinend dient sie den Gästen als Hundekrippe. Was für eine brillante Idee!

Vor mir liegt das Café. Ein längliches, wackliges, altes Gebäude, das scheinbar nach Bedarf erweitert worden ist, sich aber dennoch zu einem harmonischen Gesamtbild zusammenfügt. Es besteht hauptsächlich aus Fenstern und diesen Terrassentüren, die eigentlich auch Fenster sind. Das Haus ist eingeschossig. In die Traufe sind aber Fenster eingelassen, woraus ich schließe, dass im Dachboden entweder noch eine Wohnung oder ein Lagerraum ist. Ein Gast sitzt draußen, nippt an einer Tasse Tee und liest eine Zeitung, die im Wind hin und her flattert. Er nickt mir zu, als ich an ihm vorbeigehe und die Tür öffne.

Drinnen wirbeln zwar keine Clownsmasken herum, doch die Einrichtung wirkt schon eigenwillig – nur eben angenehm eigenwillig. Im Gastraum befinden sich ungefähr vier Menschen, darunter eine erschöpft aussehende blonde Frau mit einem Kleinkind, das gerade auf einem roten Buntstift herumkaut, und ein gesund aussehendes Paar mittleren Alters in Wanderklamotten. Auf ihrem Tisch liegen neben ihrem Toast stapelweise Wanderkarten.

Es gibt große und kleine Tische, Tische für einen und Bänke für acht Personen, und auf allen steht eine kleine Vase mit Wildblumen. Eine Theke ist gefüllt mit Kuchen, Sandwichs und Keksen. In einer Eiskühltruhe befinden sich Köstlichkeiten mit Namen wie Honeycomb Whip, Blackberry Bash und Peachy Cream Dream. Ein Kühlschrank ist gefüllt mit den unterschiedlichsten Erfrischungsgetränken. Und im Hintergrund höre ich eines meiner absoluten Lieblingsgeräusche: das Geräusch einer Gastronomie-Kaffeemaschine.

All diese Einrichtungsgegenstände gehören zur standardmäßigen Ausstattung eines Cafés – es ist die Deko, die dieses Café vom Rest der Masse abhebt. Da ich Cherie Moon mittlerweile etwas kenne, bin ich gar nicht mehr so überrascht – doch die Deko ist immer noch exzentrisch. Gelinde gesagt.

Ich streife kurz herum und betrachte die ausgestellten Raritäten und Fundstücke – manche baumeln von der Decke herab, andere sind an den Wänden befestigt oder stehen in Regalen. Es gibt Fossilien, ein rotes Kajak, Bongotrommeln, einen riesigen Bumerang, gerahmte Fotos von der Küste, eine alte schwarz-goldene Singer-Nähmaschine und ein Mobile aus Single-Platten.

Ich schaffe es gerade noch, einem herunterhängenden Ruder auszuweichen, und betrete den hinteren Teil des Raums, in dem es eine ganze Wand mit Bücherregalen gibt, eingetaucht in helles Sonnenlicht. Kleine Staubpartikel wirbeln in den gelben Sonnenstrahlen, die durch die Fenster scheinen.

Brettspiele stapeln sich in den Regalen – sowohl alte Spiele wie Ker Plunk und Buckaroo als auch Schach, Dame und Halma. Ich entdecke ebenfalls Puzzles, ein uraltes Dominospiel, einen Haufen Malbücher, Sammelbände mit unterschiedlichen Buchstaben- und Kreuzworträtseln und einige alte Konservendosen, vollgestopft mit Farbstiften – die größtenteils angespitzt werden müssen. Das ist eines meiner ganz besonderen Laster – das Anspitzen von Stiften.

Unterhalb der Spiele entfaltet sich der wahre Zauber dieses Regals – zumindest für mich. Reihenweise Taschenbücher – Danielle Steel, Jilly Cooper, Thomas Hardy, Len Deighton, Stephen King, Daphne du Maurier, Nora Roberts, George RR Martin, Shakespeares Sonette, Spike Milligan und vieles mehr. Auch gebundene Bücher gibt es im Angebot: Churchills Biografie, die Geschichte und Geologie von Dorset sowie die Geschichte von Roxy Music, Led Zeppelin und den Beatles.

Kinderbücher sind ebenfalls vorhanden. Viel gelesene,

zerfledderte Exemplare von *Der Grüffelo*, *James und der Riesenpfirsich* und *Dr. Seuss* sowie Bände der beiden Potters, Harry und Beatrix. Für einen langweiligen, alten Bücherwurm wie mich ist es das Paradies auf Erden.

Alle Bücher sind abgegriffen und stehen kunterbunt durcheinander in den Regalen. Das ist zwar völlig im Einklang mit der Atmosphäre des Cafés, trotzdem verspüre ich dieses berufsmäßige Verlangen, sie nach Alphabet und Sachthemen zu ordnen. Merkwürdigerweise mag ich ordentliche Bücherregale, auch wenn ich mich sonst liebend gern vor der Hausarbeit drücke.

Einen klitzekleinen Augenblick lang vermisse ich meine Arbeit: Die enorme Tragweite der Veränderungen wird mir schlagartig bewusst. Mir war Karriere nie wichtig, doch ich habe meine Arbeit gemocht. Ich habe es geliebt, in der Nähe von Büchern zu sein, mit Menschen über Bücher zu sprechen und sie zu riechen, wenn ich eine neue Lieferung mit dem Teppichmesser geöffnet habe.

Jetzt bin ich arbeitslos und zanke mich nur noch mit einem Teenager herum.

Ehe die miese Stimmung mich richtig erfassen kann, taucht ein riesiges Stück Biskuitkuchen vor meinem Gesicht auf. Der Kuchen liegt auf einem Teller, den eine Hand festhält, die, als ich mich verdutzt umdrehe, Laura gehört.

Sie grinst und hält ihn mir verführerisch unter die Nase. Er ist noch warm, zarter Dampf steigt davon auf, und er riecht einfach … köstlich. Fast so gut wie neue Bücher.

»Apfel?«, frage ich stirnrunzelnd, während ich versuche, die weiteren Aromen zu erschnuppern. »Zimt? Und … noch was. Was ist das?«

»Kürbis«, antwortet sie und freut sich, mich reingelegt zu

haben. Ich bringe es nicht übers Herz, ihr zu verraten, dass meine Kochkünste denen von Noddy gleichkommen, weshalb es kein so großer Erfolg ist.

»Ab jetzt wird es ruhiger«, erklärt sie und führt mich zu einem kleinen Tisch in der Ecke. Sie lässt mich auf einem Stuhl Platz nehmen und stellt mir den Kuchen hin, zusammen mit einer Kuchengabel, einem Löffel und einer kleinen Schüssel mit frischer Schlagsahne. »Dann werde ich kreativ. Letzten Winter habe ich alle möglichen Geschmacksrichtungen ausprobiert, die man mit heißer Schokolade kredenzen kann – Chili, Orange, Minze, Rum … du verstehst schon.«

»Letzten Sommer habe ich neue Schokoladenmilchshakes eingeführt, und diesen Sommer habe ich mit Eis experimentiert. Davon ist mittlerweile nicht mehr viel übrig, die Reste sind da drüben in der Kühltruhe. Jetzt bereite ich mich auf Herbst und Winter vor – das bedeutet Gewürze, Obst aus dem Garten und jede Menge warme Hausmannskost.«

Während ich ihr zuhöre und fast schon zu sabbern beginne, gibt sie mir mit einer Geste zu verstehen zu essen.

»Du hast bestimmt noch nicht gefrühstückt, oder?«, fragt sie und zieht eine Augenbraue hoch. Ihr Gesicht weist hier und da Mehlspuren auf, und auf ihrer gestreiften Schürze sind mehlige Handabdrücke zu erkennen. Sie riecht nach Zucker, Gewürzen und allen möglichen leckeren Zutaten. Im Grunde ist sie so was wie eine zum Leben erwachte Lebkuchenfrau.

Ich denke über ihre Frage nach und stelle fest, dass ich tatsächlich noch nicht gefrühstückt habe. Zwar habe ich dafür gesorgt, dass Martha etwas gegessen hat, und sie verstohlen dabei beobachtet, wie sie ihre Schüssel Müsli mit Erdbeeren mümmelte, doch habe ich darüber völlig vergessen, selbst zu frühstücken.

»Nein«, antworte ich und halte inne, um mir einen Löffel Kuchen mit Sahne in den Mund zu schieben. Meine Geschmacksnerven explodieren fast, und ich komme zu dem Schluss, dass ich zumindest glücklich sterben würde, sollte ich daran ersticken. Mein orgastischer Gesichtsausdruck bringt Laura zum Strahlen.

»Nein«, sage ich noch einmal, als ich den besten Kuchen heruntergeschluckt habe, der je in der Geschichte des Kuchenbackens gebacken wurde. »Doch das hier war das Warten wert. Du bist eine Frau mit großen Talenten.«

»Danke«, antwortet Laura und verneigt sich scherzhaft. Die Wärme in der Küche hat ihre Locken zum Kräuseln gebracht, und ich verspüre einen Augenblick lang eine frisurentechnische Solidarität.

»Ist Martha gut in die Schule gekommen?«, fragt sie und zieht einen weiteren Löffel hervor, um sich ein Stück von dem Kuchen zu klauen.

Ich nicke. Sie bemerkt, wie ich zögere. Womöglich auch, wie betreten ich bin.

»Was ist? Was ist los?«, fragt sie stirnrunzelnd.

»Ach, eigentlich nichts … es ist nur … na ja, Martha macht es einem momentan nicht gerade einfach, sie zu mögen. Ich komme mir schrecklich vor, wenn ich das sage, aber so ist es nun mal. Lizzie hat Martha heute Morgen zugewinkt, damit sie sich zu ihr setzt, doch Martha hat ihre Geste völlig ignoriert. Ich kann mich nur schon mal vorab für dieses Verhalten entschuldigen, sollte Lizzie deswegen sauer sein.«

»Könnte sein«, erwidert Laura achselzuckend. »Wer weiß das schon? Lizzie ist schwer einzuschätzen. Aber deshalb musst du dich nicht entschuldigen. Teenager zu mögen ist nicht immer leicht. Man liebt seine Kinder, klar, aber man mag sie nicht immer. Das sind zwei Paar Schuhe.«

»Ich bin gerade dabei, das herauszufinden«, antworte ich und jage dem letzten Bissen Kuchen über den Teller hinterher. »Ich liebe Martha wirklich abgöttisch. Aber als der Bus heute Morgen die Straße heruntergezockelt ist, da war ich … der liebe Gott kann mich gern dafür mit einem Blitzschlag bestrafen, erleichtert, als ich sie von hinten gesehen habe! Ganz ehrlich – macht mich das zu einem schlechten Menschen?«

Laura lacht und klemmt eine einzelne Locke – die grüne – hinter ihr Ohr.

»Und wieso hast du eigentlich diese eine grüne Haarsträhne?«, füge ich hinzu, da ich davon ausgehe, dass sie mir diese Frage nicht übel nimmt.

»Tja, also diese Strähne sollte zu dem Brautjungfernkleid passen, das ich an Heiligabend auf Cheries Hochzeit getragen habe. Ein echt tolles Fest, sag ich dir – ganz Budbury war da und noch Besucher aus Schottland und Australien. Franks erste Frau, Bessy, ist vor ein paar Jahren gestorben. Und sie hat ihm immer Sandwichs mit gebräuntem Speck zum Frühstück gemacht und einen starken schwarzen Tee. Als sie gestorben war, fing er an hierherzukommen, und Cherie hat ihm genau dieses Frühstück gemacht. Und später ich.«

»So ist das hier – jeder hat sein Seelentröster-Essen, zumindest die Einheimischen. Und wir sorgen dafür, dass wir es für sie bereithalten … Sam mag gern Instantnudeln, weil sie ihn an sein Zuhause in Irland erinnern, Scrumpy Joe – der Werwolf – liebt Cantuccini, weil sie ihn an seine italienische Großmutter erinnern … und Edie May … tja, das ist eine lange Geschichte.«

»Ich habe irgendwann mal auch eine rosa Haarsträhne gehabt – das Resultat einer Begegnung zwischen mir, einer Flasche Wein und Willows Haarfärbemittel. Zur Hochzeit war sie dann grün. Wer weiß, was als Nächstes kommt?«

Ich nicke, nehme alle Informationen in mir auf und frage mich, was wohl mein Seelentröster-Essen wäre ... aus meiner Kindheit ganz bestimmt nichts. Komischerweise verbinde ich meine schönsten kulinarischen Erinnerungen mit Barbara – auch wenn sie die Freundschaft zwischen mir und ihrer heiß geliebten Kate torpedierte, hat sie mich trotzdem ab und zu mit Essen versorgt, unter anderem mit einem tollen Shepherd's Pie. Ich mache mir im Geist eine Notiz, sie später anzurufen – beziehungsweise ihr eine SMS zu schreiben, so aufopfernd bin ich dann doch nicht.

»Und was deine andere Frage betrifft ...«, setzt Laura fort, und ich bin kurz verwirrt, denn die hatte ich schon fast vergessen. »Also die, ob du ein schlechter Mensch bist, weil du erleichtert warst, als du Martha von hinten gesehen hast? Nein, Zoe, überhaupt nicht – es macht dich einfach nur menschlich. Das ist eines dieser streng gehüteten Geheimnisse des Mutterseins – wir alle haben manchmal diese Gefühle, nur verrät sie keiner, weil man nicht als Rabenmutter abgestempelt werden will. Selbst wenn die Kinder klein und süß sind – so wie Saul hier mit seiner Mum, Kate –, braucht man schon mal eine kleine Auszeit. Eine Verschnaufpause, in der man durchatmen und sich daran erinnern kann, wer man war, bevor sie auf der Bildfläche erschienen sind. Und wenn sie dann in die Pubertät kommen, wird's noch schlimmer – da können sie so verdammt ...«

Sie sucht nach den richtigen Worten, also helfe ich nach. »Nervig sein?«

»Genau!«, sagt sie und schlägt zustimmend mit der Hand auf den Tisch. »Und lästig.«

»Und bockig.«

»Und anstrengend … mit einer Teenagerin mitzuhalten und den ganzen Stress, das ganze Drama und die Psychospielchen auszuhalten ist so, als würde man sieben Marathons hintereinander laufen. Im Kostüm von Chewbacca. Kein Wunder, dass wir am Ende des Tages alle ein Glas Wein brauchen. Und hier reden wir von einem ganz normalen Teenager – von den anderen, die eine Menge durchgemacht haben, mal ganz zu schweigen. Also von denen wie Lizzie und Martha, die allen Grund haben, manchmal um sich zu schlagen.«

Ich sehe hinüber zu Saul und Kate. Er ist süß – knubbelig und blond –, doch mittlerweile haut er seiner Mutter immer wieder mit einem Holzlöffel gegen den Kopf. Als ich das sehe, bin ich mir nicht mehr so sicher, wie süß ich ihn finde.

»Martha macht das ganz schön häufig«, sage ich und sehne mich nach einem Kaffee. »Mir gegenüber, der Schule gegenüber, eigentlich der ganzen Welt gegenüber. Ich bin hauptsächlich hierhergezogen, um ihr die Chance zu geben, einen Gang runterzuschalten. Denn sie hat sich auf alles gestürzt. Alkohol, Zigaretten, sicherlich auch Drogen – hoffentlich nur harmlose! Mach dir bitte jetzt keine Gedanken, dass sie auf dem Schulparkplatz mit Heroin dealt! Sie hat sich oft davongeschlichen, hat mit älteren Jugendlichen abgehangen und sich in Schuppen herumgedrückt, in denen sie nichts zu suchen hatte. Einen Abend ist sie sogar mal von der Polizei nach Hause gebracht worden.«

»Ach! Das klingt vertraut – warte mal kurz, ich bin gleich wieder da«, erwidert Laura, steht auf und holt eine Kaffeekanne und zwei Becher, als hätte sie meine Gedanken gelesen. Auf dem Weg zurück füllt sie Kates Tasse auf, zieht Saul sanft den Holzlöffel aus der Hand und bietet den Wanderern ebenfalls an, ihnen nachzuschenken.

Als sie sich wieder hinsetzt und meine Nase tief im Koffein steckt, fährt sie fort. »Klingt vertraut. Meine Schwester Becca war in ihrer Jugend nämlich genauso. Meine Eltern, die örtliche Polizei und die Schwestern in der Notaufnahme haben sich eine Zeit lang mit Vornamen angeredet. Ihr Lebensmotto lautete Sex, Drugs, and Rock 'n' Roll.«

»Becca?«, frage ich ungläubig und erinnere mich an die ungeheuer voluminöse Mumie mit dem auf dem Bauch feststeckenden Hula-Hoop-Reifen. »Die Schwangere?«

»Ja – aber das ist offensichtlich vorbei! Heute beinhaltet ihre Vorstellung eines wilden Abends eine Verabredung mit Poldark im Fernsehen, bei der sie sich ein paar Tabletten gegen Sodbrennen einwirft.«

»Klingt doch eigentlich ganz gut …«

»Ja, nicht? Gegen eine Verabredung mit dem habe ich auch nichts einzuwenden! Auf jeden Fall ist sie heute völlig clean. Das war sie aber schon, bevor sie Sam kennengelernt hat und Schnulli auf dem Vormarsch war. Wie sich später herausgestellt hat, hat auch sie nicht ohne Grund um sich geschlagen. Nur kannten wir den Grund damals nicht.«

»Okay«, sage ich. Obwohl ich weiß, dass ich neugierig bin, kann ich mich trotzdem nicht zurückhalten, die nächste Frage zu stellen. »Und wie lange hat das gedauert? Also, bis Becca ihr Leben wieder im Griff hatte?«

»Ähm … ja, du solltest Martha nicht nach Beccas Vergangenheit beurteilen. Ich bin mir sicher, dass das mit Martha was völlig anderes ist …«

»Wie lange?«

»Äh … so um die vierzehn Jahre? Aber, he! Becca macht nie halbe Sachen – selbst als sie mich hier besucht hat. Sie konnte nicht einfach mal kurz herkommen … nein, sie musste sich direkt verlieben und schwanger werden. Tja, so ist sie nun mal, doch ich mag sie genau so, wie sie ist. Ich bin mir sicher, dass du eines Tages das Gleiche über Martha sagen wirst.«

Oh mein Gott, denke ich, umklammere den heißen Kaffeebecher und erwäge, mich darin zu ertränken. Was ich vielleicht wirklich tun sollte, wenn Martha vierzehn Jahre braucht, um sich zusammenzureißen. Denn so lange halte ich nicht durch.

# 12. KAPITEL

Die nächsten Tage gehen ins Land, und schon bald ist die erste Woche vorbei. Dann die zweite. Das Wetter ändert sich. Dunkelgraue Wolken ziehen immer wieder über den Himmel, der Wind pfeift von der Bucht hinauf, und das trockene Gras saugt den herabfallenden Regen auf. Die Wildblumen sind verwelkt, und die Bäume in The Rockery verlieren ihre Blätter. Sie flattern wie zerknitterte gold- und bronzefarbene Scherben über den Boden.

Auch ich ändere mich. Ich habe viel Zeit damit verbracht nachzudenken, zu lesen und an den Klippen und am Strand entlang zu spazieren, bis hin zu dem alten Bootshaus, das mehrere Meilen entfernt liegt und scheinbar nicht mehr benutzt wird. Meine Fitness ist zweifellos auf dem aufsteigenden Ast, und ich ertappe mich bei Gedanken, die mein fleißiges Hirn normalerweise eher scheut.

Ich denke an Kate und an die Lücke, die sie in unserem Leben hinterlassen hat – und daran, wie schön sie es hier gefunden hätte und wie gern ich das mit ihr geteilt hätte. Ich denke an Barbara, an ihre spitzzüngigen SMS und an ihre kühle Fassade, hinter der sie so viel Schmerz verbergen muss. Ich denke an meine Eltern, die ich schon so lange nicht mehr gesehen habe und die zu sehen ich auch kein Verlangen verspüre.

Mein Vater war ein drogenabhängiger Kleinkrimineller, der wenig Talent in seinem Metier besaß, was dazu führte, dass er mehrfach mit Diebesgut erwischt wurde. Einmal wurde er mit einer Handtasche gefasst, die er gerade einer alten Dame beim Verlassen der Kirche entwendet hatte. Ein andermal mit so viel Marihuana in den Socken, dass er den gesamten Tourbus der Grateful Deads damit hätte versorgen können. Und einmal mit einem Rottweiler, in dessen Maul sein Fußgelenk steckte, da er gerade mal wieder versucht hatte einzubrechen. Er war ehrlich gesagt derart ungeeignet, dass er genauso gut mit einem gestreiften Hemd, einer Schlafmaske und einer Tasche mit der Aufschrift »Beute« hätte herumlaufen können.

Meine Mutter war erst sechzehn, als sie mich zur Welt brachte, und bereits da in einer Abwärtsspirale. Ihr Fachgebiet war das Fälschen von Schecks, was heutzutage wie ein altertümliches Verbrechen anmutet. Wahrscheinlich weiß Martha nicht einmal mehr, was ein Scheck ist. Meine Mutter, durch die ich mit meinem roten Haar gesegnet bin, war genau wie mein Vater versiert darin, sich schnappen zu lassen – für das Fälschen von Schecks, für Sozialhilfebetrug und einmal sogar für die glorreiche Idee, meine Grundschule um ihre Sammelbüchse für die Blindenhunde zu erleichtern.

Meine gesamte Kindheit war ein einziges Chaos. Sowohl zu Hause als auch im Pflegeheim. Ich bin mir nicht sicher, was davon schlimmer war – doch ich weiß, dass es mir wahrscheinlich besser ergangen wäre, wenn man mich bei der Geburt einfach weggegeben hätte. Jetzt, aus der Sicht einer Erwachsenen, die auf ihrem steinigen Weg eine gewisse Lebensweisheit erlangt hat, begreife ich, dass die Tragik nicht nur mein Dasein erfasste, sondern auch das meiner Eltern. Sie vergeudeten ihr Leben, verschenkten ihr Potenzial und waren in einem ununterbrochenen Kreislauf der Selbstzerstörung gefangen. Einer Selbstzerstörung, die fast sogar noch mich mit in den Abgrund gerissen hätte.

Als ich alt genug war, sagte ich mich von ihnen los. Das war nicht einmal schwer – denn sie beachteten mich sowieso kaum. Manchmal frage ich mich, was aus ihnen geworden ist, und verspüre den Drang, sie zu kontaktieren. Eine gemeinsame Freundin, der ich einmal vor Jahren zufällig in der Stadt begegnet bin, hat mir erzählt, dass meine Mutter ihr Leben »in Ordnung« gebracht habe. Dass sie in Therapie sei, eine neue Wohnung habe und sich sehr freuen würde, wenn ich mich melden würde.

Ich habe genickt, gelächelt und bin so schnell wie möglich davongeeilt. Dabei nahm ich den umständlichen Weg zu Kate nach Hause, aus Angst, dass mir jemand folgen und meinen Fluchtplan zunichtemachen könnte. Ja, ich weiß – daran sind die ganzen Bücher schuld, die ich lese.

Jetzt, an diesem wunderschönen Ort hier, habe ich beschlossen, sie vielleicht eines Tages doch noch zu kontaktieren. Vielleicht bin ich irgendwann erwachsen genug, um die Vergangenheit hinter mir zu lassen und nach ihr zu suchen. Aber nicht heute – heute kümmere ich mich um mein übliches Problem.

Martha.

Auch wenn das Wetter und ich uns ändern, sie ändert sich … nicht. Oder vielleicht doch. Nur weiß ich es nicht – weil sie so gut wie nie mit mir spricht. Nicht dass wir uns da falsch verstehen, sie war bisher weder aggressiv noch übermütig, nicht einmal trotzig. Sie hat noch kein einziges Mal nach Alkohol gerochen, und ich habe sie auch noch nicht mit einer Zigarette im Wald hinter dem Ferienhaus erwischt.

Sie ist jeden Tag rechtzeitig aufgestanden, zur Schule gegangen und wieder nach Hause gekommen. Sie hat zu Abend gegessen, ihre Schulaufgaben gemacht und sich in ihr Zimmer verzogen, um Musik zu hören. Nicht einmal zu laut. Seitdem die Schule begonnen hat, verlaufen die Tage in dieser Endlosschleife. Dieses Verhalten bereitet mir komischerweise fast genauso viel Kopfzerbrechen wie das von vor wenigen Wochen, als sie noch Wodka aus ihrer Wasserflasche getrunken und sich ins The Dump davongeschlichen hat.

Ich habe versucht, mit ihr zu kommunizieren, habe gebettelt und Witze gerissen, um sie dazu zu bringen, mit mir spazieren, schwimmen oder abends in den Pub essen zu gehen. Sie hat mich abgewimmelt, zurückgewiesen. Und das mit einer derart kühlen Höflichkeit, dass mir das Blut in den Adern gefror. Ich bin Höflichkeit nicht von ihr gewöhnt, eher Schreien und Fluchen und die allgegenwärtige Gefahr, dass wir uns am Ende auf dem Boden wälzen und an den Haaren zerren.

Heute Morgen habe ich zu ihr gesagt, dass sie nach der Schule ins Café kommen soll, da wir zum Abendessen eingeladen sind. Die Menschen, die ich mittlerweile kennengelernt habe und als meine Freunde betrachte, werden alle da sein – und natürlich ist das Essen frei.

Sie hat ein langes Gesicht gemacht, sich dann aber wohl daran erinnert, dass sie selbst damit zu viel von sich preisgibt.

»Komm schon, das wird lustig«, habe ich gesagt und versucht, sie aus ihrem Panzer der Gleichgültigkeit zu locken.

»Wenn ich kommen muss, komme ich«, hat sie geantwortet, den Rucksack umklammert und eine spannende Stelle über meiner Schulter angestarrt. »Mir bleibt wohl nichts anderes übrig, oder?«

»Martha, bitte sei nicht so!«, habe ich gequiekt.

»Wie? Folgsam? Das war es doch, was du wolltest. Ich bin hier, oder? Ich gehe zur Schule. Ich mache meine Hausaufgaben. Ich bin ein braves, kleines Roboterkind. Genau so, wie du es verlangst hast.«

»Das habe ich weder gewollt noch verlangt … und das weißt du auch. Komm mit Lizzie, Nate und Josh ins Café, und gib der Sache wenigstens eine Chance, okay? Es wird Kuchen geben.«

Ich weiß nicht, warum ich das hinzugefügt habe. Kuchen mag in vielerlei Hinsicht einen bedeutenden Einfluss haben, aber nicht darauf, dass ein mürrischer, untröstlicher Teenager seine Meinung ändert. Ich bekam keine Antwort, da Martha zu sehr damit beschäftigt war, beim Verlassen des Ferienhauses die Tür hinter sich zuzuschlagen.

Jetzt sitze ich in meiner Taschenbuchecke im Café und bin nervös. Ich bin mir nicht ganz sicher, ob sie auftauchen wird. Und wenn, ob sie mit mir sprechen wird. Sie ist nie unhöflich zu den anderen – sie scheint besonders Cheries fürsorgliche Art zu mögen –, doch sie geht auch nicht auf sie zu oder unterhält sich mit ihnen. Vor ein paar Tagen habe ich mitbekommen, wie sie Surfer Sam hinterhergeschaut hat. Immerhin ist sie auch nur ein Mensch – und er ein ausgesprochen attraktives Exemplar seines Geschlechts. Als ich sie angesehen habe und mit ihr darüber lachen wollte, hat sie mir einen giftigen Blick zugeworfen und sich weggedreht.

Lizzie und Josh scheinen es aufgegeben zu haben, mit ihr Freundschaft zu schließen. Ich kann ihnen keinen Vorwurf machen. Sie sind noch immer höflich, aber es schwingt keine

Herzlichkeit mehr mit. Martha tut Lizzie leid. Das weiß ich von Laura. Sie will ihr helfen, doch Martha blockt sie genauso ab wie mich. Sie sprechen nicht miteinander im Bus, und Martha hat ihre Freundschaftsanfrage auf Facebook ignoriert – der ultimative Korb unter Jugendlichen.

Ich blättere durch ein abgenutztes Exemplar eines der Bücher von Daphne du Maurier, Jamaica Inn. Neben mir sitzt die einundneunzigjährige Edie May, vertieft in den neuesten Jack-Reacher-Roman. Ihre Gesellschaft ist einfach wunderbar. Sie hat jahrelang als Bibliothekarin gearbeitet und besitzt ein schier grenzenloses Wissen über Bücher und Lyrik. Nur ihre Begeisterung für *Strictly Come Dancing* scheint mit der für Literatur mithalten zu können. Sie ist schon ganz aus dem Häuschen, weil die nächste Staffel bald beginnt.

Wie alle Bücherwürmer dieser Welt sind auch wir einfach glücklich, nur dazusitzen, zu lesen, gelegentlich miteinander zu plaudern und uns nicht vor den Kopf gestoßen zu fühlen, wenn der andere mitten im Satz für eine Zeit lang in eine völlig andere Welt abtaucht.

Laura und Cherie zaubern gemeinsam etwas in der Küche, das köstlich riecht. Laura experimentiert mit ihrer Herbst- und Winterkarte, und ich freue mich, das Versuchskaninchen zu sein. Becca sitzt in einer Ecke auf einem Sitzsack, den sie tatsächlich mitgebracht hat. Sie hält die Holzstühle für »Folterinstrumente«.

Neben ihr steht Sam. Er hält ihre Hand und sagt etwas, woraufhin sie lacht. Der Geburtstermin ist für diese Woche errechnet. Doch sie ist davon überzeugt, dass »Schnulli« später kommen wird, was sie nicht zu freuen scheint und ich ihr nicht verübeln kann – sie hat einen langen, heißen Sommer ertragen müssen, während sie so groß und rund war wie ein

Heißluftballon. Und jetzt stehen ihr auch noch Höllenqualen bevor.

Matt und Frank sind draußen und verrichten harte Männerarbeit, die Zaunpfähle und einen Hammer beinhalten. Willow ist bei ihrer Mum, Lynnie. Sie hat Alzheimer im Frühstadium. Deshalb kann Willow nicht immer von zu Hause weg. Ich kann mir vorstellen, wie schwer das sein muss, doch scheint es die Laune dieses rosahaarigen Wunders nie zu beeinträchtigen. Sie ist stets optimistisch und fröhlich und reißt einen komischen Witz nach dem anderen.

Scrumpy Joe, der den »Cider Cave« betreibt, kommt herein. Er hat ein paar Geschenke mitgebracht, die in einem Einkaufsbeutel klirren. Midgebo rast sofort hinüber, um den Beutel zu erforschen, und ist offenkundig enttäuscht, als sein wildes Schnuppern nur ein paar große braune Flaschen zutage fördert.

Ich blicke auf meine Uhr. Fast halb fünf. Der Schulbus müsste gleich im Dorf ankommen und die jugendliche Bande sich auf ihren mühseligen Weg zum Café machen.

»Mach dir keine Sorgen, meine Liebe«, sagt Edie und hebt nicht einmal den Kopf. »Ihr wird es hier gut gehen. Es gibt keinen besseren Ort für sie als Budbury. Widerspenstige Teenager sind unser Spezialgebiet.«

»Wirklich? Viele gibt es ja nicht …«

»Wenn ich Teenager sage, meine ich Menschen, die sich so benehmen. Und das schließt Cherie und meine wundervolle Becca mit ein. Sie waren widerspenstig, glaub mir! Doch hier hält man es nicht lange durch, wütend oder traurig zu sein. Nicht mit diesen Menschen. Du wirst schon sehen.«

Ihr Blick ist weiterhin auf Jack Reacher gerichtet. Ich will versuchen, ihr zu glauben. Auch wenn sie sich mit ihrem breiten Akzent und den fast mystischen Betonungen wie ein Yoda aus dem Südwesten Englands anhört.

Ich lege mein Buch weg. Ich habe Jamaica Inn bereits dreißigmal gelesen und bin zu sehr damit beschäftigt, die Tür im Auge zu behalten. Als ich es ins Regal zurückstelle, trudeln sie ein – zumindest Nate, Lizzie und Josh.

Eine Farbexplosion breitet sich im Café aus (hauptsächlich lila). Es wird geschnattert und gelacht. Josh stupst Lizzie an, die daraufhin kichert, und Nate knallt seine Tasche auf den Boden. Dann brüllt er: »Mutter! Mutter, wo bist du? Dein einziger Sohn ist heimgekehrt und braucht *Kuchen*!«

Ich muss unwillkürlich grinsen. Er ist dreizehn. Natürlich braucht er Kuchen. Ich sehe Lizzie an, die zu uns gehüpft ist, um uns zu begrüßen. Sie gehört zu diesen Jugendlichen mit dieser überschäumenden Energie, die ständig herumzutollen scheinen, als wären sie mit einem unsichtbaren Springstock verwachsen. Lizzie wird bald sechzehn. Sie ist zwar genauso sarkastisch wie all die anderen Jugendlichen in ihrem Alter, doch ihre Welt scheint sich von der anderer Sechzehnjähriger aus meinem Umfeld zu unterscheiden.

Ich sage Hallo und frage nicht einmal nach. Das wäre unfair – Lizzie soll sich nicht wie Marthas Aufpasserin vorkommen.

»Mach dir keine Sorgen, sie kommt gleich«, sagt sie dennoch. »Sie war im Bus, hat uns dann aber auf dem Weg hierhin gemieden. Wir sind extra langsam rumgezockelt, um sie zu ärgern – ha, ha. Sie wäre besser mal vorausgejoggt. Egal. Auf jeden Fall ist sie gleich da …«

Und genau in dem Moment geht die Tür auf, und Martha tritt herein, eingepackt in Kates Glastonbury-Hoodie, der scheinbar ständig seinen Besitzer wechselt. Der Wind hat ihr das Haar ins Gesicht geweht. Sie nickt in unsere Richtung. Zumindest nimmt sie unsere Existenz wahr. Dann lässt sie ihre Tasche auf den bereits vorhandenen Haufen von Taschen fallen und geht zur Toilette. Teenager. Man erkennt sie an der Spur ihrer Rucksäcke.

Ich bin erleichtert, dass sie da ist, aber auch traurig, sie so zu sehen. Aus ihr ist einfach sämtliche Freude verschwunden. Nein, nicht Freude … die hat sie schon seit Kates Krankheit nicht mehr verspürt. Aus ihr ist *alles* verschwunden. Selbst ihr Kampfgeist – zumindest kommt es mir so vor.

»Du musst ihr etwas Zeit lassen«, sagt Lizzie und tätschelt meine Hand, als wäre sie meine Mutter. »Sie hat da echt was Schweres durchgemacht. Dann seid ihr auch noch hierhergezogen, obwohl sie das eigentlich nicht wollte – das braucht Zeit, sich daran zu gewöhnen, und das macht wütend. Als mein Dad gestorben ist, hab ich immerhin noch meine Mum gehabt. Martha hat's da noch schwerer. Sie hat nur …«

Lizzie verstummt und wirkt verlegen, weil sie begreift, dass das, was sie sagen wollte, vielleicht verletzend sein könnte. Ich lache und schüttele den Kopf, um ihr zu zeigen, dass ich das nicht bin. Also verletzt.

»Ja, ich weiß. Sie hat nur mich. Ich gebe mir alle Mühe, aber … na ja, du hast recht. Ich muss ihr etwas Zeit lassen.«

Martha taucht von der Damentoilette auf, das Haar etwas ordentlicher und ohne den Hoodie. Sie trägt darunter ein David-Bowie-T-Shirt, das eigentlich mir gehört. Doch jetzt scheint nicht der richtige Zeitpunkt zu sein, deswegen einen Aufstand zu machen. Ich werde es mir einfach bei der nächsten Wäsche wieder zurückklauen, was möglicherweise innerhalb des nächsten Jahres sein kann. Oder auch nicht.

Erwartungsgemäß ignoriert sie uns. Stattdessen setzt sie

sich auf einen Hocker an der Theke, ein Exemplar von König Lear in der Hand, und liest. Sie ist direkt nach der Schule ins Café gekommen, so wie ich sie gebeten habe, und macht jetzt ihre Schulaufgaben. Ich kann mich wohl kaum beschweren, oder?

Da ich sie nicht anstarren möchte, lasse ich meinen Blick durch den Raum schweifen. Ich bemerke, dass Midgebo zu dem Haufen abgelegter Rucksäcke gewandert ist. Vielleicht hofft er, endlich fündig zu werden, nachdem er die bittere Enttäuschung mit den Ciderflaschen hat hinnehmen müssen. Er wühlt darin herum, gräbt seine schwarze Schnauze in den Stoff hinein und scharrt mit den Pfoten, als würde er nach einem Knochen suchen.

Laura taucht aus der Küche auf, um nachzusehen, was vor sich geht. Ihr Gesicht ist rosig, das krause Haar türmt sich wild auf.

»Midge! Böser Hund!«, ruft sie, aber nur halbherzig. Es ist fast unmöglich, Midgebo auszuschelten, so liebenswert ist er.

Der Hund unterbricht kurz seine Grabungen, um sie hechelnd anzusehen, ehe er weitermacht. Nach einigen Sekunden äußerst intensiver Tunnelarbeit, taucht er schließlich mit seiner Beute im Maul wieder auf.

Eine Packung Marlboro Lights. Nun in leicht ramponiertem Zustand.

Er saust damit durch den Raum, kaut auf der Packung herum wie auf einem Kauknochen und verstreut überall die halb zerbissenen Zigaretten. Laura bekommt ihn an seinem Halsband zu fassen. Sie erteilt ihm mehrfach den Befehl »Aus«, den Midgebo aber geflissentlich ignoriert. Stattdessen kaut er weiter auf der Packung herum, bis der Tabak und das zermalmte Papier auf den Boden rieseln.

Schließlich schafft sie es, ihm die Zigaretten zu entreißen, und hält die durchweichten Reste in der Hand. Alle sehen sie an, die meisten versuchen, ein Lachen zu unterdrücken.

»Ich habe gedacht, er bekäme mittlerweile Nikotinpflaster?«, ruft Becca von ihrem Sitzsack aus. Das genügt, um alle losprusten zu lassen.

Alle, außer mir natürlich. Und Martha, die völlig entsetzt dreinschaut. Sie bemerkt meine Miene und tut augenblicklich so, als wäre sie in König Lear vertieft. Lizzie, die neben mir sitzt, entgeht unser stiller Wortwechsel offenbar nicht.

»Das waren meine!«, ruft sie so laut, dass ihre Stimme bis zum Dachsparren erklingt, und springt auf. »Die Zigaretten – das waren meine! Ich hab nur eine probiert, sie hat mir aber nicht geschmeckt. Ich mach's auch nie wieder, aber … das waren meine, ehrlich!«

Alle blicken Lizzie an. Becca setzt dieses »Aber sicher doch«-Lächeln auf. Cherie ist aus der Küche gekommen, um zu sehen, was los ist. Ein Geschirrtuch hängt über ihrer Schulter, und sie hat die Hände in die Hüften gestemmt. Angesichts der schockierenden Mitteilung, die ihre Tochter gerade gemacht hat, sieht Laura eigenartig stolz aus.

Oder vielleicht ist es doch nicht so eigenartig, geht es mir durch den Kopf. Denn alle in diesem Raum wissen, dass diese Zigaretten nicht Lizzie gehören, sondern Martha. Außer Nate vielleicht, der etwas verwirrt aussieht. Lizzie hat einfach nur einen unsinnigen Versuch unternommen, sie vor meinem Zorn zu bewahren.

Komischerweise bin ich aber gar nicht so zornig. Ich bin sogar eher ein bisschen hoffnungsvoll. Denn ich schaue Martha an, die wiederum Lizzie ansieht und dabei tatsächlich lächelt.

# 13. KAPITEL

Mein Leben nimmt einen gewissen Rhythmus an. Einen angenehmen. Ich stehe zusammen mit Martha auf, bringe sie ins Dorf, sehe zu, wie sie in den Bus steigt, und gehe anschließend spazieren. Manchmal mehrere Stunden. Sie hat jetzt schon zwei Tage hintereinander in der Nähe von Lizzie und ihren Leuten gesessen – nicht direkt neben ihr, aber nah genug, um sich mit ihr zu unterhalten und die Kopfhörer einander auszuleihen. Es sind zwar kleine Schritte, aber zumindest Schritte in die richtige Richtung.

Und gestern Abend haben wir einen winzigen Durchbruch auf der häuslichen Front erzielt. Martha hat das Abendessen gemacht. Zugegebenermaßen waren es nur Bohnen auf Toast, aber sie hat es freiwillig gemacht und sich sogar zu mir an den Esstisch gesetzt. Sie hat ein bisschen von der Schule erzählt, sodass ich mich am Ende unserer geschraubten Unterhaltung wie im siebten Himmel fühlte. Unser Verhältnis war in letzter Zeit derart angestrengt, dass selbst diese kleine Geste genügte, um meine Stimmung zu heben.

Ich habe wegen des David-Bowie-T-Shirts sogar einen Ministreit vom Zaun gebrochen, nur spaßeshalber. Ihr altes Feuer blitzte auf, und sie warf mir das T-Shirt ins Gesicht. Ich lächelte – es fühlte sich fast wieder wie in alten Zeiten an. Selbst sie musste ein Grinsen unterdrücken, als sie ins Bett ging.

Nachdem ich sie abgesetzt habe, wandere ich die Klippen entlang, blicke von meinem Aussichtpunkt aus aufs Meer, atme die mittlerweile kühle Luft ein und beobachte das Leben am Strand. Sam, der von Beruf Landschaftspfleger ist, hat mir einen kleinen Führer geschenkt, in dem die einheimische Flora und Fauna genau beschrieben werden. Ich finde Gefallen daran, die seltsamen Namen zu lernen, die unterschiedlichen Arten von Möwen zu bestimmen und nach Weidenlaubsängern und Grauschnäppern Ausschau zu halten.

Das Wetter schwankt hin und her zwischen letzten sonnigen Tagen und richtigem Herbst. Der Himmel verdunkelt sich urplötzlich, und ein faszinierendes Schauspiel sich verändernder Farben setzt ein. Das Sonnenlicht über der Bucht verwandelt sich in trübes Grau und taucht das Meer in einen ähnlichen Farbton.

Heute sieht es so aus, als würde gleich die Hölle losbrechen. Der Himmel ist fast schwarz, der Wind fegt übers Land, und in der Luft liegt ein unheilvoller Druck. Der Regen fällt in kurzen, heftigen Schauern. Die Atmosphäre ist aufgeladen, was typisch ist, wenn ein Mordssturm bevorsteht. Der Boden ist schlammig. Ich sollte mir besser ordentliche Wanderschuhe zulegen. Vielleicht auch diese schicken, spitzen Wanderstöcke – die auch wunderbar als Mordinstrumente dienen. Nur für alle Fälle.

Ich bleibe kurz an meinem Lieblingsplatz sitzen – eine Bank in der letzten Biegung vor dem Café – und blicke auf mein neues Reich. Ich freue mich wirklich, den Wechsel der Jahreszeiten zu erleben; das unterschiedliche Farbenspiel der Blätter, die kürzer werdenden Tage. Wenn wir Glück haben, fällt vielleicht auch bald Schnee und verwandelt den ganzen Ort in eine winterliche Märchenlandschaft.

Wir haben das Ferienhaus für sechs Monate gemietet, also werden wir Weihnachten hier sein ... Wahnsinn. Weihnachten. Ich sitze tatsächlich hier auf meiner Bank, eingepackt in drei Lagen Fleece, und stelle mir unser Weihnachtsfest in Budbury vor. Nicht nur unser erstes Weihnachtsfest hier – auch das erste ohne Kate.

Das letzte Weihnachtsfest war schrecklich. Kate war eine Woche zuvor die Brust entfernt worden, und sie hatte sofort mit der Chemo angefangen, als sie sich ansatzweise besser fühlte. Am Weihnachtsmorgen lagen für Martha und mich Geschenke unter dem Baum. Typisch Kate. Sie hatte wie immer alles vorausgeplant. Ihr selbst ging es zu schlecht, um das Festmahl mit uns einzunehmen. Vielleicht war das aber auch nur eine Ausrede – ich hatte es nämlich zubereitet und festgestellt, dass ich selbst die Fertiggerichte von Marks und Spencer noch verhunzen konnte. Was soll ich sagen? Ich bin eben ein Kochtalent.

Jetzt bin ich diejenige, die vorausdenken muss. Was soll ich Martha bloß schenken? Dem Mädchen, das so gar nichts hat? Mir kommen ein paar Ideen, während ich das Minifernglas einpacke – ebenfalls ein Geschenk von Sam. Danach gehe ich den Küstenweg weiter entlang zum Café. Der Sturm rollt heran, und ich rechne schon fast mit einem hollywoodreifen Tornado über der Bucht.

Ich schaue meistens im Café vorbei, wenn ich morgens spazieren gehe, und verbringe Zeit mit Laura und den Gästen, die sonst noch so da sind. Manchmal sind es Touristen oder frühe Wanderer, manchmal Einheimische – oft Katie und ihr kleiner Sohn Saul; auch Frank und Cherie sind regelmäßig da. Sie frühstücken und lesen dabei die Zeitung.

Gelegentlich sieht Scrumpy Joe vorbei, trinkt einen Kaffee und isst ein paar Cantuccini, ehe er mit seiner Arbeit im Cider Cave beginnt. Ivy Wellkettle, die örtliche Apothekerin, und Edie May, meine Bücher lesende Freundin, sind ebenfalls hin und wieder da.

Die Gesichter ändern sich täglich, doch eins bleibt gleich: Ich bin dort willkommen, als wäre ich Teil der Familie. An den Gedanken habe ich mich erst einmal gewöhnen müssen, denn ich bin noch nie Teil einer richtigen Familie gewesen, außer dieser merkwürdigen Variante, die Kate und ich zusammen gebildet haben. Deshalb war ich anfangs besorgt und hatte Bedenken, dass ich die Gastfreundschaft überstrapazieren würde. Dass ihre Zuneigung nur geheuchelt sei und sich alles in Wohlgefallen auflösen würde.

Zumindest bin ich mittlerweile alt genug, um diese unsinnigen Gedanken als das zu erkennen, was sie sind: Phantome aus meiner Kindheit, Überbleibsel aus den Jahren als Außenseiterin. Sie haben keinen Platz mehr in meiner neuen Wirklichkeit, und ich bekämpfe sie mit der geistigen Entsprechung von Flammenwerfern. Im Leben kann schon so genug schieflaufen. Das weiß ich aus Erfahrung. Da braucht man nicht auch noch hausgemachte Krisen.

Als ich das Café betrete, nass bis auf die Knochen, da es mittlerweile aus Eimern schüttet, blicke ich in die Gesichter des üblichen, gemischten Haufens.

Laura steht hinter der Theke und winkt mir zu. Dampf steigt aus der Kaffeemaschine auf, sodass ihre Riesenmähne sich noch mehr aufplustert. Edie sitzt ihr gegenüber auf einem Barhocker, vor sich verschiedenfarbige Filzstifte und eines dieser Malbücher für Erwachsene. Völlig vertieft malt sie ein Bild von Siamkatzen aus.

Frank sitzt allein an einem kleinen Tisch. Er trägt sein übliches Farmer-Ausgeh-Outfit, das aus einem karierten Hemd und einer dicken Kordhose besteht. Sein silbernes Haar ist frisch gestutzt, vor ihm steht ein Sandwich mit gebräuntem Speck. Er nickt und hebt einen Finger, was auf dem Land einer Umarmung gleichkommt.

»Da kommt 'n echt übler Sturm auf uns zu, glaub's mir!«, sagt er und schüttelt weise den Kopf. Seine Prognose beeindruckt mich nicht – die hätte selbst ich aufstellen können, denke ich, als ich meine triefende Jacke aufhänge.

Becca ist da, unübersehbar auf ihrem Sitzsack. Ihr Körper ist aufgedunsen, und sie sieht elend aus. Als sie mich bemerkt, winkt sie kurz und vertieft sich wieder in ihr Buch, das, wie ich bei näherem Betrachten feststelle, *Schwangerschaft für Dummies* heißt. Sie hat das Wort »Dummies« auf dem Einband mit einem schwarzen Textmarker durchgestrichen und »Becca« darübergekritzelt.

An einem anderen Tisch sitzt Willow. Ihr pinkfarbenes Haar ist zu einem kurzen, unordentlichen Pferdeschwanz zusammengebunden. Sie trägt Klamotten, die zum Filmset von Star Wars passen würden, darunter silbrig besprühte Doc Martens, die keine Schnürsenkel haben, sondern schleifenlose Bänder. Ihre Mum, Lynnie, sitzt neben ihr. Ihr graues Haar ist zerzaust, und sie ist in einen Bademantel gekleidet. Mein Blick wandert zu ihren Füßen, die in verschlammten, schottengemusterten Pantoffeln stecken.

Ich verspüre leises Mitleid und gehe hinüber, um den beiden Guten Tag zu sagen. Ich kann mir vorstellen, was passiert ist, denn Laura hat es mir gegenüber schon erwähnt. Lynnie, die unter Alzheimer leidet, wacht gelegentlich vor Willow auf und beschließt dann, einen Spaziergang zu machen. Manchmal ist ihr Ziel das Gemeindehaus, in dem sie früher Yogakurse gehalten hat, und manchmal ein Ort, den ich nur als das House on the Hill kenne. Dort war einmal eine Art privates Kinderheim untergebracht, in dem sie Bastelunterricht und Meditationskurse gegeben hat. Es kommt aber auch vor, dass sie direkt zum Café geht – wohin es scheinbar die meisten Menschen zieht.

Willow sieht müde aus. Ihre Augen sind gerötet und verquollen. Die Arme! Sie setzt ein Lächeln auf, als ich mich nähere. Ich tätschele ihre Schulter und nicke auch Lynnie zu. Ich habe sie bisher noch nicht kennengelernt und bin mir nicht sicher, was mich erwartet.

Dass sie nach meiner Hand greift, aber wohl eher nicht, weshalb ich zusammenzucke. Glücklicherweise kann ich meine instinktive Reaktion unterdrücken, auf ihre überraschende Berührung hin um mich zu schlagen.

»Auburn!«, ruft sie und klingt sehr viel erfreuter als die meisten anderen Menschen, wenn sie mich sehen. »Komm und setz dich zu uns – dieses reizende Mädchen hier erzählt mir gerade von ihrer Hündin, Bella Swan! Sie ist offensichtlich nach einer Figur aus einem Vampirfilm benannt, stell dir vor. Und sie ist ein Border Terrier, genau wie unser Pickle!«

Mein Blick wandert zu Willow, die mir erschöpft zunickt. Also setze ich mich hin, während Laura hinter mir auftaucht. Sie stellt einen Becher Kaffee und einen Teller mit gebuttertem Toast auf den Tisch. Ich bemerke, dass die Reste des gleichen Frühstücks auf Willows Teller und dem ihrer Mum liegen. Der Regen peitscht gegen die Fensterscheiben, als würde er sie auf Schwachstellen hin überprüfen, um einen Weg ins Haus zu finden. Die Lichter im Café sind mittlerweile alle eingeschaltet, so düster ist es draußen.

»Mum, das ist nicht Auburn«, sagt Willow sanft. »Das ist Zoe. Sie ist gerade mit … mit ihrer Stieftochter hierhergezogen.«

Ich spüre, wie ich mich anspanne, als sie das sagt. So ist es immer. Keiner weiß so richtig, wie er das Verhältnis zwischen Martha und mir beschreiben soll. Auch Martha und ich wissen es nicht.

»Du hast eine Schwester, die Auburn heißt?«, frage ich und lenke von der verlegenen Stille ab, die gerade eingetreten ist.

»Ja«, antwortet Willow und lächelt. »Mum hat uns nach unserem Aussehen bei der Geburt benannt.«

»Nicht nur nach dem Aussehen. Auch nach dem Temperament«, fügt Lynnie hinzu. Sie sieht verwirrt aus, als würde sie herumrätseln, woher Willow das alles weiß und ob sie deshalb beunruhigt sein sollte.

Willow nickt und tätschelt ihre Hand. »Also, ich war groß und schlank«, sagt sie.

»Das bist du noch immer«, stelle ich fest und zeige auf ihre superschlanken Modelbeine.

»Stimmt. Deshalb heiße ich Willow. Auburn hat genauso rotes Haar wie du. Selbst auf den Babyfotos sieht ihr Köpfchen aus, als würde es in Flammen stehen. Mein Bruder Angel sah aus wie ein Engel. Sein Name erklärt sich damit von selbst. Mein ältester Bruder hatte dieses seltsame Ohr – er wurde bei der Geburt ein bisschen zusammengequetscht –, also bekam er den Namen Van. Nach van Gogh.«

»Okay«, sage ich und nicke, als wäre das alles völlig einleuchtend – was es auch ist, in gewisser Weise. »Und wo sind die jetzt alle?«

»Auf ihrem Weg zur Erleuchtung«, flötet Lynnie und sieht stolz aus. Willow zieht nur die Augenbrauen hoch, und ich komme zu dem Schluss, dass das wohl ein Thema ist, das wir uns für einen anderen Tag aufheben sollten. Vielleicht erklimmen sie gerade den Machu Picchu oder finden ihr Zen in einem Kloster oder arbeiten in einem Klamottenladen. Wer weiß? So oder so, aus irgendeinem Grund ist Willow hiergeblieben und kümmert sich allein um ihre Mutter. Das ist die nackte, schmerzliche Wahrheit, und ich fühle mit ihr mit – meine Mutter hat lediglich ein Verhalten an den Tag gelegt, als würde ich nicht existieren, Willows Mutter scheint nicht einmal genau zu wissen, wer sie ist. Ich weiß nicht, was schlimmer ist.

Ich esse meinen Toast und trinke meinen Kaffee. Wir plaudern über das Wetter, die Pläne für Halloween, und irgendwann fällt der Satz: »Ehe wir uns versehen, ist Weihnachten.« Wir versuchen einfach, uns in dieser äußerst unnormalen Situation normal zu verhalten.

Frank schnaubt hin und wieder über etwas, das er in der Zeitung liest, Edie schnattert mit Laura, und Becca … die ist ziemlich still, abgesehen von gelegentlichem Stöhnen und Ächzen. Nach einem besonders lauten Grummeln blicke ich zu ihr hinüber und frage mich, ob alles in Ordnung ist. Mit schmerzverzerrtem Gesicht umfasst sie ihren Bauch. Das Buch liegt auf dem Boden, womöglich hat sie es angewidert fallen gelassen.

Ich gehe zu ihr, hebe es auf und bemerke, dass einige Textstellen markiert sind und an mehreren Seiten farbige Post-its kleben.

Ich hocke mich neben sie und gebe ihr das Buch zurück. Sie umklammert es so fest, dass ich höre, wie ein paar Seiten reißen.

»Alles in Ordnung?«, frage ich leise, weil ich nicht die Aufmerksamkeit auf sie lenken will. Sie ist eindeutig darum bemüht, sich unsichtbar zu machen, was eine Mammutaufgabe ist angesichts ihres Umfangs, der einem kleinen Elefanten gleichkommt.

»Ja«, stößt sie hervor, als würde ihr selbst das Sprechen schwerfallen. »Ich hab diese Vorwehen … ich glaub, die heißen Braxton-Hicks-Kontraktionen …«

Sie beißt sich auf die Lippe. Ihr blasses Gesicht ist mit einem leichten Schweißfilm überzogen. Sie hat das lange, dunkle Haar zu einem unordentlichen Pferdeschwanz zusammengebunden. Mehrere Strähnen haben sich daraus gelöst und hängen auf ihre Schultern herab.

»Okay«, erwidere ich und denke an den Tag zurück, als Kate Wehen hatte. Wir waren damals selbst noch verdammt jung – erst zweiundzwanzig – und hielten es für ein aufregendes Abenteuer. Bis dann diese Höllenqualen einsetzten und der Spaß vorbei war.

Beccas Gesichtsfarbe wechselt langsam ins Grünliche. Sie windet sich auf ihrem Sitzsack, um eine angenehmere Position für ihren medizinballgroßen Bauch zu finden.

»Sag mal, Becca«, beginne ich vorsichtig und stecke ihr eine feuchte Haarsträhne hinters Ohr, »wie oft hast du diese Vorwehen denn heute schon gehabt?«

»Äh … ich weiß nicht. Nicht oft. Mach dir keine Gedanken! Das geht vorbei.«

»Da bin ich mir sicher. Aber wann haben sie begonnen?«

»Heute Morgen um zwei. Sam hat tief und fest geschlafen. Also bin ich nach unten gegangen und hab ein Glas Milch getrunken. Am liebsten hätte ich ihm einen Kinnhaken verpasst, als er aufgestanden ist, frisch wie der junge Frühling und … so dünn!«

»Ja, das kann ich mir vorstellen. Da hast du erstaunliche Zurückhaltung bewiesen. Ich hätte ihm wahrscheinlich einen verpasst. Haben diese Wehen angedauert? Und sind sie … na ja, in kürzeren Abständen gekommen?«

Ich versuche meinen Ton gleichbleibend zu halten, als ich die Frage stelle. Doch sie ist auf Zack und sieht mich wütend an. »Es ist alles in Ordnung«, blafft sie. »Ich weiß genau, was du denkst, aber ich habe noch keine Wehen. Das kann gar nicht sein – denn das wüsste ich! Ich bin … ich bin noch nicht dazu *bereit*!«

In dem Moment, als sie das letzte Wort herausschreit, bricht der Sturm endgültig los. Einem fürchterlichen Donnerschlag folgt ein greller Blitz, der Beccas schmerzerfülltes Gesicht erstrahlen lässt, und mir wird klar, dass wir uns hier in mehrfacher Hinsicht im Auge eines Sturms befinden.

Sie greift nach meiner Hand und drückt sie so fest, dass meine Karriere als Geigenspielerin spätestens jetzt beendet wäre, hätte ich eine solche je gehabt. Offenbar hat sie eine derart heftige Welle von Schmerzen erfasst, dass sie kurz die Kontrolle verliert und einen Schrei ausstößt.

Frank blickt von seiner Zeitung auf, die hellblauen Augen wirken beunruhigt. Edie und Laura unterbrechen ihren Plausch und starren uns an, Willow und Lynnie drehen sich zu uns um.

Laura wischt sich die Hände an einem Geschirrtuch ab, bevor sie herbeieilt. Sie trägt eine Schürze mit dem Konterfei von Superman, über dem »Superköchin« steht.

»Was ist los?«, fragt sie und klingt verständlicherweise besorgt. »Becca, geht's dir gut?«

»Nein, verdammt noch mal!«, kreischt ihre Schwester. Von ihrer gelassenen, ruhigen Fassade ist mittlerweile nichts mehr übrig. »Ich habe diese dämlichen Vorwehen, und die bringen mich fast um!«

Laura und ich tauschen einen Blick aus, und ich schüttele den Kopf.

»Diese Vorwehen hat sie seit heute Morgen, und sie kommen scheinbar im Abstand weniger Minuten«, erkläre ich. Laura verdreht die Augen und hockt sich neben Becca auf den Boden.

»Du hast Wehen, meine Liebe«, sagt sie ruhig. »Das Kind kommt. Wir werden dich wohl ins Krankenhaus bringen müssen.«

»Ich will in kein Krankenhaus! Ich will hierbleiben«, protestiert sie. »Außerdem will ich, dass Sam kommt. Und … oh Mist … oh nein … Laura, ich glaub, ich hab mir gerade in die Hose gemacht! Was passiert hier mit mir?«

»Deine Fruchtblase ist geplatzt. Das ist völlig normal, mach dir keine Sorgen! Du musst aber diese Leggings ausziehen, okay? Wir wollen doch nicht, dass der Zwickel einer Strumpfhose das Erste ist, was dein Kind in dieser Welt erblickt, oder?«

Die kleine Gruppe von Menschen, die im Café ist, tritt näher heran. Ich verspüre Mitleid mit der Frau, die im Zentrum all der Aufmerksamkeit steht. Laura hat mir von Beccas bewegter Drogen- und Alkoholvergangenheit erzählt.

Seit sie Gin, Marihuana und Konsorten vor mehreren Jahren abgeschworen hat, ist sie stattdessen süchtig nach einem Leben ohne Medikamente – sie weigert sich sogar, ein Aspirin zu nehmen, wenn sie Kopf- oder Halsschmerzen hat. Ich kann völlig nachvollziehen, warum sie die Anzeichen ignoriert hat und in kein Krankenhaus will. Denn dort würde man sie mit allen möglichen Schmerzmitteln vollpumpen und ihre Erfolgsbilanz ruinieren. Deshalb hat sie zu lange gewartet – und wir alle wissen, was als Nächstes kommt.

Edie, die mit einer für ihr Alter erstaunlichen Behändigkeit von ihrem Hocker heruntergesprungen ist, hat sich bereits ans Telefon geklemmt. »Bei Dorchester hat's aufgrund des Sturms eine Massenkarambolage gegeben«, sagt sie und runzelt die Stirn so heftig, dass ihr Gesicht sich in eine einzige Riesenfalte verwandelt. »Ein Traktor ist umgekippt. Krankenwagen werden deshalb wohl nur schlecht durchkommen. Wir sollten sie daher besser ins Auto verfrachten und so schnell wie möglich ins Krankenhaus bringen – solange es noch sicher ist zu fahren. Wonach es aber nicht unbedingt aussieht, wenn ich so nach draußen schaue …«

Unsere Blicke wandern zum Fenster. Der Himmel ist tiefschwarz, und der Regen fällt in Strömen. Der Wind scheint die Welt durchzuschütteln, und es fühlt sich nicht sicher an – eher so, als könnten wir alle in Australien aufwachen.

Becca greift nach Edies papierdünner Hand. Ich hoffe, sie quetscht sie nicht so sehr wie meine, sonst verwandeln sich Edies zarte Knochen noch in Staub.

»Edie! Ich kann das nicht!«, flüstert sie, als könnte sie so niemand anderer hören. Als wäre sie nicht die Hauptattraktion, umgeben von besorgten Gesichtern. Als wäre die winzige Edie May das kraftvollste Wesen im ganzen Universum.

Edie beugt sich zu ihr, küsst Beccas verschwitztes Gesicht und tätschelt ihr feuchtes Haar.

»Aber natürlich kannst du das, Kind«, versichert sie ihr. »Du bist doch meine wunderbare Becca. Du kannst doch absolut alles, nicht wahr? Denk nur daran, was du alles durchgemacht hast. Was du alles überstanden hast. Denk an das großartige neue Leben, das du zur Welt bringen wirst. Das du dir, Sam und uns allen schenken wirst. Und denk an die nächste Folge von Strictly – bis dahin wirst du alles hinter dir haben. Wir werden sie uns gemeinsam ansehen, eingepackt in eine Decke, und dabei eine schöne Tasse Tee trinken.«

Becca macht eine abfällige Bemerkung zu Anton du Beke und lässt Edies Hand los. Die aufmunternden Worte scheinen sie etwas beruhigt zu haben, und sie atmet ein paarmal tief ein.

Ich sehe die Gruppe, die sich mittlerweile um uns herumdrängt, und frage mich, ob wir vielleicht Wasser abkochen oder Handtücher holen sollten, wie sie es immer in den Sendungen im Fernsehen machen.

»Schaffst du's bis zum Auto?«, frage ich und betrachte Becca zweifelnd. »Wir können dich tragen …«

»NEIN«, brüllt sie so laut, dass sie wohl noch in Cornwall zu hören ist. »Nein! Schaff ich nicht, und ihr werdet mich auch nicht tragen. Ich will nicht ins Krankenhaus! Da wollte ich nie hin …Ich bekomme das schon hin … Ich hab alles darüber gelesen …«

Laura kümmert sich um Beccas untere Körperhälfte und zieht ihr so diskret wie möglich die Leggins aus.

»Ich weiß, dass du nicht ins Krankenhaus willst«, sagt sie geduldig zu ihrer Schwester. »Und der bisherige Verlauf überrascht mich auch nicht im Geringsten. Du hast dieses Kind nie auf die einfache Art und Weise zur Welt bringen wollen, oder? Aber dann erkläre uns jetzt bitte, was du von uns erwartest?«

»Ich erwarte von dir, dass du mir mit diesem verdammten Baby hilfst«, grummelt Becca, wälzt sich hin und her und hält sich den Bauch. »Wo ist Matt? Der kennt sich doch in so was aus!«

»Matt ist in Charmouth und bringt gerade einen Wurf Möpse zur Welt. Außerdem, selbst wenn er hier wäre, er ist Tierarzt und kein Geburtshelfer, du dumme Kuh!«

»Ha! Ich wünschte, ich wäre eine Kuh. Dann wäre alles viel einfacher … Frank! Wo ist Frank?«

»Ich bin hier, meine Liebe«, ertönt seine Stimme. Er tritt vor und sieht leicht verlegen aus. »Was brauchst du?«

»Frank«, sagt Becca und japst zwischen den einzelnen Wehen nach Luft. »Du bist doch Farmer, hast Kühe und Schafe und so. Du warst doch bestimmt schon dabei, als sie ihre Jungen zur Welt gebracht haben. Du kannst mir doch helfen, oder?«

Er kratzt sich das silberne Haar, runzelt die Stirn und denkt nach.

»Na jaaaa … das ist schon noch was anderes mit einem Mutterschaf. Ich geh mal davon aus, dass es dir nicht so recht wäre, wenn ich die Hufe deines Nachwuchses zusammenbinde und ihn dann aus dir herausziehe …«

»Hufe? Mein Nachwuchs hat keine Hufe, verflucht noch mal! Das ist ein Baby … und … oh Gott … tut das weh!«

»Okay«, sagt Frank, und sein sonnengegerbtes Gesicht wird leicht blass. »Ich geh dann mal los und suche Sam …«

Er dreht sich um und nimmt die Beine in die Hand. Der Sturm da draußen ist ihm lieber als der Sturm hier drinnen.

Ratlos und wie erstarrt stehen wir herum und warten darauf, dass einer das Zepter in die Hand nimmt. Laura, selbst zweifache Mutter, scheint zwischen Gelassenheit, Fürsorglichkeit und einem völligen Nervenzusammenbruch hin und her zuschwanken. Edie hat sich wieder ans Telefon geklemmt und spricht mit dem Rettungsdienst, der »telefonische Hilfeleistung« angeboten hat. Ich bereite mich geistig darauf vor, als Hebamme einzuspringen.

Die Situationen, in denen man seine Führungsqualitäten endlich unter Beweis stellen kann, sind mitunter schon mal außergewöhnlich.

# 14. KAPITEL

Die grauhaarige, in einen Bademantel gekleidete Lynnie schiebt sich an uns vorbei und tritt zu Becca. Sie hockt sich auf den Boden und verschafft sich kurzerhand einen Überblick über die Lage. Genau das ist es, wovor der Rest von uns sich gescheut hat. Ich hatte mir zum Beispiel ausgemalt, wie ein glitschiger Außerirdischer aus ihr herausschießt, so wie eine Kugel aus einem Gewehrlauf, und ich ihn nicht rechtzeitig auffangen würde. Ich wäre für immer Die Frau, Die Das Baby Fallen Ließ.

»Okay, meine Liebe«, sagt Lynnie, als sie wieder auftaucht. »Es wird nicht mehr lange dauern. Offensichtlich hast du schon den ganzen Tag Wehen, du bist also ein Naturtalent im Kinderkriegen. Ich kann bereits das Köpfchen sehen. Du musst jetzt ruhig bleiben und dich auf deine Atmung konzentrieren – kannst du das? Atme schön tief und lange durch die Nase ein – zähl bis vier –, und atme dann schön tief und lange durch den Mund wieder aus.«

Becca greift nach ihrer Hand und nickt. Sie atmet ein. Lynnie beginnt derweil langsam zu zählen, und ich bemerke, dass wir alle Beccas Beispiel folgen – Edie, Laura, Willow und ich. Das konzentrierte Atmen tut uns wahrscheinlich allen gut.

Die Ruhe wird lediglich dadurch unterbrochen, dass am Ende des Zählvorgangs ein weiterer Donner den Raum erschüttert. Eine Geburt während der Apokalypse.

»Wenn die Schmerzwellen kommen«, sagt Lynnie und hilft Becca in eine bequemere Position, »möchte ich, dass du sie annimmst, meine Liebe, denn mit jeder Schmerzwelle kommen wir dem Wunder deines Babys näher … atme, jetzt. Ja, genau so! Eins, zwei, drei, vier …«

Während wir alle einatmen, wird die Tür des Cafés aufgerissen, und Sam stürmt herein, direkt dahinter Frank. Er trägt seine übliche Kluft aus kakifarbenem Fleece und Cargohose, das blonde Haar trieft vor Nässe. Er bleibt stehen, erfasst das Geschehen und erlaubt sich einen kurzen Augenblick der Panik, ehe er sich ins Getümmel stürzt.

Ihnen folgt ein weiterer Mann – groß, blond, in Jeans, einen seltsamen Cowboyhut auf dem Kopf. Sollte er ein zufälliger Gast sein auf der Suche nach einem Stück Möhrenkuchen und einer Tasse Tee, ist dieser Anblick hier wohl eine ziemliche Überraschung. Sein Gesicht ist zwar kaum zu erkennen, doch ich beobachte, wie er sich ein Bild von der Lage macht und Beccas Stöhnen hört. Er legt seinen klatschnassen Hut auf einen Tisch ab und stapft zu uns herüber.

»Ich brauche kochendes Wasser und ein paar Handtücher!«, sagt er entschieden. Ich bin so erleichtert, endlich diese Worte zu hören, dass ich seinen ausländischen Akzent kaum wahrnehme. Stattdessen flitze ich mit Willow in die Küche.

Er kauert zwischen Beccas Beinen, ohne im Geringsten peinlich berührt zu sein. Lynnie bleibt an Beccas Seite, hält ihre Hand, zählt ihre Atemstöße und beruhigt nicht nur sie, sondern uns alle. Sam streichelt Beccas Stirn und flüstert ihr ermutigende Worte zu. Ich muss unwillkürlich lächeln, als sie eine bemerkenswerte Tirade von Kraftausdrücken ausstößt, nachdem er ihr gerade gesagt hat, dass er sie liebt.

»Daran ist nur dein Schniedel schuld«, schreit sie. »Ich werde ihn abschneiden, wenn das hier alles vorbei ist!« Frank zuckt daraufhin zusammen und eilt zu uns herbei, um beim Hereinbringen des Wassers und der Handtücher zu helfen. Ich habe auch eine Packung Schmerztabletten in der Messerschublade gefunden, wedele kurz damit herum und frage Becca, ob sie welche davon haben möchte. Es ist kein Lachgas – und auch keine wunderschöne PDA –, doch vielleicht ist es besser als nichts.

Sie kneift die Augen zusammen, als würden die Tabletten nicht existieren, und schüttelt verneinend den Kopf. Du meine Güte! Sie ist echt hardcoremäßig drauf.

Der blonde Mann taucht seine Hände in das heiße Wasser und zuckt zusammen, als er merkt, dass es tatsächlich kochend heiß ist. Doch er ist Manns genug, nicht loszuheulen. Er beugt sich noch einmal nach unten. Dann lächelt er Becca schief an. Über sein Gesicht verläuft seitlich eine Narbe, was ihm ein leicht piratenhaftes Aussehen verleiht, besonders wenn es blitzt.

»In Ordnung, meine Liebe – er ist auf dem Vormarsch. Oder sie, wer weiß? So oder so, das Baby will raus … und das werden wir jetzt in Angriff nehmen, okay? Ich will, dass du bei der nächsten Wehe presst, ja? So fest, wie du kannst. Richtig fest … und mit jeder Wehe schön weiterpressen, bis ich sage, dass du aufhören sollst.«

Becca nickt und befolgt seine Anweisungen. Ich habe keine Ahnung, wer dieser Mann ist. Vielleicht der einheimische Arzt, den ich bisher noch nicht kennengelernt habe. Auf jeden Fall ist er ein Geschenk des Himmels. Der Rest von uns würde sonst wahrscheinlich immer noch googeln, wie ein Kind entbunden wird.

»Komm schon …«, sagt er und tätschelt aufmunternd ihr Bein. »Das kannst du besser – leg dich ein bisschen ins Zeug!«

Becca verzieht das Gesicht, die Wangen plustern sich auf und werden rot, sodass ihr Kopf wie ein riesiger Ballon aussieht, der jeden Augenblick zu platzen droht. Sie presst, und wir alle scheinen mitzupressen. Laura auf jeden Fall, denn ich kann sie praktisch dabei sehen. Sie sitzt seitlich vom Zentrum des Geschehens. Ihre Nasenflügel sind aufgebläht und weiß, und ihre Superköchinnen-Schürze sitzt schief.

»Das Köpfchen ist schon draußen. Den schwersten Teil hast du also schon geschafft. Noch einmal pressen, dann ist das Baby da …«, sagt der Mann, der flach auf dem Boden liegt und alles gibt.

Becca stößt einen markerschütternden Schrei aus. Dann ist ein eigenartiges platschendes Geräusch zu hören, und das Baby gleitet in die großen Hände des Kerls auf dem Boden, der verkündet, dass es ein Mädchen ist. Er wickelt es schnell in ein Handtuch. Dann reibt er die Kleine sanft, bis sie schreit.

Der Schrei – laut, wütend, verzweifelt – ist über den Donner hinweg zu hören und lässt die Anspannung abklingen. Die Erleichterung im Raum ist förmlich spürbar. Das Baby ist da. Es lebt. Und weint.

Ich weine auch, bemerke ich, als Becca ihr Kind in die Arme nimmt. Die Geburt ist noch immer nicht ganz vorbei. Daran kann ich mich noch von Marthas Geburt dunkel erinnern. Man glaubt, es wäre alles überstanden, und könnte nach der Zigarre greifen, da beginnen die Nachgeburt und das Nähen. Doch erst einmal sind wir alle nur völlig aus dem Häuschen.

Ich bin nicht die Einzige, die zu Tränen gerührt ist, stelle ich fest, als ich mich umsehe. Auch Laura ist aufgelöst und schluchzt. Sie eilt zu ihrer Schwester, um ihre Nichte in Augenschein zu nehmen. Frank wischt sich die Augen und versucht trotzdem, wie ein Mann auszusehen. Sam küsst immer wieder seine neugeborene Tochter, Becca und sogar Lynnie, die völlig ruhig wirkt, sodass man sich gar nicht mehr vorstellen kann, dass sie vor wenigen Minuten noch nicht einmal ihre eigene Tochter erkannt hat.

Edie kommt herbeigetippelt, das Telefon in der Hand. »Der Krankenwagen ist in zehn Minuten da!«, ruft sie triumphierend. »Ich habe ihnen gesagt, dass Becca Drillinge bekommen würde. Da wurden sie mit einem Mal besorgter!«

Wir lachen alle darüber, und ich arbeite mich langsam vor, um einen ersten, richtigen Blick auf die neue kleine Erdenbürgerin zu erhaschen. Sie ist noch immer in ein Handtuch gewickelt, und die Nabelschnur ist noch nicht durchtrennt. Ich erkenne dunkelbraunes, feuchtes, abstehendes Haar. Ihre Augen sind geöffnet, sie sind genauso umwerfend blau wie die ihres Vaters. Ihre Haut ist weich und wirkt flauschig. Eine winzige Hand streckt sich in die Luft und greift nach nichts. An den perfekten, kleinen Fingern sind perfekte, kleine Fingernägel.

Becca rollen Tränen über die Wangen. Vor Freude oder darüber, dass der Schmerz vorbei ist. Vielleicht beides. Sie hat nie den Eindruck auf mich gemacht, als hätte sie nah am Wasser gebaut – sie ist ein toughes Mädel aus der Stadt, so wie ich, nur dass sie und Laura in Manchester aufgewachsen sind –, und es ist seltsam ergreifend, zu erleben, wie alle Dämme bei ihr brechen.

Ich fühle mich geehrt, hier zu sein und diesen einzigartigen, wunderbaren Augenblick mit diesen Menschen zu teilen. Das

Glück um mich herum lässt all meine Sorgen verblassen. Meine Angst um Martha und mein Schmerz darüber, dass Kate nicht mehr bei uns ist, werden in den Hintergrund gedrängt – stattdessen fühle ich mich in dieser Gemeinschaft, die gerade die Geburt eines Kindes gefeiert hat, so geborgen wie unter einer flauschigen Decke, gewebt aus nichts als Hoffnung. Der Sturm soll sich einfach verziehen. Diesen Augenblick kann nichts zerstören.

Lynnie beugt sich vor, um das zarte Gesicht des Babys sanft zu streicheln, und lächelt.

»Sie ist so weich und flauschig wie ein Pfirsich. Ihr solltet sie Peach nennen«, sagt sie zu Becca und Sam.

»Das ist ein wunderschöner Name«, erwidert Becca und betrachtet das Gesicht ihrer Tochter. »Aber Sam und ich haben bereits entschieden, wie sie heißen soll, nicht wahr, Sam?«

Sam nickt. Sein Blick kann sich nicht von seiner Tochter loseisen.

»Ja«, antwortet er, sieht kurz auf und macht die Person ausfindig, der er die Neuigkeit vor allem verkünden will. »Ich möchte euch allen unsere Tochter vorstellen – Edie Theresa.«

# 15. KAPITEL

Edie ist ganz gerührt und setzt die Brille ab, um sich die Tränen zu trocknen. Soweit ich weiß, hat sie keine eigenen Kinder, dafür aber einige Neffen, Nichten, Großneffen und Großnichten. Scheinbar bedeutet es ihr sehr viel, dass Becca und Sam ihre Tochter nach ihr benannt haben, und sie platzt förmlich vor Glück, als die Rettungssanitäter endlich eintreffen und die Tür im Wind krachend aufschlägt.

Sie eilen mit Taschen und medizinischen Geräten herbei und machen einen äußerst fähigen Eindruck, als sie Becca und das Baby untersuchen.

»Wie sieht ihr Apgar-Score aus?«, fragt Becca, während eine Sanitäterin ihr behutsam Little Edie aus den Armen nimmt, um sie zu begutachten. Dieses Schwangerschaftsbuch hat offenkundig was gebracht.

»Er wird großartig sein«, antwortet die Sanitäterin, eine kleine, mollige, blonde Frau. »Das kann ich Ihnen jetzt schon sagen. Ihre Kleine ist perfekt. Nur gibt es hier scheinbar bloß ein Kind und keine Drillinge. Es sei denn, Sie verschweigen uns was …«

Sie blickt sich um, als würde sie nach versteckten Babys

suchen. Edie winkt entschuldigend mit ihrer runzligen, kleinen Hand.

»Tut mir leid! Das ist meine Schuld … wissen Sie, meine Liebe, ich bin einundneunzig … und schon mal ein bisschen verwirrt.«

Wir alle bemühen uns, nicht loszuprusten – Edie ist einer der am klarsten denkenden Menschen, die ich je kennengelernt habe. Die Sanitäterin zuckt mit den Achseln und setzt ihre Arbeit fort.

»Das haben Sie hier alle wirklich toll hinbekommen«, sagt sie, »aber wir sollten die frischgebackene Mutter und das Kind besser ins Krankenhaus bringen, damit die beiden auf der Entbindungsstation kurz durchgecheckt werden.«

»Ich will nicht ins Krankenhaus«, jammert Becca, und wir alle verziehen gemeinschaftlich das Gesicht. Langsam hege ich den Verdacht, dass sie selbst dann zu Hause bleiben würde, wenn sie bei einem tragischen Unfall mit einem Mähdrescher einen Arm verlieren würde. Wahrscheinlich würde sie einfach versuchen, ihn wieder anzukleben.

»Ich glaube, dass du da nicht drum herumkommst«, sagt der sich als Held des Tages erwiesene blonde Pirat und Geburtshelfer. »Ich bin zwar kein Fachmann, aber meiner Meinung nach sind da unten noch ein paar Nacharbeiten notwendig, wenn du verstehst, was ich meine.«

Becca stößt ein angeekeltes »Bäh« aus und beißt die Zähne zusammen.

»Verdammt!«, ruft sie und reckt den Hals, um einen Blick auf »da unten« zu werfen, was ich sorgsam vermieden habe. »Muss ich etwa genäht werden? Wird meine Muschi am Schluss so aussehen wie Frankensteins Gesicht? Sam, wirst du mich dann noch immer lieben?«

Sam lacht ungeniert, während wir uns bemühen, ernst zu bleiben. Er küsst sie. Richtig. Auf die Lippen. »Natürlich«, antwortet er. »Selbst mit Bolzen drin.«

»Dazu wird es wohl hoffentlich nicht kommen«, wirft die Sanitäterin ein, die eine Trage vorbereitet, um unsere frischgebackene Mum darauf zu verfrachten. »Das wird ein Kunstwerk. Schöner als vorher.«

Laura taucht aus der Küche auf, in der Hand eine dieser altmodischen Waagen mit einer großen, pastellgrünen Schale aus Emaille. Sie legt ein Geschirrtuch hinein, damit die Unterlage nicht zu kalt ist, und sieht die Sanitäterin fragend an.

Die Frau nickt, lächelt und legt Little Edie hinein. Sie strampelt mit ihren knubbeligen Beinen und rudert mit den Armen. Wir blicken alle gespannt auf die Nadel, die sich nach ein paar Sekunden endlich einpendelt.

»Viertausendsiebzig Gramm«, ruft Laura erstaunt. »Was für ein Wonneproppen! Ich bin so stolz auf dich, Schwesterherz!«

Wir alle stimmen staunend mit ein und gratulieren, während Becca, Sam und ihre Tochter startklar gemacht werden, um in ein etwas klinischeres Umfeld umzuziehen.

Draußen stürmt es, aber das ist uns egal. Wir versammeln uns um die kleine Familie und verabschieden sie winkend, während sie über den längeren Weg, der für Rollstuhlfahrer und Kinderwagen asphaltiert ist, nach unten gebracht wird. Becca winkt mit einer majestätischen Geste zurück, als wäre sie die Queen, die ihren Untertanen Lebewohl sagt. Little Edie stößt einen langen, kräftigen Schrei aus, der die Klippe hinaufhallt.

Wir sehen ihnen mit klappernden Zähnen und wehenden Haaren hinterher, bis sie in den Krankenwagen verfrachtet werden. Wow, denke ich, als die Sanitäterin die Tür zuschlägt. Ich kenne das Sprichwort, dass es ein ganzes Dorf braucht, um ein Kind großzuziehen. Little Edie hat das sogar noch getoppt – es hat schon ein ganzes Dorf gebraucht, nur um sie zur Welt zu bringen. Schließlich fährt der Krankenwagen los. Wir starren ihm noch hinterher, selbst als die Auspuffgase sich schon aufgelöst haben und vom Sturm weggeweht worden sind.

Edie bricht schließlich den Zauber und saust zurück ins Café, sammelt ihre Stifte und Malbücher ein und verstaut sie in ihrem knalligen, orangefarbenen Rucksack, den sie überallhin mitnimmt und der nicht unbedingt zur typischen Ausstattung einer alten Dame zählt. Andererseits, was ist an Edie schon typisch? Nichts.

Sie schnallt sich den Rucksack über ihre irreführend zerbrechlich aussehenden Schultern und lächelt uns bezaubernd an.

»Ich muss los!«, verkündet sie und geht zur Tür.

»Edie, das Wetter ist grässlich – warte noch ein bisschen!«, sage ich und blicke besorgt drein. Sie ist so winzig. Möglicherweise sehen wir sie nie wieder.

»Pah! Ich hab schon viel schlimmere Stürme überstanden!«, entgegnet sie. »Außerdem muss ich unbedingt meinem Verlobten all die Neuigkeiten erzählen …«

Sie tritt hinaus, und ich spüre, wie sich meine Stirn verwirrt in Falten legt. Edie hat schon mehrfach ihren »Verlobten« erwähnt, und sie scheint stets eine Extraportion der Köstlichkeiten mitzunehmen, die es im Café so gibt. Häufig stehen sie bereits verpackt in kleinen Aluschachteln da und warten darauf, in ihr winziges Reihenhaus ins Dorf gebracht zu werden.

»Was hat es eigentlich mit Edies Verlobtem auf sich?«, sage ich schließlich und blicke Frank und Laura fragend an. »Sie spricht ständig von ihm und bringt ihm Essen nach Hause, aber ich bin ihm bisher noch nie begegnet. Ist sie altersmäßig nicht eigentlich auch darüber hinaus, noch einen Verlobten zu haben – warum wagen die beiden nicht endlich den großen Schritt und heiraten?«

Laura und Frank wechseln einen Blick, und er gibt ihr mit einer Geste zu verstehen, dass sie mich aufklären soll.

»Also«, beginnt Laura und hantiert dabei mit den Geschirrtüchern und der Waage herum. »Eddies Verlobter ist im Zweiten Weltkrieg gefallen. Er heißt Bert. Eigentlich ist er tot. Auf jeden Fall ist er das für uns. Nur eben nicht für Edie.«

Okay. Ich denke darüber nach, während Laura leicht nervös auf meine Reaktion wartet. Ich nicke nur und bemühe mich, nicht erschrocken zu wirken.

Was ich, ehrlich gesagt, aber auch nicht bin. Edies Illusion – bei der anscheinend das gesamte Dorf mitspielt, um sie aufrechtzuerhalten – fügt niemandem einen Schaden zu und trägt offenbar dazu bei, dass eine wundervolle alte Dame sehr glücklich ist. Um es mal im Jugendjargon auszudrücken – voll krass, aber voll okay!

Ich helfe Laura beim Aufräumen und begreife plötzlich, warum es mir hier so gut gefällt. Warum ich das Gefühl habe hineinzupassen, wie noch nie zuvor in meinem Leben.

Es liegt daran, dass alle so verrückt sind wie ich.

# 16. KAPITEL

Ich bin fest davon überzeugt, dass die Dramen sich für den heutigen Tag erledigt haben, weil es einfach nichts mehr geben kann, das die unverhoffte Geburt eines Kinds mitten in einem weltuntergangsähnlichen Sturm noch übertrifft.

Laura hat eine Flasche Champagner hervorgeholt und füllt die Gläser. Sie serviert ihn mit frisch gebackenen Apfel-Zimt-Muffins, was eine tolle Kombination ist, um zu feiern.

Frank und Laura teilen verschiedenen Menschen kurz mit, dass Little Edie das Licht der Welt erblickt hat – Matt, Cherie und Lauras Eltern. Willow sitzt mit ihrer Mum am Fenster. Der Sturm ist genauso schnell wieder abgezogen, wie er gekommen ist. Blassgelbe Sonnenstrahlen dringen zu Ehren unserer neuen kleinen Erdenbürgerin durch die Wolken und verleihen den Wellen, die in die Bucht spülen, einen funkelnden Schein.

Ich nehme mir einen Muffin und ein Glas und geselle mich zu Lynnie und Willow. Lynnie zerpflückt ihren Muffin und lässt die einzelnen Stücke förmlich auf ihrer Zunge zergehen. Ich weiß nicht, wie sie das schafft – sie schmecken derart köstlich, dass ich mich beherrschen muss, meinen nicht in einem Stück in den Mund zu stopfen.

»Natürlich habe ich nach der Geburt meiner Kinder ihre Mutterkuchen gegessen«, sagt sie, als würde sie eine Unterhaltung fortsetzen, die wir nie gehabt haben. »Sie sind voller Nährstoffe und schmecken wie Leber, wenn man sie mit Zwiebeln brät …«

Der Muffin schmeckt auf einmal nicht mehr ganz so köstlich, und ich nehme stattdessen einen ordentlichen Schluck Champagner. Willow verzieht das Gesicht und greift ebenfalls nach ihrem Glas. Lynnie mampft weiter vor sich hin. Sie ist sich nicht im Geringsten darüber bewusst, dass ihre Bemerkung einen leichten Anfall von Übelkeit bei uns ausgelöst hat.

»Wo ist der Held des Tages denn hin verschwunden?«, fragt Frank. Er ist zu uns getreten und blickt aus dem Fenster.

»Also draußen ist er nicht«, antworte ich. »Es sei denn, er kann auch noch fliegen.«

»Das würde mich nicht überraschen«, ruft Laura von der Theke aus. »Auf jeden Fall scheint er Superkräfte zu haben. Und ein bisschen ausgesehen wie Thor hat er auch.«

Ihr Blick schweift in die Ferne, und ihre Hände halten beim Wischen inne. Sie träumt wohl vor sich hin.

Meine Augen wandern durch das Café auf der Suche nach unserer geheimnisvollen Hebamme. Jetzt bin ich ebenfalls neugierig geworden, denn die Einheimischen kennen ihn anscheinend auch nicht. Ich war davon ausgegangen, dass er aus Budbury stammt. Doch da habe ich wohl falschgelegen.

Als ich schon fast glaube, dass wir uns ihn nur eingebildet haben, taucht er aus der Herrentoilette auf – wohin er verständlicherweise verschwunden war, um sich zu säubern. Die Geburt eines Kindes mag zwar ein Wunder der Natur sein – doch schön ist sie nicht. Der Sitzsack wird bestimmt eine Einmalfahrt zur Müllkippe machen. So viel steht fest.

Als er die Tür der Herrentoilette hinter sich schließt, flitzt Laura hinter ihrer Theke hervor und stürzt sich auf ihn. Sie umarmt ihn und drückt ihn so fest, dass er das Gesicht schmerzhaft verzieht. Er ist einen Kopf größer als sie, und sein Kinn ruht auf ihrer wilden Lockenmähne, bis sie ihn schließlich loslässt.

Dann macht sie einen Schritt zurück, blickt ihn an und wird rot. Vielleicht geistern diese Gedanken an Thor wieder in ihrem Kopf herum.

»Danke«, bringt sie irgendwann hervor. »Für alles. Ich weiß nicht, was wir ohne dich gemacht hätten.«

»Ich denke, das hättet ihr schon irgendwie hinbekommen«, sagt er und grinst. »Ich war bloß zufällig da, um die Kleine aufzufangen. Das hab ich schon ein paarmal gemacht – ich leb nämlich mitten in der Walachei, und da sind eigenartige medizinische Noteinsätze nicht ungewöhnlich. Ich weiß auch eine ausgerenkte Schulter zu behandeln.«

»Und woher kommst du? Und wie heißt du? Und warum bist du hier?«, prasselt ein ganzer Katalog von Fragen auf den unbekannten Mann ein. Laura klingt dadurch zwar, als wäre sie leicht übergeschnappt, doch ehrlich gesagt fragen wir uns das alle.

»Ich hab gedacht, du hättest vielleicht inzwischen meinen Akzent erkannt …«, antwortet er und greift nach seinem Cowboyhut. »Obwohl ich erst seit meinem achten Lebensjahr dort lebe.«

Laura lacht und sieht ihn verträumt an. Ich weiß, was in ihr vorgeht. Er ist groß, gebaut wie ein Superheld und hat das gewellte, blonde Haar eines Surfers. Seine Augen sind dunkelbraun, und auch die Narbe in seinem Gesicht tut seinem guten Aussehen keinen Abbruch. Als er seinen Akzent dann noch verstärkt, stelle ich fest, dass er mir irgendwie bekannt vorkommt.

Bevor ich genau sagen kann, woher ich ihn kenne, kommt er zu unserem Tisch und nickt Lynnie und Willow zu. Dann mustert er mich. Ich befürchte schon, dass ich mich an dem letzten Stück Muffin verschlucke, das ich mir gerade in den Mund gestopft habe, ihn vollspucke und anschließend mein Glas umkippe – was für mich ganz typisch wäre.

»Geh ich richtig in der Annahme, dass du Zoe bist?«, fragt er und lächelt, als er mein verwirrtes Gesicht sieht. »Ich kenn dich nur von Fotos und hab dich beim Skypen ab und zu im Hintergrund gesehen, doch dein Haar ist ziemlich unverwechselbar.«

Er streckt die Hand zur Begrüßung aus. Mir ist klar, dass mittlerweile alle Anwesenden im Café kurz das Essen, Trinken und möglicherweise auch das Atmen eingestellt haben, um die Szene zu beobachten, die sich vor ihren Augen abspielt. Ich belohne sie, indem ich glotze wie ein Goldfisch.

»Ich bin Cal«, sagt er, greift nach meiner Hand und schüttelt sie, ohne dass ich dabei mitwirke. »Marthas Vater.«

# 17. KAPITEL

Jetzt erkenne ich die Kehrseite davon, Freude und Erfolg mit den Menschen des Comfort Food Cafés zu teilen. Denn natürlich bekommen sie auch mit, wie ich stammele.

Ich komme mir vor wie eine Vollidiotin, und wahrscheinlich sehe ich auch so aus, da ich die Farbe einer Tomate annehme. Glücklicherweise trage ich einen Rollkragenpullover. Ansonsten würde die ganze Welt sehen, dass meine Röte sich nicht nur auf mein Gesicht beschränkt, sondern über den Hals bis hin zum Dekolleté reicht. Äußerst attraktiv, eine meiner schönsten Eigenschaften.

Cal steht vor mir, in all seiner Herrlichkeit, und ich verspüre das Verlangen, mir selbst eine Kopfnuss zu verpassen und ein »Nein« im Stil von Homer Simpson auszustoßen.

Warum bin ich nicht vorher schon darauf gekommen? Warum habe ich den Akzent nicht erkannt und eins und eins zusammengezählt? Warum habe ich nicht wenigstens *ihn* erkannt, wenn schon nicht den Akzent? Die Situation war zwar chaotisch, und wir haben uns alle eher auf Becca konzentriert als auf den geheimnisvollen Mann, aber trotzdem … ich hätte es wissen müssen.

Laura beobachtet uns interessiert, runzelt die Stirn, offensichtlich verwirrt, als würde sie sich das Gleiche fragen. Das muss auf Außenstehende alles äußerst befremdlich wirken.

Doch in Wirklichkeit ist es gar nicht so verwunderlich – schließlich sind Cal und ich uns bisher noch nicht begegnet oder haben in besonders engem Kontakt gestanden. Kate kehrte damals mit einem schlimmen Fußpilz, mehreren dilettantisch geschnitzten Elefanten und einem Kind im Bauch von ihrer Rucksackreise aus Thailand zurück. Das war kurz vor dem Anbruch des digitalen Zeitalters. Sie hatte bloß ein paar unscharfe Fotos von dem Mann, der so großherzig gewesen war, ihr den letzten Posten auf der Liste zu bescheren. Obwohl ich hier mit der Bezeichnung »Mann« sehr großzügig umgehe, denn er war damals erst neunzehn.

Kates Erinnerungen an die Begegnung, die nicht nur ihr ganzes Leben veränderte, sondern auch ein neues Leben schuf, waren genauso unscharf wie die Fotos.

Ihr war eigentlich nur im Gedächtnis geblieben, dass er blond, verdammt gut aussehend, Australier und eine Granate im Bett gewesen war. Letzteres ist Martha selbstverständlich nicht bekannt, da wir Angst hatten, sie könnte sich deswegen übergeben.

Kate besaß seine Anschrift und seine Telefonnummer in Australien. Doch sie wusste, dass beides relativ nutzlos war, da er weiterreisen wollte und sich noch nicht sicher gewesen war, wohin es ihn als Nächstes verschlagen würde. Er setzte also seine Abenteuertour fort, die ihn nach Vietnam, Kambodscha, Indien und – komischerweise – nach Florida führte, wie wir später erfuhren, ehe er dann schließlich wieder nach Hause zurückkehrte.

Da stöberte sie ihn dann auch endlich auf – Martha war mittlerweile zwei Jahre alt. Kate hatte schon vorher dort angerufen und nach ihm gefragt. Sie hatte dabei mit einem falschen Akzent gesprochen und so getan, als wollte sie eine Isolierverglasung verkaufen. Seine armen Eltern mussten sich gefragt haben, was zum Teufel los war, und begannen nach dem dritten Anruf, die Geduld zu verlieren, da sie bereits zweimal darum gebeten hatten, von der Liste gestrichen zu werden.

Daraufhin war Kate ehrlicher geworden. Sie erklärte ihnen, dass sie eine alte Freundin sei, die aufgrund seiner Reisen den Kontakt zu ihm verloren hätte, und dass sie gern wissen würde, wann er wieder nach Hause käme. Diese Frage konnten ihr seine Eltern bei keinem ihrer Anrufe beantworten. Offensichtlich hielt er auch sie nicht auf dem Laufenden, was seine jeweiligen Aufenthaltsorte betraf. Häufig wussten sie nicht einmal, in welchem Land er sich gerade befand.

Ihm aber einfach so eine Nachricht zu hinterlassen war nun mal keine Option gewesen: »Richten Sie ihm doch bitte Grüße von Kate aus, wir haben uns in der Rubber Pearl Bar in Bangkok kennengelernt. Ach ja, und sagen Sie ihm bitte auch, dass er eine Tochter hat, ja?« Das war wohl etwas, das man nicht über Dritte erfahren sollte.

Als sie ihn dann doch noch eines Tages an die Strippe bekam, war sie genauso überrascht wie er, denke ich. Sie hatte wohl stets geglaubt, dass es nie dazu kommen würde, und war auch nicht im Geringsten sauer – Ron und Barbara hatten sich zu dem Zeitpunkt schon lange wieder beruhigt. Die kleine Martha hatte ihr Herz im Sturm erobert, und wir hatten alle einen Rhythmus gefunden, der funktionierte. Sie wollte nichts von ihm – weder Geld noch Zeit. Auch nicht, dass er die Belastung mit ihr teilte. Sie fand einfach nur, dass er das Recht hatte, es zu wissen.

Er wollte sich sofort in den Flieger setzen und nach Großbritannien kommen, als er die Nachricht verdaut hatte, doch sie schaffte es, ihn davon abzubringen. Er war damals erst Anfang zwanzig, viel Überzeugungsarbeit musste sie nicht leisten – er wollte das Richtige tun, doch mischte sich in dieses Bedürfnis verständlicherweise die Angst vor dem Gedanken, plötzlich Vater zu sein, denn immerhin hatte er gerade selbst erst das Erwachsenenalter erreicht.

Im Laufe der Jahre hatte sich ihr Verhältnis so entwickelt, dass jeder sich geschätzt fühlte, sein Leben lebte und keiner das Gefühl hatte, etwas tun zu müssen, das er nicht wollte.

Er begann auf Farmen »mitten in der Walachei« zu arbeiten, und wir gingen alle unsere eigenartigen Wege. Kate kaufte ihr Reihenhaus, und ich zog in meine Wohnung auf der gegenüberliegenden Straßenseite. Sie telefonierten ein paarmal im Jahr und skypten gelegentlich, als diese Technik erfunden wurde und wir sie begriffen hatten. Er schickte manchmal Geschenke oder Fotos. Mehr als einmal fragte er nach, ob er sie besuchen kommen könnte, doch Kate fand stets einen Grund, warum der Zeitpunkt gerade nicht so günstig war.

Was ich nie so ganz verstanden habe, denn sie hegte ihm gegenüber gewiss keinen Groll. Sie betonte stets, wie dankbar sie ihm für seine hervorragende Leistung im Schlafzimmer sei, denn dadurch hätte sie das schönste Geschenk beschert bekommen, das eine Frau haben könnte – Martha.

Vielleicht war sie einfach nur beunruhigt gewesen, dass sein Besuch für Aufregung sorgen und alles durcheinanderbringen könnte. Ihre Karriere nahm gerade Fahrt auf, Martha entwickelte sich prächtig, und unser Leben verlief in Bahnen, die geordneter waren, als man das angesichts der Situation und der beteiligten Personen hätte voraussagen können. Martha machte nie einen übermäßig bekümmerten Eindruck – sie war glücklich mit dem unkonventionellen Rahmen, da er für sie selbstverständlich nicht unkonventionell war, sondern das, womit sie groß geworden war.

Cal blieb eine etwas geheimnisvolle Gestalt am Rande unseres Lebens, aus welchen Gründen auch immer. Man sprach davon, dass Martha ihn besuchen würde, wenn sie älter sei – dass wir alle ihn besuchen würden. Doch ... na ja. Die Ereignisse überholten uns. Kate wird nie mehr jemanden besuchen, und der Gedanke löst tiefe Traurigkeit in mir aus. Ich bin mir schmerzhaft darüber bewusst, wie ungerecht es ist, dass ich Cal kennenlerne, ohne dass sie dabei ist, um mit mir über alles zu lachen.

Willow wirft mir ihren halben Apfel-Zimt-Muffin gegen den Kopf und reißt mich so aus meiner Erstarrung. Er prallt von meinem sich auftürmenden, unverwechselbaren Haar ab und bröselt auf den Tisch. Eine schreckliche Verschwendung für einen derart köstlichen Muffin, doch ich werde dadurch zurück in die Gegenwart katapultiert.

Ich stehe auf und schüttele ihm richtig die Hand. Ein eigenartiger Moment – ich erlebe nicht häufig eine derart förmliche Situation, dass ich jemandem die Hand schütteln muss. Insbesondere, wenn es sich dabei auch noch um den Mann handelt, der zur Hälfte für die Entstehung dieses erstaunlichen und facettenreichen kleinen Monsters namens Martha Harris verantwortlich ist.

»Ähm ... äh ... was machst du hier?«, stammele ich schließlich und bin mir bewusst, dass die anderen uns noch immer alle beobachten und zuhören. Ich sehe über Cals Schulter hinweg zu Laura und reiße die Augen auf. Sie versteht die Botschaft sofort und tarnt ihre Neugierde, indem sie sofort damit beginnt aufzuräumen. Als sie die Waage in den Kühlschrank stellt, wird mir klar, dass sie eigentlich nicht bei der Sache ist, doch zumindest ist der Bann gebrochen.

Frank verkündet überaus laut, dass er den Wickeltisch in der Damentoilette reparieren geht. Willow verwickelt Lynnie in ein Gespräch über Baby-Yoga. Ein Thema, von dem sie weiß, dass ihre Mutter sofort darauf anspringt.

Ich habe zwar noch immer das Gefühl, als würden sie mit halbem Ohr lauschen – außer Lynnie –, doch ich weiß ihr Bemühen zu schätzen. Ich führe Cal zu einem anderen Tisch. Laura taucht kurz auf, stellt uns eine weitere Flasche Champagner hin und düst dann wieder ab, um ihre Aufräumarbeiten fortzusetzen.

Ich gieße Cal ein Glas ein – er hat es weiß Gott verdient – und nehme selbst einen Schluck direkt aus der Flasche, da ich mein Glas auf dem anderen Tisch stehen gelassen habe. Mir ist klar, dass ich damit nicht unbedingt einen guten Eindruck mache, aber immerhin ist er Australier. Ich bin mir sicher, dass ihm das nichts ausmacht.

»Okay«, sage ich, als meine Hände aufhören zu zittern. »Lass uns noch mal von vorne beginnen. Erstens: Ja, ich bin Zoe, und ich freue mich, dich kennenzulernen. Zweitens: Ich danke dir für das, was du gerade getan hast – du hast dir bis in alle Ewigkeit einen Platz in der Geschichte der Bevölkerung von Budbury verdient. Und drittens – was machst du hier?«

Er lacht und wirft den Kopf zurück. Ein kräftiger, sonnengebräunter Hals offenbart sich und hebt sich von einem strahlend weißen Hemd ab. Sein goldenes Haar ist strubbelig und so lang, dass es sich über den Kragen wellt. Sein Cowboyhut rundet sein Down-Under-Erscheinungsbild ab. Er könnte in dieser Umgebung auch nicht exotischer wirken, wenn er wie ein Sumoringer gekleidet wäre.

»Tja, Zoe – ich hatte das Gefühl, dass ich einfach keine andere Wahl hatte, als herzukommen, um zu sehen, ob ich irgendwie helfen kann. Ich wusste, dass es nichts bringen würde zu fragen – du hättest wie immer einen triftigen Grund gefunden, warum ich nicht kommen soll, und ich hätte mich davon überzeugen lassen. Ich hätte schon zur Beerdigung kommen sollen, doch ich habe deine Argumente akzeptiert – da hattest du wahrscheinlich recht. Martha wäre wohl überfordert gewesen. Es war für mich in Ordnung, abzuwarten und zu sehen, wie die Dinge sich entwickeln. Doch bei unserem letzten Gespräch, da hast du … ich würde es gern diplomatisch ausdrücken, doch ich habe zu lange im Busch gelebt. Da ist mir die Diplomatie abhandengekommen …«

»Schon in Ordnung. Das kann ich verkraften.«

»Also, du hast … müde geklungen. Total erschöpft, wenn ich ehrlich sein soll. Als würdest du nicht mehr weiterwissen, und der Umzug hierher wäre der allerletzte Versuch, das Ruder noch mal rumzureißen. Ich kann mir vorstellen, wie schwer das alles für dich gewesen sein muss – Kate zu verlieren, dich mit Martha auseinanderzusetzen …«

»Ich ›setze‹ mich nicht mit Martha auseinander«, falle ich ihm bissig ins Wort. Ich klinge – und fühle mich auch so –, als müsste ich mich rechtfertigen. »Ich liebe Martha. Sie ist keine schlimme Krankheit, wie eine Gürtelrose oder so was. Ich möchte für sie da sein. Ich war schon immer für sie da.«

In der Äußerung schwingen Worte mit, die zwar unausgesprochen, aber nicht unbemerkt bleiben.

Er zieht eine Augenbraue hoch, und seine dunkelbraunen Augen sehen mich ernst an.

»Ja, du warst immer für sie da. Das weiß ich. Und ich war immer am anderen Ende der Welt. Ich versteh schon. Das war zwar nicht immer meine Entscheidung, aber ich versteh das. Du sollst nicht denken, dass ich in Marthas Leben einfach hineinspaziere, alles an mich reiße und den Superdad markiere. Das ist nicht meine Absicht. Ich will einfach nur helfen, okay? Ich bin endlich alt und erwachsen genug, um meine Aufgabe als Vater wahrzunehmen. Vielleicht wird sie nur kurz einen Blick auf mich werfen und mir dann sagen, dass ich mich gefälligst wieder vom Acker machen soll, wer weiß? Ich könnte es ihr nicht einmal verübeln. Aber ich will es versuchen, okay?«

Ich nicke und trinke noch einen Schluck Champagner. Ich bemühe mich, ruhiger zu klingen, als ich mich innerlich fühle. Er scheint ebenfalls bemüht zu sein, sich zurückzuhalten. Abgesehen davon bringt es nichts, wenn wir beide hier wie überemotionale Raketen in die Luft gehen.

»Okay«, sage ich, nachdem ich ein paarmal tief durchgeatmet habe. »Ja, das verstehe ich. Und natürlich bist du ihr Vater. Aber … wie lange wirst du überhaupt bleiben? Leitest du nicht eine Farm?«

»Ich habe Urlaub genommen. Den ersten seit sechs Jahren. Den waren sie mir schuldig. Ich kann also so lange bleiben wie nötig. Beziehungsweise so lange, wie ihr zwei es mit mir aushaltet, ich gebraucht werde oder nützlich bin. Ich tauge zumindest dafür, Kinder zur Welt zu bringen, Glühbirnen auszuwechseln und zu grillen. Außerdem bin ich versiert darin, kritische Situationen zu meistern, in denen durchs Gras streifende giftige Schlangen oder Spinnen entfernt werden müssen.«

Er lächelt und lehnt sich auf seinem Stuhl zurück, damit er nicht zu bedrohlich oder übergriffig wirkt, was ich erfreut zur Kenntnis nehme. Er lässt mir so viel Zeit und Raum, wie er glaubt, mir einräumen zu müssen, um mit der neuen Sachlage klarzukommen.

Unser lächelnder Goldjunge scheint jedoch eins zu vergessen: Ich bin nicht diejenige, die er überzeugen muss. Außerdem stehen ihm weitaus beängstigendere Situationen bevor als die, in denen Spinnen oder Schlangen vorkommen – wie zum Beispiel die allererste Begegnung mit seiner Tochter.

# 18. KAPITEL

Ich bin mir nicht ganz sicher, wie ich Martha diese neue und aufregende Neuigkeit beibringen soll, und warte eine Ewigkeit auf sie im Auto. Dabei starre ich stumpf auf die durch Budbury führende Straße, die der Schulbus auf seinem Rückweg wieder entlangzockeln wird.

Der Nieselregeln hat sich auf heimtückische Weise zurückgeschlichen. Mittlerweile ist es so kühl, dass ich die Heizung im Auto einschalte. Im Radio läuft *Motown Magic*. Genauer gesagt *Tears of a Clown*, was passend ist, denn mir ist auch ein bisschen nach Weinen zumute.

Cals unerwartetes Erscheinen hat mich in einer Weise überrascht, die ich nicht ganz verstehe. Ich habe gerade zu hoffen begonnen, dass Martha und ich hier in Dorset Fuß fassen würden. Kleine, erfreuliche Anzeichen deuten darauf hin, dass die Wärme von Lizzies und Joshs freundlichen Vorstößen, Cheries patentierte Knuddeleinheiten und die neue Schule ihren emotionalen Tiefkühltruhenzustand zum Tauen bringen. Es sind zwar nur winzige Anzeichen, aber sie sind da. Mittlerweile ist sie nicht mehr so sehr auf ihr Handy fixiert und auch nicht mehr derartig distanziert wie früher. Sie übergeht mich höflich, statt mich in einer Weise links liegen zu lassen, dass ich mich am liebsten von einer Klippe stürzen würde.

Doch das alles ist von einer zarten Zerbrechlichkeit – denn es ruht auf einem Fundament von »Wenn doch nur …«. Bei allem, was sie macht – das Abi, neue Freundschaften schließen und selbst bei so kleinen Dingen wie eine neue Band entdecken, die sie gut findet –, schwingt der tiefe Wunsch mit, dass Kate hier wäre, um es mit ihr zu teilen. Um sich ihre persönlichen Abenteuergeschichten erzählen zu lassen, um sie aufzumuntern oder um ihr zu sagen, dass ihre neu entdeckte Band Mist ist und sie sich besser Jimi Hendrix anhören soll.

Das verstehe ich – denn es geht mir genauso. Jedes Mal, wenn ich auf dieser Bank sitze und über die Bucht sehe oder eine von Lauras Köstlichkeiten esse oder ein neugeborenes Kind betrachte – wünsche ich mir genau das Gleiche. Kate war mehr als nur eine Freundin. Sie war meine Schwester, teilweise meine Mutter und die wichtigste Bezugsperson, die ich je in meinem Leben gehabt habe. Ich vermisse sie jede einzelne Minute jedes einzelnen Tags. Ich bin verloren ohne sie, und der Schmerz darüber lebt in mir, wenn auch versteckt, und schlägt neben meinem Herzen.

Ich versuche all das vor Martha zu verbergen und tue so, als würde ich damit fertigwerden – mein Leid ist das Letzte, was sie zusätzlich zu ihrem eigenen noch braucht –, doch es ist da. Ständig. Meine neuen Freunde sind wunderbar, aber sie sind und werden nie ein Ersatz dafür sein, was ich verloren habe.

Diese winzigen Schösslinge und Knospen der Hoffnung, die ich in Martha wahrgenommen habe, sind daher sehr kostbar. Sehr wichtig. Ein unvergleichlicher Schatz – und ausgerechnet in dem Moment, in dem es scheint, als könnten wir unser schwankendes Schiff stabilisieren, schwimmt Cal gegen das Wrack und bringt es wieder vom Kurs ab.

Ich zwinge mich zuzugeben, dass ich mir auch ein bisschen Sorgen mache, welche Rolle er in Marthas Leben einnehmen wird und was das für meine eigene Rolle in ihrem Leben bedeuten könnte. Das ist ein egoistischer und kleinkarierter Gedanke, und ich beiße mir derart fest auf die Lippe, dass sie aufplatzt. Würde ich mich jetzt im Rückspiegel betrachten müssen, gefiele mir mein Anblick wohl nicht.

Ehrlich gesagt, spüre ich neben der Angst auch noch einen kleinen Stachel der Eifersucht. Kate hat immer gesagt, dass ich Marthas Zweitmum sei und dass das auch nach ihrem Tod so bleiben solle. Dieser Gedanke schien Martha nie in Begeisterungsstürme ausbrechen zu lassen. Auch wenn ich mir immer alle Mühe gegeben habe, steigt langsam die Sorge in mir auf, dass ich nicht mehr gebraucht werde, jetzt, wo ihr »richtiger« Vater hier ist. Wer könnte es ihr schon verübeln, wenn sie Cal für ihren Ritter in der Not hält? Gut möglich, dass sie sich sogar aus dem Staub macht, um mit ihm ein wunderschönes, neues Leben in Australien zu beginnen.

Eine beängstigende Vorstellung, stelle ich fest, als der Bus endlich auftaucht und sich langsam der Haltestelle nähert: Wozu bin ich dann überhaupt noch nutze, wenn ich mich nicht mehr um Martha kümmern muss? Alle meine Rollen, die mich ausgemacht haben, sind weg. Ich war einmal Kates Freundin, jetzt ist sie tot. Ich habe einmal in einer Buchhandlung gearbeitet, jetzt bin ich arbeitslos. Ich war einmal eine Tochter, doch ich habe schon vor langer Zeit aufgehört, mich als solche zu betrachten. Wozu bin ich dann überhaupt noch da, wenn Martha nicht mehr da ist?

Der Bus kommt ruckartig zum Stehen. So bleibt es mir erspart, noch weiter diese quälende Seelenschau zu betreiben. Er spukt Abgase aus und schaukelt leicht, als die Jugendlichen die Stufen herunterstapfen. *Tears of a Clown* folgt *Touch Me in the Morning* von Diana Ross. Ein genauso trauriges Lied. Ich schalte das Radio aus. Die Musikauswahl ist einfach zu deprimierend.

Ich sehe durch die Windschutzscheibe, wie die Jugend von Budbury aus dem Bus strömt. Lila Uniformen und Flanell, so weit das Auge reicht. Lizzie und Nate zanken sich um eine Tüte Chips, die in dem kleinen Handgemenge schließlich auf den Boden fällt. Ich muss unwillkürlich lächeln. Sofort stürzen sich Möwen darauf, und die beiden schauen sich mit einem Gesicht an, in dem geschrieben steht: »Daran bist nur du schuld.«

Josh grinst über den Spaß der Möwen und knufft Martha in die Seite, die das erstaunlicherweise zulässt. Sie winkt den anderen zum Abschied sogar kurz zu, als die sich auf den Weg zum Café machen und sie selbst zum Wagen schlendert.

Als sie mich sieht und die Autotür aufmacht, ändert sich ihre Miene von leichter Belustigung über den Chipstütenstreich der Möwen zu sorgfältig antrainierter Ausdruckslosigkeit.

Sie schmeißt den Rucksack auf den Rücksitz und pfriemelt sofort an ihren Kopfhörern herum.

»Was hörst du im Moment?«, frage ich, was einfach erbärmlich ist. Wir beide haben schon immer auf Musik gestanden – einer unserer wenigen Anknüpfungspunkte. Martha besitzt eine schöne Stimme, sie könnte problemlos in einer Teenie-Band singen. Doch dieser Tage wäre sie wohl eher eine Solokünstlerin, die den Schmerz der Welt besingt.

»Neil Diamond«, antwortet sie und wirft mir einen Blick zu, der mir zu verstehen gibt, sie ja nicht zu kritisieren. Als würde ich mich das wagen. Der Mann ist ein Gott der Unterhaltungsmusik.

»Klasse. Sweet Caroline – der beste Refrain, den es zum Mitsingen gibt. Also … wie war dein Tag?«

Ich stelle mich auf eine Abfuhr oder eine Schimpftirade ein. Sogar darauf, dass sie so tut, als würde sie einschlafen. Alles davon liegt im Bereich des Möglichen. Doch stattdessen setzt sie ein zaghaftes Lächeln auf und antwortet: »Weißt du … er war gar nicht so schlecht. Wir haben angefangen, *Herr der Fliegen* zu lesen. Lizzie meint, dass es im Sommer hier so ähnlich ist. Und, äh, wie war dein Tag?«

Ich stehe derart unter Schock, dass ich nach dem Lenkrad greife, weil ich befürchte zur Seite zu kippen und aus der Tür zu fallen. Obwohl die Worte hölzern und verlegen aus ihrem Mund klingen, als wären sie gegen ihren Willen ausgespuckt worden, hat sie tatsächlich gefragt, wie mein Tag war.

»Also …«, antworte ich, da ich keine zu große Sache daraus machen will. »Becca hat ihr Kind bekommen. Im Café. Ich bin überrascht, dass Lizzie es dir noch nicht erzählt hat.«

»Doch. Hat sie. Ganz schön krass. Kommt mir vor wie eine Mischung aus *Ruf des Lebens* und *Darling Buds of May*.«

Cherie hat mich mit ihrem üppigen Busen, ihrer Begeisterung für Umarmungen und ihrer Vorliebe, die Leute durch Essen aufzumuntern, schon immer ein bisschen an Ma Larkin erinnert, einer der Figuren aus der Serie *Darling Buds of May*. Ich nicke und frage mich, wie ich das Thema auf den anderen Neuankömmling bringen soll – den Neuankömmling, der sehr viel größer ist als Little Edie, hoffentlich keine Windeln mehr braucht und unser Leben sehr viel komplizierter machen wird.

»Es war … unglaublich. Hat Lizzie den Typen erwähnt,

der aufgekreuzt ist und Becca geholfen hat, das Kind zur Welt zu bringen?«

Martha runzelt die Stirn, als würde sie über die Unterhaltung nachdenken, die sie erst vor wenigen Minuten geführt hat.

»Äh … nein, ich glaub nicht … hört sich seltsam an. War er Arzt?«

»Nein«, antworte ich und lasse die Bombe einfach platzen. »Er war dein Dad.«

Sie dreht sich zu mir um, damit sie mir in die Augen sehen kann. Ihre Augenbrauen sind bis zu ihrem schwarzen Pony hochgezogen, und ihr Gesicht überzieht ein Ausdruck völligen Entsetzens.

»Mein *wer*?«, stößt sie ungläubig hervor, und ihre Stimme ist so laut, dass sie durch das Auto hallt.

»Ähm … dein Dad. Cal. Er ist aus Australien hergekommen, um dich kennenzulernen. Er übernachtet in einer Pension in West Bay und möchte dich gern treffen. Also, wenn das für dich in Ordnung ist.«

Sie ist ein paar Sekunden lang still, runzelt die Stirn, kaut auf der Innenseite ihrer Wange herum und nestelt an den Kabeln der Kopfhörer. Typische Übersprungshandlungen, denke ich und frage mich, ob ich ihr Betperlen zu Weihnachten schenken soll.

»Er taucht also hier auf, unangekündigt, aus Australien, und … bringt dann ein Baby zur Welt?«

Sie sagt das, als wäre es grotesk – was es natürlich auch ist.

»Ja. Ich weiß. Das klingt alles sehr eigenartig – aber genau so war's. Ich denk mir das nicht aus, ehrlich – wenn ich es mir ausdenken würde, dann hätte Poldark das Kind zur Welt gebracht. Wie … wie geht es dir damit? Also, dass dein Dad hier ist?«

Noch mehr Stille. Noch mehr Stirnrunzeln. Noch mehr Herumkauen auf der Wange. Noch mehr Herumnesteln. Noch mehr Übersprungsverhalten. Ich kann förmlich hören, wie die Zahnräder in ihrem Hirn sich drehen. Wie sie alles verarbeitet und der Zustand des Schocks dem der Neugierde weicht.

»Hmmm«, sagt sie schließlich, starrt geradeaus, wickelt die Kabel so fest um die Finger, dass sie rote Striemen auf ihrer Haut hinterlassen werden. »Ich bin mir ehrlich gesagt nicht sicher, wie es mir damit geht, was echt was Neues ist. Ich kann nicht glauben, dass er uns seinen Besuch nicht vorher angekündigt hat. Ich kann nicht glauben, dass er hier ist. Wie ist er denn so? In natura?«

Oh Gott, denke ich – was sage ich bloß darauf? Ich kann ihr ja unmöglich erzählen, dass er richtig scharf aussieht, so eine Mischung aus Pirat, Cowboy und Thor, bei der Laura praktisch dahingeschmolzen ist.

»Er ist … nett«, sage ich lahm. »Kann gut Kinder zur Welt bringen. Trägt einen Cowboyhut und ist wirklich gespannt, dich kennenzulernen. Also, wenn du das willst. Wenn nicht, werde ich mich um ihn kümmern.«

Sie wirft mir einen amüsierten Blick zu und steckt das Handy und die Kopfhörer schließlich ins Handschuhfach. Vielleicht um sich so davon abzuhalten, weiter damit herumzuspielen.

»Das hat ernst geklungen«, erwidert sie, das zaghafte Lächeln noch immer auf ihren Lippen. »Wie du ›Ich werde mich um ihn kümmern‹ gesagt hast – als würdest du ihn mit einer Schaufel erschlagen, mit der du ihn vorher sein eigenes Grab hast ausheben lassen. Weißt du, du kannst manchmal ganz schön Furcht einflößend sein.«

»Vielen Dank«, antworte ich und lächele zurück. »Das höre ich nicht zum ersten Mal. Doch ich glaube, dass es sich hier am Meer eher anbietet, ihn mit Muschelschalen zu beschweren und in der Bucht zu versenken, findest du nicht? Dann können die Fische mit ihm spielen, oder?«

»Da müsstest du aber die richtige Stelle finden. Du willst ja nicht, dass er wieder zurück an den Strand gespült wird und die Fossilienjäger erschreckt.«

»Ich weiß. Sam wird mir bestimmt helfen können, was die Gezeiten, Strömungen und den ganzen anderen Mist angeht. Mach dir da mal keine Sorgen! Das kriege ich schon hin.«

Mittlerweile grinst sie und bemüht sich, nicht laut loszuprusten. Ich weiß, dass sie Zeit schindet, um dieses neue Szenario durchzuspielen. Und ich bin froh, sie zu unterstützen, indem ich so lange so viel Unsinn rede wie erforderlich.

Sie ist einen Augenblick lang still. Dann schlägt sie so fest mit der Hand auf das Armaturenbrett, dass ich zusammenzucke. Scheinbar hat sie eine Entscheidung getroffen.

»Nee«, sagt sie und starrt durch die Windschutzscheibe. »Noch nicht. Vielleicht sollten wir ihm eine Chance geben.«

Ich nicke, tätschele ihre Hand und lasse den Motor an. Das Orakel hat gesprochen.

»Außerdem können wir ihn später immer noch umbringen«, fügt sie hinzu, als ich losfahre.

# 19. KAPITEL

Am Ende läuft alles viel glatter, als ich es mir je hätte vorstellen können. Wir vereinbaren, dass Cal zum Abendessen zu uns kommt, um Martha kennenzulernen, und dass wir einfach schauen, wie es läuft. Das Treffen soll völlig zwanglos sein, und wir wollen alle keine Riesensache daraus machen.

Das finde ich gut, doch das Wort »Abendessen« bringt mich gehörig ins Schleudern, denn ich werde wohl kaum bis zum Abend noch einen Kochkurs einschieben können. Meine Jugendjahre waren äußerst turbulent, und die Küchengöttin in mir hat sich stets in Zurückhaltung geübt. Wahrscheinlich habe ich sie mit einem Messer abgestochen, weil sie mich so seltsam angesehen hat. Kochen, Putzen, Gärtnern … all diese Arbeiten scheinen mir wesensfremd und auch völlige Zeitverschwendung zu sein, wenn es doch andere Beschäftigungsmöglichkeiten gibt wie lesen, Musik hören und Serien schauen.

Dennoch schaffe ich es, das Haus kurz aufzuräumen. Ich flitze durch die Zimmer und sammele den Müll ein, der sich in einem Haushalt mit zwei weiblichen Wesen anzuhäufen scheint. Haargummis und -spangen, nicht zusammenpassende Socken neben dem Sofa, Marthas Schulmappen, jede Menge Taschenbücher, Musikzeitschriften, Muschelschalen und Treibholz von meinen Spaziergängen, abgelegte Ohrringe und verklebte Nagellackflaschen.

Wie vorherzusehen war, erweist sich Laura als mein rettender Engel in puncto Abendessen. Sie kreuzt zusammen mit Matt ungefähr eine Stunde vor Cals Eintreffen in einem blauen Flauschpullover bei uns auf – in dem Moment starre ich gerade ratlos in den Kühlschrank und hoffe, allein durch den Blick in dessen Inneres ein Festmahl herbeizuzaubern, an dem ich nicht beteiligt gewesen bin.

Sie haben Midgebo mitgebracht, der sich kurz als Minensuchtrupp betätigt. Er schnüffelt mit seiner schwarzen Nase auf der Suche nach verborgenen Schätzen überall herum. Sein Schwanz wedelt dabei so schnell, dass er fast vor den Augen verschwimmt, wenn man ihn betrachtet.

Matt, wie immer in Jeans gekleidet, trägt eine Ladung Schüsseln in die Küche, die mit Klarsichtfolie abgedeckt sind, und nickt mir kurz zu – er ist ein äußerst verschlossener Mensch. Laura blickt ihm hinterher, und aus ihrer Miene spricht Liebe und Lust. Sie hat offensichtlich ihre Phase der Cal-Schwärmerei überwunden und nur noch Augen für ihren eigenen Kerl. Wer könnte ihr das auch verübeln? Er sieht aus wie Harrison Ford in seinen jungen Jahren, spielt Gitarre und bringt Mopswelpen zur Welt. Perfekt.

»Ich hoffe, du hast nichts dagegen«, sagt sie und schenkt mir wieder ihre Aufmerksamkeit. »Aber ich dachte … na ja, dass du schon genug um die Ohren hast, ohne dir auch noch den Kopf um das leibliche Wohl zu zerbrechen. Ist nur ’ne Lasagne zum Aufwärmen und ’n bisschen Salat. Und ein Red-Velvet-Cake. Und Knoblauchbrot. Ach ja, und ’n paar gefüllte Oliven … und Scrumpy Joe hat ein paar Flaschen Cider gestiftet.«

Sie hält zum Beweis eine braune Papiertüte mit Scrumpy Joes Logo hoch. Ich kenne ihn kaum, doch eins habe ich bereits gelernt. Wann immer hier eine Krise auftaucht – oder etwas, das dem auch nur im entferntesten Sinne ähnelt –, bringen sich alle Bewohner Budburys auf ihre Weise ein und ziehen an einem Strang. Laura war bei Sam und Becca im Krankenhaus, um nach den beiden und Little Edie zu sehen. Doch sie hat trotzdem noch Zeit gefunden, all das hier zu machen.

Ich drücke Laura fest, überwältigt von Dankbarkeit. Überwältigt von ihrer Güte, von ihrer Freundschaft, und vor allem von ihrer Lasagne. Mein Blick fällt kurz auf den Spiegel im Flur, und ich stelle erstaunt fest, wie gewaltig unsere Mähnen doch sind. Würde man die Haare aneinanderreihen und glätten, reichten sie wohl bis zum Mond.

Matt taucht aus der Küche auf und blickt sich im Cottage um.

»Hier sieht's nett aus«, bemerkt er nach einem kurzen Rundumblick. »Wie in einem richtigen Zuhause und nicht wie in einem Ferienhaus. Ich mag die Muschelsammlung.«

Das ist schon eine ziemlich lange Rede für Matt, und ich tätschele ihm dankbar den Arm, woraufhin er zaghaft lächelt. Scheinbar hat ihn sein Begeisterungsausbruch selbst verwirrt, und er sieht Laura mit hochgezogenen Augenbrauen an und deutet zur Tür. Sie nickt und umarmt mich noch einmal kurz.

»Viel Glück!«, sagt sie, während Matt in die Küche geht, um Midgebo zu holen, der sich gerade auf die Hinterläufe gestellt hat, um an dem Essen zu schnuppern. »Wird schon schiefgehen! Du weißt, wo wir zu finden sind, wenn du uns brauchst.«

»Ja«, antworte ich. »Und vielen Dank. Für alles. Du hast

Cal zumindest ein Abendessen aus verbranntem Käsetoast und alten Schokoladenplätzchen erspart.«

Nachdem sie gegangen sind, stapfe ich die Treppe hinauf und klopfe an Marthas Tür.

»Herein!«, ruft sie in einem pseudogebieterischen Ton, als wäre sie Darth Vader, der einen Untertanen hereinbittet, damit er ihm die Gurgel umdrehen kann.

Ich mache die Tür auf. Sie sitzt in einem Minischottenrock, schwarzen Leggins und Doc Martens vor dem Spiegel ihres Schminktischs und schminkt sich gerade. Die Stiefel sind mit roten Bändern geschnürt, und das lange, schwarze Haar fließt ihr über die Schultern auf das Guns-N'-Roses T-Shirt. Eyeliner umrandet ihre Augen, und die verschiedenen Piercings befinden sich alle an ihren angestammten Plätzen. Sie sieht hübsch aus in ihrer schaurigen Goth-Mädchen-Aufmachung.

»Alles okay?«, frage ich und bleibe in der Tür stehen, die Arme verschränkt, um meine lebenswichtigen Organe vor herumfliegenden Messern zu schützen. »Nicht nervös?«

»Doch. Schon. Ich treffe zum ersten Mal meinen Vater, habe meinen Eyeliner verhunzt und wünsche mir, Mum wäre hier. Und du?«

Sie legt den Eyeliner auf den Schminktisch, dreht sich um und sieht mich an. Ich bin völlig sprachlos, dass sie so offen und ehrlich ist, und spüre, wie meine Augen sich mit Tränen füllen. Ich kneife die Augen zusammen und seufze.

»Das wünsche ich mir auch. Mach dir keine Sorgen, wird schon schiefgehen! Und was deinen Eyeliner betrifft, der sieht klasse aus …«

Martha quittiert mein Lob mit einem zweifelnden »Hm«, dreht sich wieder um zum Spiegel und scheucht mich mit einer Geste weg. Anscheinend darf ich wegtreten. Also, alles wie gehabt. Ich lächele und verlasse ihr Zimmer.

»Schon darüber nachgedacht, dir das Haar zu bürsten oder das Oberteil zu wechseln?«, schreit sie mir hinterher.

Ich schlucke eine freche Antwort herunter, betrete mein eigenes Zimmer und betrachte mich im Spiegel. Ja. Wahrscheinlich hat sie recht.

Als Cal eintrifft, eine Flasche Wein und Blumen unter dem Arm, bin ich seltsam ruhig. Vielleicht bin ich ja endlich Herrin über meine Gefühle und in die Zen-Allee eingebogen. Vielleicht liegt es aber auch daran, dass ich mir vor zehn Minuten versehentlich eine von Scrumpy Joes Spezialabfüllungen hineingekippt habe.

Cal trägt eine Jeans und ein hellblaues Hemd, das seine gebräunte Haut hervorhebt und einen Kontrast zu seinen dunkelbraunen Augen bildet. Braun und blond – eine ungewöhnliche Kombination. Martha hätte die gleiche Kombination, würde sie ihr Haar nicht färben. Sie hat eine helle, blasse Haut, so wie ihre Mum. Cal hingegen sieht aus wie ein Sonnenstrahl auf zwei Beinen. Auf zwei langen Beinen – so lang, dass er vorsichtig den Kopf einzieht, um nicht gegen die Balken zu stoßen.

Nach einer kurzen Stille, in der Vater und Tochter sich gegenseitig mustern, lockert Cal die angespannte Atmosphäre auf, indem er einen flauschigen Teddybär aus seiner Tasche zieht. Das Kuscheltier ähnelt einem Koala und trägt ein winziges, rotes T-Shirt, auf dem »Ich liebe Sydney« steht. Er wedelt damit vor Marthas Gesicht herum, was sie zum Lachen bringt. Ich habe Martha schon eine ganze Weile nicht mehr lachen hören. Ein wunderbares Geräusch, das sie jünger, unkomplizierter und … glücklicher erscheinen lässt. Lachen hat diese Wirkung auf ein Mädchen.

»Du weißt schon, dass ich keine zehn mehr bin, oder?«, fragt sie, greift nach dem Bären und drückt ihn an sich.

»Nein«, antwortet er und überreicht mir die Blumen. »Was mich betrifft, wirst du immer zehn bleiben. Und ich habe keine Ahnung, was Sechzehnjährige gern geschenkt bekommen. Deshalb habe ich völlig dumm dagestanden. So ähnlich wie der Bär hier.«

»Kohle kommt stets gut an«, antwortet sie frech und neigt den Kopf zur Seite. »Das ist so ein … persönliches Geschenk.«

Wir lachen alle noch einmal. Gut möglich, dass ich dabei leicht hysterisch klinge.

Cal schnuppert anerkennend. »Hier riecht's gut. Du scheinst ein Ass in der Küche zu sein.«

Martha schnaubt und bricht in schallendes Gelächter aus, sodass Cal und die restliche Bevölkerung von Dorset erfahren, dass ich weit davon entfernt bin, ein Ass in der Küche zu sein. Ich greife nach dem Geschirrtuch auf meiner Schulter, klatsche es gegen ihre Beine und lasse die beiden allein. Zumindest bin ich ein Ass darin, fertig zubereitetes Essen aus dem Ofen zu holen und Ciderflaschen zu öffnen.

# 20. KAPITEL

Cals unbefangenes, aufgeschlossenes Wesen und Unmengen an Essen und Getränken tragen dazu bei, dass der Abend schnell vergeht, wie Abende das eben so tun.

Wir essen an dem großen Esstisch aus Kiefernholz. Cal nippt lediglich an seinem Wein, da er noch fahren muss. Ich kippe den Cider in mich hinein, den Martha sehnsüchtig anstarrt. Wäre sie eine ganz normale Sechzehnjährige, hätte ich ihr vielleicht ein Glas eingegossen oder ihr eine Weinschorle gemacht. Doch sie ist keine normale Sechzehnjährige. Sie ist bereits mehrfach in ihrem eigenen Erbrochenen ohnmächtig geworden und neigt dazu, sich bis zur Besinnungslosigkeit zu betrinken, was ich ihr nicht vorwerfe – wahrscheinlich würde ich mich an ihrer Stelle noch schlimmer gehen lassen –, doch ich habe das im Hinterkopf.

Cal nimmt den subtilen Nebenschauplatz wahr, da bin ich mir sicher; er bemerkt, wie Martha das gekühlte Bier anstarrt, mich fragend anblickt und ich den Kopf leicht schüttele. Er sagt nichts dazu, was klug ist, aber ich weiß, dass er später wohl Fragen stellen wird. Das ist in Ordnung. Er ist ihr Vater, sage ich mir. Er hat das Recht zu wissen, was los ist – bisher war er nur eine Randfigur in ihrem Leben, deren Einblick sich auf den kleinen rechteckigen Rahmen des Bildschirms ihres Laptops beschränkte. Er sah lediglich, das was sie wollte, das er sah. Jetzt ist er hier und sitzt an unserem Esstisch – wodurch sich die Sachlage völlig verändert hat.

Martha stellt vorerst die meisten Fragen. Sie will alles über sein Leben, seine Familie und Australien wissen. Er erzählt von seiner Kindheit, die er mit seiner Schwester, Ronnie, und seinem Bruder, Jay, in Kanada verbracht hat, bis sein Vater, ein Ingenieur, mit ihnen nach Sydney gezogen ist. Mittlerweile arbeitet er auf einer Farm in New South Wales. Er schildert uns, wie er die riesige Fläche an Land bewirtschaftet und welche Tiere dort leben. Er beschreibt die Mischung aus Einsamkeit und Schönheit, die dieses Leben beinhaltet, so gut, dass ich fast das Gefühl habe, dort zu sein.

Er erzählt vom Surfen, von seinen Reisen und den Jobs, die er währenddessen ausgeübt hat und die vom Rettungsschwimmer über den Barkeeper bis hin zum Altmetallsortierer auf einer Mülldeponie gereicht haben. Er ist ein interessanter Mensch, von dem Martha, wie ihr Gesichtsausdruck verrät, sichtlich beeindruckt ist.

Dieser winzige Stachel der Eifersucht ist noch immer da, doch ich unterdrücke ihn. Ich werde niemals mit diesem Mann konkurrieren können. Genauer gesagt, sollte ich es erst gar nicht versuchen, denn er ist ihr leiblicher Vater. Er sieht gut aus, ist witzig und klug. Außerdem ist er um die halbe Welt gereist, um verwaiste Schildkröten zu retten, nach Perlen zu tauchen und in Fischerdörfern in Asien zu leben. Er bringt sogar Kinder zur Welt, wie ich selbst weiß.

Darüber hinaus tritt er noch zu einem Zeitpunkt in ihr Leben, an dem sie dringend jemand Neuen braucht. Jemanden, der ihr Hoffnung gibt und Möglichkeiten bietet. Es macht mich traurig, dass ich nicht dieser Mensch bin, doch der wäre ich sowieso nie geworden, oder? Ich kenne sie zu gut. Ich bin zu sehr Teil ihrer Vergangenheit, ich kenne ihre Fehler und liebe sie trotzdem – doch nichts davon scheint wichtig zu sein, wenn man jung ist. Erst mit wachsendem Alter und wachsender Lebenserfahrung begreift man, wie kostbar diese Mischung ist.

Ich finde mich also damit ab, dass ich die alte Frau im Schlabberlook bin, die Martha herumkommandiert, die ihre Socken wäscht, die ihr (schlechtes) Essen kocht und die eine Selbstverständlichkeit ist, die von Martha abgelehnt und ignoriert wird. Kurzum, ich finde mich mit dem Schicksal ab, das die Mütter dieser Welt seit Jahrtausenden ertragen müssen.

Cal hingegen ist frisch, neu und aufregend. Er hat sie noch nie anschreien müssen, um sie aus dem Bett zu kriegen, hat sie noch nie im Schlaf weinen sehen und ist noch nie von ihrer Direktorin in die Schule zitiert worden. Also genießt Martha jede Minute mit ihm – und ich muss sie lassen.

Ich habe sie seit Kates Tod nicht mehr so lebendig erlebt. Sie plaudert angeregt und gestikuliert dabei mit den Händen. Sie amüsiert sich, ohne es überhaupt zu merken. Vielleicht dauert dieser Zustand nur wenige Wochen an – bis Cal wieder in sein richtiges Leben zurückkehrt –, vielleicht bleibt es so. Wer weiß? Doch erst einmal lehne ich mich zurück, sehe zu und freue mich darüber, dass die alte Martha wieder da ist, und sei es auch nur für kurze Zeit.

Als es schließlich auf Mitternacht zugeht, ziehe ich die Augenbrauen hoch und zeige auf meine Uhr. Sie verdreht die Augen und seufzt dramatisch, so wie nur Teenager es können. Doch sie steht zumindest auf. Dann gähnt sie und legt verlegen die Hand auf den Mund – sie hat sich gerade als menschliches Wesen geoutet.

»Ich weiß, ich weiß …«, murmelt sie und streckt die Arme in die Höhe. »Morgen ist Schule, und ich muss ins Bett.«

Sie betrachtet den Tisch, auf dem ein derartiges Chaos aus benutzten Tellern, leeren Gläsern und Besteck herrscht, dass man den Eindruck gewinnt, als hätte dort ein Guerillakrieg seinen Abschluss gefunden, indem der Geschirrspüler darauf entleert wurde.

»Soll ich dir … ich weiß nicht … beim Wegräumen der Teller helfen?«

Diese Frage versetzt mir einen derartigen Schrecken, dass ich mich in meinem Stuhl zurücklehne, als hätte mich gerade ein Unwirklichkeitsstrahl getroffen. Martha hat nicht nur die Unordnung bemerkt, nein, sie hat sogar freiwillig angeboten, beim Aufräumen zu helfen. Sie bemüht sich, ein gutes Mädchen zu sein, oder zumindest einigermaßen so zu wirken.

Ich blicke Cal an, der sich offensichtlich der ungewöhnlichen Wendung der Ereignisse nicht bewusst ist. Ich bin versucht, ihr Angebot anzunehmen, sie in ihrem eigenen fiktiven Ich zu fangen und das Zeug abräumen zu lassen – doch selbst ich bin nicht so böse.

»Nein, schon okay«, antworte ich mit hochgezogener Augenbraue, damit sie weiß, dass ich alles notiert und zu den Akten genommen habe, um sie später damit aufzuziehen. »Das mache ich morgen. Geh ins Bett!«

Sie steht da, sieht Cal kurz an und zögert verlegen – als sei sie sich nicht sicher, ob sie ihn zum Abschied umarmen oder ihm einen Kuss geben soll. Beides wäre komisch, doch irgendwie hat sie recht – es wäre noch komischer, einfach so das Zimmer zu verlassen, nachdem sie gerade ihrem Vater zum ersten Mal im wirklichen Leben begegnet ist.

Cal schätzt die Situation richtig ein und hält die Hand hoch, damit Martha sie abklatschen kann. Sie nimmt das Angebot an und grinst.

»Du weißt schon, dass das total uncool ist, oder?«, fragt sie und stemmt die Hände in die Hüften.

»Nicht da, wo ich herkomme«, antwortet er schnell. »Da macht man das ständig, wenn sich einem die Möglichkeit bietet. Bis morgen?«

Sie nickt und zuckt mit den Achseln, als wäre es ihr egal. Dann stolziert sie aus dem Zimmer. Ich höre sie die Treppe hinaufstapfen und warte, bis sie ihre Schlafzimmertür zugeworfen hat, ehe ich mich wieder Cal zuwende.

Er starrt zur Decke, als würde er versuchen, durch sie hindurchzusehen.

»Jetzt sag bloß nicht, dass du zusätzlich zu deinen Superkräften auch noch einen Röntgenblick hast«, sage ich und stehe auf, um den Tisch abzuräumen. Ich hatte Martha zwar gesagt, dass ich das morgen machen würde, doch da ich jetzt, so allein mit Cal, etwas nervös werde, scheint dieser Zeitpunkt genauso geeignet zu sein.

Cal springt sofort auf, um zu helfen. Er schabt das Essen zusammen, stapelt das Geschirr aufeinander und geht dabei mit der einfachen Gründlichkeit eines Mannes vor, der es gewohnt ist, sich um sich selbst zu kümmern.

»Überhaupt keine Superkräfte, Zo«, erwidert er und kürzt meinen Namen auf eine Weise ab, die ich normalerweise überhaupt nicht mag – doch da er Australier ist, lasse ich das mal durchgehen. »Ich bin einfach nur … ich weiß nicht. Sie hat mich ein bisschen umgehauen, glaube ich. Und ich komme mir auch dämlich vor – ich hab keine Ahnung, warum ich so verdammt lange gewartet habe.«

Ich nicke und trinke den Rest meines Ciders aus, bevor ich das Glas und die Salatschüssel in die Küche bringe. Man soll schließlich nichts umkommen lassen.

»Ich weiß, das muss für dich sehr seltsam sein, aber … jetzt bist du ja hier, nicht?«

Er folgt mir in das andere Zimmer, balanciert auf seinem langen Arm ungefähr siebzehn Teller und hilft mir, sie abzuspülen, ehe ich sie in den Geschirrspüler stecke. Seine Hilfe bei diesen langweiligen, banalen Tätigkeiten fühlt sich seltsam an. Seltsam und nett.

»Ja, jetzt bin ich hier«, sagt er, lehnt sich gegen die Theke und sieht sich in der Küche um. »Wie findest du, ist der Abend gelaufen? Also ich denke, ganz okay. Aber wenn wir mal ganz ehrlich sind – ich kenne das Mädchen kaum.«

Ich greife in den Kühlschrank, hole eine weitere Flasche Cider heraus und denke über seine Worte nach, während ich mir ein Glas eingieße. Das Zeug schmeckt derartig gut – ich muss mich bei Scrumpy Joe bedanken, wenn ich ihn das nächste Mal sehe.

»Ich finde, dass der Abend glänzend gelaufen ist«, antworte ich schließlich und biete ihm eine Flasche Wasser an, die er ergreift und gedankenverloren öffnet. »Basierend auf meinem umfassenden Wissen über das fabelhafte Wesen Martha, würde ich ihm auf einer Erfolgsskala von eins bis zehn eine Zehn geben.«

»Echt?«, sagt er, und ein Lächeln breitet sich auf seinem Gesicht aus. Da erst bemerke ich, wie nervös er war, was ganz natürlich ist. Er hat diese Nervosität nur gut versteckt. Seine Erleichterung zu erleben macht ihn sehr viel menschlicher.

Er ist überhaupt kein Superheld – er ist genauso ein Mensch mit Fehlern, Schwachstellen und Empfindlichkeiten wie wir alle.

»Ja. Komm, wir sollten den Abend ruhig ausklingen lassen. Du hast bestimmt noch Fragen. Ich räume den Rest morgen auf.«

Er nickt, und wir gehen zurück ins Wohnzimmer. Zuerst streift er herum, betrachtet die Muscheln und Bücher und lächelt traurig, als er das gerahmte Foto von Martha, Kate und mir im Regal entdeckt. Dann setzt er sich mir gegenüber in einen der behaglichen Sessel, der dadurch zierlich erscheint. Er streckt seine langen Beine aus. Seine Timberlands wirken wuchtig auf den glänzenden Holzdielen.

»Tut mir leid, dass ich sie nicht besser gekannt habe«, sagt er und deutet auf das Bild. »Kate, meine ich.«

»Manche würden wohl sagen, dass ihr euch bestens gekannt habt …«, erwidere ich lächelnd.

»Stimmt. Aber das war … Mein Gott, das war nur eine Nacht. Und die ist schon so lange her. Also, ich meine, ich habe Kate nie vergessen – sie war so lebensfroh, so lustig –, doch …. na ja, eine ernsthafte Beziehung haben wir nie gehabt, nicht? Sie schien auch keine zu wollen. Zumindest nicht mit mir, was ich ihr nicht vorwerfe – ich war neunzehn und ständig betrunken. Jung, dumm und voller Rum, um es mal auf den Punkt zu bringen.

Sie hat mich von Marthas Leben nie ausgeschlossen, und ich war ihr immer dankbar, dass sie mich überhaupt ausfindig gemacht hat, um es mir zu sagen. Ich hätte vonall dem nichts erfahren, wenn sie sich nicht die Mühe gemacht hätte – doch es war auch stets klar, dass sie mich nicht brauchte. Damals war ich darüber froh – ich war ja selbst noch so verdammt jung, nicht? Ich habe auch etwas länger gebraucht als der Durchschnittsidiot, um erwachsen zu werden. Doch jetzt … Tja, jetzt bin ich kein Kind mehr. Und ich will Martha kennenlernen, will ihr helfen, soweit ich das kann, will so lange für sie da sein, wie sie mich braucht.«

Ich nicke und trinke einen Schluck. Dabei merke ich, dass ich ein bisschen betrunken bin. Vielleicht auch mehr als nur ein bisschen. Ich muss mich zusammenzureißen, ermahne ich mich – das ist eine Situation, die Nüchternheit und klares Denken verlangt. Ich muss klug, stark und einfühlsam sein und das Richtige sagen.

»Wie ist es zu dieser Narbe im Gesicht gekommen?«, frage ich stattdessen. Ups.

Er lacht und schüttelt den Kopf. Das wollte ich eigentlich nicht fragen, doch er scheint dankbar für diese Ablenkung zu sein. Vielleicht war er genauso wenig bereit für ein tiefschürfendes Gespräch wie ich. Er streicht nachdenklich über die Narbe, die vom Auge bis hinunter zum Kiefer verläuft. Sie ist gut verheilt und entstellt ihn nicht, sondern hebt sich durch den helleren Farbton lediglich von seiner sonnengebräunten Haut ab.

»Äh«, beginnt er. »Das ist schon eine ziemlich ungewöhnliche Geschichte. Da hat mich ein Hai angegriffen.«

Er ist zwar Australier, doch in seiner Stimme schwingt ein Unterton mit, der mich an der Wahrheit seiner Aussage zweifeln lässt.

»Das stimmt nicht, oder?«, sage ich und zeige anklagend mit dem Finger auf ihn.

»Verflucht. Durchschaut. Wie wäre es mit einer Prügelei mit Russell Crowe in einer Bar?«, fragt er und sieht mich erwartungsvoll an.

»Russell Crowe aus *Gladiator* oder Russell Crowe mit Speckrollen?«

»Natürlich Russell Crowe aus *Gladiator*. Gibst du dich damit zufrieden?«

»Wenn ich muss«, erwidere ich und lächele. »Vielleicht erzählst du mir ja irgendwann mal die wahre Geschichte.«

»Ja, vielleicht. Vorzugsweise, wenn ich noch einmal hier bin und nicht fahren muss. Dieser Cider da macht einen köstlichen Eindruck …«

Ich schwenke die spritzige, bernsteinfarbene Pracht verführerisch im Glas herum, ehe ich sie in einer Art und Weise herunterschlucke, die nur als höchst kindisch bezeichnet werden kann.

»Also«, sage ich, nachdem ich damit fertig bin, ihn aufzuziehen. »Wie lange wirst du bleiben?«

»Ehrlich gesagt, weiß ich das noch nicht. Da bin ich flexibel. Mindestens ein paar Wochen. Ich kann aber auch länger bleiben. Ich bin … Hör zu, ich weiß, dass du von Beginn an für sie da gewesen bist, und ich will dir hier nicht auf die Füße treten. Ich möchte aber auch kein so beschissener Vater sein, der versucht, ein ganzes Leben in zwei Wochen hineinzupressen. Martha scheint es … ganz gut zu gehen, oder? Ich meine, angesichts der Umstände.«

Ich stoße ein leises »Ha« aus und stelle das Glas auf den Beistelltisch. Die Unterhaltung steuert in eine Richtung, in der es sich verbietet, Alkohol in sich hineinzuschütten.

»Ihr geht es … auf jeden Fall besser als vorher«, antworte ich und verziehe das Gesicht, während ich versuche, die richtigen Worte zu finden. »Aber es geht ihr nicht gut, Cal. Überhaupt nicht. Die alte Martha war … na ja, sie war schwierig, nicht dass wir uns da falsch verstehen! Jede Menge Temperament, jede Menge Eigensinn. Doch nach Kates Tod … ist sie in eine Abwärtsspirale geraten. Sie hat getrunken. Hat sich mit anderen Leuten umgeben als früher. Hat geraucht. Hat mit Drogen rumexperimentiert. Hat ganze Nächte in Bars verbracht. Sie hat sich verändert – und versteh mich da nicht falsch –, das kann ich nachvollziehen. Sie hat ihre Mum verloren und stattdessen mich bekommen – und ich will mich jetzt hier nicht schlechter machen, als ich bin, aber ehrlich gesagt, bin ich nur ein ziemlich schäbiger Ersatz. Deshalb sind wir hierhergezogen.«

»Genau den Eindruck hatte ich, als wir miteinander telefoniert haben«, wirft er ein und beugt sich interessiert vor. »Das war einer der Gründe, weshalb ich mich entschieden habe herzukommen.«

»Schon klar, und das weiß ich auch zu schätzen. Mach dir keine Gedanken darüber, dass du mir auf die Füße trittst. Das ist zwar alles ein bisschen seltsam, doch meine Gefühle sind egal. Hier geht es um Martha. Auch wenn es gerade so aussieht, als würde sie sich wieder fangen, kann ich offen gesagt sämtliche Hilfe gebrauchen, die ich bekommen kann. Ich glaube, dass es Martha guttun wird, wenn wir zusammenarbeiten. Das hoffe ich zumindest.«

Cal nickt und denkt darüber nach. In Anbetracht dessen, was ich ihm gerade über seine Tochter erzählt habe, hält er sich tapfer. Doch da er ein schlauer Kerl zu sein scheint und sehr viel Lebenserfahrung besitzt, schockiert ihn Marthas Verhalten wohl nicht allzu sehr. Die Jugendlichen in Australien sind wahrscheinlich den gleichen Verlockungen ausgesetzt, nur weitaus weniger Regen.

»Ja. Das klingt vernünftig. Wir arbeiten zusammen und sehen zu, ob wir die Dinge für sie zum Besseren wenden können.

Ich werde den Bogen nicht überspannen, und falls doch, sag es mir … Ich möchte unbedingt mehr über sie erfahren. Möchte mit ihr reden. Möchte Teil ihres Lebens sein. Mir ist aber natürlich auch klar, dass ich sie nicht zu sehr bedrängen darf. Dann zieht sie sich zurück, wie ein nervöses Kalb.«

Ich pruste laut los bei dem Kommentar.

»Eher wie ein nervöses Känguru«, sage ich. »Und eins, das einem, ohne zu zögern, die Lichter ausknipsen kann. Doch … du hast recht. Hast du deshalb ihre ganzen Fragen heute Abend über dich ergehen lassen?«

»Ja. Ich weiß, dass vieles bei ihr nur Show war. Sie muss nervös gewesen sein. Völlig baff, mich hier zu sehen. Ihr Leben hat sich drastisch verändert, und ich wollte ihr nicht noch unnötig Druck machen, indem ich rüberkomme wie der strenge Vater – wozu ich außerdem auch überhaupt kein Recht habe.«

»Das hast du richtig gemacht«, stimme ich ihm zu. »Streng zu sein bringt sowieso nichts bei ihr. Also … lass uns von Fall zu Fall entscheiden, okay? Wir halten Kontakt. Treffen uns heimlich. Benutzen Codewörter.«

»Gefällt mir, die Idee«, sagt er, steht auf und streckt sich. Scheinbar ist es für ihn an der Zeit zu gehen. Für mich ist es ganz bestimmt an der Zeit, ins Bett zu verschwinden und meinen Cider-Rausch auszuschlafen.

Er geht zur Tür und greift dabei nach seiner Jacke.

»Wo ist denn dein Cowboyhut?«, frage ich und folge ihm, um ihn nach draußen zu begleiten.

»Oh … den habe ich im Auto gelassen. Ich dachte mir, dass meine Anwesenheit schon eigenartig genug ist, auch ohne diese Wildwestmontur. Das könnte unser Codewort sein, oder? Sobald du findest, dass ich Mist baue, sagst du mir, dass ich meinen Cowboyhut aufsetzen soll, okay?«

»Was ist, wenn du ihn schon aufhast?«

»Dann sagst du mir, dass ich ihn abnehmen soll. Wir improvisieren. Vielleicht kaufe ich mir ein paar neue Hüte. Ein Fez hat mir schon immer gut gefallen, oder ein Sombrero.

Wir lächeln beide, als er in der Tür steht, und geben uns die größte Mühe, durch diese neue und schwierige Situation hindurchzusteuern.

Draußen ist es kalt – der Herbst hat endgültig seinen Einzug gehalten –, und ich zittere ein bisschen. Der Himmel ist tiefschwarz und übersät mit Sternen, die viel heller funkeln und leuchten als in der Stadt. Es ist auch viel stiller hier – kein Gehupe, kein Sirenengeheul, keine betrunkenen, singenden Menschen auf der Straße. Nur das entfernte Geräusch grasender Kühe, das Rascheln nachtaktiver Tiere im Unterholz und das sanfte Plätschern des Wasserspiels, das vom Rasen herüberdringt.

Er bleibt kurz stehen und sieht mich an. Sein Haar bildet einen Heiligenschein um seinen Kopf, und seine dunklen Augen schimmern im Mondlicht. Mir geht es so wie Martha vorhin. Ich weiß nicht, wie ich mich von ihm verabschieden soll – dieser Abend war zu bedeutsam, um einfach so auseinanderzugehen, doch eine Umarmung wäre übertrieben.

Cal bleibt bei seiner bewährten Methode und hält die Hand hoch. Ich klatsche sie ab. Er umfasst meine Finger und drückt sie, als er mir eine gute Nacht wünscht.

Dann geht er zu seinem Wagen, die Stiefel knirschen auf dem Kies. Ich blicke ihm hinterher und merke, dass ich mich etwas seltsam fühle. Etwas schwindelig. Etwas unsicher. Und … mir ist ein bisschen warm ums Herz.

Das muss am Cider liegen, sage ich mir, als ich die Tür schließe.

# 21. KAPITEL

Auf der Jagd nach einer Ruhepause und vielleicht auch nach einem Stück Kuchen, betrete ich am nächsten Morgen das Café.

Martha war früh aufgewacht und noch vor mir unten, gestriegelt und geschniegelt – was es nur noch peinlicher machte, als ich vor ihrem Schlafzimmer stand und brüllte: »Steh auf, du faules Stück, sonst werden wir den Bus noch verpassen!«

Sie sah mich nur mit einer hochgezogenen Augenbraue in stummer Missbilligung an, während ich herumflitzte und nach Socken und Schuhen suchte, damit wir endlich aufbrechen konnten. Meine Füße steckten zum Schluss in zwei unterschiedlichen Socken und meinen Crocs – ein absolut fantastischer Anblick!

Sie sagte nicht viel auf der Fahrt ins Dorf, doch sie war definitiv fröhlicher als sonst. »Quirlig« ist das Wort, das mir durch den Kopf geht, doch das trifft es nicht richtig – sie war einfach nicht so mürrisch. Was bestimmt nicht an meinen unterschiedlichen Socken lag. Da musste wohl Cal der Grund sein. Ich vermute, dass sein Auftauchen ihr die Möglichkeit gegeben hat, sich auf etwas anderes zu konzentrieren als auf ihren eigenen Kummer und meine Defizite.

Als sie aus dem Auto stieg, steckte sie den Kopf noch mal zur Tür rein und verkündete: »Ich freu mich, ihn wiederzusehen. Dieses Dad-Ding ist definitiv nicht langweilig.«

»Nicht langweilig«, kommt bei Martha wahrscheinlich der höchstmöglichen Form eines Kompliments gleich. Natürlich blieb mir die Chance einer Antwort verwehrt, da sie die Autotür zuknallte und davonmarschierte. Mir zuzuhören würde definitiv unter die Kategorie »langweilig« fallen.

Ich winkte ihr zum Abschied zu und sah, wie Lizzie zu ihr herübereilte, um den neuesten Klatsch von ihr zu erfahren – der plötzlich aufgetauchte, attraktive Aussie-Dad schien sogar noch die Ankunft von Little Edie zu übertreffen. Anschließend saß ich noch ein paar Augenblicke im Wagen und atmete tief durch, während der Bus die Straße entlangzockelte.

Ich war nicht richtig verkatert – bloß müde. Wir alle kennen doch dieses Gefühl, das man hat, wenn man am Abend zuvor ein bisschen zu viel getrunken und nicht genügend Schlaf bekommen hat, weil einem die tote Freundin und ihr früherer Lover im Traum begegnet ist? Oder weil man so was Ähnliches geträumt hat? Genau das. Ich fühlte mich kaputt. Als hätte man mir das Hirn chirurgisch entfernt und in der Wertstofftonne entsorgt.

Ich dachte gerade über ein ausgiebiges Nickerchen im Auto nach – es wäre nicht das erste Mal –, als Edie gegen die Scheibe klopfte. Sie hörte gar nicht mehr auf, und schließlich erkannte ich die Schläge als die Staccato-Version der Titelmelodie von *Strictly Come Dancing*. Wäre es jemand anderes als Edie gewesen, hätte ich ihm gesagt, dass er sich besser foxtrotten sollte. Doch zu Edie schnippisch zu sein war ausgeschlossen. Das käme einem Fußtritt gegen einen Labradorwelpen gleich.

Ich öffnete die Autotür und gab ihr mit einer Geste zu verstehen einzusteigen – der Himmel war dunkelgrau, und es braute sich was zusammen, was nach mehr Regen als üblich aussah. Selbst die Seemöwen, die über uns kreisten, machten einen besorgten Eindruck.

»Ab zum Café?«, fragte sie, eingepackt in eine warme, rote Daunenjacke, den Rucksack auf ihrem Schoß. Sie hatte eine rote Pudelmütze aufgesetzt, unter der ihr weiß gelocktes Haar hervorlugte, und auf ihrer Brille glänzten Regentropfen.

Eigentlich hatte ich das nicht vorgehabt, doch als sie die Frage stellte, wusste ich, dass es wohl das Beste war, was ich tun konnte. So würde zumindest meine Grundversorgung in puncto Essen und Trinken gesichert sein. Außerdem war das Café kein Laden, den es scherte, wenn man unterschiedliche Socken trug. Im Gegenteil, dort wurde man sogar noch dazu ermuntert.

Dann begann Edie zu erzählen. Von dem Baby und wie Becca schon nach nur einer Stunde wieder aus dem Krankenhaus geflüchtet sei, wie allerliebst das alles sei und wie sehr sie sich auf die Taufe freuen würde, die irgendwann stattfände, denn das gäbe bestimmt ein »Bombenfest«. Natürlich kam auch noch *Strictly Come Dancing* zur Sprache, und sie erwähnte, dass ihre Großnichte Olivia gerade zur Wurstmacherin des Jahres gekürt worden sei. Edie ist sichtlich stolz, und ich muss mich zusammenreißen, um nicht loszulachen.

Als wir das Café erreichen, bin ich fix und fertig und brauche dringend einen Kaffee, Toast und wahrscheinlich auch noch ein paar Kopfschmerztabletten.

Cherie und Frank sind da. Cherie hält heute die Stellung im Café. Lauras Eltern sind gerade von Manchester auf dem Weg hierher, und sie hat sich ein paar Tage freigenommen, um ihre Ankunft vorzubereiten und mit dem Baby zu helfen. Willow ist ebenfalls nicht da. Außer mir und Edie ist nur noch eine Gruppe von Frauen Mitte zwanzig da. Sie haben zwei Tische zusammengestellt und kichern, während sie ihre Müslis essen. Sie stammen nicht von hier und tragen alle Wanderkluft – vielleicht ein Junggesellinnenabschied einer besonders gesundheitsbewussten zukünftigen Braut.

Cal hat mir eine SMS geschrieben. Er will ebenfalls vorbeikommen, was nicht gerade dazu beiträgt, dass ich mich weniger angespannt fühle. Ich habe zwar gestern Abend gesagt, dass wir zusammenarbeiten könnten – doch heute Morgen beschleicht mich das Gefühl, dass das schwieriger werden könnte als ursprünglich gedacht. Ich habe mich selbst erst gerade hier eingelebt und Fuß gefasst, und jetzt wird sich dieser neu gefundene Alltag noch einmal verändern.

Ich nicke und winke Cherie und Frank zu. Dann steuere ich meine Ecke an. Die Ecke mit den unordentlichen Bücherregalen, den Malbüchern und den Brettspielen. Edie greift nach einem abgenutzten Exemplar des Romans *Sturmhöhe* von Emily Brontë und vertieft sich sofort darin.

Kurz danach tritt Cherie zu uns, das Haar zu einem wirren Knoten hochgesteckt, das Gesicht gerötet von der Wärme in der Küche. Sie hat ein Tablett in der Hand, voll beladen mit Köstlichkeiten – Kaffee für mich, Tee für Edie, warmer Vollkorntoast und frisch gebackene Scones. Gott segne sie und ihr Café.

»Habt ihr noch Platz für ein zierliches Persönchen?«, fragt sie scherzhaft, denn sie ist alles andere als zierlich. Ich drehe meinen Stuhl herum, und sie seufzt, als sie sich neben mich setzt. Sie streift ihre Schuhe ab, streckt ihre langen Beine aus und wackelt mit ihren rot lackierten Zehen.

»Ich werde zu alt für diese Arbeit«, sagt sie und pickt an einem Scone. »Ständig versuche ich, mich zur Ruhe zu setzen, doch irgendwie scheint es nie zu klappen.«

»Das liegt daran, dass du noch ein junger Hüpfer bist und viel zu neugierig, um dich vom Geschehen fernzuhalten«, meldet sich Edie zu Wort, ohne den Kopf von ihrem Buch zu heben. Aus Edies Sicht ist Cherie mit über siebzig wohl immer noch jung. Ich fange langsam an zu glauben, dass unten in der Bucht, irgendwo in einer magischen Höhle, eine versteckte Grotte liegt – so eine, wie sie Indiana Jones vielleicht entdeckt haben könnte. Und in dieser Grotte befindet sich ein Jungbrunnen – das ist die einzige Erklärung für diese rüstigen Senioren hier in Budbury.

»Das Geschehen gestern habe ich aber verpasst, nicht?«, wendet sie ein, nippt an ihrem Tee und verzieht leicht das Gesicht, als sie merkt, dass er noch zu heiß ist. »Unfassbar! Und Marthas Vater ist gerade noch zur rechten Zeit aufgetaucht, habe ich gehört, was? Und Australier soll er sein? Und in einem Hotel übernachten?«

Ich nicke und lächele sie an. Ihre Miene verrät mir, dass sie unbedingt mehr erfahren möchte, aber nicht aufdringlich erscheinen will. Ich erwäge, mich in geheimnisvolles Schweigen zu hüllen und sie auf die Folter zu spannen, doch das ist sinnlos – Cherie weiß am Ende doch immer alles. Sie ist ein freundlicher Big Brother.

»Ja. Stimmt alles. Martha ist ihm noch nie zuvor begegnet, also ist das alles ziemlich … hm, ich weiß nicht, aufregend?«

»Aus deinem Mund klingt das so, als würdest du eher ›beängstigend‹ meinen – ist das gemeinsame Essen gestern Abend nicht gut gelaufen, Zoe?«

Na bitte, da haben wir's. Selbst das weiß sie schon, obwohl

dieses Essen erst vor wenigen Stunden stattgefunden hat. Vielleicht hat sie Überwachungskameras in ihren Ferienhäusern installiert …

»Doch«, sage ich und versuche, begeistert zu klingen. »Es ist so gut gelaufen, wie es unter diesen äußerst merkwürdigen Umständen hat laufen können. Ich … ich hab nur ein bisschen zu tief ins Cider-Glas geschaut, glaube ich … und jetzt ist er auf dem Weg hierher, während ich unterschiedliche Socken anhabe. Es fühlt sich einfach alles ein bisschen … beunruhigend an.«

Edie unterbricht ihre Lektüre, sieht auf meine Füße, schüttelt den Kopf und wendet sich wieder Emily Brontës Hauptfiguren zu, Cathy und Heathcliff. Ich wette, dass Cathy nie unterschiedliche Strümpfe getragen hat.

Cherie nickt, verschränkt die Arme vor ihrem üppigen Busen und blickt nachdenklich drein.

»Das kann ich mir vorstellen. Möglicherweise ist es gut für Martha, aber es fühlt sich auch gefährlich an – dir ist es gerade erst gelungen, dass sie sich hier eingelebt hat, und jetzt stehen die Zeichen schon wieder auf Veränderung, was?«

»Genau! Doch sie scheint sich darüber zu freuen, und das ist großartig, denn sie hat sich schon lange über nichts mehr gefreut. Ich weiß nicht, wie lange Cal bleiben wird. Daher müssen wir seinen Aufenthalt ausnutzen und so viel Zeit wie möglich mit ihm verbringen, ehe er wieder in den Sonnenuntergang abdüst.«

»Und du musst darauf gefasst sein, die Scherben aufzufegen, sollte alles schiefgehen, was?«

Ich lächele nur. Sie versteht mich. Natürlich versteht sie mich.

»Auffegen kann eine sehr anstrengende Arbeit sein«, fügt

sie hinzu, während sie den Kopf zur Seite neigt und behutsam ihre Worte wählt. »Insbesondere wenn man das Gefühl hat, dass bei einem selbst Reinigungsbedarf besteht. Hör mal … das ist nur eine Idee, und ich würde ihm das Angebot nie machen, ohne dass du zustimmst, aber Saffron ist frei. Wenn Cal dort wohnen möchte, könnte er … also, er wäre näher bei Martha, und die beiden könnten sich richtig kennenlernen, mehr Zeit miteinander verbringen? Oder wäre dir das zu viel?«

Ich denke darüber nach und schiebe mir einen halben Scone in den Mund. Dabei schenke ich ihm nicht meine volle Aufmerksamkeit, weshalb ich mich schäbig fühle. Doch ich muss mir diesen Vorschlag durch den Kopf gehen lassen, solange ich gerade esse.

Die Vorstellung, dass Cal nebenan wohnt, ist beängstigend. Sie ist seltsam bedrohlich, und sie macht mich nervös und rappelig. Doch diese Situation verlangt, dass ich mich wie eine Erwachsene benehme und darüber nachdenke, was für Martha das Beste ist. Sollte Cal nur wenige Wochen bleiben, könnte es vielleicht funktionieren – auf jeden Fall würden sie so sehr viel mehr Zeit miteinander verbringen können.

»Danke, Cherie«, antworte ich, als ich den Scone aufgegessen habe. »Das könnte … wirklich hilfreich sein. Vielleicht können wir mit ihm darüber sprechen, wenn er hier ist.«

»Ist er schon«, wirft Edie ein und deutet mit dem Kopf zur Tür. Sie sieht ihn kurz an und widmet sich dann wieder ihrem Buch.

Cal bleibt in der Tür stehen, schüttelt den Regen von seinem Cowboyhut und stampft mit den Stiefeln auf, um sie vom Matsch zu befreien. Er entdeckt mich, wedelt mit dem Hut, als wäre er auf einem Rodeo, hängt seine Wachsjacke an einem Kleiderhaken auf und kommt zu uns herüber.

»Tach, die Damen«, sagt er und spricht mit einem deutlich hörbareren Akzent als sonst. Aufschneider. Die Frauen am Tisch des Junggesellinnenabschieds starren ihn an, als er den Raum durchquert, und verschlingen ihn förmlich mit Blicken. Sein blondes Haar, die sonnengebräunte Haut, die eng anliegende Jeans, das ebenfalls eng anliegende T-Shirt und den Gürtel mit der großen Schnalle. Er sieht aus wie ein exotisches Wesen, das gerade den Raum betreten hat, ohne sich seiner Wirkung bewusst zu sein. Oder vielleicht ist er sich dieser Wirkung genau bewusst. So gut kenne ich ihn nicht, um das beurteilen zu können.

Cherie steht auf und mustert ihn von oben bis unten, die Hände in die Hüften gestemmt.

»Das ist also der Held des Tages?«, sagt sie, als sie ihn fertig beäugt hat.

Ehe er antworten kann, umarmt sie ihn stürmisch. Cheries Umarmungen treffen einen schon mal unverhofft, doch er verkraftet die Attacke ganz gut und ist einer der wenigen Menschen, der durch ihre amazonenhafte Gestalt nicht wie ein Zwerg wirkt. Er taucht mit einem sanften, ruhigen Gesichtsausdruck aus ihrer Umklammerung auf.

Ich stehe ebenfalls auf und komme mir vor wie eine Liliputanerin im Land der Riesen.

»Cal, du hast in dem ganzen Chaos gestern noch nicht alle richtig kennengelernt«, sage ich. »Das ist Edie. Big Edie, meine ich.«

Meine Wortwahl lässt Edie vergnüglich kichern. Sie ist ungefähr einen Meter und fünfzig groß und eben wohl zum ersten Mal als Big Edie bezeichnet worden – was ihr eindeutig gefällt, denn sie klatscht begeistert in die Hände.

»Edie hat Budburys Hula-Hoop-Meisterschaft gewonnen«, füge ich aus irgendeinem Grund noch hinzu.

»Stimmt«, bestätigt sie. »Diese Hüften lügen nicht …«

Ich schüttele den Kopf – über Edie und ihre Hüften nachzudenken fühlt sich falsch an – und fahre mit der Vorstellungsrunde fort.

»Und das ist Cherie. Ihr gehören das Café und die Ferienhäuser und … fast ganz Budbury, wie es scheint …«

»Ja. Nenn mich einfach Mummy Warbucks!«, sagt sie und grinst. »Frank, meinen Mann, hast du gestern schon kennengelernt – ihr habt viel gemeinsam; er hat eine Farm hier, und sein Sohn und die Enkelkinder leben in Australien.«

»Ah, die werde ich dann wahrscheinlich kennen«, erwidert Cal und nickt Frank zu, der seine Hand zum Gruß hebt. Seit unserer Ankunft hier im Café hat seine Nase in der Zeitung gesteckt. Er hatte sich wohl gedacht, dass die Frauen bei ihrem Schwätzchen besser unter sich bleiben. Aber jetzt gesellt er sich zu uns, um Cal die Hand zu schütteln.

»Schön, dich zu sehen«, sagt Frank, und auch sein Dorset-Akzent ist deutlich hörbarer. Was ist bloß los mit denen?

»Das hast du gestern gut hinbekommen, Cal – 'ne hübsche Begrüßungsfeier, was?«

»Ich hab schon Schlimmeres erlebt«, antwortet Cal und grinst. »Sind Mutter und Kind wohlauf?«

»Soweit ich weiß, ja. Hab sie selbst noch nicht gesehen – sie sollen erst mal Zeit für sich haben, um sich aneinander zu gewöhnen. Ist schon 'ne Umstellung, so 'n Baby im Haus.«

Ein Hauch von Traurigkeit zieht über Cals Gesicht, als er antwortet. »Das kann ich nicht beurteilen, ich habe nie viel mit Babys zu tun gehabt. Außer sie hatten ein Fell und waren für den Teller bestimmt. Der Umgang mit einem Teenager ist für mich ein Sprung ins kalte Wasser.«

»Du wirst das großartig machen, Cal«, sagt Frank und

klopft ihm so kräftig auf den Rücken, dass man ihm seine über achtzig Jahre nicht glauben will. »Da ist nichts dabei, und Martha ist ein tolles Mädchen. Außerdem hast du ja auch noch Zoe, die dir sagen kann, wie du es richtig machst.«

Diese Bemerkung lässt mich – unwillkürlich – laut auflachen. Alle starren mich an, selbst die Mädels vom Tisch des Junggesellinnenabschieds scheinen sich über den Lärm zu wundern.

»Entschuldigung«, sage ich verlegen. »Ich … ich fand das jetzt einfach nur lustig. Als ob ich wissen würde, was ich tue – ich improvisiere doch die ganze Zeit.«

Cal grinst mich schief an. Vielleicht fragt er sich, worauf er sich da eingelassen hat.

»Du machst deine Sache gut«, versichert mir Cherie, streckt die Hand aus und drückt meine Schulter. »Außerdem improvisieren wir alle – nur verbergen es manche besser als andere. Cal, setz dich, fühl dich wie zu Hause! Ich mache dir schnell ein Frühstück … Zoe und ich haben heute Morgen einen Geistesblitz gehabt, was deine Unterbringung angeht. Aber ich überlasse es ihr, dir zu erzählen, worum es dabei im Einzelnen geht …«

# DRITTER TEIL

# 22. KAPITEL

»Meine Beine sind so fett, dass selbst eine Haremshose aussieht wie eine Jeggings«, sagt Laura und stößt angewidert mit den Fingern in die Oberschenkel hinein. Ich betrachte ihre Beine und sehe völlig normale, ein klein wenig stämmige Gliedmaßen, die in einer Blue Jeans stecken. Einer Blue Jeans, die mit mehligen Handabdrücken von dem Zwetschgen-Brombeer-Kuchen übersät ist, den sie gerade backt. Laura und Matt haben in The Rockery einen Bauerngarten mit Obst und Gemüse angelegt, womit sie das Café versorgen. Das hier ist eins von Lauras Experimenten.

Der Geruch des Kuchens weht durch den Raum. Wir alle schnuppern wie hungrige Bälger, die darauf warten, dass die Köstlichkeit endlich fertig ist. Ich bin mir ziemlich sicher, dass deren Verzehr nicht dazu beitragen wird, Lauras selbst verkündetes Beinproblem zu beheben.

Laura ist nicht dick. Sie ist allerdings auch nicht dünn. Ich finde, sie ist einfach … »gemütlich« ist wohl das Wort, das es am besten trifft. Sie sieht so aus, wie eine Mum aussehen sollte, hat genug Pölsterchen, um einen wunderbar zu umarmen, aber nicht so viele, dass sie für Jabba den Hutten gehalten werden könnte, der sich einen Abend auf der Piste gönnt.

»Sei nicht albern«, sage ich und blicke von meiner Mammutmission hoch, die aus dem Spitzen sämtlicher Comfort-Food-Café-Stifte besteht. »Du siehst wunderbar aus. Auf jeden Fall denkt das Matt. Und als rothaariger Junge bezeichnet zu werden ist bestimmt nicht besser.«

»Du siehst nicht aus wie ein Junge!«, entgegnet sie entsetzt. »Du bist einfach nur ... zierlich.«

Ich bedanke mich grummelnd und fahre mit meiner Arbeit fort. Es gibt wirklich nichts Entspannenderes, als an einem verregneten Herbsttag Stifte zu spitzen, und ich schaffe die Farben in einer rasanten Geschwindigkeit. Ich muss langsamer machen, ermahne ich mich, sonst gehen sie mir aus. Was stumpfe Stifte angeht, habe ich einen Vogel.

»Ich habe mir immer mehr obenrum gewünscht«, erklärt Edie, die ebenfalls Stifte spitzt. Genau genommen war es ihre Idee. Sie hat auch die Spitzer mitgebracht – diese altmodischen Dinger aus Metall, die früher auf dem Lehrerpult lagen. »Damals, als ich obenrum überhaupt noch was hatte.«

Ich ertappe mich dabei, wie ich auf Edies zarte Brust starre, was aber vor allem daran liegt, dass sie mit einem knochigen Finger darauf zeigt, als wollte sie mich einladen, mir ihre unartigen Jungs mal genauer anzusehen. Ich schaudere und sehe weg. Ganz schnell.

»Wieso jammern Frauen eigentlich immer über ihre Körper, sobald sie zusammensitzen?«, meldet sich Becca zu Wort, in deren Schoß Little Edie selig schläft. »Vergleichen ihre Möpse, meckern über ihre Hintern und wünschen sich was anderes? Ich persönlich finde, dass wir alle verdammt perfekt sind.«

Cherie nickt zustimmend und hält beim Lackieren ihrer Fußnägel inne. Sie hat zwei Stühle zusammengeschoben, auf einem liegen ihre Füße, und in der Hand hält sie ein

Fläschchen mit hellrosa Nagellack. Sie wedelt beim Sprechen mit dem kleinen Pinsel herum.

»Genau, Becca. Das sind wir. Verdammt perfekt. Außerdem ist die Größe unwichtig, auf die Proportionen kommt es an. Von wem stammt noch mal dieses Zitat … ›Mein Körper ist geformt wie eine Sanduhr, nur dass die Sanduhr sehr groß ist‹?«

»Ich weiß es nicht«, antwortet Becca und sieht Little Edie an. »Vielleicht von Konfuzius? Soweit ich weiß, hat er Frauen gemocht, die was auf den Rippen hatten …«

Darüber lachen wir alle herzlich, verstummen aber sofort, als Little Edie sich auf das Geräusch hin zu rühren beginnt. Sie wedelt mit ihrer rosa Hand, als würde sie ein Taxi herbeiwinken. Es ist doch immer wieder erstaunlich, wie ein so winziges Persönchen einen Raum voller Erwachsener beherrschen kann. Es hat ewig gedauert, bis Becca sie in den Schlaf gewiegt hatte, und keiner von uns will Little Edies Zorn riskieren, indem wir sie wieder aufwecken. Becca sieht erschöpft aus, so wie alle frischgebackenen Mütter – aber auch unglaublich glücklich.

Little Edie ist mittlerweile drei Wochen alt. Ein pausbäckiges, kleines Bündel Mensch, dessen Haarschopf etwas heller geworden ist. Sie trägt einen Schlafanzug auf dem »Surf Baby« steht, und eins ihrer Füßchen ist nackt. Sie sieht zum Anbeißen aus, noch mehr als der Zwetschgen-Brombeer-Kuchen. Midgebo ist der gleichen Meinung und leckt ihr die Zehen liebevoll ab, bis Becca seine Schnauze sanft beiseiteschiebt.

Das Café ist eigentlich geöffnet – doch an diesem stürmischen Oktobertag sind keine Gäste da, und so betrachten wir es einfach als unsere Anlaufstelle, um miteinander zu plaudern. Cherie braucht das Geld im Grunde genommen nicht, hat mir Laura versichert, was gut ist, denn die ruhigere Saison hat endgültig begonnen. Ein paar der Cottages sind über die Herbstferien vermietet, und vor Weihnachten kommen noch einmal mehr Touristen nach Budbury, doch im Moment ist tote Hose.

Genau genommen sind Laura, ihre Kinder, Matt, ich, Martha und natürlich Cal die Einzigen, die sich hier regelmäßig aufhalten.

Cal scheint ein bisschen länger zu bleiben als ursprünglich beabsichtigt. Genauer gesagt bis Neujahr – eine Tatsache, die mich sowohl mit Erleichterung als auch mit Angst erfüllt.

Erleichterung deshalb, weil er und Martha sich blendend verstehen. Sie haben ihre eigenen Routinen entwickelt, die zehnmal besser sind als Marthas frühere. Sie gehen gemeinsam spazieren, tauschen Geschichten aus, bringen sich gegenseitig ihren Akzent bei, hören Musik, leihen sich Midgebo für kleine Abenteuer aus, sprechen über ihr Leben, über Kate, über die Arbeit und über die Schule. Sogar über Marthas Zukunftspläne – deren Existenz ich erfreut zur Kenntnis nehme – und die Uni, die sie vielleicht besuchen will. Matt hat Cal eine Gitarre geliehen, und ich höre ihn oft spielen, wenn ich an Saffron vorbeigehe. Manchmal erklingt sogar Marthas wunderschöne, glockenklare Stimme dazu.

Sie verbringt viel Zeit mit ihrem Vater und übernachtet sogar hin und wieder bei ihm. Ich versuche, nicht allzu miesepetrig deswegen zu sein. Das Zusammenleben mit Martha war noch nie ein Zuckerschlecken – doch wenn sie nicht da ist, vermisse ich sie. Ich vermisse sogar das Zuknallen der Türen, den Sarkasmus und die schmutzigen Teller, die plötzlich ihren Weg in die Küche finden und derartig verkrustet sind, dass ich die Pasta-Soße mit dem Schneidbrenner lösen muss.

Ich muss fairerweise zugeben, dass Cal sensibel genug ist zu begreifen, wie riesig diese Umstellung für mich ist. Er versucht, mich mit einzubeziehen – schleppt mich mit nach Charmouth, um Fossilien am Strand zu sammeln, verleitet mich dazu, im örtlichen Pub zu Mittag zu essen, organisiert Videoabende in Lilac Wine, bei denen wir uns ein paar Gläser Cider gönnen. Eigentlich sehe ich ihn häufig – darunter auch schon mal spärlicher bekleidet, wenn wir uns zufällig im Schwimmbad begegnen, was mehrfach vorgekommen ist.

Ehrlich gesagt war es jedes Mal hochnotpeinlich. Warum, weiß ich nicht. Immerhin ist mein Badeanzug – ein Uraltmodell aus meiner Jugendzeit – derart sittsam, dass selbst eine viktorianische Schullehrerin ihn problemlos anziehen könnte. Ich latsche in keinem Bikini mit Tangahose oder Ähnlichem herum – und trotzdem hat es mir jedes Mal die Schamesröte ins Gesicht getrieben. Ich denke, das lag weniger daran, was ich getragen habe, sondern eher daran, was Cal getragen hat – beziehungsweise was er nicht getragen hat. Ich bin es nicht gewohnt, fast nackte Männer in natura zu sehen, und meine Nasenlöcher blähen sich dabei auf.

Er hat durch die Arbeit und das Leben auf dem Land einen durchtrainierten Körper – fest, kräftig, robust – und nicht durch das Trainieren in einem Fitnessstudio. Ich gebe mir Mühe, ihn nicht anzustarren, was allerdings nicht so einfach ist. Vor allem deshalb nicht, weil er so anmutig und leicht durchs Wasser gleitet wie ein Delfin. Glücklicherweise macht er nicht auch noch dessen seltsame klickende Geräusche.

Mittlerweile bin ich so weit, dass ich erst einmal heimlich nachsehe, ob er da ist, bevor ich mich ins kühle Nasse wage. Wenn dem so ist, schleiche ich auf Zehenspitzen wieder zurück zum Ferienhaus, eingehüllt in mein Handtuch, und hoffe, dass er nicht bemerkt hat, wie ich durch die beschlagenen Fensterscheiben hineingespäht habe.

An manchen Tagen scheint er ständig in der Nähe zu sein. Er taucht frühmorgens auf, um Martha ins Dorf zu fahren, während er mich halb schlafend über meinem Kaffeebecher vorfindet. Oder er kommt vorbei, um zu fragen, ob ich vielleicht mit ihm zum nahe gelegenen Pferdehof spazieren möchte, um einen Ausritt zu machen, und lacht über mein entsetztes Gesicht. Oder er klopft ans Fenster, wenn ich gerade ein Buch lese. Das ist alles äußerst … beunruhigend. Er ist keiner von diesen Männern, die man einfach ignorieren kann – dafür er ist nun mal zu groß –, und seine Gegenwart in meinem Leben stört mich mehr als erwartet.

Das liegt gewiss an meinem verkorksten Ich und dem erhöhten Bedarf an Einsamkeit – aber auch an der Angst, die ich bereits erwähnt habe. Cal hat seinen Platz hier gefunden. Er führt kleine Reparaturen an Cheries Ferienhäusern durch, verbringt Zeit mit Frank auf dessen Farm, guckt sich die Hintern der Kühe an, oder was auch immer, und geht mit Matt, Sam und Scrumpy Joe auf ein Bier in den Pub.

Laura bekommt noch immer Riesenaugen, wenn er den Raum betritt. Und Cherie steht offensichtlich darauf, dass er ihr die Glühbirnen auswechselt. Wir tun dann so, als würden wir nicht bemerken, wie sein T-Shirt hochrutscht. Gut möglich, dass ich sie eines Tages noch dabei erwische, wie sie die Glühbirnen absichtlich kaputt macht, wenn ich mich mal früher ins Café schleiche.

Er ist freundlich, lustig und sympathisch, und alle scheinen ihn sehr zu mögen – insbesondere Martha. Doch genau das ist es, was mir Sorgen macht. Höchstwahrscheinlich zerbreche ich mir zu sehr den Kopf, doch die Frage, was passieren wird, wenn er wieder zurück nach Australien geht, lässt mich einfach nicht los.

Genauer gesagt, was mit Martha passieren wird. Wird sie es entspannt sehen? Wird sie völlig darüber zusammenbrechen, auch noch ihren Vater zu verlieren, den sie doch erst gerade gefunden hat? Wird sie mit ihm nach Australien gehen? Das ist einer der Gründe, warum ich mich dagegen wehre, dem Budbury-Fanklub von Cal Evans beizutreten – ich muss gewappnet sein, um mit dem fertigzuwerden, was immer das Leben als Nächstes für mich bereithält.

Darüber grübele ich nach, als ich gedankenversunken die Stifte spitze. Das Geschnatter der Frauen brummt leise im Hintergrund, wie ein geschwätziger griechischer Chor.

»Erde an Zoe, Erde an Zoe – bist du auf Empfang?«, sagt Laura und knufft mich in die Seite, bis ich aufsehe.

»Ja? Was denn? Ist der Kuchen fertig?«, frage ich und blicke in ihre amüsierten Gesichter. »Was hab ich verpasst?«

»Der Kuchen braucht noch zehn Minuten«, antwortet Laura, nachdem sie kurz auf ihre Uhr geschaut hat. »Wir haben uns nur gerade gefragt, wie es so ist, Cal um sich zu haben …«

Sie starren mich alle erwartungsvoll an. Selbst Little Edie, die mittlerweile aufgewacht ist und sich in den Armen ihrer Mutter rekelt, fixiert mich mit ihren unheimlich blauen Augen, als würde sie an meinen Lippen kleben. Midgebo leckt inzwischen seine Hoden, zumindest er scheint sich nicht dafür zu interessieren.

»Ähm … es ist in Ordnung«, antworte ich dürftig.

»Hast du ihn im Pool gesehen?«, fragt Laura, stupst mich an und grinst. »Ich wette, er sieht aus wie eine männliche Nixe!«

»Ja … schon. Ich habe ihn im Pool gesehen. Und in Lilac Wine. Und in Saffron. Und im Pub. Und hier. Und auch noch in meinen verdammten Träumen … der Mann scheint überall zu sein. Ich werd ihn einfach nicht los.«

»Mein Gott, warum solltest du auch ….«, wirft Becca ein und verdreht die Augen. »Wäre ich nicht vergeben, würde ich über ihn herfallen.«

Edie nickt und schaut dann leicht verlegen. Cherie erzählt derweil, wie er ihren Geschirrspüler repariert hat. Er ist auf dem Boden herumgekrabbelt, und sie hat seinen Anblick in vollen Zügen genossen. Alle lachen schallend, während mir zunehmend unbehaglicher zumute wird.

»Was ist los?«, fragt Cherie und sieht mich stirnrunzelnd an. »Findest du, dass wir's übertreiben? Fühlst du dich schlecht dabei?«

»Ja, irgendwie schon. Also, ich meine, ich weiß, wie er aussieht – immerhin habe ich Augen im Kopf –, doch ihm derartig hinterherzugeiern, kommt mir einfach nicht richtig vor. Himmel noch mal, er ist Marthas Vater!«

»Ja, schon, aber er ist nicht *dein* Vater, oder?«, entgegnet Becca und beruhigt dabei Little Edie. »Also ist es okay.«

Ich nicke, denn es ist so schwer zu erklären, so schwer in Worte zu fassen, wie ich mich durch ihn fühle – nervös, angespannt und glücklich zugleich. Als könnte ich seine Gesellschaft vielleicht mehr genießen, als ich das sollte, würde ich es mir erlauben zu entspannen. Als könnte Cal es in die engere Auswahlliste der Menschen schaffen, durch die ich mich in diesem Leben geborgen und sicher gefühlt habe. In die engere Auswahlliste, auf der bis zu unserem Umzug hierher eigentlich nur Kates Namen stand.

»Ich weiß … aber er ist einfach immer da. Ich bin es gewohnt, allein zu leben, und hatte mich gerade erst an das Zusammenleben mit Martha gewöhnt. Jetzt ist plötzlich noch jemand da. Ich habe das Gefühl … keine Privatsphäre mehr zu haben. Keinen Flecken mehr, der nur mir gehört … ich weiß, das klingt armselig und kindisch, aber genau das empfinde ich. Und das kann kein Männerkörper wettmachen, egal wie viele Muskeln der hat.«

Becca sieht Cherie an. Sie unterhalten sich wortlos, reißen die Augen auf, lächeln und nicken.

»Du brauchst einen Rückzugsort«, sagt Becca schmunzelnd.

»Stimmt, Becca«, sagt Cherie, steht auf und streckt sich. Ihre Zehen sehen toll aus. »Und rein zufällig haben wir hier so was, nicht? Komm mal mit, Zoe!«

Ich zucke mit den Achseln und lege meinen Stift hin – einen hellroten.

»Spitz ja nicht alle Stifte an, während ich weg bin«, sage ich zu Edie und hebe mahnend den Finger. Sie stößt ein Kichern aus, das wie aus einem Gruselfilm klingt. »Das sind jetzt alles meine«, murmelt sie und rafft einen Haufen stumpfer Stifte vor sich zusammen.

Ich folge Cherie durch die Küche, in der wir kurz stehen bleiben, um den verführerischen Duft des fast fertigen Kuchens einzuatmen. Dann geht sie zu einer Tür im hinteren Teil des Raums. Sie entriegelt sie, und wir steigen eine steile Treppe hinauf, auf deren Stufen leuchtend gelbe Sicherheitsstreifen kleben.

»Bin hier vor einer Weile heruntergestürzt«, sagt sie über ihre Schulter hinweg. »Hab mir dabei die Hüfte gebrochen. Frank lässt kein Gras über die Geschichte wachsen – er ist noch immer fest davon überzeugt, dass ich voll war wie eine Haubitze, als es passiert ist.«

Cherie ist zumindest noch teilweise der flippige Hippie von früher. Das habe ich schon spitzbekommen, seitdem ich hier lebe. Auch wenn sie The Who nicht mehr auf deren Festivaltour hinterherreist, raucht sie trotzdem noch immer gelegentlich einen Joint – »natürlich aus rein medizinischen Gründen«.

Am Ende der Treppe betreten wir einen Raum, der nur als Cherie-Wunderland bezeichnet werden kann. Ich erblicke eine große Atelierwohnung, die sich über die Traufe des Hauses erstreckt. Im Dach sind große Fenster eingelassen, durch die das wenige Licht dringt, das sich heute durch die Wolken kämpfen kann. An den Wänden hängen orientalisch aussehende Laken und Stoffe, alte Plakate von Rockbands und noch mehr gerahmte Bilder von der Küste, so wie unten im Café.

Die Möbel sind eine ungewöhnliche Mischung aus Alt und Neu, Hell und Dunkel, Exzentrisch und Funktional, und überall steht Krimskrams herum. Nicht die für die Generation siebzig plus üblichen Porzellanfigürchen und die Puppenparade in Spitzenkleidchen, sondern Krimskrams, der Ähnlichkeit mit den seltsamen Objekten unten im Café hat. Muscheln und bunte Glasgefäße, Zierkürbisse, Schnitzereien aus Mahagoniholz und eine kleine Sammlung antiker Schnupftabakdosen.

In den vollgestopften Bücherregalen stehen Fotos von Cherie aus jüngeren Jahren, zusammen mit einem Mann, vermutlich Wally, ihrem verstorbenen Ehemann. Sie sieht fantastisch aus, damals schon barfuß, damals schon mit wilder Mähne. Ihr Mann ist kleiner, hat die typischen Koteletten der 1970er-Jahre und lächelt, als könnte er sein Glück kaum fassen, sich diese ganz besondere Göttin geangelt zu haben. Ich entdecke ein Doppelbett mit gebatikten Laken, eine riesige Plattensammlung und einen alten Plattenspieler.

»Willkommen in meinem Rückzugsort!«, sagt sie stolz und macht eine schweifende Geste in den Raum. »Ich bin hierhergezogen, nachdem mein Wally gestorben war. Ein paar Jahre habe ich mich in meinem Kummer treiben lassen. Dann habe ich beschlossen, etwas Sinnvolles mit dem Geld zu machen, das er mir hinterlassen hat – also bin ich hierhergezogen und habe das Café gekauft. Der Rest ist Geschichte. Mittlerweile bin ich fast zwanzig Jahre hier – witzig, wie die Zeit vergeht. Das war mein Zufluchtsort – und ich habe nie gedacht, dass ich ihn je verlassen würde. Ehrlich nicht. Ich war glücklich hier … doch dann sind Frank und ich zur Besinnung gekommen, und ich habe auf seiner Farm noch mal von vorne angefangen.

»Als Becca hierherkam, hat sie eine Weile in dieser Wohnung gewohnt. Sie war ihr Rückzugsort, bis sie mit Sam zusammengekommen ist. Jetzt steht die Wohnung meistens leer, was ein Jammer ist – sie kann also gut dein Rückzugsort werden. Benutz sie, wann immer du willst, tagsüber, nachts … sie gehört dir. Ich werde dir den Reserveschlüssel für das Café geben. Dann kannst du jederzeit herkommen und dich verkriechen. Du weißt schon, wenn der Anblick von Cal in Unterwäsche dir zu viel wird …«

Ich verdrehe die Augen ob der Bemerkung – der Anblick ist mir schon jetzt zu viel – und sehe mich in der Wohnung um. Sie ist perfekt, wie das mit Rückzugsorten so ist. Ich sehe mich bereits unter diese Bettlaken vergraben, mit einem guten Buch, Led Zeppelin hörend, ganz für mich allein …

»Die Wohnung ist toll«, sage ich und frage mich, ob es unhöflich wäre, wenn ich mich sofort zurückziehen würde. »Vielen Dank. Ich weiß, wie bescheuert es klingt, eine Auszeit zu brauchen – aber … ich bin wohl bescheuert.«

»Nein, bist du nicht. Du bist einfach nur ein Mensch, meine Liebe. Und gern geschehen. Aber ich muss dich warnen. Diese Wohnung scheint mit einem Fluch belegt zu sein …«

Ich ziehe die Augenbrauen hoch, woraufhin sie grinst und mich in den Arm knufft.

»Alle Frauen scheinen als Single zu kommen und mit einem Mann an ihrer Seite zu gehen«, sagt sie und grinst.

# 23. KAPITEL

Heute ist Elternabend.

Dieses Wort löst aus verschiedenen Gründen Angst und Traurigkeit in mir aus. Vor allem deshalb, weil nicht ich auf diesen Elternabend gehen sollte, sondern Kate. Sie sollte hier sein und ihre Tochter aufwachsen sehen. Es fühlt sich immer noch völlig absurd an, dass sie das nicht ist. Abende wie diese erinnern mich daran, wie aberwitzig die Situation ist, und ich vermisse Kate noch mehr als sonst. Früher habe ich bloß aus zweiter Hand von ihr erfahren, wie alles gelaufen ist. Verpackt in ihren typischen, amüsanten Stil, erzählte sie mir von den schulischen Fortschritten, dem Lob und den Warnungen. Dieses Mal werde ich es direkt erfahren.

Soweit ich weiß, verläuft Marthas Leben in der neuen Schule problemlos. Lizzie würde wohl im Normalfall den unter Jugendlichen üblichen Teen-Code einhalten und nicht petzen, doch wäre etwas ernsthaft aus dem Ruder gelaufen, hätte sie es bestimmt Laura erzählt. Wie zum Beispiel, wenn Martha ihre Tage damit verbringen würde, die Geschichte von *Breaking Bad* ins ländliche Dorset zu übertragen, sobald sie aus dem Bus gestiegen ist und er das Dorf verlassen hat.

Ich habe auch keine bösen Briefe oder kurz angebundenen

Nachrichten von Marthas Lehrern auf meiner Mailbox erhalten. Deshalb gehe ich davon aus, dass sie nicht die Aula abgefackelt, irgendwas gestohlen oder dem Schuldirektor eine runtergehauen hat. Aber was weiß ich schon? Vielleicht haben sie sich alle ihre Geschichten für heute Abend aufbewahrt.

Mein bisheriger Austausch mit Marthas Lehrern war nie von Herzlichkeit gezeichnet, also bin ich verständlicherweise nervös. Doch ich bin auch nervös, weil Cal mitkommt. Cal, der ihr Vater ist, erinnere ich mich – und somit ein Recht darauf hat, zum Elternabend mitzukommen. Immerhin ist er ein Elternteil.

Er hat mich zuerst um Erlaubnis gefragt, aber das konnte ich ihm wohl kaum abschlagen, oder? Zumal er die Frage auch noch mit einem Satz verband, der ungefähr so lautete: »Leider habe ich bisher noch nie die Chance dazu gehabt.« Laura hielt es für eine glänzende Idee, doch das ist für sie typisch – ich bin noch nie einem Menschen begegnet, der so fest an Happy Ends glaubt wie sie, trotz des traurigen Verlusts ihres Mannes vor einigen Jahren.

»Es wird toll sein, ihn als Unterstützung dabeizuhaben«, sagt sie und strahlt. »Meine Elternabende ohne David waren schrecklich – ich habe mich die ganze Zeit bemüht, nicht in Tränen auszubrechen, während ich auf der Armesünderbank saß. Es hat sich so falsch angefühlt, allein dort zu sein – aber egal, Martha wird sich im Stillen bestimmt darüber freuen.«

Ich wusste, dass Laura recht hatte. Trotzdem hielt sich meine Begeisterung in Grenzen. Ich darf mich nicht daran gewöhnen, dass er da ist, um mich zu unterstützen. Auch wenn er sich gerade als Superdad entpuppt und jedermanns

Liebling ist, wird er irgendwann nach Australien zurückkehren. Ich kann nicht langfristig auf ihn bauen.

Ich versuche, meine Bedenken zu verbergen, als Martha sich von uns verabschiedet. Sie wird heute bei Lizzie im Hyacinth House übernachten, was mich wirklich freut. Lizzie und sie haben viel gemeinsam – sie kommen beide aus der Großstadt und sind ans Ende der Welt verfrachtet worden, beide haben einen Elternteil verloren, und beide benutzen viel zu viel Eyeliner. Trotz ihres anfänglichen Widerstands, irgendwas in ihrem Leben als positiv anzusehen, lässt Martha diese Freundschaft endlich zu. Wenigstens sind das hervorragende Neuigkeiten.

Cal trägt wie immer eine Jeans, seine Wachsjacke und den Cowboyhut, der in einer Schule im ländlichen Dorset bestimmt für ziemliches Aufsehen sorgen wird. Ich versuche, einen konservativen und verantwortungsbewussten Eindruck zu machen, und habe mich für eine Leggins, ein sauberes Oberteil und meine glänzenden wadenhohen Stiefel entschieden. Unser Anblick bringt Martha zum Kichern, was mein Selbstvertrauen schmälert, doch daran bin ich inzwischen gewöhnt.

»Ihr zwei seht total lustig aus«, sagt sie und grinst in der Tür von Hyacinth House. »Wie eins dieser seltsamen Paare, die herausgeputzt bei *X Factor* singen. Ihr könntet euch The Texas Twosome nennen und schreckliche Country- und Westernmusik vortragen, zu der Simon Cowell die Augen verdreht.«

Cal nimmt seinen Cowboyhut ab und setzt ihn auf meinen roten Lockenkopf.

»Wie wär's damit?«, fragt er und tritt einen Schritt zurück, um mich zu betrachten. »Noch besser, oder? Ich denke, wir würden *Islands in the Stream* klasse hinkriegen …«

Martha lacht mittlerweile lauthals, sodass Lizzie über ihre Schulter späht, um zu sehen, was so lustig ist. Sie zückt sofort ihr Handy und schießt ein Foto von uns, das kleine Miststück. Wahrscheinlich ziehe ich ein Gesicht, als hätte ich gerade Bekanntschaft mit einem Riesenhaufen Pferdedung gemacht.

»Los geht's, ab mit euch!«, ruft Laura vom Flur aus. »Beachtet sie nicht! Und viel Spaß – macht euch um Martha keine Sorgen, die ist in sicheren Händen …«

Genau in dem Moment ertönt ein Mordsknall aus der Küche, und der Geruch von Rauch wabert durch die Luft. Sie flitzt los und schreit: »Alles in Ordnung, alles in Ordnung … Nate, was hab ich dir zum Trocknen der Fußballschuhe im Ofen gesagt? Hast du sie überhaupt aus dem Beutel genommen?«

Die Mädels flitzen in die Küche – sie wollen auf keinen Fall verpassen, wie dem armen Kerl die Leviten gelesen werden – und lassen The Texas Twosome zurück. Wir machen uns auf den Weg zu Cals Jeep, um zur Schule zu fahren. Bis vor Kurzem hatte er einen Mietwagen – einen winzigen Fiat 500, in den er kaum hineingepasst hat. Als er beschlossen hat, länger zu bleiben, hat Frank ihm einen seiner Wagen überlassen, die geeigneter in diesem Wetter sind.

Es regnet seit mehreren Tagen beständig, sodass die Straßen mit Schlamm und den matschigen Blättern der ehemals grünen Bäume überzogen sind. An manchen Tagen ist das Wetter herrlich, die Luft frisch und klar – andere Tage sind grausig. Einen Vorteil birgt es zumindest, dass Cal mich zum Elternabend begleitet. Ich muss nicht fahren, wofür ich stets dankbar bin.

Wir plaudern während der Autofahrt über das Wetter, über Martha, über Ereignisse aus der Vergangenheit und über völlig Unwichtiges. Ich bin wie immer freundlich zu ihm, aber distanziert – das hat sich mittlerweile zu meinem Standardverhalten entwickelt. Ich bin auch nervös, da ich heute Abend erfahren werde, was Martha an der Schule so getrieben hat – eigentlich gibt es nichts mehr, was mich noch überraschen würde.

Dann bin ich aber doch etwas überrascht. Jedoch positiv. All ihre Lehrer, insgesamt vier, halten sie für eine kluge, begabte Schülerin mit einer »starken Persönlichkeit«. Diese Beschreibung kenne ich bereits von früher. Normalerweise wurde mir so auf diplomatische Weise erklärt, dass sie »der absolute Horror« ist – doch in diesem Fall scheint es tatsächlich als Kompliment gemeint zu sein. Vielleicht strengt sie sich mehr an. Vielleicht hat sie sich geändert. Vielleicht ist die Oberstufe einfach etwas anderes, da man ein bisschen mehr Freiheiten hat und in Fächern unterrichtet wird, für die man sich wirklich interessiert.

Und vielleicht bin ich ein ganz mieser Mensch, denke ich, als wir zurück zum Auto gehen, noch immer leicht verdutzt über all das Lob – ich habe ein schlechtes Gewissen, weil ich mit dem Schlimmsten gerechnet habe.

»Das ist doch richtig gut gelaufen, oder?«, meint Cal, als wir ins Dorf zurückfahren. Die Scheibenwischer jagen über die Windschutzscheibe, um den herunterprasselnden Regen zu bewältigen. Die gelb leuchtenden Scheinwerfer bahnen einen Weg durch die Dunkelheit. »Ich habe da zwar überhaupt keine Erfahrung – aber für mich klang das alles ziemlich positiv. Sie hat sich gut eingelebt, schreibt die von ihr erwarteten Noten, macht ihre Hausausgaben pünktlich … es gibt also nichts, worüber man sich Sorgen machen müsste, oder?«

Ich blicke ihn an. Sein Gesicht ist in der Dunkelheit nur

schemenhaft erkennbar. Er konzentriert sich vernünftigerweise auf die sich schlängelnde Straße. Seine kräftigen Hände umfassen das Lenkrad, der Cowboyhut liegt auf dem Rücksitz, er klingt entspannt.

»Nein, ich denke nicht«, antworte ich und frage mich, warum ich nicht genauso entspannt sein kann, wie er es zu sein scheint.

»Du klingst aber nicht sehr überzeugt, Zo … was beschäftigt dich? Ich weiß, dass irgendwas nicht stimmt, denn du kaust dann immer auf deinen Lippen herum.«

Ich höre sofort damit auf und stelle fest, dass ich es nicht einmal bemerkt habe.

»Nein, alles in Ordnung – ich bin bloß … ach, ich fühle mich einfach schlecht. Ich habe mit Ärger gerechnet, und jetzt, da es keinen Ärger gegeben hat, komme ich mir vor wie ein Ballon, aus dem man die Luft herausgelassen hat. Und ich fühle mich mies, weil ich davon ausgegangen bin, dass sie es vermasselt hat. Kate wäre nie davon ausgegangen, und ich bin mir sicher, du auch nicht.«

Er ist kurz still, denkt über meine Worte nach und klopft währenddessen rhythmisch auf das Lenkrad. Das einzige Anzeichen dafür, dass er überhaupt darüber nachdenkt.

»Du solltest dir eine Pause gönnen, glaube ich«, sagt er schließlich. »Kate war Marthas Mutter, ihr ganzes Leben lang. Du machst das erst seit wenigen Monaten – und hast eindeutig die schlimmsten Monate erwischt. Und was mich angeht … oh Mann, ich bin gerade erst hier aufgetaucht! Da ist es doch einfach für mich, gut dazustehen, nur bin ich nicht derjenige, der sie beschützt hat. Der sich um sie gekümmert hat, wenn sie ein paar zu viel getrunken hatte. Der sich jedes Mal Sorgen gemacht hat, wenn sie ausgegangen war. Das warst du, Zoe – du hast deine Arbeit, deine Wohnung und deine ganze Lebensweise aufgegeben, um mit ihr hierherzuziehen. *Für sie*. Da war viel Mist, mit dem du dich herumschlagen musstest – und du hast dich gut geschlagen –, also hör auf, so hart mit dir ins Gericht zu gehen, und genieß den Moment!«

Ich bin etwas verblüfft über seine Worte, was wohl daran liegt, dass er sie so bestimmt gesagt hat – in einem Ton, der ganz klar keine Widerrede wünscht. Es liegt aber auch daran, dass er … na ja, vielleicht recht hat.

Ich kenne Martha von klein auf, und ich kann mit Fug und Recht behaupten, dass die gemeinsamen Monate in Bristol die schwersten waren. Für uns beide.

Vielleicht haben wir die Kurve gekriegt – wenn ich den Lehrern glauben kann und sie sich nicht vor ihr fürchten, weil Martha ihnen gedroht hat, ihre Kinder zu entführen. Zu diesem Erfolg hat Budbury beigetragen. Und Lizzie. Und Cherie. Und Cal. Und vielleicht sogar ich – wobei ich mit »beigetragen« meine, dass ich »sie nicht umgebracht oder schreiend das Weite gesucht habe«.

Womöglich ist das das Schwierigste, überlege ich, als ich an die Mütter denke, die ich im Laufe der Jahre kennengelernt habe – wobei meine eigene Mutter eine Ausnahme bildet. Dazubleiben, auch wenn man kein Dankeschön und keine Anerkennung erhält und nicht einmal zur Kenntnis genommen wird.

Ich bin geblieben. Ich bin noch immer da – und selbst wenn Cal morgen nach Hause fliegen würde oder Martha und Lizzie Knatsch hätten, was unter Jugendlichen ja schon mal vorkommt, oder wir wieder zurück nach Bristol ziehen müssten, ich würde da sein. Ich kann Martha nicht viel geben – aber zumindest das.

Ich verspüre einen seltenen Moment des Friedens und bin Cal dankbar dafür, dass er mir einen Schubser in die richtige Richtung gegeben hat. Und in einem genauso seltenen Moment des Edelmuts beschließe ich, die Liebe weiterzugeben. Ich ziehe mein Handy hervor – Laura hat eine SMS geschickt, in der sie mir mitteilt, dass alles in Ordnung ist und die Mädchen oben in Lizzies Zimmer essen und planen, die Welt zu übernehmen. Ich verfasse schnell selbst eine SMS: »Komm gerade von Marthas Elternabend in der neuen Schule. Sie macht sich wirklich gut, ich bin sehr stolz auf sie. Hoffe, bei euch beiden ist alles okay.« Ich halte kurz inne und komme dann zu dem Schluss, dass es des Guten wohl doch zu viel wäre, wenn ich »Gruß und Kuss« hinzufügen würde. Also drücke ich auf Senden – und schicke die guten Nachrichten auf den weiten Weg nach Bristol, zu Barbara und Ron.

Sekunden später erhalte ich eine Antwort: »Danke für deine Info. Ron hat euren Garten auf Vordermann gebracht, und ich habe die Toiletten ordentlich geschrubbt. Rufen bald an, um einen Termin auszumachen, euch zu besuchen.«

Ich nehme einige ihrer Zeilen erfreut zur Kenntnis – wer hat es nicht gern, wenn man die Toiletten kostenlos geschrubbt bekommt? –, doch die Erwähnung eines Besuchs lässt meine Gesichtszüge entgleisen.

»Schlechte Neuigkeiten?«, fragt Cal, als er kurz zu mir herüberblickt.

»Vielleicht. Kommt auf deine Sichtweise an. Kates Eltern haben vor, uns hier zu besuchen. Wahrscheinlich wollen sie auch dich kennenlernen …«

»Du lieber Himmel. Halten sie mich für den gemeinen Schuft, der ihnen die Tochter geraubt hat?«

»Wahrscheinlich, ja«, antworte ich und grinse bei dem

Gedanken. Ein wirklich böser Teil von mir freut sich darauf, wenn die drei aufeinandertreffen – vielleicht begegnet Cal am Schluss doch noch jemandem, der seinem Charme nicht erliegt. »Wohin fahren wir?«

Ich runzele die Stirn, als er nicht die Abbiegung zu The Rockery nimmt, sondern stattdessen weiter geradeaus fährt ins Dorf.

»Ich mache das, was alle Aussies machen, wenn es gute Nachrichten gibt. Oder schlechte. Oder wenn sie den ganzen Tag schon auf den Beinen sind – ich fahre zum Pub. Keine Widerworte, okay? Martha schläft bei Laura und geht morgen früh zusammen mit Lizzie in die Schule. Keiner von uns beiden muss noch irgendwohin, und ich brauche ein Bier. Du kannst mir nicht ewig aus dem Weg gehen.«

Ich unterdrücke das Verlangen, ihm zu widersprechen und das Gegenteil zu behaupten – denn selbstverständlich stimmt das, was er sagt. Und da er kein Vollidiot ist, hat er es bemerkt. Ich habe mich seit jenem ersten Abend, als ich gesagt habe, dass wir uns gemeinsam um Martha kümmern könnten, zurückgezogen. Habe mich in mein Schneckenhaus verkrochen. Habe erkannt, dass Cal überhaupt keine Hilfe braucht – seine Beziehung zu Martha ist nach nur wenigen Wochen schon besser als es meine je war. Ich habe kein einziges Mal unser Cowboyhut-Codewort für eine »Akute Gefahrenlage« anwenden müssen – er scheint einfach instinktiv zu wissen, wie er mit ihr umgehen muss. Der Mistkerl.

Also nicke ich nur und beschließe, mit dem Strom zu schwimmen. Abgesehen davon gibt es tatsächlich einen Grund zu feiern. Vor noch nicht allzu langer Zeit habe ich Martha aus Nachtklubs herausgezerrt. Jetzt scheint sie eine Musterschülerin zu sein.

Als wir vor dem Pub parken, gießt es in Strömen. Cal leiht mir, ganz Kavalier, seinen Hut und zieht sich die Jacke über den Kopf, während wir zur Tür von The Horse and Rider flitzen. In Edies kleinem Häuschen brennt noch Licht, und ich frage mich, was sie gerade macht – vielleicht schaut sie *Strictly Come Dancing* oder plaudert mit ihrem Verlobten. Ein paar Türen weiter wohnen Sam und Becca. Dort sind alle Lichter aus – wahrscheinlich versuchen sie, eine Mütze Schlaf zu bekommen, während Little Edie schlummert. Eine Straße voller Edies, am oberen und am unteren Ende der Altersskala. Gott segne sie beide.

Ich folge Cal in den Pub. Er hält mir die Tür auf. Sofort umhüllen mich Wärme und Stimmengewirr. The Horse and Rider ist ein richtiger Pub – kein rausgeputzter Touriladen, sondern ein Ort, an dem richtige Menschen zusammenkommen, um zu feiern, traurig zu sein, über Sport zu reden, zu flirten und die Sorgen des Tages mit einem Pint herunterzuspülen.

Der Pub besteht aus einem langen, schmalen Raum, beherrscht von einer langen, schmalen Theke, an der Barhocker stehen, die zumeist von Männern besetzt sind in ähnlicher Kluft. Ich habe festgestellt, dass es so eine Art ländliche Uniform gibt. Sie besteht aus einem karierten Hemd, einer Jeans oder Kordhose, einem warmen Pullover und Stiefeln. Menschen nicken Cal zu, als wir an die Theke treten, um unsere Bestellung aufzugeben. Ich sehe mich nach einem Tisch um und erblicke Matt und Frank. Sie sitzen am Kamin und haben bereits mehrere leere Gläser vor sich stehen. Frank winkt mich herbei, und ich schüttele den Regen von dem Cowboyhut ab, als ich zu ihm gehe.

»Du solltest diesen Hut besser nicht hier drinnen tragen!«,

sagt er mit todernster Miene. »Das löst unter den Männern nur die wildesten Fantasien aus. Die sind doch auch nur aus Fleisch und Blut!«

Ich nehme den Hut ab und setze ihn stattdessen Frank auf. Mit seinem silbernen Haar, das darunter hervorlugt, steht er ihm wirklich gut.

»Wie ist es gelaufen?«, fragt Matt, ein Pint Guinness in der Hand.

»Äh … gut. Seltsamerweise. Es ist kein böses Wort über sie gefallen. Nur begeisterte Kommentare.«

Er nickt, als hätte er nichts anderes erwartet. Cal nähert sich mit unseren Getränken. Einem merkwürdig aussehenden Ale für ihn, das Black Badger's Bottom heißt, und einem Cider für mich. Ich trinke mein Glas bis zur Hälfte leer, was mir bewundernde Blicke der Herren einbringt. In der Hinsicht habe ich immer noch den Bogen raus.

»Da scheint ja jemand Durst gehabt zu haben«, sagt Frank und zeigt auf das Glas. Junge, Junge, wie recht er doch hat.

# 24. KAPITEL

Es bleibt nicht bei diesem einen Glas Cider, und schließlich trinke ich auch noch einen Baileys als »Absacker«. Wie schafft es dieses Getränk nur, am Ende eines Abends einen derart unwiderstehlichen Reiz auszuüben? Man weiß ganz genau, dass es keine gute Idee ist. Doch irgendwie scheint diese sahnige Köstlichkeit einem zuzurufen, dass sie getrunken werden möchte.

Matt und Frank gehen gegen zehn – beide haben am frühen Morgen Verabredungen mit mehreren Tieren –, wir bleiben bis zum bitteren Ende. Als die Glocke zum letzten Mal läutet, geben wir eine doppelte Bestellung auf. Gegen Mitternacht schwanken wir hinaus in den Regen. Die Lichter im Haus von Big Edie sind mittlerweile aus, während sie bei Little Edie wieder eingeschaltet sind. Daran sind die neuen Spaßzeiten eines Neugeborenen schuld.

Cal hat noch mehr intus als ich, doch man merkt es ihm nicht an – was nur daran liegt, dass er mehr Aufnahmekapazitäten hat. Wahrscheinlich könnte er noch eine gerade Linie gehen, wenn er es probieren würde, aber er kann auf keinen Fall mehr Auto fahren. Und ich auch nicht.

Es gießt in Strömen, der Wind peitscht von der Bucht herauf. Vor uns liegt ein Fußmarsch von mindestens zwei Meilen bis zu den Cottages.

In Momenten wie diesem vermisse ich das Stadtleben. Da wirft man sich einfach vor ein schwarzes Taxi und steigt mit seinem Kebab hinten ein.

Cal sieht mich durch den Regen an, er scheint ihn tatsächlich zu genießen. Die Tropfen landen auf seinem Gesicht und rollen ihm den Nacken hinunter.

»Dann machen wir uns mal besser auf die Socken ...«, sagt er, greift nach meiner Hand und führt uns zur Straße. »Liegen noch 'n paar Meilen vor uns bis nach Hause.«

Ich bleibe stehen und halte seine Hand fest, sodass er ebenfalls stehen bleiben muss. Mir ist ein Geistesblitz gekommen. Einer dieser Geistesblitze, die im betrunkenen Zustand völlig vernünftig erscheinen.

»Wir können im Café bleiben«, sage ich. »Ich hab die Schlüssel. Oben ist Cheries ehemalige Wohnung, die ich benutzen darf ... ist nur 'n paar Minuten entfernt. Zumindest können wir uns abtrocknen und den Regen abwarten. Außerdem gibt's massenhaft Alk da. Und Essen. Und Schallplatten.«

»Klingt wie das Paradies«, antwortet er und grinst so breit, dass seine weißen Zähne im Mondlicht blitzen. »Dann mal los, wir machen 'n Wettrennen.«

Er hat zwar sehr viel längere Beine als ich, aber ich bin flink und bereit zu schummeln. Ich kenne alle Abkürzungen und verschwinde hinter dem Gemeindehaus, noch bevor er seinen Satz zu Ende gesagt hat. In einer dunklen, regnerischen Nacht über die Küstenwege zu laufen, nur um sich kindisch darüber zu freuen, den anderen in einem Wettrennen zu schlagen, ist noch so eine Sache, die im betrunkenen Zustand völlig vernünftig erscheint.

Da ich mir weder das Fußgelenk breche noch hinunter ins Meer stürze und ertrinke, scheint die Mühe sich zu lohnen – ich erreiche nämlich das Café Sekunden vor ihm, außer Puste, aber als Erste. Ich reiße die Arme hoch, tänzele um ihn herum und rufe: »Loser, Loser, Loser …«, während ich auf sein Gesicht zeige. Die olympische Idee ist echt auf sehr würdevollen und anständigen Idealen aufgebaut.

Ich singe *We Are the Champions* von Queen, als ich die Tür zum Café öffne. Den Regen hinter uns zu lassen ist zwar angenehm, aber hier drinnen, im Dunkeln, ist es schon schaurig – die seltsamen Objekte und von der Decke baumelnden handgefertigten Mobile wirken unheimlich. Sie drehen sich im Mondlicht, werfen Schatten auf die Tische und scheinen plötzlich zum Leben zu erwachen.

»Boah, … sieh mal!«, sage ich und zeige auf die herabhängenden, sich drehenden Single-Platten. »Glaubst du, dass hier Piraten herumspuken? Oder Schmuggler? Oder sitzen gelassene Bauernmägde?«

»Nein«, antwortet Cal und schließt die Tür hinter sich. »Ich glaube, dass hier nur gerade der Wind reingefegt ist und du zu viele Bücher liest.«

»Zu viele Bücher zu lesen ist unmöglich«, entgegne ich, durchquere die Küche und klaue ein paar Cupcakes aus der Kühlvitrine. Sie sind aus Schokolade und herbstlich verziert – mit goldenen Blättern in der Glasur, dicken tropfenförmigen orangen Kürbissen und Halloweengesichtern. Laura hat wieder experimentiert.

Ich schreibe in krakeliger Schrift einen Zettel, dass ich meine Schulden für die Cupcakes morgen bezahle, und deute Cal mit einer Handbewegung an, mir in Cheries Wunderland zu folgen.

Er betritt die Wohnung und grinst unwillkürlich, als er sich umsieht.

»Gefällt mir«, sagt er und betrachtet die eigenwillige Einrichtung. »Genau so habe ich es mir vorgesellt. Cherie ist schon was Besonderes, oder? Allerdings scheint sie mit Glühbirnen kein Glück zu haben …«

»Oh! Das ist Absicht. Sie schaut dir einfach gern zu, wie du sie auswechselst. Ich hoffe, du fühlst dich nicht beleidigt, auf derart schreckliche Weise zum Objekt gemacht zu werden.«

»Dacht ich's mir doch … und nein, ich fühle mich nicht beleidigt. Es ist eine kleine Abwechslung für mich, mal in der Umgebung von hinreißenden Damen zu sein. Mein Umfeld in Australien besteht nämlich fast nur aus übel riechenden Kerlen, gelegentlich ist mal eine Ehefrau darunter … Du siehst mich so komisch an? Stimmt was nicht? Hast du noch einen Geist gesehen?«

»Nein«, erwidere ich und betrachte ihn von oben bis unten. »Du tropfst. Zieh deine Klamotten aus!«

Er stutzt und grinst mich verschmitzt an, sodass ich ein komisches Gefühl im Bauch bekomme. Vielleicht ist aber auch der Cider daran schuld.

»'n bisschen plötzlich, oder, Zo? Ich meine, ich hab eher den Eindruck, dass du mich nicht einmal magst …«

»Was? Natürlich mag ich dich! Ich bin nur … Ich weiß nicht, ich bin ein ziemlich zurückhaltender Mensch, und du wirst nur für kurze Zeit hierbleiben. Außerdem geht es nicht um mich. Sondern um dich und Martha … und ich habe deshalb gesagt, dass du deine Klamotten ausziehen sollst, damit ich sie in den Trockner stecken kann. Du musst dir um deine Keuschheit keine Sorgen machen, die ist bei mir in sicheren Händen. Ich schaue mal nach, was ich für dich zum Anziehen finde.«

Ich spüre, dass ich mordsmäßig rot werde, und husche ins Badezimmer, da ich ihm nicht die Genugtuung geben will, Zeuge davon zu werden.

Ich trockne mir das Haar mit einem Handtuch ab. Dann sehe ich die gewaltige Kollektion von Bade- und Hausmänteln durch, die auf Haken an der Rückseite der Badezimmertür hängt, bis ich glaube, etwas Passendes für Cal gefunden zu haben. Das betreffende Exemplar ist knallrosa, aus chinesischer Seide und mit exotischen Blumen und neonfarbigen Seerosenblättern bedruckt. Glücklicherweise ist Cherie eine Frau mit der Gestalt einer Statue, sodass der Bademantel eigentlich groß genug für Cal sein müsste. Ich wähle für mich einen schlichten, schwarzen Frotteemantel aus, der mir bis zu den Knöcheln reicht und dessen Ärmel meine Hände fast verschwinden lassen. Ich sehe darin aus wie einer dieser Jawas aus *Star Wars*.

Ich überprüfe kurz den Rotton meiner Wangen im Spiegel und verlasse das Bad. Cal ist bis auf seine weißen Boxershorts unbekleidet und steckt gerade seine Klamotten in den Trockner. Ich bleibe kurz stehen, um die Ansicht zu genießen, wie er sich über die Maschine beugt. Dann eise ich meinen Blick los – wenn ich meinen Gedanken freien Lauf lasse, werde ich bloß wieder rot. Ich drücke ihm den chinesischen Hausmantel in die Hand und stopfe meine Leggings ebenfalls in den Trockner.

Er zieht eine Augenbraue hoch, als er den Traum in knallrosa Seide sieht, schlüpft aber zum Glück trotzdem hinein. Ich muss sofort lachen – der Mantel reicht ihm zwar bis zu den Knien, doch die Ärmel sind ungefähr zehn Zentimeter zu kurz, sodass seine muskulösen Arme daraus hervorlugen und der Stoff sich spannt, als er versucht, ihn um seinen Oberkörper zu wickeln.

»Wie sehe ich aus?«, fragt er und dreht sich einmal im Kreis.

Auf dem Weg ins Wohnzimmer stolpere ich über meinen eigenen Bademantel, was mir nur recht geschieht. »Umwerfend!«, antworte ich. »Eindeutig deine Farbe! Cupcake?«

Er folgt mir ins Wohnzimmer, wo wir uns niederlassen, um die kleinen Kuchen zu verdrücken, die natürlich göttlich schmecken. Cal hat auch noch eine Flasche Brandy aufgestöbert. Ich sitze im Schneidersitz auf dem Bett, den Bademantel sorgfältig drapiert, sodass alles verhüllt ist. Er lümmelt auf dem Sofa herum, etwas weniger verhüllt. Ich habe Mitleid mit ihm und werfe ihm eine Decke zu – ich brauche diesen Anblick nicht, vielen Dank. Feines blondes Haar auf gebräunter Brust ist viel zu verwirrend.

Mein Handy piept einmal, und ich sehe nach. Martha hat mir eine SMS geschickt. Ich habe ihr vorhin geschrieben, dass ich sehr stolz auf sie bin. Ihre Antwort lautet: »Ich werde diese Nachricht ausdrucken, laminieren und sie zukünftig gegen dich verwenden, wenn du mit mir streitest.«

Der Alkohol und meine angespannten Nerven lassen mich über diese Antwort weitaus mehr kichern, als es eigentlich angemessen wäre. Ich trinke einen Schluck von meinem Brandy, der sofort ein warmes, wohliges Gefühl in mir erzeugt, und preise die Götter des Zufalls dafür, dass sie meinem Leben Cherie Moon beschert haben.

»So«, sagt Cal und wirkt wie immer sehr viel entspannter als ich. »Endlich allein. Sprich mit mir!«

»Worüber?«, frage ich und hoffe, dass seine Antwort nicht Weltpolitik oder Klimawandel lautet.

»Über Kate. Über deine Version von Kate. Erzähl mir, wie sie war.«

Ich halte inne. Trinke noch einen Schluck. Pfriemele an meinem Bademantel herum. Beuge mich zum Plattenspieler und lege das Album auf, das ich gestern gehört habe. Es ist von Pink Floyd und hat den passenden Titel *Wish You Were Here*. Kate und ich haben dieses Lied gemocht – und gemeinsam die Textzeile *We are just two lost souls swimming in a fish bowl* geschmettert.

Cal hat recht. Natürlich hat er recht. Ich habe meine eigene Version von Kate. Meine Kate war nicht Marthas Kate und ganz bestimmt nicht Babaras und Rons Kate. Sie war mein ureigener verrückter Diamant, und ich würde alles tun, damit sie weiterfunkelt.

Also beginne ich zu erzählen. Von meiner Kate. Von dem Tag, an dem wir uns kennenlernten, in der Grundschule. Von unserem gemeinsamen Heranwachsen – von der Jugend, dem ersten Verliebtsein, den weggeschminkten Pickeln, dem heimlichen Trinken aus Barbaras und Rons Whiskyflaschen, die wir dann wieder mit Wasser auffüllten.

Ich erzähle ihm, wie sie sich danach gesehnt hat, sich von der liebevollen Diktatur ihrer Eltern zu befreien, deren Regeln und Vorschriften sie erstickten. Ich erzähle ihm, wie sehr ich unter dem Mangel von Regeln und Vorschriften gelitten habe – es hat nie jemanden gegeben, der sich genügend um mich gekümmert und mir gesagt hat, was ich tun sollte. Ich erzähle ihm, wie wir uns in der Mitte getroffen und unser eigenes, sicheres Reich erschaffen haben.

Ich erzähle ihm von den Konzerten und Festivals, die wir gemeinsam besucht haben. Von den Abenden im The Dump. Von den Türstehern in der Stadt, mit denen wir uns alle geduzt haben. Von Kates Fahrprüfung. Von unserem Campingurlaub in Wales, wohin wir mit ihrem alten Mini gefahren sind. Von ihrer Zeit an der Uni, wo ich sie fast immer am Wochenende besucht habe. Von den endlosen Abenden am Strand in der

Nähe von Aberystwyth, wo wir Gras geraucht und im Mondlicht Wale entdeckt haben.

Ich erzähle ihm, wie besorgt sie um mich war, als sie ihre einmonatige Reise antrat, kurz nachdem ich in dem Buchladen zu arbeiten angefangen hatte. Ich erzähle ihm von den Postkarten und den nächtlichen Telefonaten und von ihrer Rückkehr. Ich habe sie vom Flughafen abgeholt, ihr Haar war durch die Sonne ausgebleicht, ihre neonrosa Fußnägel steckten in schmutzigen Sandalen, und ihr Rucksack war voller Erinnerungen.

Ich erzähle ihm von dem Tag, an dem sie herausfand, dass sie schwanger war und eine Stunde lang hysterisch gelacht hat, während sie darüber nachdachte, ob wohl einer von uns erwachsen genug war, um ein Kind großzuziehen. Ich erzähle ihm von dem Tag, als Martha geboren wurde und sich unser Leben schlagartig änderte: mit einem Haus, einer Hypothek, einem richtigen Job und Familienurlaub. Ab da hörten wir Musik in der Küche, betranken uns zu Hause statt im Pub und tanzten zu Pulp and the Stone Roses, während Martha schlief.

Ich erzähle ihm von dem Barbara-und-Ron-Effekt und ihren Erziehungsmethoden, die Kate verkorkst haben, und wie sie damit zurechtgekommen ist, ich erzähle ihm von dem Versagereltern-Effekt und den nicht vorhandenen Erziehungsmethoden, die mich verkorkst haben, und wie ich damit zurechtgekommen bin, und ich erzähle ihm von unserem festen Entschluss, Martha so wenig wie möglich zu verkorksen.

Ich erzähle ihm, wie unser Leben verlaufen ist. In mancher Hinsicht leiser, in mancher Hinsicht lauter. Stets zusammen, stets bereit, mit allem fertigzuwerden, was immer das Leben für uns bereithielt.

Bis zu jenem Tag, an dem sie blass und zitternd in meiner Tür stand, wie ein Geist, der einem Geist begegnet war. Jenem

Tag, an dem uns das Leben eine der miesesten Überraschungen bescherte. Jenem Tag, an dem sie den Knoten ertastete. In der Geschwindigkeit von Pistolenschüssen folgten Arzt-Krankenaus-OP-Chemo. Ich erzähle ihm, wie sie gekämpft und wie sie geschrien hat. Wie sie schließlich die Diagnose akzeptiert hat, und das mit sehr viel mehr Anstand und Gelassenheit als ich. Ich erzähle ihm von dem Tag, an dem sie gestorben ist. Ich war an ihrer Seite, Martha neben mir, Ron und Barbara standen am Fußende des Betts, unsicher und gebrochen. Es hat sie verwirrt, keine Kontrolle mehr zu haben und nicht zu wissen, was sie tun oder wie sie sich verhalten sollten.

Kate war durch die verabreichten Medikamente und das nette Personal im Hospiz ruhig. Sie öffnete an diesem Tag nur noch einmal ihre Augen. Streckte ihre Hände aus, um meine und Marthas Hand zu halten. Sagte uns ein letztes Mal, dass sie uns liebte. Ein letztes Mal, ehe sie uns alle für immer verließ.

Ich rede und weine. Cal hört zu, was sich … befreiend anfühlt. Ich kann so nicht mit Martha darüber reden. Ich kann mit niemandem so darüber reden. Es herauszulassen ist, als ob eine riesige Blase aus Trauer und Spannung, die ich schon so lange in mir herumtrage, endlich platzen würde. Ich habe mich die letzten Monate auf Martha, ihr Leben und ihren Schmerz konzentriert und dabei meinen eigenen Schmerz unterdrückt, in der Hoffnung, dass er einfach verschwinden würde. Er ist nicht verschwunden. Wahrscheinlich wird er nie verschwinden.

Irgendwann kommt Cal zum Bett herüber. Er hält mich in den Armen, streicht mir über das Haar und küsst mich auf die Stirn. Wir liegen da, und er tröstet mich, während ich weine. Schließlich schlafen wir beide unter dem gebatikten Laken erschöpft ein.

Zwei verlorene Seelen.

# 25. KAPITEL

Als ich aufwache, ist Cal in der Küche. Es riecht nach frisch gekochtem Kaffee, in der Pfanne brutzelt Speck, und Toast schießt aus dem Toaster. Er hat das Radio eingeschaltet und singt leise zu *Hello* von Lionel Ritchie mit.

Ich liege einen Augenblick da, einen Arm über dem Gesicht. Bewegungsunfähig. Ich habe einen Kater. Meine Augen sind verklebt und brennen vom vielen Weinen. Offensichtlich dringt Tageslicht durch das Dachfenster. Das passt mir gar nicht. Der Regen klopft gegen die Scheibe und verkündet den Beginn eines weiteren, wunderschönen Tags.

Ich stöhne und setze mich auf. Meine Kleider von gestern Abend liegen ordentlich zusammengefaltet auf dem Sofa. Ein Glas Wasser steht neben mir auf dem Nachttisch. Cal ist offensichtlich ein Mann, der fähig ist, sich selbst zu versorgen, und der wohl beschlossen hat, mir diese Fähigkeit ebenfalls heute Morgen freundlicherweise zugutekommen zu lassen.

Ich bin mir nicht ganz sicher, was ich davon halten soll. Instinktiv wehre ich mich dagegen, doch ich erkenne dieses Verhalten auch als meinen alten Feind: diesen »Ich brauch niemanden«-Unsinn, hinter dem ich mich jahrelang versteckt habe. Diesen Unsinn, der mich herrisch und unabhängig wirken lässt, in dem sich aber eher meine eigene Angst widerspiegelt – meine Angst, im Stich gelassen zu werden, wenn ich die Menschen zu nahe an mich heranlasse. Sie werden dabei erwischt, wie sie geklaute Videospielimitate verkaufen, und wandern ins Gefängnis, sie kommen zu dem Schluss, dass sie keinen Platz für mich zu Hause haben, und schicken mich in eine neue Pflegefamilie, sie erkranken unheilbar an Krebs und sterben.

Cal bemerkt, dass ich wach bin oder zumindest den Eindruck mache, wach zu sein. Er kommt mit zwei dampfenden Bechern in der Hand ins Zimmer.

»Hello«, singt er schmachtend und ahmt Lionel Ritchie dabei mehr schlecht als recht nach.

»Ist das da Kaffee?«, frage ich stöhnend.

»Ja, ist es«, antwortet er.

Er ist bereits angezogen und scheint auch geduscht zu haben, wie aus seinem feuchten Haar zu schließen ist. Anders als ich, scheint er unter keinen körperlichen Nachwirkungen des gestrigen Abends zu leiden. Ich versuche, ihn nicht deswegen zu hassen.

»Wir haben wohl gestern Abend ein bisschen zu viel getrunken«, sagt er lächelnd und mit leiser Stimme, um meinen Brummschädel nicht zu strapazieren.

»Ja. Danke, Captain Einsicht«, erwidere ich, trinke meinen Kaffee und hoffe auf ein Wunder. Ich bin schon mit einem sehr viel schlimmeren Kater aufgewacht, sage ich mir. Das hier ist bloß ein Katerchen – ich brauche lediglich ein paar Kopfschmerztabletten, mehr Kaffee und einen Spaziergang an der frischen Seeluft. Vielleicht noch eine Kopfamputation. Aber dann bin ich wieder topfit.

»Wie spät ist es? Ist mit Martha alles in Ordnung?«, frage

ich, als der Nebel in meinem Hirn sich langsam lichtet. Aaaah, Kaffee.

»Ja, ihr geht's gut. Sie hat uns als miese Rumtreiber bezeichnet und schien sich darüber zu freuen, zur Abwechslung mal nicht diejenige zu sein, die sich verantwortungslos verhält. Und es ist halb acht. Ich gehe jetzt los, um Frank auf der Farm zu helfen – ich muss in Übung bleiben, ich will nicht zum Großstadtschnösel verkommen …«

»Das hier ist Budbury. Die Zahl der Einwohner liegt unter vierhundert. Es gibt nur eine Bushaltestelle. Ich glaube, da droht dir keine Gefahr.«

»Also, nach meinen Maßstäben ist das eine pulsierende Metropole. Ich hab dir ein Sandwich mit Speck gemacht, um deine Wiederbelebung in Gang zu bringen. Jetzt, da ich weiß, dass du lebst, kann ich mich ja auf den Weg machen. Wie … wie fühlst du dich, nach letzter Nacht?«

Mich erfasst kurz Panik, als er das sagt – was meint er mit nach letzter Nacht? Ist was passiert, woran ich mich nicht mehr erinnere? War da etwa mehr als nur Trösten und Schlafen unter dem gebatikten Laken? Das kann nicht sein …

Er bemerkt meinen Gesichtsausdruck und interpretiert ihn richtig.

»Ich meine, nach unserem Gespräch«, fügt er schnell hinzu und grinst. »Keine Sorge! Selbst wenn ich einen Versuch gestartet hätte, dieser Bademantel ist undurchdringlich. Es kam mir vor, als würde ich neben dem riesigen Marshmallow-Mann aus *Ghostbusters* liegen.«

Puh! Bin ich erleichtert. Ich habe seit anderthalb Jahren keinen Sex mehr gehabt, seit diesem Kerl mit dem grünen Irokesenschnitt, dem ich auf einer Buchhändlertagung begegnet bin, als ich genauso betrunken war wie gestern Abend.

Es wäre also eine Schande, wenn ich mich nicht einmal mehr daran erinnern würde.

Ich nicke dankbar und denke über seine Frage nach. Wie fühle ich mich? Also, mal abgesehen von der grauenhaften, körperlichen Verfassung.

»Ich fühle mich … okay«, antworte ich vorsichtig, als würde ich meinen Gefühlszustand daraufhin testen. »Der Abend hat mir gutgetan. Ich musste über sie reden – musste mich an sie erinnern. Sie war, neben Martha, der wichtigste Mensch in meinem Leben. Ich war so damit beschäftigt, nicht durchzudrehen, dass ich nicht bemerkt habe, wie sich das Ganze in mir aufgestaut hat. Ich wollte Martha mit dem Thema nicht belasten. Sie mich umgekehrt wohl auch nicht. Also haben wir es nie angesprochen. Deshalb … danke, Cal! Danke, dass du nach ihr gefragt hast. Danke, dass du mir zugehört hast. Und vor allem, danke für den Kaffee.«

Er lächelt und nickt. Als er aufsteht, streift sein Kopf das Schrägdach, weil er so groß ist. Er beugt sich über mich, küsst sanft meinen Kopf und greift nach seinem Hut.

»Gut. Iss dein Frühstück, ehe es kalt wird! Wir sehen uns später. Ich habe jetzt eine heiße Verabredung. Mit einer Färse«, sagt er augenzwinkernd und geht.

Als ich das Geräusch der sich schließenden Tür höre, quäle ich mich aus dem Bett und wanke in die Küche, noch immer in Cheries Ungetüm eines Frotteebademantels gehüllt. Ich lehne mich gegen die Theke und esse das Sandwich. Es schmeckt nicht nur köstlich, ich bemerke auch noch, dass Cal das gesamte Geschirr gespült, die Milch in den Kühlschrank und den Brandy zurück in die Hausbar gestellt hat. Er ist einfach perfekt.

Ich dusche, werfe mir ein paar Ibuprofen ein, die ich für

den Notfall immer dabeihabe, und hüpfe auf einem Bein herum, als ich versuche, meine Leggings anzuziehen. Dann überprüfe ich, ob alles ausgeschaltet ist, und gehe die Treppe hinunter ins Café.

Laura ist in der Küche und tut so, als wäre sie beschäftigt, wartet aber offensichtlich nur darauf, dass ich auftauche. Sie ist nicht unbedingt eine Meisterin der Tarnung – bestimmt hat sie schon mit Cal geplaudert, als er vor zwanzig Minuten heruntergekommen ist, und verharrt seitdem in einem scheintodähnlichen Zustand, um endlich mit ihrer spanischen Inquisition beginnen zu können.

Sie eilt herbei und setzt bereits an zum Sprechen, doch ich wehre sie ab, indem ich die Hand hebe.

»Halt!«, rufe ich entschieden. »Ich habe einen Riesenkater, und Fragen werden erst beantwortet, wenn ich mit mehr Kaffee versorgt worden bin.«

Ihr Mund klappt zu. Sie flitzt zur Kaffeemaschine, während ich die Flucht in Richtung eines Fensterplatzes ergreife. Es ist noch niemand da, und es würde mich nicht wundern, wenn das den ganzen Tag auch so bleibt. Der Himmel ist grau. Es gießt in Strömen. Die Wellen, die in die Bucht spülen, sehen kalt aus. Das Wasser ist dunkel und hat weiße Schaumkronen. Am Strand gehen ein paar Menschen mit ihren Hunden spazieren. Hier und da entdecke ich einen hartgesottenen Wanderer.

»Also«, sagt Laura, setzt sich neben mich und stützt die Ellbogen auf den Tisch, um das Kinn in die Hände zu legen. »Hier ist dein Kaffee. Was ist passiert? Hast du … du weißt schon, mit Cal?«

»Tjaaa«, antworte ich gedehnt und umfasse den Becher. »Ich wollte schon. Echt. Habe auch sämtliche Tricks angewandt. Doch wie sich dann herausgestellt hat, ist Cal *schwul*!«

»Ooooooh!«, stößt sie hervor, der Mund kreisrund, die Augen weit aufgerissen.

Sie braucht ungefähr fünf Sekunden, um zu begreifen, dass ich sie auf den Arm genommen habe. Ich verrate mich selbst, indem ich loslache. Daraufhin boxt sie mich nicht gerade sanft gegen die Schulter.

»Ha, drangekriegt!«, sage ich. Als ich den ersten Schluck Kaffee trinke, rutscht meine Hand ab, und ich kleckere mir das Kinn voll. Typisch. Lauras mütterliche Seite tritt automatisch auf den Plan, und sie zückt eine Serviette aus ihrer Schürzentasche, mit der sie mir das Gesicht abtupft.

»Entschuldigung«, sage ich, während ich mich meinem beschämenden Schicksal füge. Da muss irgendein Kaffee-Karma im Spiel gewesen sein. »Ich bin ein Trampel.«

»Schon okay«, antwortet sie, knüllt die Serviette zusammen und legt sie auf den Tisch. »Wir sind alle morgens ein bisschen ungeschickt.«

»Das meinst auch bloß du – ich bin immer ungeschickt. Und um deine Frage zu beantworten, nein – ich habe nicht mit Cal, *du weißt schon*. Wir waren auf dem Elternabend, haben die guten Nachrichten im The Horse and Rider gefeiert und so viel getrunken, dass wir in Cheries Wohnung übernachtet haben. Cal war der perfekte Gentleman. Wie ging's Martha heute Morgen?«

Laura sieht völlig geknickt aus, als sie diese Neuigkeiten hört. Offensichtlich hat sie ein paar pikante Geschichten erwartet, die einem langweiligen Herbstmorgen im Café eine interessante Würze verleihen.

»Gut. 'n bisschen müde. Lizzie und sie haben bis spät in die Nacht hinein geredet, glaube ich. Freut mich, dass sie so gut in der Schule zurechtkommt. Da bist du bestimmt erleichtert … bist du dir *sicher*, dass nichts passiert ist? Wo hat er denn geschlafen?«

»Ich bin mir sicher. Wir haben im selben Bett geschlafen, aber es ist nichts passiert.«

»Habt ihr etwa verkehrt herum dringelegen? Oh Gott, das hasse ich. Da steckt einem am Ende immer der große Zeh des anderen in der Nase.«

»Laura, es ist nichts passiert. Nicht einmal ein unbeabsichtigter Angriff eines großen Zehs auf eine Nase. Er ist fröhlich und munter aufgestanden und zu Franks Farm gegangen.«

»Ja. Das hat er mir gesagt, dass er dahin wollte. Weißt du, was ich denke? Ich denke, er wird dort ankommen, und Cherie wird feststellen, dass acht Glühbirnen im Haus ausgewechselt werden müssen …«

»Da könntest du recht haben!«, erwidere ich. »Wahrscheinlich ist sie vorher mit einem Besenstiel rumgelaufen und hat sie alle kaputt geschlagen. Obwohl Frank genauso groß ist. Und im Austauschen von Glühbirnen bestimmt kein Versager.«

»Das habe ich auch zu ihr gesagt – nur um sie aufzuziehen –, doch sie hat gemeint, dass Frank für so was zu klapprig ist!«

Diese Bemerkung lässt mich laut auflachen. Frank ist ungefähr so klapprig wie Rafael Nadal. Er mag zwar über achtzig sein, doch er sieht immer noch so aus, als könnte er eine Kuh in den Stall treiben und ein Steckrübenfeld ernten, während eine Hand auf seinem Rücken festgebunden ist.

»Sie ist ein alter Lustmolch, oder?«, sage ich und lächele noch immer.

»Ja, ist sie. Aber das kann ich ihr nicht verübeln. Cal ist … ach, das ist eine derartige Verschwendung! Du hast gesagt, dass nichts passiert ist. Ich bin vergeben. Becca und Cherie auch. Es gibt noch Ivy Wellkettle und ihre Tochter, Sophie. Doch Ivy hat sich bisher nie für Kerle interessiert, wie es scheint, und Sophie ist erst zwanzig und weit weg, an der Uni. Kate ist zu beschäftigt mit dem kleinen Saul. Dann ist da noch Willow, aber die lebt irgendwie in ihrer eigenen Welt. Vielleicht käme auch noch Tina Dorries im Gemeindehaus infrage, aber …«

Und so geht es weiter. Laura rasselt scheinbar die Namen sämtlicher alleinstehender Frauen im Ort herunter und nennt gleichzeitig die Gründe, warum es wahrscheinlich nie mit ihnen zu »Du weißt schon« kommen wird, was Cal betrifft. Entweder ist diejenige lesbisch oder verheiratet, hat einen imaginären Verlobten, interessiert sich mehr für Pferde als für Männer, ist unter zwanzig oder über achtzig. Als ihr Redeschwall mit einem Mal endet, warte ich einen Augenblick, um mir wirklich sicher zu sein, dass sie ihre Auflistung abgeschlossen hat.

Als das so zu sein scheint, ergreife ich das Wort. »Der arme Kerl. Vielleicht können wir jemanden in einem Boot für ihn kommen lassen?«

Sie kneift die Augen leicht zusammen, und ich habe das Gefühl, als würde sie diese Möglichkeit ernsthaft in Betracht ziehen. Vielleicht pflegt sie Kontakte zu Schleusern in Sidmouth.

»Übrigens«, fahre ich fort, um sie von eventuellen irrwitzigen Gedanken abzubringen. »Marthas Großeltern haben angedroht, uns zu besuchen. Sollte es tatsächlich dazu kommen, brauche ich vielleicht deine Hilfe. Also, ganz unter uns … da knirscht es schon mal im Getriebe. Insbesondere zwischen mir und Barbara. Ich versuche, ein guter Mensch zu sein, und sage mir, dass sie ihre Tochter verloren hat. Doch unterm Strich betrachtet, bin ich dann doch kein so guter Mensch … wir haben uns nie gemocht und immer nur Kate zuliebe die Anwesenheit des anderen im selben Raum ertragen. Und jetzt natürlich Martha zuliebe. Doch dieses Mal will ich mich wirklich anstrengen – Barbara ist nicht viel geblieben, und ich möchte, dass sie sich wohlfühlt, verstehst du?«

Laura nickt, sodass ihre Locken wippen.

»Ich verstehe! Familien sind … na ja, sie können selbst unter normalen Umständen schon schwierig sein. Doch ich werde dir helfen – das werden wir alle. Wir werden sie beschäftigen und dich dabei unterstützen, Krisenherde zu umschiffen. Alles wird gut gehen. Die Dinge scheinen sich hier immer besser zu regeln als anderswo … irgendwas muss in unserem Wasser sein. Hast du schon von der Party letzten Sommer gehört?«

»Ja«, antworte ich und lächele. »Weil du mir davon erzählt hast. Das war doch die Feier, wo du dieses Riesenfamilientreffen arrangiert hast, oder?«

Der letzte Sommer war Lauras erster Sommer hier, der eigentlich der einzige hatte bleiben sollen. Cherie brach sich in dem Jahr die Hüfte und übertrug Laura die Leitung des Cafés. Laura organisierte Franks achtzigsten Geburtstag. Da sie nun mal ein Herz für Happy Ends hat, durften ein paar Überraschungen nicht fehlen. Sie sorgte dafür, dass Franks Sohn und Enkel aus Australien einflogen und Sams Schwestern aus Irland herkamen.

Sie machte auch Cheries Schwester, Brenda, ausfindig – das war die Sensation schlechthin. Die beiden hatten sich auseinandergelebt und mit Mitte zwanzig zum letzten Mal gesehen. Sie stehen noch immer in Kontakt und holen Versäumtes nach. Cherie ist noch einmal richtig aufgeblüht dadurch, dass sie ebenfalls ihre vielen Neffen und Nichten und deren Kinder kennengelernt hat. Diese Familienzusammenführung war ein ziemliches Kunststück, das mich allerdings überhaupt nicht erstaunt, da ich Laura mittlerweile kenne. Sie ist eine Naturgewalt.

»Ja, genau die. Das war eine klasse Feier. Was … was ist eigentlich mit deinen Eltern, Zoe? Gibt es sie noch? Du sprichst nie von deiner Familie, außer der, die aus Kate und Martha bestanden hat.«

Sie meint mit »noch«, ob sie »noch leben« – wir alle haben mittlerweile ein Lebensalter erreicht, in dem das eine heikle Frage sein kann. Ich bleibe kurz still und konzentriere mich darauf, mir nicht den Kaffee ins Gesicht zu schütten. Schließlich beantworte ich ihre Frage so ehrlich wie möglich, ohne dass mich ein Geigensolo dabei begleiten muss.

»Soweit ich weiß, gibt es sie ›noch‹ – doch ich habe seit langer Zeit keinen Kontakt mehr zu ihnen. Seit vielen Jahren. Unsere Situation ist kompliziert.«

Ich hoffe, dass sie es damit auf sich beruhen lässt. Doch sie zieht ihre Augenbrauen hoch, und ihr Blick verrät mir, dass sie mehr wissen will. Ich kann förmlich sehen, wie die Zahnräder in ihrem Kopf sich zu drehen beginnen, während sie sich ein herzergreifendes Familientreffen vorstellt, auf dem wir alle weinen, gegenseitig beteuern, wie sehr uns alles leidtut, und gemeinsam in eine strahlendere Zukunft schreiten. So ist Laura nun mal – doch ein Happy End wird es in diesem Fall nicht geben.

»Ich weiß, was du dir da gerade ausmalst«, fahre ich fort und sehe ihr fest in die Augen. »Das kannst du dir aus dem Kopf schlagen. Es wird kein Happy End geben. Das kann ich dir versichern.«

»Aber wieso nicht? Es sind doch deine Eltern. Egal, weswegen ihr euch auch verkracht habt, das ist doch schon so lange her? Du willst sie doch sicher noch mal wiedersehen? Du musst doch auch ein paar schöne Erinnerungen an sie haben?«

Ich seufze und stelle meinen Becher auf dem Tisch ab. Okay, denke ich – das muss ich im Keim ersticken, ehe Laura sich auf eine Internetodyssee begibt, um sie ausfindig zu machen.

»Wie du weißt, bin ich eher klein und schmal. Du hast es neulich als zierlich bezeichnet.«

»Ja«, antwortet sie. »Und darum beneide ich dich.«

»Ich war schon immer zierlich. Selbst als Kind. Das mag teilweise genetisch bedingt sein, doch damals lag es auch an Unterernährung und Vernachlässigung. Ich war winzig – ein Strich in der Landschaft, der fast verschwand, wenn ich mich zur Seite drehte. Ich werde dir jetzt, als Kostprobe meiner guten Erinnerungen an meinen Vater, eine Geschichte erzählen: Ich war damals ungefähr sechs. Er hat mich zur Schule gebracht, was ungewöhnlich war und worüber ich mich sehr gefreut habe. Mir ist es wie ein Abenteuer vorgekommen – wie etwas, das ein normaler Vater mit seinem Kind machte. Er hat mich sogar an die Hand genommen. Ich war überglücklich – selbst jetzt kann ich mich noch lebhaft daran erinnern, wie schön es war. Wie sicher ich mich gefühlt habe.

Wir waren ungefähr auf halbem Weg, als er mich in eine ruhige, hübsche Straße mit Doppelhaushälften und Bäumen geführt hat. Fernab von der Siedlung, in der wir wohnten. Nach einer Weile blieben wir vor einem Haus stehen. Er hatte alle Häuser gemustert, an denen wir vorbeigekommen waren, was ich lustig fand – wir haben über die Autos gesprochen, die vor den Türen standen, oder darüber, in welcher Farbe die Hauswände gestrichen waren oder wie die Gärten aussahen.

Dann blieben wir vor einem Haus stehen, vor dem kein Wagen parkte. Er sah sich schnell in der Straße um und führte uns seitlich am Haus entlang, wo ein Weg verlief. Ich hatte keine Ahnung, was vor sich ging. Doch er war mein Vater, also folgte ich ihm. Meine größte Sorge war, dass ich zu spät zur Schule kommen würde. Doch er meinte, das wäre egal. Die Schule könne warten. Wir standen vor einem Fenster, so einem zweigeteilten, mit einer großen Scheibe unten und einer kleinen Scheibe oben. Die kleine Scheibe oben stand offen.

Ehe ich überhaupt begriff, was vor sich ging, sagte mein Vater, dass ich ihm einen Gefallen tun müsse. Ich solle mich durch dieses Fenster quetschen – durch den oberen Teil, durch den er nicht passen würde – und ihn hereinlassen. Ab da beschlich mich ein ungutes Gefühl. Doch ich war nur ein Kind und noch nicht alt genug, um meinem Vater zu misstrauen. Also hat er mich in meiner Schuluniform hochgehoben, und ich habe mich durch dieses Fenster gequetscht. Ich fiel auf den Boden und stand auf. Dann sagte mein Vater, dass ich zur Haustür gehen solle, um ihn hereinzulassen – mittlerweile flüsterte er –, und ich gehorchte.

Ich ging durch den Flur und war erstaunt über die nette Einrichtung. An den Wänden hingen gerahmte Schulfotos der Kinder, überall standen Vasen mit Blumen, und der Boden war mit weichen Teppichen ausgelegt, sodass die Füße darin einsanken. Es roch gut, nach Raumspray und Blumen, und alles war sauber. Eine völlig andere Welt als die, in der ich lebte.

Ich ließ meinen Vater herein. Er sagte, dass ich ein gutes Mädchen sei. Ich solle dort stehen bleiben und rufen, wenn jemand auftauchen würde. Ich muss dir bestimmt nicht erklären, was er im Schilde führte. Ich blieb ungefähr fünf Minuten dort stehen und wurde immer ängstlicher und nervöser – dann ging ich. Ich ging den restlichen Weg einfach allein zur Schule.

Ich kannte diese Kinder von den Fotos – sie waren in meiner Schule. Eins davon war zwei Jahrgangsstufen über mir, das andere in derselben Jahrgangsstufe wie ich. Ich kannte sie und schämte mich schrecklich. Gleichzeitig war ich wütend und aufgebracht. Ich konnte mit niemandem darüber reden, sonst hätte ich meinen Vater in Schwierigkeiten gebracht. Ich war derart verängstigt, dass ich den ganzen Tag unausstehlich war – ich begann zu zanken und bekam Ärger in der Klasse, ich war einfach eine Nervensäge. Dahinter verbarg sich ein Muster – sobald ich mich aufregte, führte ich mich wie eine Irre auf. Doch keiner machte sich die Mühe herauszufinden, warum ich so ein Albtraum war. Ich war kein liebenswertes Kind, um das mal klipp und klar zu sagen.

Das ist nur einer der vielen fröhlichen Augenblicke aus meiner Kindheit, Laura. Es gibt noch sehr viel mehr, solltest du weiteren Bedarf haben. Ich weiß, dass du es nur gut meinst. Doch in diesem Fall, lass bitte die Finger davon – ich habe mich aus gutem Grund von meinen Eltern losgesagt. Es war zu meinem Besten. Nur so konnte ich das Leben führen, das ich führen wollte. Ich spreche nicht oft darüber. Und ich erzähle es dir auch nicht, damit du dich schlecht fühlst. Sondern, um dir klarzumachen, warum eine Familienzusammenführung nicht funktionieren würde. Nicht alle Eltern sind so wie du, Laura. Leider.«

Laura ist während meiner Reise in die Vergangenheit still geworden, und ich stelle entsetzt fest, dass sich in ihren Augen Tränen gesammelt haben. Ich hasse es, wenn Menschen mich bemitleiden, auch wenn ich ihre Reaktion nachvollziehen kann – Laura ist Mutter. Eine herzliche, liebevolle, verantwortungsbewusste Mutter. Sie hat schwere Zeiten durchgemacht und ihre Kinder immer an die erste Stelle gestellt, so wie Mütter es tun sollen.

Ich kann verstehen, warum der Blick zurück in meine Kindheit sie zum Weinen bringt. Doch wenn sie weint, fange ich auch an zu weinen, und wenn ich weine, werde ich erst wieder aufhören, wenn ich an Dehydrierung gestorben bin.

»Wag es ja nicht zu flennen!«, sage ich in einem nüchternen Ton. »Es war nicht alles schlecht. Kurz darauf habe ich Kate kennengelernt, und mein Leben wurde besser. Außerdem war ich auch in guten Pflegefamilien untergebracht, die mir gezeigt haben, dass die Welt nicht nur aus Deppen besteht. Ich betrachte mich als Überlebende, nicht als Opfer – ich habe mir mein eigenes Leben aufgebaut. Ich habe weder den Weg meiner Eltern eingeschlagen noch den Weg vieler anderer Kinder, die ich in der Fürsorge kennengelernt habe. Ich bin meinen eigenen Weg gegangen – und das ist nichts, worum ich bemitleidet werden muss. Aber bitte, bitte, bitte … versuch nicht, mir und meiner Familie ein Happy End zu bescheren, okay?«

Sie nickt, kneift die Augen so fest zusammen, dass die Tränen weggedrückt werden, und tätschelt meine Hand.

»Ist sowieso nicht von Bedeutung«, sagt sie schließlich. »Was vergangen ist, ist vergangen. Jetzt bist du hier bei uns – und wir können deine Familie sein. Ich und Becca, deine Schwestern, Willow, deine seltsame Cousine aus dem Weltall, Cherie und Frank, deine Eltern, und Edie, die beste Großmutter aller Zeiten. Du und Martha, ihr passt hierher – und wir werden immer auf euch aufpassen. Immer.«

# 26. KAPITEL

Die nächsten Wochen vergehen wie im Flug, und schon ist November. Das Wetter beruhigt sich allmählich: Es ist zwar noch immer kalt und stürmisch, doch es gibt auch hellere, freundlichere Tage und klare Sternennächte.

Sam schenkt mir ein Büchlein über Zugvögel, das ich zusammen mit meinem Fernglas benutze, um die gefiederten Freunde zu erspähen, die von Skandinavien hierhergeflogen sind, um ihr Feriendomizil zu beziehen. Ich mache Rotdrosseln, alle möglichen Gänse und Mittelsäger aus – ein toller Name! Ich verwandele mich in ein richtiges Mädchen vom Land und frage mich, ob ich nicht eine eigene Tier- und Natur-Doku im Web starten soll – wäre mal was anderes als diese teuren Fernsehproduktionen mit Experten, Kameramännern und Eins-a-Sendeplätzen. Ich könnte eine Sensation im Internet sein – oder mit Mails von heißen russischen Bräuten zugemüllt werden, die auf Männerfang sind. Es könnte so oder so ausgehen.

Ich liebe diese Spaziergänge – und bin dabei nicht immer allein. Manchmal leihe ich mir Midgebo aus, der herumschnüffelt, mit dem Schwanz wedelt und in der für Labradore typischen, neugierigen Art alles untersucht. Manchmal ist

Laura dabei, oder Becca, zusammen mit Little Edie, in einer niedlichen Babytrage um ihre Brust geschnallt. Manchmal lässt sogar Martha sich dazu herab, mich zu begleiten, sie kehrt zwar den zynischen Teenager heraus, genießt es aber insgeheim.

Und manchmal – eigentlich ziemlich häufig – ist Cal an meiner Seite. Er ist es gewohnt, an der frischen Luft zu sein. Wenn er nicht mit Martha zusammen ist, verbringt er seine Tage damit, auf Franks Farm zu arbeiten und die Strände und das Heideland in der Umgebung zu erkunden. Oft blickt er fast lustvoll auf das eiskalte Wasser, und ich kann mir problemlos vorstellen, wie er früher ausgesehen hat: ein weltenbummelnder Surfertyp mit langem, blondem Haar.

Seit der Nacht in der Wohnung ist unsere Beziehung enger geworden. Wir sind Freunde geworden. Cal ist zweifellos eine Augenweide, doch steckt noch sehr viel mehr in ihm als nur ein gutes Aussehen. Er ist witzig, liebenswürdig und bodenständig. Er ist äußerst tolerant gegenüber sonderlichem Verhalten und sehr nachsichtig, was die Marotten menschlicher Wesen betrifft. Eigenschaften, die man eindeutig braucht, wenn man hier in Budbury lebt.

Er ist still, wenn ich Stille brauche, und gesprächig, wenn ich Unterhaltung brauche. Scheinbar verfügt er über einen unfehlbaren Instinkt, die Situation richtig einzuschätzen. Vielleicht liegt es daran, dass er auf einer Farm lebt, in der Gesellschaft vieler anderer Männer. Wenn man sich da gegenseitig auf die Nerven geht, kann es brenzlig werden.

Er mag unreif gewesen sein, als er Martha gezeugt hat, und in Marthas bisherigem Leben durch Abwesenheit geglänzt haben, was er noch immer bedauert, doch heute ist er erwachsen. Ich denke, dass Kate ihn gemocht hätte, was ungefähr das größte Kompliment ist, das ich einem Menschen machen kann.

Wir verbringen viele Stunden zusammen, streifen durch die hügelige Landschaft, erkunden Höhlen und sammeln Fossilien, die nach einem Regenguss regelmäßig an die Küste gespült werden. Gelegentlich kommt es zu Körperkontakt – wenn er mir hilft, einen steilen Weg hochzugehen, oder die Hand ausstreckt, um mich beim Klettern zu stützen. Er nimmt mich in den Arm, um mich aufzuwärmen, oder sitzt dicht neben mir auf der Bank, sodass wir uns gegenseitig warm halten, während wir uns den Kaffee aus der Thermoskanne teilen.

Ich bin auch nur ein Mensch – und er ist ein äußerst attraktiver Mann. Es wäre gelogen, wenn ich behaupten würde, dass ich es nie zwischen uns habe knistern spüren. Oder dass ich mich nie gefragt habe, wie es wäre, ihn zu küssen, ihn im Arm zu halten und seine glatte, goldene Haut zu berühren. In seinen Armen aufzuwachen, geborgen und warm. Zu sehen, ob das Knistern zu einer Flamme wird.

Ich habe das alles gespürt, und ich glaube, er auch. Manchmal ertappe ich ihn dabei, wie er mich ansieht, so wie ich die Rotdrosseln ansehe – als würde er versuchen, mich zu ergründen, und darüber nachdenken, ob wir ins Leben des anderen passen.

Ich spüre das alles, aber ich reagiere nicht darauf – obwohl es einfach und bestimmt auch wunderschön wäre –, denn das Danach käme unweigerlich. Die verlegenen Gespräche, was da passiert ist, und was es bedeutet, die komplizierte Stille, die Extraschicht an Spannung, die ein steter Begleiter meiner Beziehungen zu Männern zu sein scheint. Ich versichere mir, dass ich mich wegen Martha zurückhalte. Sie lernt gerade ihren Vater kennen, und wir haben eben erst angefangen, uns hier einzuleben. Das Letzte, was sie jetzt braucht, ist eine mit ihrem Vater ins Bett steigende Ersatzmutter, die alles wieder durcheinanderbringt.

Ich versichere mir, dass es wegen Martha ist, was auch stimmt. Doch wenn ich mir gegenüber ehrlich bin, ist es auch meinetwegen. Ich habe Angst davor, was passieren könnte. Habe Angst davor, ihm nahe zu sein. Ihn in mein Leben zu lassen und dann wieder gehen zu sehen. Ich bin nicht stark genug, um noch einen Verlust zu verkraften. Der Abschied wird schon so schwer genug sein – ohne dass auch noch Sex mit im Spiel ist. Denn Sex … der verkompliziert doch immer alles, oder?

Es gab diverse Männer in meinem Leben, doch was Ernsthaftes war nie dabei. Vielleicht lag es daran, dass ich nie den Richtigen getroffen habe – oder nie bereit war, ihn zu treffen, was wohl eher zutrifft. Einer von diesen Männern beendete unsere Beziehung, nachdem wir uns mehrere Monate immer mal wieder verabredet hatten, weil ich ihm zu verschlossen war, zu gefühlsarm. Weil er sich durch mich benutzt fühlte und mehr als nur eine Bettgeschichte wollte.

Als er gegangen ist, war ich vor allem erleichtert – erleichtert, dass ich mich nicht einmal mehr anzustrengen brauchte. Armselig, aber wahr.

Meine Beziehung zu Cal ist anders. Wir stehen uns bereits nahe, haben bereits eine Verbindung, die nie gekappt werden kann – unsere Vergangenheit mit Kate und unsere Zukunft mit Martha. Er wird immer eine Rolle in meinem Leben spielen, also kann ich es mir nicht erlauben, unsere Beziehung zu gefährden. Wir sind uns bereits sehr viel nähergekommen, als ich mir das je hätte vorstellen können. Und ich bin glücklich darüber – denn es kommt Martha zugute. Wir drei verstehen uns prächtig. Sie macht sich gnadenlos lustig über uns, und ich freue mich darüber – es gibt nichts Besseres als diese herrlichen Spötteleien, um die Stimmung zu heben. Ich merke, dass sie sich stärker zu fühlen beginnt – selbstbewusster, geerdeter. Glücklicher.

Das liegt wohl viel an ihrer Freundschaft mit Lizzie, ihrer neuen Schule und den neuen Bekannten – aber auch daran, dass Cal hier ist und er und ich eine etwas eigenwillige Version eines Familienverbands geschaffen haben, der sie unterstützt. Hoffentlich wird ihre neu gewonnene Stärke so gefestigt sein, dass sie ihr helfen wird, die nächste Phase ihres Lebens zu bewältigen, wenn er wieder nach Australien zurückkehrt.

Ihr geht es besser, doch ich weiß, dass sie ihre Mum furchtbar vermisst. Wenn ich mich gelegentlich in ihr Zimmer wage, um fossilienartige Teller unter ihrem Bett hervorzuholen, nehme ich den Duft von Kates Parfüm wahr. Martha besprüht ihr Kissen damit, um ihr auf diese Weise nahe zu sein.

Der November ist ein schwieriger Monat für uns – Kates Krebsdiagnose jährt sich da zum ersten Mal. Doch es liegen noch weitere, unschöne erste Jahrestage vor uns – das erste Weihnachten ohne sie; Kates erster Todestag, der Tag, an dem sie beerdigt wurde und wir uns von ihr verabschieden mussten. Alles traurige Anlässe, uns stehen noch schwere Zeiten bevor. Cal und ich tun unser Bestes, aber wir sind nicht Kate. Das werden wir nie sein.

Martha hat begonnen, mehr über ihre Mum zu sprechen, was ich für ein gutes Zeichen halte. Bisher hat sie immer alles abgeblockt, egal wie sehr ich mich bemüht habe – sie hat mir die Tür vor der Nase zugeschlagen, sowohl im wörtlichen als auch im übertragenen Sinn. Meine Versuche, über Kate und ihre Trauer zu sprechen, hat sie stets abgewehrt.

Wahrscheinlich war ich auch nicht die geeignetste Person dafür – ich war selbst noch immer am Boden zerstört. Vielleicht war ein winziger Teil von mir sogar erleichtert darüber, nicht ständig über sie sprechen zu müssen. Doch jetzt scheint sich unsere Situation zu ändern. Ich habe mit Cal gesprochen und Martha mit Lizzie, wie Laura mir erzählt hat. Vielleicht war es genau das, was wir gebraucht haben – eine Person, mit der wir über Kate sprechen konnten, die nicht gleichzeitig den gleichen Verlust und den gleichen Schmerz durchlebt hatte.

Sie kann seit Kurzem auch wieder über die verrückten Sachen lachen, die ihre Mutter früher gemacht hat; sie kann ihren Namen aussprechen, ohne zu weinen; sie nimmt das Buch von Terry Pratchett zur Hand, das Kate ihr zum Lesen gegeben hat. Das sind alles nur kleine Schritte, aber sie sind bedeutend. Eines Abends habe ich sie sogar mit dem Fotoalbum im Wohnzimmer angetroffen. Sie lag eingerollt auf dem Sofa, in ihrem Glastonburg-Hoodie, und blätterte darin.

Ich habe mich zu ihr gesetzt, und wir haben es uns gemeinsam angesehen, Geschichten erzählt, Erinnerungen ausgetauscht und ein paar Tränen vergossen; sie wollte wissen, wie Kate als Kind gewesen war, und die Lücken ausfüllen, die alle Teenager in Bezug auf die Jugend ihrer Eltern haben. Natürlich können die meisten Teenager ihren Eltern diese Fragen direkt stellen – doch Martha hat da nur mich.

Und natürlich noch Barbara und Ron, die sich für übernächstes Wochenende angekündigt haben. Ich bemühe mich, nicht so auszusehen, als müsste ich mich angesichts dieser

Perspektive gleich übergeben. Denn auch dieser Besuch hat vielleicht eine positive Wirkung auf Martha. Sie könnten ihrer Enkeltochter erzählen, wie sie Kate als Kind erlebt haben, und sie hätten die Gelegenheit, sich gegenseitig zu helfen, die Trauer zu verarbeiten. Auch wenn Barbara und ich uns nicht ausstehen können, habe ich ihre Liebe zu Kate und zu Martha nie angezweifelt. Sie mag sie vielleicht durch ein schon zwanghaft hohes Maß an Toilettenputzen und Geschenkgutscheine von Marks und Spencer ausdrücken, doch die Liebe ist da – und darauf kommt es an.

Nach einem besonders schönen Spaziergang allein mache ich mich auf den Weg zurück zum Café. Der Besuch von Marthas Großeltern ist dort Gegenstand sämtlicher Unterhaltungen.

Ich gehe durch den Garten, betrete das Café und genieße das wohlige Gefühl, wenn warme Luft über eiskalte Haut streicht. Dann ziehe ich meine Jacke, meinen Schal und die Handschuhe aus. Es sind tatsächlich zwei Gäste da. Sie löffeln gerade die Sahne von ihrer heißen Schokolade, und auf ihrem Tisch liegen Zeitungen ausgebreitet.

Cherie hat heute Dienst, da Willow mit ihrer Mutter einen Termin im Krankenhaus hat und Laura mit Matt nach Bath gefahren ist, um die ersten Weihnachtseinkäufe zu erledigen. Marthas Unterricht fällt heute aufgrund einer Schulung der Lehrer aus. Auf der Suche nach etwas Essbarem hat es sie und Cal hierherverschlagen.

Ich setze mich zu ihnen und betrachte erstaunt Marthas Teller – ein Weißbrotsandwich mit Fischstäbchen liegt darauf, genau so fest zusammengedrückt, wie sie es mochte, als sie noch klein war. Genau so, wie ihre Mum es für sie gemacht hat.

Ich sehe Cherie an, die mich zu sich winkt. Auf der Theke stehen ein Becher mit heißer Schokolade und Sahne und ein Stück Schokoladenkuchen. Sollte ich noch sehr viel länger bleiben, verwandele ich mich bestimmt irgendwann in eine Kakaobohne.

»Woher weißt du das?«, frage ich und betrachte Cherie halb bewundernd, halb misstrauisch. Ihr langer, dicker Haarzopf liegt über ihrer Schulter, und ihre Wangen sind rosig vom Kochen.

»Was? Dass du gern Schokolade hättest?«

»Nein … das zu wissen ist kein Kunststück. Ich will immer Schokolade. Ich meine, das mit Martha und dem Fischstäbchensandwich … das hat Kate ihr früher immer gemacht.«

Ich habe schon Geschichten über Cheries legendäre Fähigkeit gehört, den Menschen ihr Seelentröster-Essen zuzuordnen – deshalb auch der Name des Cafés –, doch jetzt erlebe ich es zum ersten Mal hautnah.

»Ach, meine Liebe … dafür muss man kein Genie sein, sondern nur die Augen offen halten und auf seine Instinkte hören. Ivy Wellkettle war vorhin da, und sie isst immer ein Fischstäbchensandwich – das erinnert sie an früher, als Sophie noch bei ihr gewohnt hat. Ich habe Marthas Blick gesehen – sie hat auf den Teller gestarrt, als würde sie das Sandwich am liebsten klauen – und zwei und zwei zusammengezählt. Jeder hat ein Seelentröster-Essen, oder? Etwas, das einen in eine glücklichere oder unkompliziertere Zeit zurückversetzt. Bei dir habe ich es allerdings noch nicht so richtig herausgefunden, außer der Schokolade natürlich …«

»Das liegt daran, dass ich ein geheimnisumwittertes, dem Alkohol zugewandtes Rätsel bin. Und mit der Schokolade machst du mich restlos glücklich, danke … was ist das? Das riecht toll.«

»Lauras neueste Kreation für die Winterkarte. Eine Schokoladencremetorte, verfeinert mit Pfefferminz. Die heiße Schokolade schmeckt übrigens auch nach einem Hauch Pfefferminz – alles aufeinander abgestimmt, ganz unsere Laura. Geh schon mal rüber und setz dich zu Martha und Cal! Ich bin gleich bei euch, um einen Plausch zu halten, ehe die Massen einfallen. Damit meine ich Edie.«

Ich nicke – da mein Mund vollgestopft ist mit Kuchen – und wandere mit meinen Köstlichkeiten zum Tisch.

»Dein Gesicht ist blau angelaufen«, stellt Martha fest und betrachtet mich wie ein Ausstellungstück einer Monstrositätenschau auf einem Jahrmarkt. »Draußen ist es klirrend kalt. Willst du dir den Tod holen, während du spazieren gehst?«

Cal schmunzelt leicht, und ich werfe ihm einen vernichtenden Blick zu, um ihn zum Schweigen zu bringen.

»Draußen ist es *wunderschön*!«, antworte ich. »Du solltest ab und zu mal versuchen, das Leben jenseits deines Handys wahrzunehmen. Es ist herrlich.com.«

Sie verzieht das Gesicht, als wäre ich auf den Tisch gestiegen und hätte ihr ins Gesicht gefurzt. »Warum denken alte Menschen immer, wenn sie was Ödes von sich geben und ›Dot-Com‹ hinzufügen, dass sich das cool und hip anhört? Fehlanzeige. Das macht es nurnocherbärmlicher.com.«

»Und du bist eine unhöflichekuh.com«, entgegne ich, trinke meine heiße Schokolade und verziehe selbst das Gesicht – kann sein, dass es dem ähnelt, das man bei einem Orgasmus hat, so gut ist es.

»Ihr beide seid totalklassemädels.com«, meldet sich Cal zu

Wort, was ihm einen vernichtenden Blick von uns einbringt. Zu guter Letzt sind wir uns dann doch wieder einig.

»Rat mal, was passiert ist!«, sagt Martha, lehnt sich zurück und sieht mich mit leicht zusammengekniffenen Augen an.

»Kann ich nicht – sag's einfach!«

»Es wird dir gefallen.«

Ihr Blick verrät mir, dass es nicht so ist. Ich gebe ihr mit einer Handbewegung zu verstehen, dass sie mit der Sprache herausrücken soll, und bemerke, dass Cal ein unnatürlich neutrales Gesicht macht.

»Granny und Grandad haben mich angerufen. Sie besuchen uns schon dieses Wochenende. Ist das nicht totaltoll.com?«

Ich versuche, Cals neutrale Miene nachzuahmen, was mir aber anscheinend nicht ganz gelingt, denn Martha bricht in schallendes Gelächter aus, das wie das Lachen einer Hexe klingt.

Mein Appetit ist mit einem Mal verflogen. Selbst Lauras köstlichste Kreationen würden jetzt wahrscheinlich wie Asche in meinem Mund schmecken.

Ich hatte mich an den Gedanken gewöhnt, dass die beiden demnächst aufkreuzen. Hatte es sogar geschafft, das aus verschiedenen Gründen gutzuheißen – Martha würde ihre Großeltern wiedersehen, Cal bekäme die Gelegenheit, sie kennenzulernen, und Barbara würde hoffentlich beruhigt sein, wenn sie Martha gesund und munter vor sich sehen würde. Sie würde begreifen, dass wir nicht weggelaufen sind, um uns einer Hippiekommune anzuschließen und aus Gummistiefeln zu kiffen, die eigens dafür in mühseliger Handarbeit hergestellt worden sind.

Doch ich hatte mich an die Tatsache gewöhnt, dass bis dahin noch viel Wasser die Themse herunterfließen würde.

Dass es das Morgen war, das niemals kommt – die Katastrophe am Horizont, die noch weit genug weg ist, um sich darauf vorzubereiten. Um Konserven einzukaufen und das Luftfilterungssystem im unterirdischen Schutzraum zu überprüfen. Solche Sachen.

Die Nachricht, dass ich nur noch knapp vierundzwanzig Stunden habe, um all das zu erledigen, bringt mich völlig aus der Fassung.

»Oh«, stoße ich leise hervor, lege den Löffel hin und atme tief ein und aus. »Oh … Mann! Ich muss mich noch um so vieles kümmern. Ich muss die verdammten Toiletten sauber machen. Und die Betten neu beziehen. Staub wischen, staubsaugen, den ganzen Alkohol verstecken, Essen einkaufen, kochen lernen und … und …«

Mittlerweile hyperventiliere ich. Cherie ist an unseren Tisch getreten, um zu sehen, was los ist. Ich spüre, wie sie sich über mich beugt, doch meine Sicht ist verschwommen durch die aufsteigende Panik.

Ich weiß nicht, warum ich derart heftig reagiere, denn mir war bekannt, dass sie kommen. Und so weltbewegend ist die Sache nun auch wieder nicht. Doch plötzlich fühle ich mich völlig überfordert – bedroht, unter Druck gesetzt, ausgeliefert. Mir ist klar, woran es liegt. Ich kann die Toiletten noch so gründlich putzen und das Ferienhaus noch so sauber scheuern, es wird nicht gut genug sein. Für Barbara war ich nie gut genug, um die Freundin ihrer Tochter zu sein – geschweige denn der Vormund ihrer Enkelin.

Seitdem wir hier in Budbury leben, mit all diesen merkwürdigen, reizenden Menschen, bin ich viel entspannter. In der Gesellschaft von Kerlen, die mit ihren Surfbrettern auf Wellen reiten, amazonenhaften Althippies, Kellnerinnen in

Space-Princess-Outfits und über neunzigjährigen Frauen, die sich ihr ganzes Leben lang schon ihren Verlobten einbilden, kommt man sich nicht mehr so sonderbar vor. Im Gegenteil. Da wird sonderbar zur neuen Normalität.

Jetzt sind Barbara und Ron auf dem Weg hierher, um mir zu zeigen, dass dem nicht so ist. Um mich zu beurteilen und für unzulänglich zu befinden.

Ich beruhige mich erst, als Cherie und Cal gemeinsam meinem drohenden Nervenzusammenbruch entgegenwirken. Cherie legt einen Arm um meine Schulter und drückt mich, während Cal nach meinen zitternden Händen greift. Martha sieht ehrlich gesagt mittlerweile leicht schuldbewusst drein, dass sie mich derartig aufgezogen hat. Sie rutscht nervös auf ihrem Stuhl hin und her und reißt die Augen weit auf, während sie hautnah meine Panikattacke erlebt.

»Schon gut, Zoe«, sagt Cal mit bewusst leiser, sanfter, gleichbleibender Stimme, als würde er ein nervöses Tier beruhigen. »Alles wird gut. Du musst das nicht allein durchstehen, okay? Wir sind alle hier. Wir werden alle helfen.«

Cherie nickt und drückt mich noch fester. Wahrscheinlich habe ich schon jetzt Dellen wie ein Pfirsich, so sehr macht sie mir Mut.

»Das stimmt, meine Liebe«, sagt sie. »Du musst dir um nichts Sorgen machen. Wir werden das Haus tipptopp in Ordnung bringen und sie zum Essen hierher einladen. Wir werden ihnen die Umgebung zeigen – es wird großartig werden. Mach dir nicht so viele Gedanken, das ist völlig unnötig. Wir werden uns alle um dich kümmern. Du gehörst doch inzwischen zu unserer Sippe, und da passt man gegenseitig auf sich auf.«

Ich sehe sie an – die fast einen Meter achtzig große Frau, die den Körperbau einer Amazone hat und eine Schürze trägt, auf der »Küss die Köchin« steht – und nicke. Ich würde mein letztes Hemd darauf verwetten, dass Cherie die beste Kämpferin auf Erden ist. Und Laura, und Willow, und Edie, und sogar Cal. Becca könnte wahrscheinlich noch mit einem Baby, das vor ihre Brust geschnallt ist, einen Straßenkampf gewinnen. Und Sam und Matt werden ebenfalls an meiner Seite sein. Sie sind meine ureigenen Dorset Avengers, und ich weiß, dass sie sich zusammenscharen, wenn ich sie brauche.

Cal tätschelt meine Hand und streicht ein paar Strähnen weg, die der Wind mir ins Gesicht geweht hat. Langsam atme ich wieder gleichmäßiger und schäme mich fast wegen meines hysterischen Anfalls, der eigentlich überhaupt nicht meiner Person entspricht – zumindest nicht in der Öffentlichkeit.

Mein Herzschlag nähert sich langsam wieder einer Frequenz, die im Normalbereich liegt, und ich versuche, ein dankbares Lächeln aufzusetzen.

Das Lächeln wird sogar noch aufrichtiger, als Martha sich entscheidet, ebenfalls etwas zu sagen. Sie sieht mich dabei nicht an und nestelt an ihrem Haar herum, doch es ist der gute Wille, der zählt.

»Keine Sorge!«, sagt sie leise und blickt auf einen Punkt über meiner Schulter. »Die Toiletten putze ich.«

# 27. KAPITEL

Barbara an diesem Wochenende in Budbury zu beobachten ist ein bisschen so, als würde man einem Auto bei der Verschrottung zusehen. Am Anfang präsentiert sich der Wagen noch stattlich. Eine große, robuste, massive Karosse, doch am Ende ist nur noch ein kleiner Block zusammengepressten, verrosteten Metalls übrig. Es scheint den Gesetzen der Physik zu widersprechen, doch es geschieht.

Allerdings wird Barbara nicht von einer riesigen Stahlklaue zerdrückt. Nein, sie wird von der unermüdlichen Freundlichkeit der Menschen in die Zange genommen, die sie während ihres dreitägigen Aufenthalts hier kennenlernt. Selbst Barbara kann dieser übermenschlichen Liebenswürdigkeit nicht standhalten.

Mit jedem sanften Wort, jedem Kompliment zu ihrer Frisur und ihrer Kleidung, jedem Stück Kuchen, jeder positiven Bemerkung über Martha, jeder Nachfrage zu Rons Golf-Handicap, jedem beindruckten »Oh« und »Ah« zu ihrer letzten Kreuzfahrt bröckelt ihr Widerstand.

Cherie ist die gastfreundliche, seriöse Kleinunternehmerin, Laura die verantwortungsbewusste Mutter, die hilft, Marthas Fortschritte im Auge zu behalten, Frank ist mit seinem Charme einfach nur er selbst, Matt ist Tierarzt (was bei allen Snobs dieser Welt gut ankommt) und Edie so alt, dass ihr niemand widerstehen kann; Sam spaziert mit den beiden am Strand entlang und fungiert dabei als Fremdenführer, und Becca hat ein Baby, was sie zur Attraktion schlechthin macht. Willow sieht vielleicht ein bisschen seltsam aus, doch versorgt sie die beiden ständig mit selbst gemachten Köstlichkeiten und warmen Getränken, womit auch sie in Rons und Barbaras Augen zu einem liebenswerten Menschen wird. Selbst Scrumpy Joe, kein Fachmann für schwierige zwischenmenschliche Situationen, schenkt ihnen einen Karton seines besten »naturtrüben Ciders«.

Sie so zu erleben ist schon erstaunlich. Es ist, als hätten meine Freunde – meine verrückten, exzentrischen, nach ihrer eigenen Façon lebenden Freunde – beschlossen, gemeinsam ihr Bestes für mich zu geben. Sie sind noch immer *sie selbst*, nur in einer leicht zensierten Ausgabe.

Becca flucht nicht. Nicht ein einziges Mal. Nicht einmal, als Little Edie ihr an diesem Morgen zum dritten Mal ins Haar spuckt. Lizzie und Nate benehmen sich mustergültig. Cherie scheint an diesem Wochenende auf Tabakwaren sämtlicher Art zu verzichten. Frank macht keine einzige Bemerkung über Tiere und deren Verdauungsapparat, was für ihn ungewöhnlich ist. Selbst Edie unterlässt es, ihren Verlobten zu erwähnen – sie zwinkert mir nur verstohlen zu, als sie ihre Extraportion Essen in den Rucksack packt. Die geballte Charmeoffensive geht hundertprozentig auf.

Und alle griffen mir, wie versprochen, vor Ron und Barbaras Ankunft unter die Arme. Willow, die zusätzlich zu ihren vielen Aufgaben auch noch einen kleinen Reinigungsdienst betreibt, tauchte in ihrem schnuckeligen, weißen Transporter auf und verwandelte Lilac Wine mithilfe von Martha in einen Palast. Sie hatte ihre eigenen Gummihandschuhe und Putzausrüstung mitgebracht und legte sofort los. Bella Swan wedelte hinter ihr her, und eine von Willows Classic-Rock-Playlisten hallte durch das Cottage. Ich habe ebenfalls geholfen und die Dusche geputzt und dabei *Somebody To Love* von Jefferson Airplane mitgesungen.

Laura und Cherie füllten den Kühlschrank mit so viel Essen, dass ein kleiner afrikanischer Staat davon hätte satt werden können. Matt brachte den Garten tipptopp in Ordnung, und im Haus standen überall Vasen mit Wildblumen herum.

Es roch und sah fantastisch aus, und ich habe am Ende des Tages fast geweint vor Dankbarkeit. Selbst Barbara, die bei ihrem Eintreffen nur darauf gewartet hatte, etwas Missbilligendes sagen zu können, fand nichts, was eine spitzzüngige Bemerkung gerechtfertigt hätte. Obwohl sie sich alle Mühe gegeben hat – sie warf nicht nur einen kritischen Blick in die Badezimmer, sondern strich auf der Suche nach Staub auch noch heimlich über die Bücherregale –, doch sie fand nichts. Willow hatte sogar einen besonderen Dampfreiniger benutzt, um die verdammten Vorhänge sauber zu kriegen – wem sind schon solche Geräte bekannt?

Cal tauchte später auf, mit einer edlen Flasche Whiskey für Ron und einer Schachtel Pralinen für Barbara. Er musste sich ebenfalls einer Reihe von Tests unterziehen, die er erstaunlich liebenswürdig über sich ergehen ließ.

Ich bin das alles gewohnt – diese spitzfindigen und mitunter auch nicht so spitzfindigen Verhöre, die elegant hochgezogenen Augenbrauen, den leicht spöttischen Ton, selbst wenn die Fragen noch so harmlos klingen. Er nicht. Doch all das schien an ihm abzuprallen. Er blieb einfach weiter charmant und lächelte, bis sie schließlich nachzugeben schien. Barbara mag zwar mitunter den Eindruck einer Außerirdischen erwecken, doch sie ist trotzdem immer noch eine Frau – und Cal verfügt über diese perfekte Mischung aus Charisma, gutem Aussehen und Benehmen alter Schule, die auf alle weiblichen Wesen wie eine Dosis Opium wirkt.

Doch ehrlich gesagt war Martha diejenige, die zu diesen kleinen Erfolgen ausschlaggebend beigetragen hat. Sie schien sich wirklich zu freuen, die beiden zu sehen, schien ihnen wirklich gern von unserem Leben hier in Budbury erzählen zu wollen, und schien wirklich darauf bedacht zu sein, dass Ron und Barbara sich genauso gut mit Cal verstanden wie sie. Ich habe nicht viel Gutes über Kates Mutter zu sagen, doch ich habe immer gewusst, dass sie alles für Martha tun würde – selbst die seltsame Wahl ihres Vormunds hinnehmen.

Durch die vielen Spaziergänge am Strand, die Besuche im Café und das gemeinsame Essen der vorbereiteten Gerichte, die ich sogar in der Lage war, aus dem Ofen zu zaubern, blieb fast keine Zeit, um herumzumeckern. Weder für Barbara noch für mich. Jedes Mal, wenn ich angespannt war und mir ausmalte, wie sie mich beschimpfte, trat etwas anderes ein – Midgebo stürmte herbei, um den Nachtisch zu stehlen, oder Cal schlug vor, Scrabble zu spielen, oder Martha zeigte ihnen ihre Kursarbeit.

Und jedes Mal, wenn Barbara mich skeptisch beäugte und scheinbar im Begriff war, eine beißende Kritik zu äußern – meine Frisur bietet da immer genügend Angriffsfläche, wenn sonst nichts mehr herhält –, wussten die anderen, es zu verhindern. Entweder stellte Cherie eine Frage zum Golfklub, oder Frank schlug vor, ihnen die Farm zu zeigen, oder Becca drückte Barbara Little Edie in die Arme, und wir alle gerieten in Verzückung.

Der gesamte Besuch war ein Meisterwerk der Abwechslung und Ablenkung – Spannungsfelder wurden im Vorhinein aufgespürt und im Keim erstickt. Nach zwei Tagen fing ich schließlich an, mich zu entspannen – und erkannte, dass ich womöglich genauso kindisch war, wie Barbara das mitunter war. Wir beide blicken auf eine so lange und unerfreuliche Vergangenheit zurück, dass es uns schwerfällt, uns davon zu lösen – doch mit der Hilfe meiner Freunde waren wir zumindest fähig, es zu versuchen.

An ihrem letzten Abend in Budbury wollen Ron und Barbara ihre Enkeltochter zum Abendessen in Dorchester ausführen, der nächstgelegenen, größeren Stadt, nachdem sie im Café eine heiße Schokolade getrunken und einen seltsam einträchtigen Spaziergang mit Cal und Martha am Stand gemacht haben. Cal und mich haben sie ebenfalls eingeladen, doch ich habe förmlich hören können, wie Barbaras Zähne geknirscht haben – auch wenn eine Art Tauwetter zwischen uns herrscht, möchte sie ihre Enkelin immer noch lieber für sich allein haben.

Also haben wir das einzig Richtige getan und abgelehnt. Ich habe mich sogar gänzlich aus dem Abend herausgezogen – Cal hatte mir bereits sein Gästezimmer für diese Nacht angeboten, was ich für eine angebrachte Geste hielt. Wir hatten Barbara ständig beschäftigt, sodass sie keine Zeit mit ihrer Enkelin allein hatte verbringen können. Ein Teil von mir war nervös – als könnte sie Martha entführen, sie in den Kofferraum ihres Skoda Octavia stecken und nach Bristol zurückbringen.

Doch ein anderer Teil von mir wusste, dass ich ihre Beziehung respektieren und ihnen gemeinsame Zeit gewähren musste. Vielleicht würde Barbara so selbst erkennen, dass es

Martha tatsächlich gut ging und dass sie wirklich glücklich war, beziehungsweise so glücklich, wie ein Teenager sein kann, der vor Kurzem einen schmerzlichen Verlust erlitten hat.

Ich stehe am Eingangstor zu The Rockery und winke, als sie losfahren. Dann schlendere ich hinüber zu Saffron, Cals Ferienhaus, das auf der anderen Seite der Rasenfläche liegt, gegenüber von unserem Cottage. Saffron ist etwas kleiner und eins von drei sandfarbenen Reihenhäusern, an deren Fassade sich Weinreben ranken und leere, im Winterschlaf verharrende Blumenampeln hängen.

Die Nächte werden langsam länger, denke ich melancholisch und werde mir meines Alters bewusst. Das Wetter in den vergangenen Tagen war herrlich. Es war zwar kalt, doch die Luft war klar, und die Sonne strahlte, sodass man sich freute, am Leben zu sein. Jetzt ist es kurz nach sechs und schon fast stockdunkel – die Fledermäuse vollführen ihre abendliche Akrobatik am tiefblauen, sternenübersäten Himmel. Wie immer ist es wunderbar still hier – nicht einmal die Geräusche des entfernten Autoverkehrs sind zu hören, nachdem Ron losgefahren ist und zum Abschied gehupt hat.

Ich klopfe an die Tür von Saffron, woraufhin Cal ruft: »Komm rein, es ist nicht abgeschlossen!« Das ist auf dem Land so üblich, habe ich festgestellt. Also, die Haustür nicht abzuschließen. Der Einbrecher, der bis hierher marschieren würde, um in eines der Häuser einzusteigen, müsste schon ziemlich entschlossen sein. Trotzdem habe ich zu lange in der Stadt gewohnt und zu viele Krimis gelesen, um so vertrauensselig zu sein – Lilac Wine ist abgeschlossen, nur für den Fall, dass jemand Geschmack an meiner unbezahlbaren Sammlung schäbiger Taschenbücher und DVDs findet, die ich aus dem Spielzimmer von The Rockery habe mitgehen lassen.

Ich schlendere ins Wohnzimmer, höre das Geräusch der Dusche von oben und sehe mich um. Erst werfe ich einen Blick auf seine Lektüre, dann zupfe ich an den Saiten seiner Gitarre, und stelle verwundert fest, wie aufgeräumt das Zimmer ist. Ich habe immer gedacht, dass Junggesellen eher zu Unordnung neigen, doch Cal straft mich Lügen. Das hat er wohl durch sein Leben in Australien gelernt – er teilt sich mit den anderen Farmarbeitern eine Hütte. Trotzdem finde ich es immer noch beängstigend.

Als er schließlich auftaucht, frisch geduscht, feucht und nach einem maskulin-holzigen Duft riechend, von dem mir leicht schwindlig wird, beugt er den Kopf, um nicht gegen die Balken zu stoßen. Das T-Shirt klebt an den richtigen Stellen an seinem Körper, und das Haar ist eine wuschelige Mähne in verschiedenen Blondtönen. Oh Mann.

»Alles in Ordnung?«, fragt er, trocknet sich kurz das Haar mit dem Handtuch ab, das er in der Hand hält, und blickt mich besorgt an. »Du siehst aus, als wär dir nicht gut.«

»Nein, ich bin okay. Mir geht's gut. Ich glaube, ich bin einfach nur müde. Der Besuch ist zwar besser gelaufen als erwartet, aber trotzdem war's verdammt anstrengend.«

»Ja«, erwidert er gedehnt und tappt barfuß in die Küche, um zwei Dosen Bier aus dem Kühlschrank zu holen. »Sie ist ziemlich anstrengend, oder? Die gute, alte Barb.«

»Sag das bloß nie zu ihr! Also, dass sie alt ist. Und nenn sie niemals Barb! Damit kannst du dir zerschossene Kniescheiben einhandeln. Aber sie ist anstrengend … war sie schon immer. Sie hat es zwar nie eingesehen, doch es ist zum Teil ihre Schuld, dass es Martha überhaupt gibt.«

Er sieht mich verwirrt an und zieht die Augenbrauen hoch, während ich dankbar die Dose öffne – gibt es ein schöneres Geräusch, als das sanfte Zischen eines frisch geöffneten Biers? – und mich auf das gemütliche, blumengemusterte Sofa fallen lasse.

»Das meine ich nicht wortwörtlich. Ich gehe mal davon aus, dass sie in dieser Nacht in Bangkok nicht dabei war. Sie … sie hat Kate ständig kontrolliert. War total streng. Hat ihr Hausarrest nach Hausarrest erteilt. Kate durfte nicht mit ihren Freunden telefonieren, wurde bis zu ihrem sechzehnten Lebensjahr zur Schule gebracht und wieder abgeholt. Ein Freund war strengstens untersagt. Auf Konzerte, Festivals oder in Klubs zu gehen war Grund für eine öffentliche Steinigung. Natürlich wurde sie dadurch …«

»Nur noch aufsässiger«, vollendet er meinen Satz, setzt sich neben mich und streckt die langen Beine aus. Die Couch ist ein kleiner Zweisitzer – um ins Wohnzimmer zu passen –, sodass unsere Oberschenkel sich berühren.

»Ja«, antworte ich und nicke. »Genau. Wahrscheinlich hätte sie mich innerhalb weniger Wochen als Freundin abserviert, wenn Barbara nicht versucht hätte, sie von mir fernzuhalten.«

»Da tust du dir und Kate aber wahrscheinlich unrecht, Zo«, wendet er ein. Ich kaue kurz auf meiner Lippe herum und komme zu dem Schluss, dass er recht hat – unsere Freundschaft bestand aus mehr als aus Rebellion, doch sie war bestimmt ein wichtiger Faktor.

»Stimmt. Doch es war auch ein Grund, warum wir den anderen interessant fanden – sie hatte zu viel Struktur, zu viele Regeln. Ich hatte weder das eine noch das andere.«

»Und ihr beide habt dann den fast normalen Menschen ergeben?«

»Genau! Aber genug davon! Mir ist heute Abend nicht nach tiefschürfenden Gesprächen zumute. Das ständige Nettsein zu Barbara hat mich völlig geschafft.«

»Das hat uns alle geschafft, glaube ich«, antwortet er und trinkt mit einem einzigen Schluck die Hälfte seines Biers aus. »Ich habe noch nie erlebt, dass dieser Haufen sich derartig gut benehmen kann. Cheries Blick, als Barbara meinte, dass das Café mal entrümpelt werden müsste … Oh Gott, ich dachte, sie würde gleich ausholen und ihr eine langen.«

Ich kichere und trinke einen Schluck Bier. »Ich weiß«, erwidere ich. »Das wäre der Kampf der Titaninnen geworden, oder? Ich hätte auf Cherie gewettet, aber Barbara hätte sich nicht kampflos geschlagen gegeben. Deshalb … ist es gut, dass wir einen freien Abend haben. Ich habe ein Bier. Ich habe nette Gesellschaft. Und wir haben Netflix. Die perfekten Zutaten für einen sehr schönen Abend. Worauf hast du Lust?«

Er grinst spitzbübisch, und ich verpasse ihm einen Stoß in die Rippen.

»Autsch!«, schreit er. »Das hat wehgetan! Aber du bist süß, wenn du wütend bist …«

»Nenn mich nicht süß, das ist herablassend.«

»Okay … du bist ein rauflustiges, kleines Ding. Ist das besser?«

»Ganz und gar nicht! Das klingt, als wäre ich eine der Figuren aus *Scooby-Doo*.«

»Das ist doch in Ordnung. Ich habe für diese vorwitzigen Kids schon immer was übriggehabt. Auf jeden Fall … werde ich uns jetzt noch zwei Bier holen und die Lichter dimmen. Du wirst nämlich schon wieder rot, und ich will dich nicht in Verlegenheit bringen, indem ich das den ganzen Abend kommentiere.«

Ehe ich etwas erwidern kann, ist er aufgestanden und auf dem Weg in die Küche. Ich sitze da, die Hände auf meinen Wangen, und wünsche mir die Röte weg. Natürlich hat er recht – und ich bin ihm dankbar, dass er die Deckenstrahler ausschaltet und stattdessen eine kleine Lampe anknipst.

Er gibt mir ein zweites Bier, lässt sich in der neuen, abgedunkelten Kinobeleuchtung neben mir nieder und streckt die Beine aus.

»Was willst du denn sehen? Eine Schnulze?«, fragt er und verzieht das Gesicht.

»Oh Gott, nein. Ich will was mit viel Rumgeballer, Explosionen und attraktiven Männern.«

Er nickt beifällig, und ich wünsche mir im Stillen, dass ich doch *Zeit der Zärtlichkeit* oder *Ein ganzes halbes Jahr* gesagt hätte, nur um den Blick in seinem Gesicht zu sehen.

Nachdem wir uns durch ein schier endloses Angebot dämlicher Shows und zweitklassiger Filme durchgearbeitet haben, entscheiden wir uns für *Casino Royale*. Mit viel Rumgeballer und einem der attraktivsten Männer der Welt – James Bond.

Wir sitzen nebeneinander in der Dunkelheit, während die über den Bildschirm flimmernde Handlung sich in unseren Gesichtern spiegelt und wir uns langsam, aber sicher betrinken. Das klingt nicht besonders aufregend, doch ich merke, wie sehr ich Gesellschaft vermisst habe. Wie sehr ich es vermisst habe, mit jemandem fernzusehen. Mit jemandem zu zanken. Einfach … jemanden um mich zu haben.

Seit Kate gestorben ist, war ich ziemlich viel allein. Nach Budbury zu ziehen hat mir geholfen, aber es ist nicht das Gleiche.

Martha ist mittlerweile zugänglicher – sie lässt sich dazu herab, mit mir zu plaudern, und hat kürzlich sogar vorgeschlagen, dass wir *Better Call Saul* zusammen sehen, was ein Riesenerfolg war. Doch normalerweise ist sie oben in ihrem Zimmer oder außer Haus. Ich bin gern allein – das war ich schon immer –, aber das Alleinsein war sehr viel einfacher, als es mir nicht aufgezwungen war. Es ist ein großer Unterschied, einen ruhigen Abend allein zu verbringen, wenn man weiß, dass die beste Freundin auf der anderen Straßenseite wohnt, oder einen ruhigen Abend allein zu verbringen, weil man das Gefühl hat, dass es sonst niemanden im Universum gibt.

Das hier – das schlichte Vergnügen, mit einem anderen Menschen zusammenzusitzen, zu trinken und einen Film anzusehen – fühlt sich gut an. Das habe ich so sehr vermisst. Und genauso werde ich es vermissen, wenn Cal wieder in Australien ist. Aber he, sage ich mir, während Daniel Craig sich seinen Weg durch Venedig schießt, darüber mache ich mir an einem anderen Tag Gedanken.

Als der Film zu Ende ist, haben wir uns durch mehrere Packungen Chips, Popcorn und Nüsse gearbeitet und noch mehr Bier getrunken. Bei mir zu Hause würden die leeren Dosen natürlich umgekippt auf dem Boden herumfliegen, sodass der letzte Rest herauströpfelt und wir jedes Mal hineintreten würden, wenn wir zur Toilette gingen. Die Dosen würden auch noch am nächsten Tag an genau derselben Stelle liegen und vor sich hin stinken. Ihr metallener Anblick würde mich beschämen – doch Aufräumen gehört nicht zu meinen Stärken. Aber zu denen von Cal – er hebt sie selbstverständlich auf und steckt sie in den Wertstoffmüll, sobald er Nachschub holt.

Am Ende des Films bin ich leicht beschwipst und leicht weinerlich. Es lässt mich nie kalt, wenn Vesper Lynd in den Kanälen Venedigs ertrinkt. Ich seufze laut, als der Abspann sich dem Ende nähert, und merke, dass mein Kopf gegen Cals Schulter lehnt.

»Weinst du etwa, du Riesenbaby?«, fragt er und klingt amüsiert.

»Nein. Ja. Ich weiß nicht. Es ist nur so … traurig, findest du nicht? Die arme Vesper. Der arme James. Er wird nie mehr derselbe sein …«

»Stimmt. Als ich den Film zum ersten Mal gesehen habe, war mir selbst ein bisschen nach Heulen zumute. Doch ich war mit fünfundzwanzig Machotypen in einem Viehstall im australischen Busch. Keiner hat gewagt zu flennen, zumal auch noch bei James Bond. Damit hätte man sich für den Rest seines Lebens lächerlich gemacht. Alles in Ordnung mit dir? Willst du noch ein Bier?«

»Nee … ich hab schon genug gehabt. Ich will einfach nur eine Minute hier still sitzen. Bei dir ist es echt kuschelig.«

»Hat man mir schon mal gesagt. Ist eine meiner vielen göttlichen Qualitäten.«

Er legt den Arm um meine Schulter. Ich schmiege mich an ihn. Mein Kopf wandert so lange herum, bis ich die richtige Stelle für mich und mein Haar gefunden habe. Ich will ja nicht, dass meine Locken ihn in der Nase kitzeln.

»Dann erzähl mir mal was von deinen anderen göttlichen Qualitäten«, sage ich und merke beim Sprechen, dass ich mit ihm flirte. Vier Dosen Bier, und schon vergesse ich all meine Regeln.

»Also«, beginnt er und scheint kurz nachzudenken. »Ich kann surfen, und das auf Superninjaniveau. Ich kann Schafe scheren, und ich bin ein Ass im Reiten und Biertrinken, wobei ich das nicht miteinander zu vermischen versuche. Ich kann Spaghetti carbonara kochen. Ich kann einen Handstand machen und mindestens drei Schritte dabei gehen. Außerdem bin ich noch Hundeflüsterer. Und … warte, lass mir eine Minute Zeit …«

»Du bist sehr ordentlich«, platze ich dazwischen. Es klingt

wie ein Vorwurf aus meinem Mund, was ihn zum Lachen bringt.

»Ja, das bin ich. Das kommt daher, dass ich auf einer Farm zu Hause bin und jahrelang aus dem Rucksack gelebt habe. Aber ich glaube, damit hat es sich auch – mehr fällt mir nicht ein, worin ich gut bin. Auf jeden Fall nichts, an dem du als Dame interessiert wärst.«

Ich schnaube bei seinen Worten – ich bin wohl die undamenhafteste Person, die ich je kennengelernt habe –, aber ich weiß, was er meint.

»Du hast was vergessen«, bemerke ich. »Du bist ein guter Vater.«

Daraufhin ist er kurz still und streichelt sanft meinen Oberarm, während sein Kinn auf meinem Kopf ruht.

»Danke, dass du das gesagt hast. Aber das stimmt nicht, glaube ich«, erwidert er schließlich und klingt ungewöhnlich ernst. »Ich habe mich so lange nicht um Martha gekümmert. Natürlich kann ich es darauf schieben, dass Kate mich nicht dahaben wollte. Dass sie mich nicht gebraucht hat. Dass ihr gut ohne einen Hallodri wie mich zurechtgekommen seid – doch es lag nicht nur daran. Es lag auch an mir. Ich war noch nicht bereit dazu. Kate hat es mir durch ihre Argumente leicht gemacht, doch ich kann dir gar nicht sagen, wie sehr ich es mittlerweile bedaure, Martha nicht aufwachsen gesehen zu haben.«

Ich greife nach seiner rauen Hand und drücke sie beruhigend.

»Wir alle haben Dinge getan, die wir bedauern, oder bedauert, Dinge nicht getan zu haben. Daran lässt sich nun mal nichts mehr ändern – du musst es so nehmen, wie es ist. Denn du bist eben doch kein Gott, sondern nur ein Mann. Du warst selbst noch verdammt jung, damals. Martha hat sich in ihrer Kindheit nie ungeliebt oder abgelehnt gefühlt. Und Kate ist es nie so vorgekommen, als hättest du sie und Martha im Stich gelassen. Außerdem bist du jetzt hier – und tust dein Bestes, um Versäumtes nachzuholen.«

Ich spüre, wie er nickt und meine Hand dankbar drückt. Dann vernehme ich ein Geräusch, das verdächtig nach einem Schniefen klingt.

»Weinst du etwa, du Riesenbaby?«, frage ich und versuche die Situation aufzulockern, indem ich die Frage wiederhole, die er mir vorhin gestellt hat.

»Nein«, antwortet er postwendend. »Da haben sich nur ein paar deiner Haare in meiner Nase verfangen. »Aber, ähm … danke. Freundliche, aufmunternde Worte. Das ist nett, oder? Nur wir beide, so ganz allein?«

»Ich hab schon schlimmere Abende erlebt«, erwidere ich. Ehrlich gesagt hatte ich im letzten Jahr keinen einzigen Abend, der so nett war, aber das sage ich ihm nicht – das könnte ihm zu Kopf steigen.

Kurze Stille, ein Pochen. Ich höre sein Herz in seiner Brust schlagen, so eng sitze ich an ihn geschmiegt. Und ich weiß, dass er grinst, als er sagt: »Also … was meine anderen göttlichen Qualitäten betrifft. Da gibt es ein paar, die ich noch nicht erwähnt habe. Möchtest du sie kennenlernen? Ich kann ein weißes Hemd anziehen, wenn du willst, und dann setzen wir uns in die Dusche, so wie James und Vesper. Was hältst du davon?«

Ich kann mir ein Lachen nicht verkneifen. Ich habe keine Ahnung, ob er das ernst meint oder nicht, aber er ist auf jeden Fall verdammt witzig.

»Die beiden sind in dieser Dusche gelandet, weil James vor Vespers Augen diesen Machete schwingenden Irren auf brutale Weise allegemacht hat. Das Einzige, was du heute Abend allegemacht hast, ist ein Sechserpack Bier und mehrere Tüten geröstete Erdnüsse«, antworte ich.

»Mein Gott, bist du anspruchsvoll! Ich habe vorhin eine Spinne im Bad gesehen … soll ich ihr die Beine ausreißen, ein Bein nach dem anderen, mit meinen bloßen Händen? Würde das genügen, um dich zu beeindrucken?«

»Nein. Zumindest nicht, um mich in diese Dusche zu kriegen, das steht fest. Ich fühle mich hier ganz wohl, danke …«

Ich bin ein bisschen betrunken, also scheint es völlig natürlich, dass ich bei dieser Äußerung meine Arme um seinen Oberkörper schlinge und die Beine anziehe, um es mir richtig gemütlich zu machen. Er zieht mich an sich, und unsere Körper schmiegen sich noch enger aneinander. Wir sitzen ein paar Augenblicke lang so da, still und friedlich, bis die Situation sich auf beunruhigende Weise anders anzufühlen beginnt.

Vielleicht liegt es am Alkohol. Vielleicht am zarten Flirten. Vielleicht sind es die Nachwehen von *Casino Royale*, doch ich ertappe mich bei der Frage, wie schlimm es wohl wäre, wenn meine Hand unter sein T-Shirt wandern und über die straffe Haut seines Bauchs streichen würde. Oder was passieren würde, wenn ich das Gesicht zu ihm wenden und unsere Lippen sich endlich berühren würden. Seine Finger streicheln über mein Haar, während ich mich all das frage und mir sicher bin, dass er sich das Gleiche fragt.

Ich spüre seinen Brustmuskel unter meiner Wange, seine festen Oberschenkel neben meinen, seine Hände, die mein Haar berühren. Wir scheinen beide nicht zu atmen, als wären wir in der Bewegung erstarrt und würden vor dem Abgrund der Veränderung verharren. Davor, dass unsere Beziehung sich komplett wandelt. Dass sie sich in etwas wandelt, das mein Körper eindeutig herbeizusehnen scheint, während der

Rest von mir nicht dazu bereit ist. Und vielleicht auch nie dazu bereit sein wird.

Ich tätschele seine Brust und setze mich wieder aufrecht hin. Er sieht mich gespannt an – er will mich nicht bedrängen, will den Moment nicht erzwingen. Unsere Blicke treffen sich, ich lächele ihn an und schüttele den Kopf.

»Ich weiß. Ich fühle es auch. Aber ich kann es einfach nicht … es geht nicht. Du bist Marthas Vater und Kates Ex. Es ist einfach nicht richtig.«

Er sieht mich ein wenig verwirrt an und – verständlicherweise – auch leicht frustriert. Ich spüre seinen Schmerz. Ich bin genauso frustriert.

»Du weißt schon, dass ich nur eine Nacht mit Kate zusammen war, oder? Vor siebzehn Jahren. Wir waren nicht miteinander verlobt oder so.«

»Ja, ich weiß … trotzdem fühlt es sich ein bisschen … klebrig an. Vielleicht liegt es aber auch nur an mir, und ich benutze es als Ausrede.«

»Als Ausrede? Wofür?«

»Um das alles zu vermeiden. Um meine Hände von dir zu lassen, was ich eigentlich gar nicht will. Um Nein zu sagen, wenn ich eigentlich Ja sagen will. Um sicherzustellen, dass es zwischen uns nicht kompliziert wird. Denn du wirst nach Australien zurückgehen, nicht? Du wirst gehen, und ich werde hierbleiben, und das Leben wird weitergehen. Ich werde dich schon so genug vermissen, du Riesentölpel – da kann ich nicht auch noch zulassen, dass du mir Mehrfachorgasmen verschaffst.«

»Ah«, erwidert er und grinst in einer Weise, die mir verrät, dass er mich vom Haken lässt – zumindest vorläufig –, auch wenn er mir vielleicht nicht zustimmt. »Dann *hast* du also doch schon von meinen göttlichen Qualitäten gehört …«

# 28. KAPITEL

Wir sitzen im Café und essen noch einmal gemeinsam zu Mittag, bevor Barbara und Ron wieder zurück nach Bristol fahren. Da die Jugend in der Schule ist, besteht die Runde ausschließlich aus Erwachsenen. Das Café ist normalerweise montags geschlossen und hat heute nur ausnahmsweise geöffnet, um die beiden zu verabschieden.

Laura hat für uns eine Shepherd's Pie gemacht, und wir reden über Belangloses, während wir essen und der Zeitpunkt des Abschieds sich endlich nähert. Der Zeitpunkt der Gnade. Der Zeitpunkt der Glückseligkeit. Der Zeitpunkt, wo ich ihnen nachwinke und einen Riesenseufzer der Erleichterung ausstoße.

»Dieser Shepherd's Pie ist fast genauso gut wie deiner, Barbara«, sage ich, um den Besuch mit freundlichen Worten zu beschließen. In Wahrheit ist Lauras Pastete sehr viel besser – doch es wäre undiplomatisch, das zu sagen. Barbara hat mir früher oft nur widerwillig etwas von ihrem Shepherd's Pie angeboten. Doch wenn, war es nicht selten meine einzige Mahlzeit an diesem Tag – auf jeden Fall als ich noch bei meinen Eltern wohnte.

»Ich erinnere mich noch, wie du sie immer verschlungen hast«, erwidert sie und kneift die Augen leicht zusammen, als sie daran zurückdenkt. »Du warst eine kleine, hungrige Zigeunerin ohne die geringsten Tischmanieren.«

Ich bemerke Lauras Miene, als sie Barbaras Worte hört, und sehe, wie ihre Nasenflügel sich wütend aufblähen. Sie kann sich gerade noch so beherrschen. Hätte ich vor Lauras Haustür gestanden, wäre ich bestimmt anders aufgenommen worden als damals im Haus von Kates Eltern. Wahrscheinlich hätte Laura mich sofort adoptiert. Ich schüttele leicht den Kopf, um ihr zu verstehen zu geben, dass sie sich zurückhalten soll – wir haben es fast geschafft, und es wäre doch schade, wenn wir unsere gute Arbeit in den letzten Minuten noch zunichtemachen würden.

Stattdessen läuft sie hastig in die Küche, murmelt etwas vor sich hin und wringt ihre Hände um ein Küchenhandtuch. Wahrscheinlich stellt sie sich vor, es wäre Barbaras Hals, wer weiß?

Cal sieht gleichermaßen verärgert aus. Doch man muss ihn schon ziemlich gut kennen, um die Zeichen zu deuten. Das Lächeln in seinen Augen ist verschwunden, und er hat eine Hand zur Faust geballt, die auf seinen Oberschenkel klopft. Es tut gut, diesen Trupp an meiner Seite zu wissen – sie sind es, die mir die Kraft geben, Barbaras schnippische Äußerungen einfach zu übergehen.

»Ich weiß«, sage ich und stopfe mir ein Stück Brot in den Mund. »Und daran hat sich immer noch nicht viel geändert.«

Die letzten Worte sind verzerrt, da ich mit vollem Mund spreche. Vielleicht verschlucke ich mich auch deshalb und spucke überall Brotkrumen hin, doch ihre entsetzte Reaktion ist es wert.

Ron sieht mich und seine Frau abwechselnd an und kommt zu dem Schluss, dass wohl der Augenblick gekommen ist, einen Blick auf seine Uhr zu werfen. Ich kann es ihm nicht verdenken.

»Komm, Barbara!«, sagt er und steht auf. »Wir sollten besser fahren – wir wollen doch nicht in den Berufsverkehr geraten, oder?«

Da es erst ein Uhr ist, scheint das ziemlich unwahrscheinlich – doch ich bin ihm dankbar für den Themenwechsel. Wir stehen auf. Stühle scharren, Schüsseln klirren, und alle verabschieden sich von den beiden. Cherie, normalerweise immer die Erste, Umarmungen auszuteilen, sobald sich ein Anlass dazu bietet, hält sich zurück und schüttelt Ron und Barbara stattdessen die Hände. Frank wünscht ihnen höflich eine gute Reise, und Cal sagt einfach nur: »Schön, euch kennengelernt zu haben.« Ich kann förmlich sehen, wie seine Nase wächst – Pinocchio lässt grüßen.

»Danke für eure Gastfreundschaft«, sagt Barbara – womit sie sich etwas rehabilitiert, »und bitte grüßt die anderen von mir. Ich bin mir sicher, dass wir bald wiederkommen.«

Ich begleite die beiden den kurvenreichen Weg hinunter zum Parkplatz. Es ist wieder so ein glasklarer Tag, eine sanfte Brise weht, und das strahlende Sonnenlicht schimmert auf der Bucht. Es ist so unfassbar schön hier, und ich schwöre mir, dass ich mir das von niemandem verderben lassen werde – ich weigere mich, diesen Ort mit etwas anderem zu verbinden als mit positiven Gefühlen.

Wir erreichen den Skoda, und Ron schließt den Wagen auf. Er druckst herum und setzt ein ehrlich wirkendes Lächeln auf. »Es war wirklich schön, dich und Martha zu sehen. Hier ist es bezaubernd«, sagt er schließlich.

Ron ist in Ordnung. Es mangelt ihm zwar an Rückgrat, aber er ist in Ordnung.

Er steigt in den Wagen und lässt den Motor an. Jetzt druckst Barbara herum. Ihre Betonfrisur und ihre Kleider sitzen wie immer perfekt. Sie ist auch wie immer perfekt geschminkt. Eigentlich könnte sie ihren Lebensunterhalt auch als Imitatorin von Margaret Thatcher bestreiten, obwohl ich mir nicht so sicher bin, inwieweit da noch Nachfrage besteht. Lediglich ihr Gesichtsausdruck ist nicht ganz so perfekt – ich erkenne Unsicherheit, was eindeutig keines der Gefühle ist, die ich mit dieser besonderen Eisernen Lady in Verbindung bringe.

Ich sehe sie an und frage mich, worauf sie wartet – bestimmt ist sie genauso erpicht darauf, von mir wegzukommen wie ich von ihr. Sie blickt nervös. Unsicher. Als würde sie über etwas völlig Verrücktes nachdenken.

Was sich auch bewahrheitet.

»Es tut mir leid, Zoe«, sagt sie. Ich bin ein paar Augenblicke derart verwirrt, dass ich nicht einmal antworten kann, sondern nur mit offenem Mund und wehendem Haar dastehe.

»Was tut dir leid?«, frage ich schließlich.

»Alles. Die Äußerung vorhin über deine Tischmanieren. Dass … dass ich dir nicht in der Weise geholfen habe, wie ich das hätte tun müssen. Damals, als du noch ein Kind warst. Doch ich war einfach … es fällt mir schwer, das zu sagen, aber ich habe mich ein bisschen vor dir gefürchtet. Du warst wild, du warst unberechenbar, und du warst eigensinnig – all das, wovor ich Kate schützen wollte. Aber du warst noch ein Kind. Ein Kind in Not, um ehrlich zu sein, sosehr ich mich auch bemüht habe, das mir gegenüber immer wieder abzustreiten. Kate hat das deutlicher erkannt als ich. Jetzt bist du hier und kümmerst dich um Kates Kind. Und das machst du gut. Besser, als wir es könnten. Wir lieben Martha genauso, wie wir Kate geliebt haben – doch wir verstehen sie nicht, so wie du sie verstehst. Sie braucht dich. Deshalb … danke.«

Barbaras Augen haben sich mit Tränen gefüllt, was mich völlig fassungslos macht. Ich weiß nicht, ob es daran liegt, dass sie sich schuldig fühlt, oder daran, dass sie ihre Grundregel gebrochen und Schwäche zugelassen hat, oder einfach nur daran, dass sie ihre Tochter vermisst.

Ich weiß es nicht, doch ich will auf keinen Fall, dass sie diese Tränen vergießt. Denn das wäre eins dieser großen, prophetischen Zeichen, das auf den Untergang der Welt hindeutet. Es wäre so etwas, das die Mayas vorausgesagt hätten. So etwas, was einfach nicht passieren darf, um unser aller willen.

Ich greife nach ihrem Arm, ohne zu wissen, was ich damit machen soll. Wir stehen verlegen da, die Arme halb umeinandergeschlungen. Der Körperkontakt ist uns beiden unangenehm, doch vielleicht ist diese gemeinsame Geste notwendig. Wir lösen uns schließlich aus der entsetzlichen herumtänzelnden Bewegung, und Barbara wischt sich die Tränen mit einem Finger unauffällig weg. Puh!

Ich weiß, dass ich etwas sagen muss. Etwas Kluges. Etwas Verständnisvolles. Etwas Geistreiches. Etwas Bedeutsames. Aber mir fällt leider nichts ein.

»Ist schon in Ordnung«, sage ich, als die Stille ein beklemmendes Maß erreicht. »Du hast dich zwar nicht vorbildlich verhalten, aber ich weiß, dass du nicht aus deiner Haut herauskonntest. Du hast dieser Welt Kate geschenkt, und Kate hat dieser Welt Martha geschenkt, also muss ich dir genauso danken. Wir sind beide älter und klüger geworden, oder? Lass uns einfach … noch mal von vorn beginnen oder zumindest versuchen, beide unser Bestes zu geben.«

Sie nickt kurz, offensichtlich ist sie genauso verlegen und

überfordert wie ich. Wir haben so lange miteinander Katz und Maus gespielt, dass wir nicht wissen, wie wir es anders machen sollen.

»Ja. Dann machen wir uns jetzt wohl besser mal auf den Weg …«

Sie steigt in das Auto ein, ohne sich noch einmal umzudrehen. Ron wirft ihr einen besorgten Blick zu, streckt eine behandschuhte Hand aus, klopft sanft auf ihr Knie und fährt los. Er hupt, beide winken mir noch einmal durchs Fenster zu, dann sind sie verschwunden.

Ich starre ihnen einen Augenblick hinterher, ehe ich wieder – äußerst langsam – den Berg hinauf zum Café gehe. Ich brauche nach diesem unerwarteten, ehrlichen Gespräch mit Barbara ein paar Minuten, um mich zu sammeln. Eigentlich sollte ich mich darüber freuen – doch seltsamerweise verspüre ich nur Unsicherheit. Es ist, als hätte sich gerade vor meinen Augen etwas verwandelt, das ich schon seit Langem kenne und verstehe, und eine neue, verwirrende Form angenommen.

Die Böse Barbara weiß ich zu handhaben – aber wie zum Teufel gehe ich mit der Guten Barbara um? Ich kann nur hoffen, dass sie auf der Fahrt nach Hause einen erneuten Sinneswandel durchmacht und mir eine gemeine SMS schickt, damit ich mich wieder beruhige.

Ich öffne die Tür zum Café und blicke in die besorgten Gesichter von Cherie, Frank, Laura und Cal.

»Ist sie weg?«, fragt Cherie.

Ich nicke, woraufhin Laura durch den Gastraum zu tanzen beginnt und dabei »Ding, dong, die Hex ist tot« aus dem Zauberer von Oz singt.

Cal blickt mich nur an, tritt zu mir und nimmt mich in die Arme. Er spürt offenbar, dass etwas nicht stimmt. Er ist groß, kräftig und riecht gut, und ich brauche dringend eine Umarmung. Also bleibe ich ein paar Augenblicke in diesen Armen, während er über mein Haar streicht und mich beruhigt. Ich bin es überhaupt nicht gewohnt, dass sich jemand um mich sorgt, und es fühlt sich gut an.

»War sie dir gegenüber zickig?«, flüstert er mir ins Ohr.

»Nein«, antworte ich. »Viel schlimmer. Sie war nett zu mir.«

»Du bist verrückt, weißt du das?«

»Ja, weiß ich … und danke.«

Er lässt mich los, und ich verspüre plötzlich einen Energieschub. Ich habe das Gefühl, als hätte ich die vergangenen Tage die Luft angehalten und könnte endlich wieder frei atmen.

»Ich muss irgendwas tun, das mir Spaß macht!«, verkünde ich in die Runde.

»Willst du mit mir zusammen Bananenmuffins backen?«, fragt Laura und sieht mich hoffnungsvoll an.

»Auf der Farm müsste der Schweinestall ausgemistet werden …«, fügt Frank hinzu.

»Willst du vielleicht draußen sitzen, Musik hören und dich betrinken?«, fragt Cherie und klatscht in die Hände.

Cal zieht die Augenbrauen hoch und grinst. »Göttliche Qualitäten …«, murmelt er nur.

Wow, wir haben wohl alle unsere eigenen Vorstellungen davon, was nett ist. Einschließlich meiner Person.

»Nein … ich danke euch allen, aber ich habe was anderes im Sinn. Cherie, würde es dir was ausmachen, wenn ich die Taschenbücher neu ordne? Diese Bücherregale machen mich wahnsinnig, seitdem ich hier bin!«

Sie bricht in Gelächter aus und nickt.

»Tob dich aus, meine Liebe! Du kannst sie nach Herzenslust in eine alphabetische Ordnung bringen!

# 29. KAPITEL

Ich stelle in der zweiten Dezemberwoche fest, dass irgendwas mit Martha nicht stimmt. Nichts Gravierendes, aber irgendwas ist es.

Eigentlich sind es nur kleine Dinge. Sie fährt mit dem Fahrrad zur Schule statt mit dem Bus, was seltsam ist, da es draußen eisig ist und jeden Tag schneien kann. Sie behauptet, dass sie fitter werden will, und radelt jeden Morgen los, mit klappernden Zähnen, eingepackt wie ein Eskimo, während ihr Fahrrad Spuren auf dem reifbedeckten Kiesweg hinterlässt.

Sie kommt später als üblich nach Hause und wirkt erschöpft und heiter zugleich. Wenn ich sie frage, wo sie war, bekomme ich zur Antwort, dass sie Hausaufgaben gemacht, an einer Arbeitsgemeinschaft teilgenommen oder Weihnachtseinkäufe erledigt hat. Alles keine völlig abwegigen Erklärungen, aber sie klingen auch nicht unbedingt wahr.

Ich stelle ebenfalls fest, dass sie sehr viel mehr isst als vorher – zumindest scheint es mir so. Sie macht sich zusätzliche Sandwichs, nimmt haufenweise Chipstüten mit auf ihr Zimmer und packt Massen von Äpfeln und Birnen in Tragetüten, wenn sie das Haus verlässt. Mich erfasst kurzzeitig Panik, dass sie schwanger sein könnte, was dazu führt, dass ich in einer äußerst würdelosen Weise in ihrer Privatsphäre herumschnüffele. Ich überprüfe ihr Badezimmer auf Tampons und Schwangerschaftstests. Erstere entdecke ich, Letztere glücklicherweise nicht. Also hoffe ich das Beste.

Alles ist derart eigenartig, und die Veränderungen sind so minimal, dass ich schon fast glaube überzuschnappen. Teenager brauchen ihre Geheimnisse, und wahrscheinlich mache ich mir einfach nur zu viele Sorgen.

Ich schneide das Thema auf einem meiner Strandspaziergänge mit Cal und Midgebo an, und er überlegt lange, ehe er antwortet.

»Als sie neulich hier war, habe ich anschließend festgestellt, dass mein Biervorrat geschmolzen war. Ich weiß, dass du dir in Bristol wegen ihrer Trinkgewohnheiten Sorgen gemacht hast, aber mir ist in der Hinsicht nichts aufgefallen, dir?«

Ich überlege und schüttele den Kopf. Meine Pudelmütze wackelt dabei. Es ist eiskalt draußen – ich habe die Mütze tief ins Gesicht gezogen und den Schal um das Kinn geschlungen, sodass nur noch meine Nase herausschaut und von der kalten Luft umweht wird.

»Nein, nichts«, antworte ich. »Und ich bin, was das betrifft, ziemlich wachsam. Ich kenne die Anzeichen so gut, dass meine Alarmglocken sofort losschrillen würden. Ich habe sie nicht einmal rauchen sehen. Deshalb bin ich ja so beunruhigt – vielleicht hat sie es irgendwie geschafft, Anschluss zu der Jugendgang von Budbury zu finden, und ist in das gleiche Fahrwasser geraten, in dem sie schon einmal war. Drehe ich gerade durch?«

Er lacht, legt einen Arm um meine Schulter und zieht mich an sich, während wir über den feuchten Sand gehen. Neben unseren Fußstapfen verlaufen Midgebos tänzelnde Pfotenabdrücke.

»Die Antwort auf diese Frage lautet normalerweise: ja. Doch in diesem Fall würde ich sagen, dass du deinen Instinkten vertrauen solltest. Du kennst sie besser als sonst jemand, und wenn dein Bauchgefühl dir sagt, dass was nicht stimmt, dann stimmt auch wahrscheinlich was nicht. Hast du Laura schon gefragt? Oder mit der Schule gesprochen?«

Das sind beides sehr sinnvolle Vorschläge, und seltsamerweise habe ich tatsächlich schon beides gemacht.

»Ja. Und Laura hat für mich mit Lizzie gesprochen. Sie hat vorsichtig nachgehakt und so viel herausbekommen, dass was im Gange ist. Doch dann hat Lizzie sich auf den Teen-Code berufen und dichtgemacht. Laura glaubt allerdings, dass Lizzie mit der Sprache herausgerückt wäre, wenn es sich um was Lebensbedrohliches handeln würde – doch Teenager können schon mal seltsam sein, was das angeht. Deshalb bin ich nicht vollständig beruhigt.«

»Ich habe auch mit ihrer Vertrauenslehrerin gesprochen. Sie hat gemeint, dass so weit alles in Ordnung sei – Lizzie bliebe lediglich in letzter Zeit in ihren Freistunden nicht in der Schule und nehme nachmittags auch an keinen AGs mehr teil. Also hat sie in der Hinsicht geflunkert.«

Wir bleiben stehen und betrachten amüsiert, wie Midgebo – ein großer, ausgewachsener schwarzer Labrador – von einem Chihuahua besprungen wird, der ein schottengemustertes Mäntelchen trägt. Midge scheint das etwas zu verwirren, was verständlich ist.

»Ja«, sagt Cal, nachdem er unser Hündchen gerettet hat und

wir weiterspazieren. »Das klingt, als hättest du alles getan, was du tun kannst. Außer einem natürlich.«

»Und das wäre?«

»Das Schwierigste überhaupt. Ich glaube, wir müssen mit Martha reden.«

# 30. KAPITEL

Das stellt sich natürlich als sehr viel schwieriger dar, als es klingt. Martha ist ein intelligentes Mädchen, und wenn sie will, kann sie sich winden wie ein Aal. Hinzu kommt, dass ich im Ersatz-Muttersein nicht die größte Expertin bin und wahrscheinlich mit der Raffinesse eines Bulldozers vorgehe.

»Du würdest mir doch erzählen, wenn du in irgendwelchen Schwierigkeiten steckst, oder?«, sage ich am nächsten Morgen zu ihr und sehe sie über die Schachtel Cornflakes hinweg an.

»In Schwierigkeiten? Was meinst du damit?«, antwortet sie und blinzelt mich misstrauisch an. »Was denkt du, was ich im Schilde führe?«

»Tja, genau das ist es – ich weiß es nicht. Doch meine feinen Antennen nehmen da etwas wahr, und ich muss wissen, ob alles mit dir in Ordnung ist.«

Sie schiebt sich einen Riesenlöffel Cornflakes in den Mund. Ich erkenne ihre Taktik – sie will Zeit schinden, um sich eine Antwort zurechtzulegen, mit der ich mich zufriedengebe und sie in Ruhe lasse.

»Ich stecke in keinen Schwierigkeiten. Ich strenge mich an in der Schule. Ich rauche nicht, ich trinke nicht, ich nehme kein Crystal Meth, und ich bekomm auch kein uneheliches Kind von Eminem. Genau genommen, bin ich ein Vorzeigebürger – also entspann dich, SS Gruppenführer, okay?«

Ich finde ihren Nazivergleich etwas übertrieben – was eigentlich nur meinen Verdacht bestätigt, dass sie mir etwas verheimlicht. Martha legt das typische Teenagerverhalten an den Tag: in die Offensive gehen, um nicht defensiv zu wirken.

Sie trinkt die Milch in ihrer Schüssel aus, macht mir gegenüber einen Hitlergruß und geht im Stechschritt in den Flur, wo sie in ihre siebzehn Lagen Kleider schlüpft, um mit dem Fahrrad zur Schule zu fahren. Ich spähe kurz in ihren Rucksack hinein, den sie auf dem Boden neben dem Tisch liegen gelassen hat, und entdecke drei Flaschen Wasser und mehrere Tüten Knabberzeug. Kein Crystal Meth oder ein Liebespfand von Eminem.

Als sie das Haus verlassen hat, denke ich über alles nach, was sie gesagt hat, und frage mich, ob ich überreagiere. Ob ich hysterisch bin. Ob ich versuche, Probleme zu schaffen, wo gar keine sind. Das, zusammen mit der Durchsuchung ihres Zimmers, die eigentlich nicht legitim ist, und einer willkürlichen Internetrecherche zum Begriff »Teenagergeheimnisse« und der Frage »Was mache ich, wenn mein jugendliches Kind mich als ›Nazi‹ beschimpft?«, nimmt sehr viel Zeit meines Tages in Anspruch.

Irgendwann sitze ich auf der Couch und betrachte verzweifelt das gerahmte Foto von Kate.

»Was mache ich denn jetzt?«, frage ich. Glücklicherweise antwortet Kate nicht – doch mir geht ein Licht auf. Es gibt noch jemanden, den ich um Rat fragen kann. Eine andere Mutter, und ich beschließe, zu Laura zu gehen. Ich bin derart verwirrt, dass ich vergesse, Socken anzuziehen. Nach ungefähr drei Schritten wird mir klar, dass nackte Füße und Crocs keine geeignete Fußbekleidung für den Winter sind.

Ich zittere und bin wahrscheinlich blau angelaufen, als ich bei ihr ankomme und sie mir die Tür öffnet. Midgebo ist ihr dicht auf den Fersen, nur für den Fall, dass jemand mit Speck vor der Tür steht. Die Geräusche chaotischen häuslichen Lebens durchdringen das Cottage. Ich höre Nate mit der X-Box spielen. Laut. Ballernd. Lizzie ist offensichtlich oben, denn die zarten Klänge und ausgefeilten Melodien von Thrash Metal hallen die Treppe herunter.

»Komm rein, komm rein … du wirst dir noch den Tod holen!«, ruft sie und führt mich in die Diele.

»Die Redensart fand ich schon immer seltsam, du nicht auch?«, erwidere ich und bin dankbar für die Wärme, die mich sofort einhüllt. »Als ich klein war, habe ich einen Lehrer gehabt, der das ständig gesagt hat, sodass ich irgendwann wirklich geglaubt habe, dass der Tod eine ansteckende Krankheit ist …«

»Stimmt. Das ist wirklich seltsam. Jetzt, wo ich darüber nachdenke«, antwortet Laura und geht schnurstracks in die Küche, um Wasser aufzusetzen. Wie immer hängt der köstliche Duft von Backwaren in der Luft. Als mein Magen zu knurren beginnt, fällt mir ein, dass ich den ganzen Tag noch nichts gegessen habe.

Laura hört das Knurren ebenfalls – eventuell vorbeifliegende russische Satelliten wahrscheinlich auch – und mustert mich.

»Hmm. Du siehst beschissen aus.«

»Danke.«

»Setz dich ins Wohnzimmer … ich bringe dir gleich was zu essen und zu trinken.«

Ich befolge ihre Anweisung und nehme an dem großen, verschrammten und verkratzten Esstisch aus Eiche Platz. Zeitschriften, Kochbücher, Autoschlüssel und der sonstige Krimskrams modernen Familienlebens liegen darauf. Nate begrüßt mich, indem er mir vom anderen Ende des Raums aus kurz zuwinkt. Dann widmet er sich wieder seinem Spiel.

Laura sitzt innerhalb weniger Minuten mir gegenüber, eingehüllt in einen grellrosa Fleecepullover, der meiner Netzhaut wehtut. Ein Becher Kaffee und ein Käsetoast stehen vor mir. Aaah, Käsetoast – so perfekt in seiner gelben Einfachheit.

Sie lehnt es ab, mit mir zu sprechen, solange ich noch keinen Bissen zu mir genommen habe, was in ungefähr sieben Sekunden erledigt ist. Danach fühle ich mich um Klassen besser, und ich schimpfe mich selbst dafür aus, dass ich ein solcher Trottel bin.

»Du musst auf dich achtgeben«, sagt sie mit besorgter Stimme. »Ich weiß, das ist nicht einfach, wenn man schon genug damit zu tun hat, sich um jemand anderen zu kümmern. Aber du hast nicht genug auf den Rippen, um Mahlzeiten ausfallen zu lassen. Ich könnte das ein, zwei Monate locker wegstecken, aber du nicht. Also … was ist los?«

»Es geht um Martha«, antworte ich und klemme mein Haar hinter die Ohren, um Toast Nummer zwei in Angriff zu nehmen.

»Okay, das hätte ich mir denken können. Machst du dir wirklich Sorgen um sie?«

»Ja! Mach ich … aber ich bin mir nicht sicher, ob ich einfach nur durchdrehe. Ich kann nämlich nicht einmal genau sagen, was es ist. Denn ein gesunder Appetit, Fahrrad fahren und das Bedürfnis, allein zu sein, sind nun mal keine Verbrechen, oder? Ich habe nur das Gefühl, als würde mehr dahinterstecken, und ich … ich bin einfach mit meinem Latein am Ende. Ich gebe mir alle Mühe, aber ich bin nicht ihre Mutter. Bestimmt mache ich alles falsch …«

Ich bin aufgewühlt und den Tränen nahe, während ich mir den Kummer von der Seele rede. Laura tätschelt meine Hand und lächelt sanft.

»Das ist schon in Ordnung. So geht's uns allen. Das ist eins der Geheimnisse des Mutterseins – keine von uns weiß, was sie macht, egal wie viel Übung wir haben. Jedes Kind ist anders, und ständig verändern sie sich – wenn man denkt, man wäre endlich dahintergestiegen, wie sie ticken, entwickeln sie sich völlig anders, und man kann wieder von vorn beginnen. Das ist ganz normal. Aber wenn du dir sicher bist, dass mehr dahintersteckt, musst du auf dein Bauchgefühl hören.«

»Das hat Cal auch gemeint«, murmele ich, blicke zu Nate auf dem Sofa hinüber und frage mich, ob er zuhört.

»Cal ist offensichtlich ein kluger Mensch. Und was Nate betrifft, musst du dir keine Gedanken machen. Er ist gerade dabei, in einem fiktiven Sonnensystem einen Planeten voller Sklaven zu befreien und nicht im Geringsten an dem Gewäsch zweier langweiliger alter Weiber interessiert.«

Sie hat recht. Man erkennt es an seiner Körperhaltung. Vornübergebeugt, gebannter Blick auf den Bildschirm, zuckende Gliedmaßen beim Schießen.

»Also, was können wir machen?«, fragt sie, schaut in die Ferne und wickelt eine grüne Haarsträhne um ihren Finger, während sie über die Möglichkeiten nachdenkt.

»Hast du schon mit Martha gesprochen? Das scheint zwar

das Naheliegendste zu sein, aber manchmal vergessen wir diesen Schritt.«

»Ja, habe ich. Heute Morgen. Sie hat mich einen Nazi genannt und mit einem Hitlergruß verabschiedet.«

»Ah. Nett. Und hast du eine Ahnung, wohin sie nach der Schule verschwindet?«

»Nein, nicht die geringste. Sie ist in keiner AG, das habe ich schon überprüft. Und sie fährt auch nicht mehr im Schulbus mit. Ich weiß, dass ich nicht weiter nachbohren und ihr ihre Privatsphäre lassen sollte, aber …«

»Aber das ist manchmal einfach unmöglich, nicht?«, sagt Laura und schaut hoch, als könnte sie Lizzie durch die Decke sehen. »Weil man sie liebt und beschützen will. Hör mal, ich habe da eine Idee … bist du auf Snapchat?«

Ich blinzele und versuche vergeblich, mich daran zu erinnern, was das ist.

»Nein, ich kann ja kaum mit einem normalen Chatprogramm umgehen.«

»Das ist auch bloß eins dieser zahllosen Kommunikationsmittel der heutigen Jugend. Snapchat hat eine Funktion, mit der alle sehen können, wo der andere ist – wie eine virtuelle Landkarte, auf der die Standorte durch Icons angezeigt werden. Lizzie ist in der Hinsicht zu gerissen. Sie weiß, dass ich die App kenne, und hat den sogenannten Geistmodus eingestellt, wodurch sie unsichtbar ist. Für den Fall, dass sie mal bei Josh ist, mir aber erzählt hat, sie sei in der Schule. Keine große Sache – wie du schon gesagt hast, manchmal muss man ihnen ihre Privatsphäre lassen.

Doch wenn Martha Snapchat hat und sie weiß, dass du nicht auf Zack bist, was die sozialen Medien angeht, hat sie die Funktion vielleicht nicht ausgeschaltet. Dann könnten wir sie aufspüren beziehungsweise ihr Handy orten, wenn sie ein Android-Handy hat … nur bräuchten wir dafür die Details ihres Google-Kontos …«

Ich sehe Laura mittlerweile mit großen, erstaunten Augen an. Sie spricht nicht nur in einer Fremdsprache, sie scheint sie auch noch fließend zu beherrschen.

Sie bemerkt meine Verwirrung und lacht.

»Man muss mit der Zeit gehen, Zoe! Du willst doch keine dieser Omas sein, die nicht einmal verstehen, wie TiVo funktioniert, oder?«

Ich erwidere darauf nichts. Die bin ich schon längst. Wie das System funktioniert, habe ich nie verstanden.

»Okay«, sage ich, nachdem ich über alles nachgedacht habe. »Es könnte klappen. Aber ich bin definitiv kein Snapchat-User, was immer das auch ist. Was bringt uns das also?«

Sie tippt sich mit dem Finger an ihre Nase, wie eine Superspionin, die mir ein Zeichen gibt. Dann geht sie auf leisen Sohlen in den Flur. Ich höre es rascheln. »Lizzie?«, ruft sie die Treppe hinauf. »Bist du noch unter der Dusche? Wann willst du zu Abend essen?«

Sie horcht. Als sie keine Antwort bekommt, eilt sie zurück ins Wohnzimmer und grinst über beide Ohren. Sie wedelt mit einem iPhone herum, legt einen Finger auf ihren Mund und zeigt mit dem anderen auf Nate. Ah. Das ist eine geheime Mission. Botschaft empfangen und verstanden.

Sie setzt sich wieder hin und wischt über das Display. Das Handy erwacht zum Leben.

»Sie hat nicht geantwortet, was bedeutet, dass sie noch immer unter der Dusche ist«, flüstert sie. Ihr Kopf ist nach vorn gebeugt, und ihre Finger fliegen über das Display.

»Lizzie hat Snapchat immer eingeschaltet, falls was Außergewöhnliches passiert … die ganzen Jugendlichen leiden alle unter der gleichen schlimmen Krankheit, FOMO …«

Ich frage nicht nach, was das bedeutet, aber sie erklärt es mir auch so. »Fear of Missing Out – Angst, was zu verpassen. Ah ja, gefunden … Benutzername MarthaMoo. Das muss sie sein. Dann lass uns mal sehen … ja. Hier ist sie. Ich habe sie gefunden.«

Sie starrt auf das Display und runzelt die Stirn. Mich erfasst kurz Panik. Was sieht sie da auf der Karte? Ist Martha etwa weggelaufen? Ist sie zurück in Bristol? Lebt sie in einem Pappkarton unter einem Torbogen in London?

»Was ist?«, frage ich und flüstere, aber laut. »Was ist los? Wo ist sie? Es ist schlimm, oder? Ist sie mit Eminem in einem Sex-Kerker?«

Diese Bemerkung bringt Laura für einen kurzen Augenblick aus der Fassung. Verständlich. Das ist selbst für Budbury-Maßstäbe verrückt.

»Ähm, nein … außer Eminem hat sich entschieden, seinen Sex-Kerker hier in Dorset einzurichten. Sie ist unten am Strand, bei dem alten Bootshaus. Schau mal!«

Sie reicht mir das Handy. Ich betrachte das Display und erkenne eine hellbunte Karte mit verschiedenen bebilderten Figuren. Ich sehe Josh – eine riesige braune Beanie-Mütze – im Cider Cave, Nate – ein blonder Wuschelkopf – genau da, wo er gerade ist, und MarthaMoo. MarthaMoo hat kohlrabenschwarzes Haar, das wie ein aufgestülpter Helm aussieht und an Lego Batman erinnert. Ich betrachte die Stelle, an der sich ihr Icon befindet, und weiß genau, wo das ist.

Ich gebe Laura das Handy zurück und stehe auf.

»Okay. Danke. Ich hoffe, du bekommst von Lizzie keine

aufs Dach – ich habe ein schlechtes Gewissen, dass du wegen mir hinter ihrem Rücken herumgeschnüffelt hast.«

»Mach dir darüber mal keine Gedanken!«, erwidert Laura und begleitet mich zur Tür. »Manchmal muss man als Mutter einfach das machen, was man machen muss – sie können einen nicht immer mögen, oder? Deshalb sind wir Mütter und keine Freundinnen. Außerdem wird sie es hoffentlich nie erfahren … viel Glück! Gib mir Bescheid, wie's gelaufen ist. Ich bin mir sicher, dass alles gut wird.«

Sie steckt das Handy unauffällig in Lizzies Tasche zurück, und ich winke ihr zum Abschied zu.

Ich gehe auf direktem Weg nach Hause, um mir Socken, anständiges Schuhwerk und eine dicke Jacke anzuziehen. Danach mache ich mich auf die Suche nach Cal. Und dann begeben wir uns gemeinsam auf unsere Mission Impossible.

# 31. KAPITEL

»Also«, sagt er, als wir den Strand entlangstapfen, »wie willst du vorgehen? Wir sollten einen Plan haben.«

Da hat er recht – natürlich hat er recht. Dumm ist nur, dass mir keiner einfällt. Wir sind direkt zum Strand gefahren, als ich ihm erzählt habe, was Laura und ich herausgefunden haben, und jetzt sind wir fast da. Es ist bald fünf. Ein unheilvolles Dunkelgrau überzieht den Himmel. Der Strand ist menschenleer, und der Wind fegt vom Meer her über das Land. Ich habe meine Handschuhe vergessen. Meine Finger sind derartig taub, dass ich nicht einmal spüren würde, wenn ich sie von einer vorbeikommenden Guillotine abgehackt bekäme.

»Ich weiß. Doch im Moment besteht mein Plan nur daraus, zu diesem Bootshaus zu marschieren und in *Matrix*-Manier dort einzudringen.«

Er denkt darüber nach. Mein Vorschlag scheint ihn zu amüsieren.

»Was ist?«, frage ich. »Worüber grinst du?«

»Ich stelle mir gerade vor, wie du in einem langen Ledermantel an Wänden entlangläufst und dich drehst und wendest, um Kugeln auszuweichen.«

Okay. Das ist schon eine komische Vorstellung. Hoffentlich erwarten uns keine Kugeln, aber wer weiß das schon?

»Wir könnten so tun, als kämen wir zufällig vorbei …«, antworte ich.

»Zufällig vorbei? An dem alten Bootshaus? Wieso sollten wir da zufällig vorbeikommen?«

»Ich weiß nicht – weil wir begeisterte Bootsliebhaber sind? Weil uns kalt ist? Weil wir einen geheimen Ort zum Reden brauchen?«

Er schneidet eine Grimasse, und mir ist klar, dass ich Unsinn rede. Doch das hat mich noch nie von etwas abgehalten, also stapfe ich weiter.

»Wir könnten behaupten, dass wir Licht gesehen haben und nachsehen wollten. Oder … oh verdammt, wir hätten Midgebo mitnehmen sollen! Dann hätten wir es auf ihn schieben können …«

Ich muss nicht weiter über eine Ausrede nachgrübeln, denn wir haben das Bootshaus fast erreicht – und ich sehe, wie Martha aus der Tür schlüpft. Es gibt zwei große Flügeltüren, um Boote passieren zu lassen – als das Bootshaus noch in Betrieb war –, und eine kleinere Tür, die in eine der Flügeltüren eingelassen ist, damit Menschen einfacher hinein- und hinausgehen können.

Martha ist, wie immer, von Kopf bis Fuß schwarz gekleidet und wirkt in dem dunkler werdenden Licht wie ein gespenstischer Schatten. Doch sie ist es eindeutig. Sie pustet sich in die Hände, während sie zu ihrem Fahrrad geht, das seitlich am Bootshaus lehnt.

Laut Laura wird das Gebäude seit Jahren nicht mehr benutzt, was an der abblätternden Farbe und der leicht geisterhaften Atmosphäre erkennbar ist. Es wäre ein großartiger

Ort für eine Halloweenparty, und ich bin erstaunt, dass Cherie noch nicht auf die Idee gekommen ist.

Ich erhöhe mein Tempo, als Martha das Fahrrad über den nassen, festen Sand zu schieben beginnt – im Sommer, wenn er locker und pulverartig ist, wäre das nicht möglich. Sie will zurück zum Dorf – genau in unsere Richtung, hat uns allerdings noch nicht bemerkt.

Sie hat die Kopfhörer eingestöpselt und hört Musik. Sie lebt in dieser völlig abgekapselten Welt, in die Teenager sich so leicht zurückziehen können. In Bristol laufen die jungen Leute überall so herum – völlig der Wirklichkeit entrückt, überqueren sie belebte Straßen, entgehen nur knapp einem Unfalltod und bekommen nicht einmal mit, dass sie angehupt werden. Das Überleben der Menschheit grenzt an ein Wunder.

Während ich mich halb gehend, halb laufend auf sie zubewege, scheint das für Cal nicht mehr als ein gemütlicher Spaziergang zu sein. Als unsere Wege sich schließlich kreuzen, hat sie uns immer noch nicht bemerkt. Wir sind beide eingepackt wie Mumien, und sie achtet nicht auf ihre Umgebung, sodass sie uns tatsächlich erst sieht, als ich mich ihr in den Weg stelle.

Ich stelle mich vor ihr Fahrrad, die Hände in die Hüften gestemmt, und bemühe mich vergebens, eine bissige Bemerkung loszulassen. Als sie uns entsetzt erkennt, kommt es zu diesem einen kurzen, äußerst merkwürdigen Moment. Sie starrt erst mich und dann Cal an. Dann wandert ihr Blick zurück zum Bootshaus, nur wenige Sekunden – doch dieser Blick ist da. Und er verrät, was sie denkt: »Oh Mist, ertappt.«

»Was macht ihr denn hier?«, fragt sie schließlich, zieht die Kopfhörer heraus und hebt die Stimme, damit sie über den pfeifenden Wind hinweg verstanden wird. Sie hat sich wieder gut in den Griff bekommen, und ich bin fast stolz auf sie.

»Wir haben nach dir gesucht«, antworte ich. So viel zu dem Plan, dass wir »zufällig vorbeigekommen« sind.

»Tja, jetzt habt ihr mich gefunden … hört mal, ich friere mir gerade den Hintern ab. Ich radele nach Hause, okay?«, sagt sie und umfasst den Fahrradlenker, um sich davonzumachen. Doch jedes Mal, wenn sie ihr Rad anschiebt, springe ich wie ein irrer Tanzpartner davor und blockiere ihren Fluchtweg. Nach dem dritten Sperrmanöver ist sie völlig entnervt. Ich rechne schon fast damit, dass sie mich mit dem Fahrrad rammt und ich tränenüberströmt und erschöpft mit Fahrradabdrücken im Gesicht auf dem nassen Sand zurückgelassen werde wie eine Zeichentrickfigur, die gerade umgenietet worden ist.

Sie murmelt ein paar Flüche. »Was *soll* das?«, schreit sie mich an.

»Ich hindere dich daran abzuhauen. Erst werfen wir zusammen einen Blick in dieses Bootshaus«, antworte ich lediglich und stelle fest, dass Cal bereits auf dem Weg dorthin ist. Sie dreht sich um und bemerkt ihn. Selbst in dem dunklen Abendlicht erkenne ich, wie sie blass wird. Wir haben sie ertappt – und keiner wird gern ertappt.

»Es ist nicht das, was du denkst …«, brummt sie, lässt das Fahrrad auf den Sand fallen und läuft Cal hinterher. »Dreh bitte nicht durch, okay? Raste nicht völlig aus!«

Cal hat die Tür geöffnet. Der Wind reißt sie ihm aus der Hand, und sie knallt gegen das Bootshaus. Ich laufe Martha hinterher.

Wir stehen alle im Türrahmen und blicken in das Innere des Bootshauses hinein. Ich habe keine Ahnung, was ich erwartet habe, dort vorzufinden – aber bestimmt keinen verängstigten Teenager, der in einem Schlafsack kauert mit einem zerfledderten Taschenbuch in der einen und einer Taschenlampe in der anderen Hand.

Aus irgendeinem Grund sind meine ersten Worte: »Wieso liest du *Fifty Shades of Grey*?«

Er schaut verlegen drein und lässt das Buch fallen. »Weil's echt witzig ist. Und ich was Aufmunterndes brauche. Tut mir leid!«, antwortet er.

Ich weiß nicht, was ihm leidtut. Dass er da auf dem Boden liegt. Dass er Martha in Schwierigkeiten gebracht hat oder dass er einen fragwürdigen Lesegeschmack hat – auf jeden Fall sieht er erschrocken aus. Martha sieht mich verzweifelt an, und Cal gibt mir mit seinem Blick zu verstehen, dass ich die Führung übernehmen soll. Scheinbar ist die Rolle der Erwachsenen plötzlich mir zugefallen.

»Wir können später darüber reden, was dir leidtut. Komm, lass uns gehen!«

# 32. KAPITEL

Weniger als eine Stunde später sind wir in Lilac Wine. Noch nie hat sich ein Haus für mich so warm, so gemütlich und so behaglich angefühlt – mittlerweile tobt draußen ein derartiger Sturm, dass ich mich um Cheries Dachziegel und Kaminaufsätze sorge. Ich habe die Lichter eingeschaltet und die Vorhänge zugezogen, damit wir mehr Privatsphäre haben und uns sicherer fühlen.

Der Junge aus dem Bootshaus sitzt in dem geblümten Sessel. Er wirkt hier mit seinem Spinnennetz-Tattoo und dem Nasenring völlig fehl am Platz, doch er sieht auch rührend dankbar aus. Seine Finger umklammern einen Becher heißen Kakao, während seine Zähne noch immer leicht klappern. Oh Gott. Schon eine halbe Stunde da draußen war schlimm genug – und er hat in diesem Bootshaus fast eine ganze Woche zugebracht. Er sitzt in eine Fleecedecke eingehüllt da, die ich ihm gegeben habe und unter der seine schwarzen Stiefel hervorlugen.

Ich erkenne ihn wieder – von dem Abend im The Dump. Dem Abend, an dem ich Martha unter Tränen nach Hause gebracht habe, nachdem wir erst wild zu *Rebel Rebel* getanzt hatten. Er hat mir eine Flasche Peroni gegeben und nicht versucht, mich aufzuhalten, als ich mit Martha den Klub verlassen habe.

Im Moment sieht er sehr viel verletzlicher aus. Seine Punkfrisur hat sich aufgelöst, das schwarze Haar hängt schlapp und strähnig herunter. Er macht nicht mehr den Eindruck eines toughen Kerls, der Ärger verursachen könnte, sondern wirkt eher wie ein zehnjähriger Junge, der eine Umarmung braucht.

Cal ist in sein Cottage gegangen, um Ersatzkleidung für ihn zu holen. Martha sitzt neben dem jungen Mann auf dem Boden, wie ein kleiner Goth-Wachhund. Sie starrt mich wütend an, als wäre ich der Feind. Der Blick ist mir nicht unbekannt, deshalb macht er mir auch überhaupt nichts aus. Ich kann förmlich sehen, wie es in ihrem Kopf rattert: Wie viel Ärger habe ich jetzt am Hals? Was wird sie als Nächstes tun? Wie kommen wir hier am geschicktesten wieder raus?

»So«, sage ich, als ich mich auf das behagliche Sofa fallen lasse und merke, wie müde ich bin, was nicht nur am heutigen Tag liegt, sondern auch an den Tagen davor. An den Tagen, an denen ich mir Sorgen gemacht habe, dass Martha wieder in ein Loch aus Angst, Trauer und Selbstzerstörung fallen könnte, und noch mehr Sorgen, dass ich es nicht schaffen könnte, sie noch einmal aus diesem Loch herauszuholen. Ich bin todmüde und brauche Schlaf – aber zuerst muss dieses Chaos zumindest ansatzweise geklärt werden.

»Ich würde jetzt wirklich gern wissen, was hier los ist …«

Ich habe mir ebenfalls einen Becher Kakao gemacht, mir aber erlaubt, einen Schuss Brandy hineinzugeben. Einer der wenigen Vorzüge, die man hat, wenn man zur auserkorenen Gruppe der Erwachsenen gehört.

Martha ergreift sofort das Wort, doch ich hebe die Hand, um sie zum Schweigen zu bringen.

»Nein, Martha, nicht du. Ich kann mir bereits denken, welche Rolle du in dieser Sache spielst. Und darüber werden wir später noch reden. Jetzt möchte ich erst einmal von dem jungen Mann da im Sessel erfahren, was los ist … wie heißt du überhaupt?«

»Äh … Peter«, murmelt er und blickt mich ängstlich an, was ich ihm nicht verdenken kann. Bei unserer letzten Begegnung war ich auf dem Kriegspfad und habe gedroht, ihm seinen Ring aus der Nase zu reißen. Wahrscheinlich sehe ich jetzt auch nicht viel freundlicher aus. Ich setze ein Lächeln auf, damit er sich entspannt – schließlich ist er nur ein junger Kerl, und noch dazu ein armer, verlorener Kerl, wie es scheint, in dessen Leben es offensichtlich gerade nicht so gut läuft. Ein bisschen Freundlichkeit kann da nicht schaden, egal wie müde ich bin.

»Dein Nachname lautet aber nicht Parker, oder?«, frage ich sofort. Was soll ich bloß sagen? Mein Hirn funktioniert einfach so.

Er blickt mich kurz an, sichtlich verwirrt. Dann wandern seine Finger zu seinem Hals, über den das Spinnennetz-Tattoo verläuft. Oje, dieses Tattoo wird er bereuen, wenn er sechzig ist.

»Ah! Ich hab's geschnallt! Peter Parker – Spider Man! Nein, lautet er nicht … hör mal, es tut mir wirklich leid, dass ich hier aufgetaucht bin und Martha in Schwierigkeiten gebracht habe«, sagt er. Er klingt ehrlich. »Aber … aber ich habe nicht gewusst, wo ich sonst hinsollte. Ich war verzweifelt.«

Die Haustür geht auf, und der Wind heult kurz auf. Cal tritt in den Flur und schließt sie wieder. Ich nicke ihm zu, als er mit einem Bündel Kleider ins Wohnzimmer kommt. Spider Man ist so groß wie Cal, aber sehr dünn, wie viele junge Männer heutzutage – er wird in den Klamotten versinken, doch mehr können wir ihm momentan nicht anbieten.

Cal schätzt die allgemeine Stimmungslage ein und setzt sich zu mir, sodass wir eine Einheit bilden. Das tut gut – ich bin mir sicher, dass Marthas machiavellistischer Geist bereits gehofft hatte, uns auseinanderdividieren zu können und zu siegen.

»Red weiter!«, sage ich nach einem Schluck Kakao. »Warum warst du verzweifelt? Erzähl's mir. Sei ehrlich. Mich kann nichts schocken. Wirklich!«

Peter sieht noch immer unsicher aus und zögert. Sein Blick wandert von Martha zu mir und dann zu Cal.

»Schon gut, mein Junge«, sagt Cal nachdrücklich. »Du bist jetzt sicher. Wir sehen vielleicht angsteinflößend aus, doch wir beißen nicht. Wir waren alle mal jung, wir haben alle unsere Fehler gemacht – und vielleicht können wir dir helfen.«

Der Junge sieht Cal mit einem Blick an, der fast schon an Bewunderung grenzt, nickt und beginnt schließlich zu reden. Sein Akzent ist deutlich hörbar, er ist offenkundig in Bristol geboren und aufgewachsen.

»Angefangen … hat es mit meinem Stiefvater, denke ich. Mein richtiger Vater … hat uns verlassen, als ich noch klein war. Ich weiß nicht, wohin er gegangen ist. Es war okay – meine Mum war okay. Doch dann ist er eingezogen, also mein Stiefvater … und nichts war mehr okay. Da bin ich gegangen.«

Ich überlege, ob ich nachfragen soll, warum nichts mehr okay war, entscheide mich aber dagegen. Peter macht den Eindruck, als könnte er dichtmachen, wenn ich ihn auf dieses spezielle Thema anspreche. Also belasse ich es dabei. Die ganze Geschichte wird bestimmt irgendwann einmal herauskommen, und ungewöhnlich ist sie nicht, oder? Vielleicht war der Stiefvater ein gewalttätiger Widerling, der seine Frau verprügelt hat und es verdient, langsam und qualvoll zu sterben. Vielleicht war Peter nur ein widerspenstiger Teenager, der nicht akzeptieren konnte, dass seine Mum einen neuen Mann gefunden hatte. Ob so oder so, es hat zum gleichen Endergebnis geführt.

»Wo bist du dann hingegangen?«, frage ich und vermute, dass ich die Antwort bereits kenne.

»Ich bin rumgezogen. Habe bei Freunden aufm Sofa gepennt, und wenn das Wetter gut war im Park. Schließlich habe ich ein paar Leute kennengelernt. Sie hatten eine Wohnung … na ja, sie hatten sie eher besetzt. Es war ein alter Laden, der zugemacht hatte. Die Fenster waren mit Brettern vernagelt. Die Räume wurden nicht mehr genutzt, und eigentlich haben wir keinen Schaden angerichtet …«

Er klingt rechtfertigend, und ich weiß, warum: Ich habe selbst in solchen »Wohnungen« gelebt. Sie haben sich allesamt als drogenverseuchte Dreckslöcher entpuppt, nicht als glückselige, sozialistische Kooperativen. Anfangs erscheint alles vielversprechend und hoffnungsvoll. Doch es gibt immer einen Störenfried – einen, der drogenabhängig ist; einen, der Probleme hat; einen, der einfach ein Blödmann ist und andere gern schikaniert. Für einen verletzlichen jungen, schwachen Menschen – dessen seelische Verfassung nicht so stabil ist – ist das kein ideales Umfeld.

»Verstehe«, antworte ich, da ich nicht möchte, dass er aufhört zu erzählen. »Warum bist du gegangen?«

»Anfangs war alles okay. Martha kennt viele von denen,

die da gewohnt haben. Es waren gute Menschen, ehrlich. Also, jetzt nicht im herkömmlichen Sinn – aber sie waren anständig, ganz gleich, wie sie ausgesehen haben. Doch dann ist dieser Typ eingezogen. Und der war nicht so nett. Alles begann sich zu ändern. Er … er hat Sachen angeschleppt. Sachen, die ihm nicht gehört haben. Handys, iPods, manchmal auch Brieftaschen. Er hatte immer Bargeld in der Tasche und ging großzügig damit um, weshalb keiner von uns viele Fragen gestellt hat. Aber … es hat sich nicht richtig angefühlt, verstehst du? Auf jeden Fall nicht für mich.«

»Letzte Woche war das Maß dann für mich voll. Ich hab es nicht länger ausgehalten. Er ist mit einem Riesenbeutel voller Spielzeug in die Wohnung gekommen. Die Sachen steckten sogar noch in der Originaltüte von Toys R Us. Natürlich gehörten sie ihm nicht – er hatte sie nicht gekauft, sondern geklaut. Wahrscheinlich waren es die Weihnachtsgeschenke für irgendein Kind, dessen Mum richtig hart gearbeitet hat, um sie ihm zu kaufen … so war es zumindest immer bei meiner Mum, sie hat das ganze Jahr über gespart … und … na ja. Ich konnte einfach nicht mehr bleiben. Aber ich hatte auch niemanden, zu dem ich hätte gehen können, den ich um Hilfe hätte bitten können. Doch ich hatte Marthas Nummer … also bin ich hierhergetrampt. Das hat ewig gedauert.«

Das kann ich mir vorstellen. Peter sieht nicht unbedingt aus wie jemand, den man freudestrahlend mitnimmt, wenn er an einem kalten Winterabend am Straßenrand steht.

Er kämpft mit den Tränen, während er spricht. Seine Nase läuft. Ihn übermannen wohl die Gefühle. Doch es liegt bestimmt auch daran, dass er so lange auf der Straße gelebt hat – das setzt der Gesundheit und der seelischen Verfassung zu. Die vergangenen Nächte in einem verlassenen Bootshaus an einem windigen Strand zu verbringen, waren in der Situation sicherlich auch nicht hilfreich. Ich schlucke meine Enttäuschung herunter – wären sie doch nur zu mir gekommen und hätten mich um Hilfe gebeten, statt aus allem ein Geheimnis zu machen. Er hätte in Lilac Wine übernachten können, sicher und warm.

Doch ich darf nicht vergessen, dass sie Jugendliche sind. Dass Martha erst sechzehn ist. Dass die Dinge in diesem Alter ihrer eigenen Logik folgen – einer Logik, die sich einem Menschen über dreißig entzieht. Geheimniskrämerei erscheint ihnen wohl immer als die vernünftigste Lösung.

»Okay, das begreife ich alles – und mach dir keine Gedanken, ja? Du kannst vorerst bei uns bleiben. Aber hast du wirklich niemanden mehr, bei dem du wohnen kannst? Wie alt bist du? Neunzehn, zwanzig? Deine Mum scheint ein netter Mensch zu sein. Sie macht sich wahrscheinlich schreckliche Sorgen um dich. Und du kannst ganz bestimmt nicht nach Hause zurück?«

Peter schüttelt so heftig den Kopf, dass er den Kakao auf die Decke verschüttet. »Nein! Nein! Ganz bestimmt nicht«, antwortet er. »Ich versuche, mit ihr in Kontakt zu bleiben. Ich melde mich ab und zu, damit sie weiß, dass es mir gut geht. Aber ich kann nicht dorthin zurück. Ausgeschlossen!«

»Gibt es sonst noch jemanden? Vielleicht noch andere Familienangehörige?«

Er zögert, woraus ich schließe, dass es da doch noch jemanden gibt. Dass die Beziehung zu dieser Person vielleicht nicht einfach ist, aber dass es zumindest noch eine Ausweichmöglichkeit gibt.

»Ich habe noch einen Bruder. Doch der ist zehn Jahre älter und lebt in London. Außerdem ist er gerade Vater geworden, und seine Freundin mag mich nicht besonders … da kann ich nicht aufschlagen. Er würde mich nicht aufnehmen.«

»Hast du ihn gefragt?«, hake ich nach, so behutsam wie möglich. »Hast du ihm die Chance gegeben, Ja oder Nein zu sagen? Oder hast du das bereits für ihn entschieden?«

Sein Schweigen verrät mir, dass ich mit meiner letzten Frage ins Schwarze getroffen habe. Peter hat genau das gemacht, was viele Jugendliche in seiner Situation machen – er hat sich im Vorhinein selbst abgewiesen, um sich das Trauma zu ersparen, von einem anderen Menschen abgewiesen zu werden.

Ich bin selbstkritisch genug, um zu begreifen, dass zumindest ein Teil meines Mitgefühls, das ich für Peter empfinde, auf meinen eigenen Erfahrungen basiert. Deshalb ermahne ich mich zur Besonnenheit – er braucht Hilfe, und die werde ich ihm geben. Doch er ist nicht ich, und meine Kindheit kann nur durch eine Zeitmaschine geändert werden.

»Kann er bei uns bleiben? Bitte!«, fleht Martha mich an. Das ist die dringlichste Frage, die im Moment beantwortet werden muss. Wir haben kein Gästezimmer, doch ich vermute, dass er sich schon über das Sofa freuen würde …

»Er könnte bei mir in Saffron bleiben«, antwortet Cal und folgt meinem Gedankengang. »Aber das muss ich vorher noch mit Cherie abklären.«

Das ist eine vernünftige Idee, und ich hoffe, dass sie zustimmen wird – zumal es auch die beste Lösung ist. Ansonsten weiß ich nicht, was ich machen soll. Peter scheint zwar ein anständiger Kerl zu sein, der schlimme Zeiten durchlebt hat, doch solange ich ihn noch nicht besser kenne, ist es mir lieber, wenn er nicht unter einem Dach mit Martha schläft. Sie hat für mich absolute Priorität – brutal, aber wahr.

Martha ist in diesem seltsamen Alter, wo sie einerseits schon genügend Verantwortungsbewusstsein besitzt, um einem Freund helfen zu wollen, aber andererseits noch nicht erwachsen genug ist, um die möglichen Gefahren zu erkennen. Die zu erkennen ist wohl meine Aufgabe – auch wenn ich Peter instinktiv für einen anständigen Kerl halte, kann ich nicht riskieren, dass Martha wieder in ihr altes Verhaltensmuster zurückfällt. Sie ist noch immer verletzlich, noch immer traurig, noch immer bemüht, ihr Leben ohne ihre Mum zu meistern. Das innere Gleichgewicht, das sie erlangt hat, ist zerbrechlich, und ich muss ihr dabei helfen, es zu erhalten.

Cal hat das Zimmer verlassen, um mit Cherie zu sprechen. Ich verteile derweil Schokoladenplätzchen. Die haben wir uns heute Abend redlich verdient. Als Cal zurückkehrt, mampfen wir fröhlich vor uns hin, und unsere Kleider sind vollgekrümelt.

»Cherie hat nichts dagegen«, verkündet er. »Solange du ihren silbernen Kronleuchter nicht stiehlst oder auf die Perserteppiche pinkelst.«

Ich lache, als er das sagt – in Saffron gibt es selbstverständlich weder einen silbernen Kronleuchter noch Perserteppiche –, aber so ein Spruch ist typisch für Cherie.

»Das mach ich nicht, versprochen!«, ruft Peter. Er nimmt ihre Drohung tatsächlich für bare Münze, woraufhin ich noch mehr lachen muss.

»Gut. Dann ist deine Unterbringung erst mal geklärt. Wir sollten jetzt alle was Ordentliches essen. Danach gehst du mit Cal rüber nach Saffron, Peter. Martha und ich haben dann noch ein Wörtchen miteinander zu reden …«

Sie verzieht das Gesicht, als ich das sage. Offensichtlich hatte sie gehofft, ungeschoren davonzukommen. Von wegen!

Ich schiebe mehrere Pizzen in den Ofen und schaffe es sogar, sie nicht verbrennen zu lassen. Wir essen sie von Tellern auf unseren Schößen. Peter verdrückt seine Pizza, als stünde er kurz vorm Hungertod – überhaupt keine Tischmanieren, würde Barbara sagen –, und bedankt sich im Laufe des Abends ungefähr zwanzigtausendmal. Er drückt Martha so fest zum Abschied, dass ich schon Angst habe, ihr Kopf könne platzen. Dann dackelt er in Richtung Saffron ab. Cal lässt ihn sogar seinen Cowboyhut tragen, als sie sich durch den Wind kämpfen, sodass er wie eine Figur aus The Walking Dead aussieht.

Wir winken ihnen nach und schließen die Tür. Martha stiehlt sich sofort davon – sie kraxelt die Treppe hoch und gähnt dabei mehrfach übertrieben, nur um mir zu signalisieren, dass sie erschöpft ist und viel zu müde für ein Gespräch. Klar.

Ich grinse, räume die Teller weg und hantiere noch ein paar Minuten in der Küche herum, ehe ich nach oben gehe. Ich wiege sie in falscher Sicherheit. Nur aus Spaß. Am liebsten würde ich so teuflisch lachen wie eine Schurkin, als ich die Treppe hinaufsteige, doch ich halte mich heldenhaft zurück.

Ich klopfe einmal an ihre Schlafzimmertür, trete aber sofort ein, um sie zu überrumpeln, ehe sie vortäuschen kann, zu schlafen. Sie trägt ihre Schlafanzughose, aber mein David-Bowie-T-Shirt. Dieses Mädel ist wirklich eine diebische Elster. Ihr Handy liegt in ihrem Schoß, und sie sitzt auf ihrem Bett, den Rücken gegen das Kopfteil ihres Bettes gelehnt. Ich rieche den Duft von Kates Burberry-Parfum, atme ihn ein und setze mich neben sie auf die Bettkante. Sie sieht mich nervös an. Offensichtlich rechnet sie mit einem Riesenanschiss. Vielleicht habe ich sogar damit geliebäugelt, ihr einen zu erteilen – doch das Parfüm bringt mich davon ab.

»Du weißt schon, dass du mit mir hättest reden sollen, oder?«, sage ich, greife nach ihrem Handy und lege es auf den Nachttisch, sodass sie nicht abgelenkt werden kann.

Sie nickt, kaut auf ihrer Lippe herum und denkt über ihre Antwort nach.

»Ja. Aber die Situation war so komisch, und du hast mich doch hierhergebracht, damit ich von diesen Leuten wegkomme, und … und, na ja, du kannst manchmal schon ein bisschen angsteinflößend sein, nicht?«

»Stimmt. Das kann ich. Aber das liegt hauptsächlich daran, dass ich Angst habe – Angst um dich, Martha. Wir beide haben Schwierigkeiten, uns zu sagen, was uns bewegt. Aber wir sollten es zumindest versuchen. Ich hab dich lieb – sehr lieb. Und das nicht nur, weil du Kates Tochter bist, sondern weil du du bist. Ich war da, als du geboren wurdest. Ich war da, als du begonnen hast zu laufen und zu sprechen. Und auch zu fluchen, was kurz darauf folgte. Ich bin nicht mit dir hierhergezogen, um dich von ›diesen Leuten‹ wegzubekommen – ich bin mit dir hierhergezogen, um uns beiden einen Neuanfang zu ermöglichen. Denn den haben wir beide gebraucht, oder?«

Sie nickt wieder und murmelt ein paar Worte, die verdächtig nach Zustimmung klingen.

»Und dadurch, dass Cal aufgetaucht ist, war es noch mal ein doppelter Neuanfang«, sage ich und wage mich, ihr Haar zu streicheln, solange sie ihren Schutzpanzer abgelegt hat. »Wie findest du, dass es hier läuft? Sei ehrlich! Bist du glücklich?«

Sie greift nach dem Kissen in ihrem Rücken und drückt es an sich, knuddelt es. Sie sieht aus wie zwölf, und es bricht mir das Herz.

»Ja, bin ich … oder zumindest so glücklich, wie ich es im Moment sein kann. Cal ist toll. Lizzie ist toll. Das Haus ist toll. Nur … ich vermisse sie so sehr, verstehst du? Mum. Es gibt Tage, an denen es schlimmer ist als an anderen. An manchen denke ich fast gar nicht an sie. Dann bekomme ich ein schlechtes Gewissen, als würde ich sie vergessen, und ich zwinge mich dazu, mich an Dinge zu erinnern, von denen ich weiß, dass sie mich innerlich aufwühlen, als würde ich es verdienen, aufgewühlt zu sein, weil ich sie vergesse … das macht keinen Sinn, oder?«

»Doch, mein Schatz. Das macht durchaus Sinn. Mir geht es genauso. Keiner von uns will sie vergessen – doch sie würde nicht wollen, dass wir den Rest unseres Lebens trauern, oder? Sie würde wollen, dass wir zumindest versuchen, glücklich zu sein, selbst wenn wir es nicht ganz schaffen.«

Ihre Augen sind geschlossen. Ich weiß, dass sie mit den Tränen kämpft. Ich kämpfe auch mit den Tränen. Wir beide sind ein hoffnungsloses Gespann – wir sollten einfach mal unseren Gefühlen freien Lauf lassen und richtig weinen. Wahrscheinlich würde es uns danach besser gehen.

»Du hast recht. Und genau das hat Mum auch zu mir gesagt, bevor sie … bevor sie gestorben ist. Aber das ist nicht so einfach, wie es klingt, oder? Manchmal bin ich nicht einmal in der Lage, rüber zu Lizzie zu gehen, weil ich sie so sehr darum beneide, dass sie eine Mum hat. Das ist gemein und grausam, aber ich kann nicht anders. Also bleibe ich hier und warte, bis es vorbeigeht – das tut es immer, irgendwann.«

»Das liegt daran, dass du grundsätzlich ein guter Mensch bist und nicht die Veranlagung hast, lange gemein zu sein. Und vielleicht geht es Lizzie genauso, wenn sie dich zusammen mit Cal sieht – also dass sie traurig ist, wegen ihres Vaters.«

Martha schaut mich mit dunklen, glänzenden Augen an. Ich erkenne, dass sie diese Möglichkeit bisher noch nicht in Betracht gezogen hat. Sie scheint sich besser dadurch zu fühlen und lächelt zaghaft. Ein zaghaftes Lächeln ist besser als gar keins.

»Ja, vielleicht. Hier ist es schon seltsam, oder? Also, ich meine, auf eine gute Weise. Allen fehlt irgendwas, aber zusammen haben wir alles – Lizzie hat eine Mum, aber keinen Dad, bis auf einen Fast-Dad. Matt. Ich habe einen Dad, aber keine Mum, bis auf eine Fast-Mum. Dich. Und Cherie hat überhaupt keine eigenen Kinder, uns aber alle adoptiert …«

Sie hat recht. Jetzt, nachdem sie das gesagt hat, erkenne ich es auch. Dieser Ort ist mehr als nur die Summe seiner Einzelteile. Ich hatte keine Freunde, hatte niemanden, an den ich mich wenden konnte, als ich hierherkam – inzwischen spüre ich überall Liebe und Unterstützung.

»Und jetzt ist Peter auch noch hier«, fährt Martha fort, ehe ich antworten kann. »Es tut mir wirklich leid, dass ich nicht mit dir darüber gesprochen habe. Ich hatte deswegen schon ein schlechtes Gewissen, doch ehrlich gesagt, war es auch ein bisschen aufregend …«

»Ja, das verstehe ich«, sage ich – denn ich verstehe es wirklich. Kate und ich waren wahre Satansbraten in puncto Drama und Heimlichkeiten. »Herumschleichen, Essen klauen, Miss Geheimnisvoll 2017 sein. Das kann ich nachvollziehen. Wirklich. Ich … ich weiß nicht, was deine Mum dir über meine Kindheit erzählt hat. Bestimmt genug. Ich verstehe, was Peter durchgemacht hat, und ich bin stolz auf dich, dass du versucht hast, ihm zu helfen. Wir alle brauchen manchmal Hilfe. In meinem Fall kam diese Hilfe von deiner Mum – und sie hat mir beigebracht, nicht immer mit dem Schlimmsten bei den Menschen zu rechnen. Manchmal muss man einfach nur die Hand ausstrecken und abwarten, was passiert. Es ist nicht immer schlimm.«

Martha denkt über meine Worte nach. »Ich weiß«, sagt sie schließlich. »Und es muss furchtbar für dich sein, dass sie nicht mehr da ist. Das ist mir noch nie in den Sinn gekommen. Ich hoffe … also, na ja, du bist nicht allein, oder? Ich weiß, dass ich keine große Hilfe bin. Aber Laura ist da und Cherie und all die anderen. Und natürlich Cal, also … bist du nicht allein.«

»Nein«, sage ich, küsse sie auf die Stirn und stehe auf. Der Duft von Burberry hüllt uns ein, und ich fühle mich Kate näher als je zuvor – durch ihr Parfüm, durch Marthas Worte, durch meine eigene Erinnerung an ihre Güte und die Geschenke, die sie mir in meinem Leben gemacht hat.

»Ich weiß. Ich bin nicht allein, und dafür werde ich immer dankbar sein. Jetzt schlaf, du Superheldin.«

# 33. KAPITEL

Peter verbringt die nächsten beiden Wochen mit uns. Er macht einen erstaunlichen Wandel durch, der unter anderem darauf zurückzuführen ist, dass er regelmäßig etwas zu essen bekommt, im Warmen wohnt und sich wahrscheinlich zum ersten Mal seit Jahren sicher fühlt.

Doch dieser Wandel ist ebenfalls das Werk von Cal, der seine Berufung darin findet, sich um ihn zu kümmern. Die Weihnachtsferien stehen kurz bevor, und Martha schleppt sich zur Schule. Wir alle versuchen sicherzustellen, dass sie sich weiter auf den Unterricht konzentriert und nicht durch die Ankunft ihres alten Freundes ablenken lässt.

Selbstverständlich durchschaut Martha unser Spiel, und lässt es uns durch zahlreiche sarkastische Bemerkungen und übertriebenes Augenrollen wissen. Das tägliche Gekabbel mit einer Jugendlichen – selten so einen Spaß gehabt!

Cal beschäftigt Peter auf eine Weise, die ihn zu müde macht, um sich Sorgen zu machen. Sie verbringen Stunden auf Franks Farm, wo sie schwer schuften, und machen lange Spaziergänge. Er nimmt ihn sogar mit zum Pferdehof, auf dem Peter Freundschaft mit einer Stute namens Bessie schließt. Er isst gut und nimmt zu. Seine Wangen werden rosig von der vielen frischen Luft, und nach einer Weile hört er sogar endlich auf, sich nach jedem Satz zu bedanken.

Seinen Wandel zu erleben ist rührend, besonders für mich. Wir haben Peter eine zweite Chance gegeben, und ich betrachte sie als vollen Erfolg. Ein bisschen Freundlichkeit zur rechten Zeit kann sehr viel bewirken. Das weiß ich aus eigener Erfahrung.

Ich habe mit Peters Erlaubnis Kontakt zu seinem älteren Bruder Mark aufgenommen, der als IT-Berater in London arbeitet. Peter hatte recht – Marks Freundin mag ihn nicht besonders –, doch sie ist bereit, ihm eine Chance zu geben. Sie haben zugestimmt, dass er zu ihnen kommt, um das Weihnachtsfest und Silvester mit ihnen zu feiern. Dann wollen sie weitersehen. Es sind zwar nur kleine Schritte, aber zumindest Schritte.

Heute ist Peters Abreisetag. Wir werden ihn zusammen zum Bahnhof nach Dorchester bringen. Cal und ich warten im Comfort Food Café auf Peter und Martha, damit sie Zeit für sich haben, bevor wir losfahren.

Das Café ist festlich geschmückt. Überall hängen Luftschlangen und Lametta. Weihnachtskugeln baumeln an den Mobiles, und die Fenster sind mit Schnee und silbernen Tannenzapfen besprüht.

Laura und Willow haben Dienst. Die beiden sind leicht beschwipst von dem selbst gemachten Glühwein, den sie selbstverständlich nur aus rein wissenschaftlichen Gründen probiert haben, wie sie versichern. Der gesamte Raum duftet nach den Gewürzen, dem Zimt und den Nelken, und man kommt sich vor wie in einem marokkanischen Ableger des Comfort Food Cafés.

Weihnachtliche Melodien erklingen aus Willows Handy.

Die beiden beglücken uns mit einem Cancan zu *I Wish It Could Be Christmas Every Day*. Sie haben die Arme um die Schulter der anderen gelegt, werfen die Beine hoch und kichern ausgelassen. Ich vermute, dass es nicht mehr lange dauern wird, bis sie auf den Tischen stehen und die Hüften zu *Hört der Engel große Freud* kreisen lassen.

»Vielleicht ist das ihre Nummer für die Weihnachtsshow«, sagt Cal, lacht und nippt an seinem Kaffee.

Ah. Die große Show – das Ereignis des Jahrzehnts und eines, das ich insgeheim fürchte.

Die Spinner, Sonderlinge und Kuchen backenden Wunder des Dorfs haben beschlossen, sich dieses Jahr nichts zu schenken, sondern stattdessen das Geld zusammenzulegen, um eine große Party im Café zu veranstalten. Cherie hat verkündet, dass die Feier das Format einer Fernseh-Talentshow haben wird. Edie wird die Rolle der Chefjurorin übernehmen, ihre Chance, einmal in ihrem Leben Len Goodman zu sein, auf den sie sich immer ganz besonders freut, wenn sie *Strictly Come Dancing* sieht.

Aufzutreten ist kein *Muss*. Doch drückt man sich, wird man bestimmt für den Rest seines Lebens als Riesenmemme verspottet. Widerlich begabte Menschen wie Cal und Martha, die singen und Gitarre spielen können, sind da fein raus. Anders ergeht es denen, die sich mit ihrer Talentlosigkeit herumplagen müssen. Becca, die in Bezug auf die Festtage eine Seelenverwandte vom Grinch ist und stolz ein T-Shirt trägt mit der Aufschrift »Bah Humbug«, einem Zitat von Ebenezer Scrooge, dem Inbegriff des Weihnachtshassers aus Charles Dickens' »Weihnachtsgeschichte«, graut es davor – doch selbst sie hat angekündigt, dass sie was geplant hat.

Laura wirkt leicht nervös, wenn das Thema angesprochen

wird, woraus ich schließe, dass ihr noch keine zündende Idee gekommen ist. Ich derweil bin völlig ratlos. Vielleicht verstecke ich mich den ganzen Abend einfach in der Damentoilette und schließe mich mit einem Fass Glühwein und einem guten Buch in einer der Kabinen ein.

»Wer weiß?«, antworte ich, während ich zusehe, wie Laura nach einem äußerst flotten Beinschwung gegen einen Stuhl torkelt. »Bei der Budbury Talentshow ist so gut wie alles möglich. Ich freue mich auf deinen und Marthas streng geheimen Auftritt, für den ihr dauernd probt …«

Cal nickt und zwinkert mit den Augen. Er will offensichtlich nichts verraten, der miese Kerl. Sie proben schon seit Tagen, ziehen sich nach Saffron zurück und haben mir sogar ein Verbot erteilt, am Haus vorbeizugehen, nur für den Fall, dass ich vielleicht zufällig was Verdächtiges höre oder sehe.

Cal blickt auf seine Uhr. Offenbar hofft er wie ich, dass Martha und Peter rechtzeitig auftauchen. Heute Morgen hat es zu schneien begonnen – zwar nur leicht, und der Schnee bleibt auch nicht richtig liegen –, doch wir müssen einen zusätzlichen Zeitpuffer für die Fahrt einplanen.

»Sie werden schon pünktlich hier sein, mach dir keine Gedanken!«, sage ich und klinge vielleicht überzeugter, als ich es tatsächlich bin. »Doch bevor sie eintrudeln, möchte ich dir noch was sagen – du warst toll. Mit Peter. Ich glaube nicht, dass es vorher schon mal einen Mann in seinem Leben gegeben hat, der sich so um ihn gekümmert hat. Und das hat viel bewirkt.«

Cal sieht fast beschämt aus und versucht mein Lob mit einer wegwerfenden Geste abzutun. Seine Verlegenheit ist irgendwie süß – insbesondere in Kombination mit seinem Erscheinungsbild. Groß, robust, Naturbursche in Jeans, blauem Pullover und Stiefeln.

»Ach was! Das war doch nichts. Er ist ein Kerl, er brauchte einfach einen anderen Kerl, der ihm ein paar Tipps gibt. Ich bin für Martha nie wirklich da gewesen – und sie ist mir immer noch ein völliges Rätsel –, doch mit Jungs kann ich umgehen. Jungs bin ich gewöhnt. Davon gibt's viele auf der Farm. Sie verlassen ihr Zuhause, aus welchen Gründen auch immer, und landen auf der Suche nach Abenteuern im Busch. Manche kommen sofort klar, andere dagegen … na ja, sie sind wie kleine Welpen, die man zu früh aus dem Wurf genommen hat, verstehst du? Sie brauchen ein bisschen Hilfe. So ist das auch mit Peter.«

»Du hast Probleme, Komplimente anzunehmen, was?«, sage ich und grinse ihn an. Ich habe nicht oft die Möglichkeit, Cal zu necken.

»Das habe ich von der neben mir sitzenden Meisterin gelernt! Als ich letztens zu dir gesagt habe, dass dein Haar schön aussieht, hast du mich in den Bauch geboxt!«

»Also … das ist ja auch was völlig anderes. Mein Haar ist ein heikles Thema. Ich habe nur darauf gewartet, dass noch eine Bemerkung zu Duracell-Batterien kommt oder dass man mich rückwärts durch den Busch gezogen hat. Egal. Auf jeden Fall hast du das mit Peter gut gemacht. Und dein Haar mag ich übrigens auch.«

Er greift nach seinen Locken und denkt nach.

»Hätten wir Kinder, wären sie erdbeerblond«, sagt er. »Ich bin mir nicht sicher, wie ich das finden würde. Ich find's immer verwirrend, wenn man nicht genau sagen kann, ob sie blond oder rothaarig sind. Wie siehst du das?«

»Hätten wir Kinder, wäre das eine unbefleckte Empfängnis, die perfekt in diese Jahreszeit passen würde …«, antworte ich und spüre, wie ich rot werde.

»Ich weiß«, sagt er und wirft mir dieses verschmitzte Lächeln zu, das in keiner Weise dazu beiträgt, dass die Röte in meinen Wangen nachlässt. »Bisher hast du es geschafft, mich für äußerst widerstehlich zu halten, was an und für sich schon ein Wunder ist – aber vielleicht erwische ich dich ja demnächst unter einem Mistelzweig. Dann steckst du in Schwierigkeiten.«

Da hat er wohl recht, und ich verspreche mir im Stillen, in der Nacht ins Café zu schleichen und sämtliche Zweige zu verbrennen, die überall herumhängen. An den seltsamsten Stellen. Selbst in der Tür zu den Toiletten baumelt ein Mistelzweig, was möglicherweise in einer Katastrophe endet – denn was passiert bloß, wenn man dringend pieseln muss und auf dem Weg dorthin in diese Knutschfalle gerät?

»Da arbeitet die Zeit für mich«, entgegne ich. Ich kann mit Cal nicht um die Wette flirten – da würde er bestimmt gewinnen. »Ich muss meine Tugendhaftigkeit nur noch eine kleine Weile länger verteidigen. Am dritten Januar fliegst du zurück nach Australien.«

Er nickt und macht ein ernstes Gesicht.

»Ja, so sieht's aus. Wie geht's dir damit? Also, dass ich wieder fahre?«

Das ist eine Frage, der ich lange Zeit aus dem Weg gegangen bin, denn ich werde am Boden zerstört sein. Das ist die Wahrheit. Er ist mein Wandergeselle, Fernsehkumpel, Trinkgenosse und liebenswerter Beistand in allem, was Martha betrifft, geworden.

Er hat mein Selbstbewusstsein gestärkt und mich mit mir versöhnt; er toleriert meine Marotten und hat mir seine anvertraut. Er bringt mich zum Lachen, teilt die besten Umarmungen aus und ist eine Augenweide. Eigentlich ist er mein bester Freund geworden, erkenne ich jetzt – und er füllt zumindest einen Teil der Lücke aus, die durch Kates Tod entstanden ist. Ich habe keine Ahnung, wie ich ohne ihn meine Tage gestalten soll. Martha und ich werden im Februar nach Bristol zurückkehren. Die Zeichen stehen für mich dadurch erneut auf Veränderung, weshalb ich mich nicht einmal in einer angemessenen Weise damit auseinandersetzen kann.

»Ich werde dich schon vermissen«, sage ich und versuche, locker zu klingen. »Aber ich glaube, ich werd's verkraften. Die Devise lautet weiterkämpfen …«

Er nickt und sieht enttäuscht aus. Plötzlich habe ich ein schlechtes Gewissen. Ich bin nicht fair – ich kann nicht etwas unter den Teppich kehren, das emotional bedeutend ist, nur weil ich ein Feigling bin. Ich greife nach seiner Hand und drücke sie.

»Um ehrlich zu sein, es wird richtig schwer werden, Cal. Ich habe mich daran gewöhnt, dass du da bist. Du wirst eine große Lücke in meinem Leben hinterlassen. Und auch im Leben von Martha. Ich bin etwas verkorkst, wenn es um zwischenmenschliche Beziehungen geht, solltest du das noch nicht bemerkt haben. Und scheinbar weiß ich nie, wie ich mich richtig ausdrücken oder mit tiefen Gefühlen umgehen soll.«

»Deshalb habe ich diesen imaginären Ordner in meinem Kopf – er hat keinen Namen, doch wenn er einen hätte, würde er wohl *Kram, An Den Ich Gerade Nicht Denken Will* heißen. Wann immer mich etwas beschäftigt, das mich aufwühlt, füge ich es diesem Ordner hinzu, damit ich den Tag überstehe. Deine Abreise? Dieser imaginäre Ordner ist voll damit – für mich wird es schon schlimm genug werden, wenn es tatsächlich so weit ist, auch ohne dass ich mich schon vorher damit verrückt mache. Immer eins nach dem anderen. Aber egal …

was ist mit dir? Wie geht es dir damit? Ein Teil von dir wird sich doch bestimmt freuen, nach Hause zu kommen?«

Ich versuche, meine Hand wegzuziehen, doch das lässt er nicht zu und hält sie fest. Er streichelt mit dem Daumen über meine Handinnenfläche, was zu meiner Konzentrationsfähigkeit nicht gerade beiträgt.

»Ich freue mich auf die Sonne«, sagt er und blickt durch das Fenster auf den Schnee hinaus. »Aber auf viel mehr auch nicht. Zuhause ist da, wo dein Herz ist, heißt es doch – und ich beginne das langsam zu glauben. Ich werde traurig sein, diesen Ort und die Menschen hier zu verlassen. Martha zu verlassen. Dich zu verlassen, Zoe …«

Plötzlich bin ich unruhig, und mir ist heiß, als hätte ich zu viele Klamotten an. Mittlerweile erklingt *Do They Know It's Christmas* von Band Aid, doch ich kann spüren, wie Laura und Willow uns beim Händchenhalten beobachten und gespannt darauf warten, was als Nächstes passiert. Ich bin selbst ziemlich gespannt darauf, denn dieser Moment fühlt sich seltsam wichtig an – als könnte das, was ich jetzt sagen werde, das, was ich jetzt tun werde, bedeutsam sein.

Glücklicherweise bleibt es mir erspart, ihn in eine Riesenkatastrophe zu verwandeln, wie es bei mir so üblich ist, da Martha und Peter eintrudeln. Sie stürmen ins Café, lärmend und ausgelassen, wie junge Leute nun mal so sind, sodass der Magische Moment der alten Herrschaften sich in Wohlgefallen auflöst – was für mich in Ordnung ist.

Ich reiße meine Hand aus Cals Umklammerung, doch mir ist klar, dass Martha es mitbekommen hat, da sie mich mit hochgezogenen Augenbrauen ansieht. Ich komme mir vor wie ein unartiges Mädchen und fühle mich ertappt. Als wäre Martha die Mutter und ich der Teenager, der sich danebenbenimmt. Meine Röte erreicht den Schmelzpunkt. Wahrscheinlich sollte ich meine Mitmenschen jetzt warnen, sich in Sicherheit zu bringen und ihre Atomschutzbunker aufzusuchen.

»Was habt ihr zwei denn in unserer Abwesenheit so angestellt?«, sagt Martha und lässt sich auf einen Stuhl fallen. »Dir steht das schlechte Gewissen ja förmlich ins Gesicht geschrieben!«

»Nichts!«, blaffe ich und klinge derart schuldbewusst, dass alle lachen, selbst Laura und Willow im Hintergrund. Das löst die Spannung, und ich beschließe, die Aufmerksamkeit auf jemand anders zu lenken – egal auf wen.

»Peter«, sage ich. »Wie geht's dir? Alles in Ordnung?«

Meine Fragen sind zwar ein Ablenkungsmanöver, doch sie haben ihre Berechtigung. Das ist eine große Sache für ihn, diesen Schritt zu machen. Auf seinen Bruder zuzugehen. Nach einer Veränderung zu streben – sich verletzbar zu machen. Das mag weiß Gott keiner von uns.

Er schluckt und nickt. »Mir geht's gut … ich bin ein bisschen nervös«, sagt er zögerlich. »Ich hab Mark seit einer Ewigkeit nicht mehr gesehen. Und … na ja, wer weiß, wie unser Wiedersehen wird?«

»Es wird alles gut«, sagt Martha entschieden. »Er ist dein Bruder. Es gibt nichts, worüber du dir Gedanken machen musst.«

Sie will nett sein, doch als Peter und ich uns ansehen, erkenne ich, wie frustriert er ist.

»Du hast leicht reden, Martha«, erwidert er. Er klingt nicht wütend, aber eindeutig verunsichert. »In deinem Fall war das anders. Du hast zwar viel durchgemacht, ich weiß. Doch du hast immer viele Menschen gehabt, die dich geliebt haben, die dich in ihrem Leben willkommen geheißen und nicht als

Last betrachtet haben. Menschen, die sich um dich gekümmert haben und nicht auf die andere Straßenseite gegangen sind, um dir aus dem Weg zu gehen. Zoe ist für dich da. Deine Großeltern wären überglücklich, wenn du bei ihnen leben würdest, obwohl ich weiß, dass du dich wahrscheinlich nach zwei Tagen umbringen würdest. Du könntest sogar nach Australien ziehen und bei Cal leben, oder?«

Ihre Miene verändert sich, als er das sagt. Ihr Blick wandert von mir zu Cal, und jetzt scheint sie ein schlechtes Gewissen zu haben. In dem Augenblick wird mir klar, dass sie diese Möglichkeit schon in Betracht gezogen – und vielleicht sogar schon mit Cal darüber gesprochen hat. Ich fühle mich mit einem Mal leer und unruhig, deshalb weigere ich mich, mich damit auseinanderzusetzen. Also schiebe ich es in den Ordner, von dem ich Cal erzählt habe, und setze ein neutrales Gesicht auf.

»Versuch, gelassen zu bleiben, Peter!«, sage ich und sehe niemanden an. Ich versuche zu verbergen, dass ich die letzte Bemerkung überhaupt mitbekommen habe. »Gib dein Bestes! Erwarte nicht, dass sie perfekt sind! Das sind wir alle nicht. Sollte es tatsächlich nicht funktionieren, dann ruf uns an, verdammt noch mal – zieh nicht einfach wieder sang- und klanglos in das Bootshaus ein! Wir werden immer für dich da sein, wenn du uns brauchst.«

Peter nickt und atmet erleichtert aus. Ich hoffe, dass er sich durch meine Worte nicht mehr ganz so verzweifelt fühlt – nicht mehr ganz so in die Enge getrieben. Je sicherer er sich dabei ist, in die nächste Phase seines Lebens zu treten, umso eher wird es funktionieren.

»Okay«, sagt Cal entschlossen. Er spürt den Stimmungswandel am Tisch. »Wir fahren wohl besser los. Alle einsteigen in den Dorchester Express!«

# 34. KAPITEL

Es ist Weihnachten, und wir grillen. Im Schnee.

Cal hat darauf bestanden und gesagt, er wolle uns einen Eindruck seiner Heimat vermitteln. Dagegen kann ich ja wohl schlecht etwas einwenden, oder? Zumindest hat er mir dadurch ein Kräftemessen mit einem Truthahn erspart.

Wir haben uns bereits beschenkt, was sich als eine sehr viel erfreulichere Angelegenheit herausgestellt hat, als ich es erwartet hatte. Weihnachten ohne Kate aufzuwachen war schwer gewesen – und ich hatte mir Sorgen gemacht, wie Martha es verkraften würde.

Doch wie ich schon bald erleichtert feststellen konnte, hatte sie beschlossen, wenigstens den Versuch zu unternehmen, sich zu freuen. Weder sie noch ich brachen in Tränen aus. Vielleicht kommt das noch später. Doch fürs Erste haben wir uns zusammengerissen. Vielleicht um es uns gegenseitig leichter zu machen – aber wenn es funktioniert, umso besser.

Cal ist früh vorbeigekommen, einen Sack mit Geschenken in der Hand und einen Hut mit einem Geweih auf dem Kopf. Wir haben im Wohnzimmer vor dem Kamin gesessen und unsere Geschenke ausgepackt.

Martha hatte eine Playlist mit alternativen Weihnachtsliedern zusammengestellt, und im Hintergrund liefen Songs wie *Fairytale of New York* von The Pogues, *Have Yourself A Merry Little Christmas*, geschmettert von Chrissie Hynde in der The Pretenders-Version, und *Doesn't Cop Out* von Sonic Youth. Festlich, aber seltsam – genau wie wir.

Martha hat mir mein eigenes David-Bowie-T-Shirt geschenkt – das sie aber zumindest vorher gewaschen hatte, wie ich nach kurzem Schnuppern feststellte. Beim Auseinanderfalten fand ich dann wunderschöne Pfauenfederohrringe und den neusten Roman von Jilly Cooper darin vor. Sie kennt meine Laster einfach zu gut. Cal hat mir eine traumhafte, antiquarische Ausgabe von *Tess von den D'Urbervilles* geschenkt, über deren Einband ich eine ganze Weile strich, als ich es ausgepackt hatte, und mehrere Taschenbuchkrimis, die im Outback von Australien spielen. Ich fand schon immer, dass Krokodile sich wunderbar eignen, um Leichen zu entsorgen.

Mein Geschenkekauf war dieses Jahr eher Glückssache. Martha hat dieses Alter erreicht, wo es nicht mehr viel gibt, das man ihr aufs Geratewohl schenken kann. Ich habe ihr Geld in einen Umschlag gesteckt. Das kommt immer gut an. Und natürlich ein paar Bücher. Denn ohne Bücher wäre es kein Weihnachten. Dank der Wunder, die das Internet bereithält, habe ich es auch geschafft, einen Postbote-Pat-Einteiler in ihrer Größe zu finden. Sie hat ihn klasse gefunden, sofort angezogen, sich darin fotografiert, die typische Heavy-Metal-Geste dabei gemacht und die Zunge rausgestreckt wie Ozzy Osbourne.

Cal hat ebenfalls Geld für den Martha-Fonds gespendet. Außerdem hat er ihr neue Doc Martens mit schottengemusterten Schuhbändern gekauft, die sie direkt übergestreift hat. Sie machen sich fantastisch zu dem Postbote-Pat-Einteiler. Und zusammen haben Cal und ich ihr ein paar Platten geschenkt, um ihre Sammlung zu ergänzen – Pink Floyd, Velvet Underground und eine Auswahl der Klassiker von Motown und Stax, wie Marvin Gaye, Otis Redding und Booker T. & The M. G.'s, nur um sicherzugehen, dass sie nicht zu schlecht draufkommt.

Sie hat ihm Socken mit Simpsons-Figuren geschenkt und eine Auswahl an australischen Knabbereien – Schokoladenplätzchen namens Tim Tams, einen Kokosnussriegel, der Cherry Ripes heißt, und Chips, die sich Cheezels nennen –, sodass er sofort zu sabbern angefangen hat. Es gibt nichts Schöneres als Süßigkeiten, die einem das Gefühl von Heimat vermitteln. Wahrscheinlich würde ich Jacob's-Club-Plätzchen vermissen, müsste ich auf sie verzichten.

Ein Geschenk für Cal zu finden war schwierig. Schließlich entschied ich mich für einen Gürtel, den ich in einem Secondhandladen in Bournemouth gesehen hatte. Er ist aus dickem, hellbraunem Leder und hat eine riesige Schnalle in Form eines Stierkopfs mit gewaltigen Hörnern. Soweit ich weiß, wurde er in Taiwan hergestellt, doch er sieht alt und echt aus. Wie ein Gürtel, den John Wayne auf einem Viehtrieb getragen hätte. Ich habe ihm einen passenden Cowboyhut dazu gekauft – aus Plastik, auf dem vorne »Küss Mich Schnell« draufsteht.

Als wir uns draußen um den Grill scharen, tragen wir alle unsere prachtvollen, neuen Errungenschaften – Einteiler, Ohrringe, Stiefel, Gürtel, Plastikhüte – sowie Handschuhe, Schals und wattierte Jacken. Der Schnee ist mittlerweile auf dem Boden liegen geblieben, sodass die Rasenfläche von The

Rockery aussieht, als wäre nachts jemand hinausgeschlichen und hätte sie mit einer dicken Puderzuckerschicht überzogen. Die Bäume und Sträucher sind reifbedeckt, und das Wasser in dem kleinen Brunnen ist gefroren. Die Sonne scheint hell von einem leuchtend blauen Himmel, doch es ist so kalt, dass der Atem beim Reden kleine Dampfwolken bildet.

Cal hat seinen Grill in der Mitte des Rasens aufgestellt. Die Handhabung der Zange erweist sich mit Skihandschuhen als knifflig, doch er bleibt entschlossen und legt Steaks, Hühnerbrüste und Hamburger auf den Rost. Mit klappernden Zähnen dreht er sie um, während der Rauch in der Brise herumwirbelt. Völlig abgedreht.

»Grillen in der Sonne am Strand ist sehr viel einfacher …«, murmelt er leise vor sich hin.

Der Geruch des brutzelnden Fleisches weht durch die Gärten, und innerhalb weniger Minuten öffnen sich die ersten Türen. Matts Cottage, Black Rose, ist das größte Haus in The Rockery und in diesem Jahr Treffpunkt für fast alle aus dem Café, um gemeinsam das Weihnachtsfest zu feiern. Er und Laura haben den größten Teil der Möbel ausgeräumt, um Platz für Tische und Stühle zu schaffen. Laura ist ganz in ihrem Element, während sie für ihre Eltern, Becca und Sam, Edie, Katie und Saul sowie Frank und Cherie kocht.

Wie nicht anders zu erwarten war, taucht die Jugend zuerst auf, alle in ihren neuen Weihnachtsklamotten. Sie müssen sich unbedingt austoben, nachdem sie den ganzen Tag mit einem Haufen Erwachsener eingepfercht waren. Lizzie trägt genau die gleichen Doc Martens wie Martha, einschließlich schottengemusterter Schuhbänder. Den Jackpot mit dem Postbote-Pat-Einteiler hat sie allerdings nicht gewonnen. Dieses Glück war ihr verwehrt.

Nate, Lizzie und Martha beginnen sofort eine Schneeballschlacht, sodass jedweder Schein von Coolness sich in Wohlgefallen auflöst. Sie rennen herum, hinterlassen ihre Fußabdrücke in der weißen Pracht, kreischen und lachen, während sie sich gegenseitig jagen. Der kleine Saul watschelt hinter ihnen her. Midgebo setzt an, um die Verfolgung aufzunehmen, bleibt dann aber wie angewurzelt stehen. Seine große, schwarze Nase schnuppert in der Luft. Er wittert eindeutig Essen und galoppiert stattdessen zu uns herüber, nur für den Fall, dass zufällig etwas vom Grill herunterfällt. Der Geruch von Steak lässt ihn zu Cals Füßen Platz nehmen – genau genommen, auf dessen Füßen –, und er sieht ihn in den nächsten zwanzig Minuten besonders herzerweichend an. Es ist der Blick eines Welpen, und er tut so, als wäre er den ganzen Tag noch nicht gefüttert worden.

Laura hat eine Flasche Champagner und ein paar Plastikbecher herausgebracht und verteilt fröhlich das sprudelnde Getränk. Wir laufen herum, wünschen uns gegenseitig ein frohes Fest, umarmen und küssen uns und stoßen Ahs und Ohs über unsere Geschenke aus. Ihre Eltern, die in ihrem Wohnmobil angereist sind, um Töchter und Enkelkinder zu besuchen, tragen grüne Westen im Partnerlook. Aus irgendeinem Grund bringt mich das zum Lachen. Die beiden wirken wie Figuren aus einer Sitcom aus den 1980-er Jahren.

Selbst ein paar der Feriengäste wagen sich mutig aus ihren Cottages heraus, um zu sehen, was los ist. Darunter eine Familie mit kleinen Kindern, die sich sofort der Schneeballschlacht anschließen, und eine andere mit zwei Boxern, die tänzelnd durch den Schnee hüpfen, ehe sie sich zu Midgebo gesellen, um ihn bei der Bewachung des Grills zu unterstützen. Zitternd sitzen sie mit ihren Stummelschwänzen auf den

Hinterläufen. Der arme Cal ist mittlerweile umzingelt von hungrigen Hunden – eine falsche Bewegung, und das war's. Vielleicht ist so ein Rudel Hunde sogar besser als Krokodile.

Cherie stapft in ihren hellroten Moonboots durch den Schnee und lässt mir eine ihrer besonders herzlichen Umarmungen zuteilwerden. Sie trägt einen knöchellangen wattierten Mantel, in dem sie kugelrund wirkt.

»Frohe Weihnachten, meine Liebe!«, sagt sie, als sie mich schließlich loslässt und ich nach Luft schnappen kann. »Ich mag deine Ohrringe. Ein Weihnachtsgeschenk? Was hast du sonst noch bekommen?«

Sie fasst beim Reden nach den Pfauenfedern, sodass sie sich drehen und in meinem Haar verfangen.

»Hauptsächlich Bücher«, antworte ich. »Ich mach's den Leuten leicht. Mit einem guten Buch kann man bei mir nie was falsch machen.«

»Du bist schon eine richtige Leseratte, was?«, erwidert sie nachdenklich und blinzelt. Laura kommt vorbei, gibt mir ein Küsschen auf die Wange und drückt mir ein Plastikglas mit Schampus in die Hand.

»Ja, bin ich«, antworte ich, nehme einen Schluck Champagner und verziehe leicht das Gesicht. Ich bin mir nicht sicher, ob gekühlter Champagner unbedingt das passende Getränk ist für einen solchen Tag – Irish Coffee wäre bei diesen Temperaturen sicherlich besser geeignet –, aber hey, es ist Alkohol, also runter damit.

»Ich glaube, das liegt an meiner Kindheit, die nicht unbedingt Enid-Blyton-artig war«, fahre ich fort und lächele, während ich den Kindern und Jugendlichen beim Herumtollen zusehe. Die älteren Mädchen haben Nate vor Saffron eingefangen und seifen ihn mit Schnee ein. »Deshalb habe ich mich in

Bücher geflüchtet. Ich konnte von Geschichten einfach nicht genug bekommen – und daran hat sich nie was geändert.«

»Das kann ich verstehen«, sagt Cherie und nickt. »Und ich habe nachgedacht … Ich weiß, dass ihr beide eigentlich nur bis Februar bleiben wollt, doch wenn ihr verlängern möchtet, würde ich euch gern Lilac Wine weiter vermieten. Oder eins der größeren Cottages, solltet ihr mehr Platz brauchen …«

Sie sieht Cal an, als sie das sagt, und zieht ihre Augenbrauen erwartungsvoll hoch. Ah, denke ich – daher weht der Wind. Die Budbury-Happy-End-Front formiert sich. Dieser Ort hat Lauras und Beccas Leben verändert, und jetzt scheine ich die nächste auf der Liste zu sein.

»Das ist echt nett von dir, Cherie, aber ich bin mir nicht sicher … Ich könnte nicht einfach so hierbleiben. Da müsste sich einiges ändern. Ich müsste einen Job finden, das Haus und die Wohnung in Bristol auflösen. Das wäre eine Riesenentscheidung. Und ich war noch nie gut darin, Entscheidungen zu treffen.«

»Kein Stress – ich wollte es dir nur anbieten«, antwortet sie und tätschelt meine Hand. »Ihr scheint euch hier so gut eingelebt zu haben, du und Martha. Und was einen Job betrifft, darüber habe ich auch schon nachgedacht … die Buchhandlung im Dorf hat vor zwei Jahren zugemacht. Anscheinend war nicht mehr genügend Nachfrage da. Also habe ich mir überlegt, vielleicht im Café was einzurichten. Ich würde die Leseecke natürlich beibehalten – doch ein kleiner Laden wäre nicht verkehrt, denke ich. Wie du schon gesagt hast, mit einem guten Buch kann man nichts falsch machen – Belletristik, Autoren aus der Gegend, Gedichtbände, eine Fotosammlung für Touristen, Landkarten und Reiseführer … vielleicht sogar ein oder zwei Kochbücher?«

Während Cherie spricht, beschwört mein Kopf sofort Bilder herauf: Tische mit Büchern, die Budbury-Bestsellerliste mit den beliebtesten Titeln, ein ganze Abteilung zu Fossilienjagd und Heimatgeschichte, Naturführer, ein Thomas-Hardy-Schrein … man könnte sogar Events organisieren, Lesungen mit örtlichen Autoren abhalten und Leseabende veranstalten. Hier tobt nicht der Bär, sodass diese Termine ein Highlight im Veranstaltungskalender werden könnten … das Café sollte auch sein eigenes Kochbuch herausbringen, mit Lauras Rezepten und Lizzie Fotos …

Die Gedanken schwirren in meinem Kopf herum, und eine ganz neue Welt mit großen Chancen eröffnet sich. Ich habe meine Zeit hier genossen – doch ich habe auch meine Arbeit vermisst. Was wäre, wenn ich das Beste aus beiden Welten miteinander verbinden könnte? Was wäre, wenn wir hierbleiben könnten? Was wäre, wenn unser Aufenthalt nicht im Februar enden würde?

Ich bin aufgeregt, nervös und ängstlich. Unser Leben würde sich bedeutend verändern. Ich müsste mit Martha darüber sprechen. Mein Blick wandert zu ihr. Sie liegt in ihrem Postbote-Pat-Einteiler auf dem Rasen, macht Schneeengel und lacht kreischend, während Nate Rache nimmt und sie mit Schneebällen bombardiert. Sie sieht so glücklich aus – doch würde sie bleiben wollen? Ohne Cal? Ich habe keine Ahnung.

»Denk einfach mal darüber nach«, sagt Cherie und holt mich aus meiner Traumwelt zurück. Ich habe keinen Mucks von mir gegeben und überhaupt nicht reagiert, stelle ich fest und entschuldige mich stotternd.

»Äh … ja, danke, Cherie … ich werde es mir durch den Kopf gehen lassen«, sage ich, während sie zu ihren Feriengästen weiterschlendert.

Die Gäste schauen gleichzeitig verwirrt und fröhlich aus. Der Grund dafür ist erkennbar. Auf dem Rasen herrscht eine Atmosphäre kontrollierten Wahnsinns mit all den Hunden und Kindern. Und die Tatsache, dass im Schnee gegrillt wird und beide Edies, die große und die kleine, als Elfen verkleidet sind, erscheint ebenfalls seltsam. Matt teilt eine zweite Runde Sekt aus. Katie sieht ausnahmsweise mal entspannt aus, denn der kleine Saul und Lizzie sind gerade dabei, den Körper für den möglicherweise größten Schneemann der Welt zusammenzurollen.

Becca kommt auf mich zu. Sie wiegt Little Edie in den Armen, von der kaum etwas zu sehen ist durch die zentimeterdicke Kleidung, die baumelnde grüne Elfenmütze und die spitzen grünen Elfenschuhe. Ihre Augen, die Sams umwerfenden Blauton haben, sind offen und wach. Sie betrachtet mich, und ihr winziges Gesicht verzieht sich zu dem süßesten Lächeln der Welt.

»Oh je, sie ist eine wirkliche Herzensbrecherin«, sage ich und halte Little Edie einen behandschuhten Finger hin, damit sie danach greifen kann.

»Ich weiß«, antwortet Becca schmunzelnd. »Ich sage das als ihre Mutter natürlich völlig unvoreingenommen, aber ich glaube nicht, dass ein hübscheres Kind schon mal den Planeten Erde mit seiner Anwesenheit beehrt hat. Wie geht es dir? Mit diesem ganzen … Weihnachtswahnsinn?«

Sie schnaubt ein bisschen, als sie das sagt, und mir fällt ein, dass Weihnachten nicht zu ihren Lieblingsjahreszeiten gehört.

»Ganz gut«, erwidere ich ruhig. »Ich meine, es ist Weihnachten – was gibt es daran nicht zu mögen?«

»Ich schreibe es dir gern auf eine Liste«, antwortet sie.

»Irgendwann mal. Wenn ich Zeit habe. Doch … so schlimm wie sonst finde ich es auch gar nicht. Genau genommen gibt es sogar einige Aspekte, die ganz wunderbar sind. Letztes Jahr um diese Zeit hatte ich keine Ahnung, wie es mit meinem Leben weitergehen sollte. Jetzt bin ich hier – total verliebt und Mutter. Das hätte ich nie gedacht. Aber hey … die Dinge neigen dazu, sich an einen heranzuschleichen, was?«

Wie aufs Stichwort schleicht Cal sich an mich heran und drückt mich so fest, dass ich laut kreische! Becca lacht leicht durchtrieben. Offensichtlich hat sie mitbekommen, wie er sich herangestohlen hat.

Ich verpasse Cal einen leichten Schlag auf den Hinterkopf und halte mich bei Becca nur deshalb zurück, weil sie das süßeste Baby in den Armen hält, das je den Planeten Erde mit seiner Anwesenheit beehrt hat. Dafür werfe ich ihr einen finsteren Blick zu, woraufhin sie kichernd davontrippelt.

Cal legt den Arm um meine Schulter und drückt mich an sich.

»Ein schöner Tag, oder?«, sagt er und küsst mich auf meine Locken. »Selbst ohne Sonne oder Strand. Ich habe nicht genug Fleisch da, um diese Meute satt zu kriegen, denke ich, aber Laura hat gesagt, dass sie Truthahnsandwichs rausbringt, sollte jemand Hunger bekommen.«

Natürlich wird sie das machen, denke ich. Sie hat die Verköstigung dieser fröhlichen Menschenmenge wahrscheinlich schon vorausgeplant.

»Ja, das ist wahr«, antworte ich und genieße es, seinen kräftigen Körper zu spüren. Er teilt die zweitbesten Umarmungen aus, direkt nach Cherie. »Und deine Tochter scheint sich auch gut zu amüsieren. Ich frage mich, wie es bei Peter läuft …«

»Großartig«, erwidert Cal, während wir zusehen, wie Martha sich vom Boden hochrappelt, sich den Schnee von den Beinen klopft und auf uns zusteuert. »Er hat mir vorhin ein Foto geschickt, auf dem er seine Nichte im Arm hält. So weit, so gut.«

Martha stapft durch den mittlerweile zertretenen Schnee in unsere Richtung. Cal stürmt zum Grill, um eine kleine Notsituation unter Kontrolle zu bekommen. Ein Brand scheint dort ausgebrochen zu sein. So viel zu seinen Grillkünsten.

»Geht's dir gut?«, frage ich, als Martha elegant über den Schnee rutscht und direkt neben mir zum Halten kommt. Ihre blassen Wangen leuchten rosa, das schwarze Haar tropft, und sie scheint heute Morgen vergessen zu haben, Eyeliner aufzutragen.

»Ja. Mir geht's gut. Ist das hier nicht … völlig verrückt?«, sagt sie und deutet mit ihrer behandschuhten Hand auf das Geschehen um uns herum. Die Hunde bellen und springen herum, während Cal die verkohlten Stücke Fleisch vom Grill entfernt. Big Edie tanzt mit dem Hula-Hoop-Reifen in ihrem Elfenkostüm herum, und Laura und Matt knutschen heimlich vor Black Rose. Die beiden Schlitzohren.

»Ja, absolut«, stimme ich ihr zu.

Martha hält inne. Ein schmerzlicher Ausdruck huscht über ihr Gesicht. Sie dreht sich zu mir und lächelt mich traurig an.

»Sie hätte ihren Spaß gehabt, oder?«

»Ja, hätte sie«, antworte ich und nicke. »Da sie leider nicht hier ist, werden wir so viel Spaß haben, dass es für uns drei ausreicht, ja?«

# 35. KAPITEL

Cherie und Frank ernten stürmischen Beifall. Sie sind im Partnerlook gekleidet, mit Anzug und Melone. Gerade haben sie eine von Laurel und Hardys typischen Slapstick-Nummern beendet, in der sie sich gegenseitig viel auf den Hintern gehauen haben, über die Füße des anderen gefallen sind, versehentlich den Hut des anderen heruntergerissen und ulkig getanzt haben. Zum Schluss haben sie unter tosendem Applaus Hardys Standardsatz gesagt: »Da hast du mir wieder eine schöne Suppe eingebrockt.«

Edie, die vorne, im leer geräumten Teil des Cafés, an ihrem Pseudojurorentisch sitzt, weint Tränen vor Lachen. Sie hält eine der Bewertungskarten hoch, die Nate und Lizzie im Stil von *Strictly Come Dancing* aus Karton gefertigt haben, und erteilt ihnen die Traumnote zehn.

Bisher war Edie eine sehr großzügige Jurorin – alle Aufführenden haben eine Zehn bekommen. Langsam hege ich den Verdacht, dass auch die restlichen diese Note erhalten werden – Edie ist eindeutig ein bisschen beschwipst, ihr Sherryglas bleibt nie lange leer.

Die Budbury Talentshow hat um neunzehn Uhr begonnen. Becca, die nichts trinkt, hat uns alle im Wohnmobil ihrer Eltern hierhergekarrt. Die beiden sind in Black Rose geblieben und hüten Little Edie, was die beste Ausrede überhaupt ist, nicht auftreten zu müssen. Das hätte mir selbst mal einfallen sollen.

Wir sitzen alle an Tischen, die mit winzigen Weihnachtsbäumen dekoriert sind und auf denen ungefähr zehntausend Knallbonbons herumliegen, die alle darauf warten, geöffnet zu werden. Der Raum ist mit blinkenden Lichterketten geschmückt. Die großen Lampen sind ausgeschaltet, sodass das Café wie eine Märchenhöhle wirkt. Sollte jemand unten am mit Schnee bedeckten Strand entlangspazieren, muss es so aussehen, als würde hier oben, am Rand der Klippe, etwas Magisches vor sich gehen.

Laura und Willow haben an einer Seite des Cafés ein Büffet aufgebaut. Kalter Braten, Brot, Pasteten und Kuchen sind auf Etageren angerichtet. Außerdem gibt es eine Riesenschüssel mit Trifle. Scrumpy Joe, zuständig für den Alkohol, hat eine halbe Wagenladung Bier, Cider, Wein, Schnaps und Schampus herbeigeschafft, um alle bei Laune zu halten, sowie nichtalkoholische Getränke für die Jugend. Edie hat eine eigene Flasche Sherry, Harvey's Bristol Cream, auf ihrem Jurorentisch stehen.

Die Auftritte bisher waren alle saukomisch. Scrumpy Joe, seine Frau Joanne und Sohn Josh haben in die Hälse unterschiedlich voller Ciderflaschen gepustet und dabei tatsächlich eine passable Version von *Stille Nacht, Heilige Nacht* hingelegt.

Willow und ihre Mum, Lynnie, die heute Abend reizend und bei klarem Verstand ist, haben eine Kombination aus Yoga und Akrobatik dargeboten. die aus Handständen, Kopfständen und beängstigenden Verrenkungen bestanden hat und mit einem Spagat endete. Sie tragen gleiche schwarze Trikots und Strumpfhosen sowie blinkende Katzenohren – wieso auch nicht?

Ivy Wellkettle, die ich nicht so gut kenne, da ich bisher glücklicherweise keinen Anlass gehabt habe, ihre Apotheke aufzusuchen, war zusammen mit ihrer Tochter Sophie auf der »Bühne«. Sie studiert Medizin und ist über die Weihnachtsferien nach Hause gekommen. Die beiden haben eine skurrile Version des »Eselschwanz-Spiels« aufgeführt, bei dem das lebensgroße Bild eines menschlichen Körpers als Esel diente. Sophie hielt jeweils einen kurzen Vortrag zu dem Organ, auf dem die Nadel gelandet war.

Glücklicherweise haben sie delikate Stellen wie Möpse und Schniedel ausgelassen – die Menge ist schon so ziemlich in Fahrt, und die Stimmung wird noch dadurch angeheizt, dass Martha und Lizzie einen Mistelzeig am Ende eines Besenstiels befestigt haben. Mit diesem Kuss-Kehrbesen, so nennen sie ihn, laufen sie herum und führen willkürlich Pärchen zusammen. Es ist schon zu allen möglichen Küssen gekommen – von heißen Knutschereien zwischen Becca und Sam, die ihren ersten babyfreien Abend genießen, bis hin zu unschuldigen Küsschen auf die Wange, zwischen Edie und Matt. Ich hätte mal besser meinen Mistelzweig-Vernichtungsplan durchziehen sollen. Diesen herumwandernden Kuss-Kehrbesen werde ich im Auge behalten.

Lizzie überlässt Martha den Mistelzweigbesen, als sie ihren Auftritt hat. Er hat etwas von einer Familiensache – Matt spielt Gitarre, Josh den Bass, Nate die Bongos, und Lizzie singt. Sie haben sich Lauras erbarmt und ihr eine Rassel gegeben, die sie während ihres gesamten Auftritts in den unpassendsten Augenblicken schüttelt.

Die Band heißt The Dead Tulips. Da Lizzie die Frontfrau ist, herausgeputzt im schönsten Emo-Schwarz, erwarte ich einen Hauch von Nirvana oder Death Metal. Aber ich liege völlig daneben – denn stattdessen erklingt eine schnelle, wilde und gelegentlich völlig unmelodische Interpretation eines Lieds von Aqua, *Barbie Girl*.

Lizzie beendet den Song mit einem besonders wilden »Come on Barbie let's go party!«, ehe sie sich mit den Worten verabschiedet: »Vielen Dank Budbury – wir waren The Dead Tulips, und ihr wart ein tolles Publikum!« Sie senkt das Mikro wie eine echte Diva und stolziert unter gleichermaßen großem Applaus und Gelächter von der Bühne. Der Rest der Band folgt ihr. Laura schüttelt noch immer fröhlich ihre Rassel und sieht erleichtert aus, als alles vorbei ist.

Cal sitzt neben mir und krümmt sich vor Lachen, während Edie all ihre Bewertungskarten von eins bis zehn hervorzieht und hochhebt.

Becca und Sam treten als Nächste auf. Sie haben sich für ihren Auftritt sogar noch umgezogen. Becca trägt ein hautenges geschlitztes Kleid. Sie hat noch immer ein Babybäuchlein, sieht aber trotzdem verdammt heiß aus. Ihr Haar ist wild und mit Glitzer besprüht, ihr Gesicht geschminkt. Sam, groß, blond und gut aussehend wie ein Männermodel, hat einen Smoking an, doch die Krawatte hängt locker um seinen Hals. Nate, der für die sogenannte »Beleuchtung« zuständig ist – eine große Taschenlampe –, richtet den Lichtstrahl auf sie, als sie die Bühne betreten.

Sie nehmen eine Pose ein, und in der nächsten Sekunde erklingt *Time After Time* von Cyndi Lauper. Sam nimmt Becca in seine Arme, und die beiden beginnen äußerst anmutig und sinnlich zu tanzen. Würde ich *Strictly Come*

*Dancing* so oft sehen wie Edie, wüsste ich wahrscheinlich, welcher Tanz das ist, doch ich weiß es nicht. Sie gleiten über die Tanzfläche, drehen sich, verharren kurz und drehen sich erneut. Am Schluss sinkt Becca in Sams Arme, ein Bein um seine Hüfte geschlungen.

Edie ist außer sich vor Freude und applaudiert begeistert mit ihren winzigen Händen und stampft mit den Füßen.

»Oh meine Lieben!«, quiekt sie. »Das war die schönste Rumba, die ich je gesehen habe! Sogar noch schöner als die von Jay McGuiness und Aliona Vilani im letzten Jahr.«

»Dieser Tanz war nur für dich, Edie«, sagt Becca und zwinkert ihr kess zu, als sie zurück zu ihren Plätzen gehen.

Oh je. Das zu überbieten ist schwer – was ein Jammer ist, denn laut der Set-Liste, die Cherie an die Tafel geschrieben hat, auf der normalerweise die Tagesgerichte stehen, bin ich jetzt an der Reihe.

»Ganz schön heiß, was die beiden da hingelegt haben«, flüstert Cal mir ins Ohr. »Ich fühle mich seltsam erregt …«

»Keine Sorge«, flüstere ich zurück, bevor ich aufstehe. »Da habe ich ein gutes Gegenmittel.«

Ich gehe zur Bühne, hole tief Luft und greife nach dem Mikrofon, das auf Edies Tisch liegt.

»Okay«, sage ich und räuspere mich nervös. »Das ist schwer. Ich kann weder singen noch tanzen. Schauspielern kann ich auch nicht. Genau genommen, verfüge ich über nur wenige Talente – doch das hier ist eins davon. Ich hoffe, ihr werdet euren Spaß haben.«

Alle sehen mich erwartungsvoll an. Eine Menge glücklicher, angetrunkener Gesichter, die mich aufmunternd anlächeln.

Ich hole noch einmal tief Luft und lege los. Es ist einer

meiner besonderen Titel – einer, den ich schon seit Jahren im Programm habe. *Away in the Manger*, denn ein Weihnachtslied darf nun mal im Rahmen dieser Veranstaltung nicht fehlen, gerülpst von der ersten bis zur letzten Note. Als rotzfreche Göre habe ich mir die Fähigkeit angeeignet, so viel Luft zu schlucken und wieder auszustoßen, dass das Lied erkennbar ist.

Wie erhofft, bringt es alle zum Lachen – auf eine derartige Darbietung kann man einfach nicht anders reagieren. Kurz darauf durchdringt den Raum eine La-Ola-Welle vergnügten Gelächters.

Ich nicke und mache einen kleinen Knicks, ehe ich die Bühne unter Applaus verlasse, das Gesicht so rot wie eine Tomate. Edie hält ihre Bewertungskarte mit der Zehn hoch, was mich eigenartig stolz macht. Komischerweise fanden die Lehrer es nie so lustig, wenn ich dieses Lied in der Weihnachtsmesse zum Besten gegeben habe. Kein Wunder, dass sie mich alle gehasst haben.

Ich gehe zurück zu Cal und ziehe eine Augenbraue hoch.

»Na, du Hengst, ist die Erregung abgeklungen?«, sage ich vorlaut, während ich mich neben ihn setze.

»Ganz im Gegenteil«, erwidert er mit einer Stimme wie James Bond und legt eine Hand auf meinen Oberschenkel. »Das war fantastisch … dass du so versteckte Talente hast, hätte ich nicht gedacht.«

Es ist dunkel in der Ecke, in der wir sitzen, doch ich kann sehen, dass seine Augen leuchten und seine Lippen sich zu einem Lächeln formen. Seine Narbe schimmert. Er sieht umwerfend aus. Aus irgendeinem, unerfindlichen Grund hat mein gerülpstes Weihnachtslied meinen Adrenalinspiegel in die Höhe schießen lassen.

»Oh, die habe ich«, antworte ich und lege meine Hand auf seine. »Talente, die du dir kaum vorstellen kannst.«

Ich sage das in einem unerhört koketten Ton, der derart untypisch für mich ist, dass wir beide losprusten – was unterm Strich wohl das Beste ist. Denn erstens habe ich zu viel getrunken, zweitens war es ein sehr emotionaler Tag, und drittens sind wir beide noch zu aufgewühlt von der Rumba. Ich sollte meinem Urteilsvermögen im Moment besser nicht trauen. Oder vielleicht nie.

»Wir werden dieses Gespräch später fortsetzen«, sagt er und lächelt noch immer. »Merk dir, wo wir stehen geblieben sind! Denn jetzt ruft die Pflicht …«

Die Pflicht, wie ich bemerke, naht in der Gestalt von Martha. Ich komme mir beraubt vor, als er seine Hand von meinem Oberschenkel nimmt. Martha trägt heute Abend nicht ihren Postbote-Pat-Einteiler – immerhin feiern wir eine Party. Stattdessen hat sie ein schwarzes Kleid aus dem Kleiderschrank gekramt, das Kate einmal gehört hat. Doch sie trägt es mit absichtlich zerrissenen schwarzen Leggins und ihren neuen Doc Martens, sodass es eher aussieht wie ein Grunge-Outfit als wie das klassische, kleine Schwarze. Das Haar hat sie zu einer halbhohen Beehive-Frisur toupiert, das Produkt einer Liebesheirat zwischen einer Dose Haarspray und einem kräftigen Nachhintenkämmen, und auch mit Eyeliner hat sie nicht gespart. Die Lippen glänzen rot und bilden einen leuchtenden Kontrast zu ihrem hellen Teint. Sie sieht wirklich wunderschön aus.

Sie sitzt auf einem der Barhocker, die normalerweise vor der Theke stehen, hält das Mikro in der Hand und wirkt überhaupt nicht nervös – obwohl ich mir sicher bin, dass sie es ist. Cal hat seine Gitarre aus dem Koffer geholt und eilt zu ihr rüber. Auch er hat sich schick gemacht. Er trägt eine Jeans, ein schwarzes Hemd und den Gürtel, den ich ihm geschenkt habe.

Er setzt sich neben Martha auf einen zweiten Barhocker und nickt ihr zu, um sie wissen zu lassen, dass er bereit ist. Ich bin gespannt auf ihren Auftritt – sie haben viel geprobt, und das wird bestimmt besser als meine gerülpste Gesangsdarbietung.

Martha hält das Mikro hoch, und Cal beginnt zu spielen. Nach wenigen Sekunden erkenne ich das Lied. Und als ich begreife, was ich jetzt hören und sehen werde, merke ich, wie mir die Tränen in die Augen steigen. Da ich sie nicht zurückhalten werden kann, greife ich nach einer Serviette auf dem Tisch. Sie ist hoffentlich nicht mit Trifle bekleckert, denn ich werde sie in den nächsten Minuten brauchen.

Cal spielt das Lied in einer kunstvollen Akustikversion, ungefähr halb so schnell wie das Original – doch die Anfangsakkorde sind trotzdem unverkennbar, da er die Noten einwandfrei zupft. Die Anfangsakkorde von David Bowies *Rebel Rebel* erklingen.

Martha beginnt zu singen. Ihre Stimme ist tief und klar, und sie trifft jede Note haargenau. Sie dehnt die Worte und phrasiert sie in einer Weise, dass die Menge plötzlich still und ehrfürchtig zuhört. Die beiden harmonieren perfekt – ihr Gesang, sein Spiel, das Lied in all seiner Kraft. Das ist eindeutig die beste Darbietung des heutigen Abends, obwohl ich möglicherweise voreingenommen bin.

Ich hatte recht mit den Tränen und versuche nicht einmal, sie zurückzuhalten. Stattdessen lasse ich sie über meine Wangen rollen, bis hinunter zum Hals, wo sie sich sammeln. Dieser Auftritt – dieses Lied und all die damit verbundenen

Erinnerungen an Kate, an Martha, an die Vergangenheit – verdient ein paar Tränen. Und es ist mir egal, wie verheult ich aussehen werde. Ich wusste, dass diese Tränen heute noch kommen würden – und dies scheint der richtige Augenblick zu sein. Ich bin überwältigt: von dem Gesang, von dem Spiel, davon dass ich Kate vermisse, dass ich Martha liebe, dass ich unser neues Zuhause hier liebe und sogar Cal, wie ich mir eingestehe.

Ich liebe ihn, daran besteht kein Zweifel – ich bin mir nicht sicher, wie ich ihn liebe, aber ich liebe ihn. Er sieht mich an, während er spielt. Ein sanftes Lächeln umspielt seine Lippen, er ist sich dessen Wirkung bewusst. Er konzentriert sich auf sein Spiel, aber auch auf mich. Ich versuche, sein Lächeln zu erwidern, doch meine Mundwinkel bringen nicht mehr als ein Zucken zustande.

Sie spielen weiter. Als Martha eine bestimmte Zeile singt, schaltet Nate die Taschenlampe ein und richtet den Lichtstrahl auf mich. Das haben sie offensichtlich so einstudiert. Die Blicke der anderen wandern zu mir.

»Hot tramp«, singt sie mit langsamer, tief bewegter Stimme und zeigt auf mich, so wie an jenem Abend im The Dump, vor gefühlten siebenhundert Jahren. »I love you so …«

Cal zupft dieses unverwechselbare Gitarrenriff. Nate wendet glücklicherweise das Scheinwerferlicht wieder von mir weg. Der Lichtstrahl streift über die Gesichter der anderen. Ich bin nicht die Einzige, die weint. Nicht die Einzige, die ergriffen ist, stelle ich fest. Laura lässt ihren Gefühlen freien Lauf und weint, den Kopf an Matts Schulter gelehnt; Becca umfasst ihre Wangen, sie blinzelt Tränen weg; Cherie sitzt gebannt da, das Gesicht feucht vor Tränen und strahlend, während sie nach Franks Hand greift.

Gut gemacht, Martha, sage ich still zu mir – du hast ganz Budbury in einen emotionalen Trümmerhaufen verwandelt. Ich lache fast – aber nur fast. Ich bin noch immer überwältigt von meinen Gefühlen und weiß nicht so recht, wohin damit. Ich bin zugleich glücklich und traurig, stolz, gerührt und bewegt. Doch hauptsächlich fühle ich mich glücklich – glücklich, hier zu sein, mit diesen Menschen, mit Cal und Martha. Sie in meinem Leben zu haben. Das Privileg zu genießen, Marthas Ersatzmutter und Cals Freundin zu sein und die Erinnerung an Kate in mir zu tragen.

Wir haben einen sehr, sehr langen Weg hinter uns gebracht, seit wir zum letzten Mal zu diesem Lied getanzt haben – und ich bin unglaublich dankbar.

Der Auftritt nähert sich seinem langsamen, perfekten Ende, und alle springen auf. Sie stampfen, klatschen, jubeln und wischen sich die Tränen weg. Edie hält ihre Bewertungskarte hoch – sie hat einen Stift benutzt, um aus der »Zehn« eine »Hundert« zu machen, was gerechtfertigt erscheint.

Martha salutiert mir fröhlich zu, als sie die Bühne verlässt, doch sie kommt nicht zu mir herüber – sie ist wohl genauso aufgewühlt wie ich und kann den Gefühlsüberschwang nicht verkraften. Stattdessen steuert sie auf Lizzie zu, die sie umarmt. Sie sitzt ein paar Minuten still mit ihr zusammen, um sich zu beruhigen. Am liebsten würde ich zu ihr laufen und ihr einen dicken Kuss geben, doch ich weiß, dass ich ihr Raum lassen muss. Sie ist nicht allein, und das ist das Wichtigste.

Genauso wie ich nicht allein bin, erinnere ich mich – während Cal vor mir auftaucht, ein schüchternes Lächeln im Gesicht, die Gitarre in der Hand. Ich stehe auf und küsse ihn auf die Wange.

»Danke«, sage ich. »Wirklich. Das war … das war toll.«

»Echt? Sieht nämlich so aus, als hättest du geweint.«

»Habe ich auch. Aber das waren Tränen der Rührung. Euer Auftritt war so schön – das allerschönste Weihnachtsgeschenk, das ich je bekommen habe. Kate wäre so stolz auf sie – und auf dich.«

Er wirkt betreten und macht ein verlegenes Gesicht, während er die Gitarre in den Koffer packt. Die Budbury Talentshow nähert sich ihrem Ende, was wahrscheinlich gut ist, denn niemand könnte diese letzte Nummer noch toppen.

Jemand hat Musik eingeschaltet, und Tische werden beiseitegeschoben, um eine Tanzfläche zu schaffen. Edie stürmt das Parkett, gefolgt von Becca. Die beiden tanzen einen schmissigen Bebop zu *Santa Clause is Coming to Town*. Cherie gesellt sich zu ihnen und schüttelt wild ihr Haar, wie es sich für einen Althippie gehört.

Cal legt den Arm um meine Schulter, und ich schmiege mich an ihn. Ich will jeden Augenblick dieses Abends auskosten. Ich habe keine Ahnung, was die Zukunft bringen wird – ob wir hierbleiben werden oder nach Bristol zurückgehen, und noch weniger weiß ich, wie meine Welt aussehen wird, wenn Cal wieder zurück in Australien ist. Doch dieser Moment hier könnte nicht perfekter sein. Am liebsten hätte ich eine magische Pausentaste, um die Zeit anzuhalten und uns alle in dieser glitzernden Kapsel der Glückseligkeit einzufrieren.

Selbstverständlich habe ich diese magische Taste nicht – die hat keiner. Und so betrachte ich stattdessen die Menschen um mich herum, die zu meinen Freunden geworden sind, und versuche, sie in ihrer Einzigartigkeit abzuspeichern, um mich an sie zu erinnern und zu lächeln, wenn ich niedergeschlagen bin.

Cal scheint das Gleiche zu fühlen. Wir stehen ein paar Augenblicke lang da, blicken auf das verrückte Treiben unseres gegenwärtigen Reichs und genießen das Spektakel einer Gruppe angetrunkener Menschen, die die Ankunft des Jesuskinds auf ihre sehr eigene, besondere Weise feiern.

»Komm«, sagt er, als die ersten, unverwechselbaren Klänge von *Last Christmas* ertönen. »Sie spielen unser Lied …«

»Man hat mir mal das Herz gebrochen mit diesem Lied. Damals auf einer Schuldisco 1993 …«, protestiere ich, während er mich auf die Tanzfläche schleppt. »Ich bin über dieses Trauma noch nicht hinweg.«

»Was ist passiert?«, fragt er, übergeht meine Einwände und zieht mich für einen Schieber zu sich heran. Das Tempo ist langsamer geworden. Im Café herrscht eindeutig gute, alte Discoatmosphäre – Becca und Sam sind auf Tuchfühlung gegangen, Matt hebt Laura beim Schmusen hoch, und Frank und Cherie bewegen sich zusammen zu der Musik unter den Lichterketten. Selbst Edie schwebt in einem langsamen Tanz mit Scrumpy Joe übers Parkett.

»Tja, also ich stand total auf diesen Jungen namens Jason Doyle«, antworte ich, schmiege mich an ihn und lehne den Kopf an seine Brust. »Er sah umwerfend aus – groß, gut gebaut, sehr viel weniger Pickel im Gesicht als die meisten anderen Jungs des Jahrgangs. So ein bisschen wie Robbie Williams, was damals das Nonplusultra war. Er hat mich gefragt, ob ich mit ihm tanzen wollte, genau zu diesem Lied. Wir haben dabei geknutscht – du weißt schon, viel Zunge und Begeisterung, aber blutige Anfänger. Wie zwei Schlangen, die dieselbe Maus verschlingen wollen?«

»Ja, ich weiß«, sagt er und lacht. »So haben wir alle mal angefangen.«

»Ich war völlig aus dem Häuschen und dachte, das wäre der Beginn einer großen Liebesgeschichte. Kate hatte gerade mit Tanzen ausgesetzt und sah von einer der Turnbänke aus zu. Sie hielt die Daumen hoch und machte unflätige Gesten hinter seinem Rücken. Ich spielte schon mit dem Gedanken, ihm auf dem Nachhauseweg zu erlauben, unter mein Oberteil zu fassen und seine Hand über meinen BH wandern zu lassen – ich weiß nicht, wie das in deiner Jugend war, aber in meiner schien das sexuelle Erwachen entweder auf dem Nachhauseweg oder im Park stattzufinden … egal. Doch selbst nach unserer Knutscherei zu Wham! hat er nicht mich, sondern Sally Aimes nach Hause gebracht! Kannst du das glauben?«

»Oh Gott«, erwidert Cal und klingt im Namen meines jugendlichen Ichs völlig entsetzt. »Dieser Mistkerl! Wie konnte er bloß? Was ist dann passiert?«

»Na ja, ich bin mit Kate nach Hause gegangen, was wahrscheinlich sowieso witziger war. Vor allem, weil sie nicht unter mein Oberteil gefasst hat. Und am nächsten Tag habe ich Jason Doyles Fahrrad auf dem Betonboden des Fahrradunterstands festgeklebt. Er musste die Reifen mit dem Messer vom Boden lösen, und die Gummireste waren noch monatelang zu sehen.«

»Dann … war es letztendlich doch ein Happy End, im Stil von Zoe?«

»Ja. Schon«, sage ich und lächele, als ich an die Episode zurückdenke. Witzig, wie Geschichten, die man in diesem Alter als groß, bedeutsam und traumatisch wahrgenommen hat, später zu amüsanten Anekdoten werden. Vielleicht bleibt das ja so, bis man neunzig ist, wer weiß?

Wir tanzen an Matt und Laura vorbei. Sie reißt die Augen

weit auf, als sie uns bemerkt. Ihre Fantasie geht jetzt bestimmt völlig mit ihr durch. Ich lache, entspanne mich und genieße den Moment. Cal ist groß, kräftig und verströmt Wärme. Es ist angenehm, wie er mich an sich drückt, und ich spüre sein Herz unter meiner Wange schlagen. Er riecht gut, fühlt sich gut an, und dieser Tanz ist zweifellos zehnmal besser als der Tanz von 1993. Und dass Cal besser küsst als Jason Doyle, glaube ich sowieso – auf jeden Fall weiß er, eine Frau auf der Tanzfläche zu führen, so viel steht fest.

Ich erröte leicht bei dem Gedanken. Meine Hände liegen auf seinem Rücken. Ich spüre seine Muskeln, die sich anspannen und wieder lockern, wenn wir uns bewegen. Ich spüre, wie seine Oberschenkel sich gegen meine pressen, und bin dankbar für die schummrige Beleuchtung. Mein Körper findet sehr viel mehr Gefallen an dieser Nähe, als er das sollte.

Während George weitersingt, hört Cal auf zu tanzen und bleibt wie erstarrt auf der Stelle stehen. Widerwillig hebe ich den Kopf von seinem behaglichen Platz auf seiner Brust und sehe ihn fragend an. Cal grinst, sein Blick ist auf etwas hinter mir gerichtet.

Ich drehe mich um, da ich wissen will, was hinter meinem Rücken vor sich geht, und erblicke eine völlig wiederhergestellte, spitzbübisch grinsende Martha – den Kuss-Kehrbesen fest in der Hand. Lizzie steht neben ihr und kichert. Zusammen sehen sie aus wie der Inbegriff des Bösen.

Ich öffne den Mund, um etwas von mir zu geben – womöglich einen Fluch –, doch ehe ich ein Wort herausbringen kann, streckt sie den Besen schon in unsere Richtung, und der Mistelzweig baumelt über unseren Köpfen. Sie wirft mir einen herausfordernden Blick zu, woraufhin ich ihr einen noch herausfordernderen zurückwerfe. Dieses kleine Biest.

Ich bin bereit, die Tradition zu brechen und zu ignorieren, doch Cal sieht das anders. Seine Lippen umspielt ein gefährliches Lächeln, und seine Augen funkeln. »Scheint, als wäre es Zeit, die Geister von 1993 zu vertreiben …«, sagt er.

Er greift unter mein Kinn, hebt es an, streicht eine Strähne aus meinem Gesicht und beugt sich vor, um mich zu küssen. Der Kuss ist der absolute Hammer – lang, langsam, bedächtig und äußerst wirksam. Eine Hand umfasst meine Locken, die andere liegt in meinem unteren Rücken. Er drückt mich an sich und nimmt sich Zeit – nichts an diesem Kuss ist platonisch.

Ich vergesse vorübergehend, dass ich auf einer Tanzfläche bin, umgeben von Menschen. Ich vergesse, dass meine jugendliche Fasttochter uns zusieht und beiseitetritt. Ich vergesse meinen Schwur, genau das nicht passieren zu lassen. Ich vergesse alles, außer Cals Lippen, die meine berühren. Außer seinen Schultern, die ich unter meinen Fingern spüre. Außer seinen Händen, die in mein Haar greifen, und außer seiner Hitze, die mich umhüllt. Mich erfasst plötzlich ein derartiges Verlangen, dass ich mit seinem Körper verschmelze.

Als er mich schließlich loslässt, schnappe ich vor Aufregung, Nervosität und Sauerstoffmangel kurz nach Luft. Unsere glühenden und ausnahmsweise einmal ernsthaften Blicke treffen sich. Der Rest der Welt scheint zu verschwinden, während wir eine wortlose Sprache finden. Das Café verschwindet, die Menschen verschwinden, selbst George verschwindet … es gibt nur noch mich, Cal und diesen Funken zwischen uns, der noch immer knistert.

Vielleicht hätten wir irgendwann einmal etwas gesagt – sobald einer von uns dazu in der Lage gewesen wäre –, doch wir bekommen nicht die Gelegenheit dazu. Ich liege noch immer zitternd und leicht erschrocken in seinen Armen, als im gesamten Raum Applaus aufbrandet. Ich sehe mich um und stelle fest, dass alle mit dem, was immer sie gerade getan haben, innegehalten haben, klatschen, jubeln und mit den Füßen stampfen. Martha lacht so heftig, dass sie den Kuss-Kehrbesen fallen lässt. Edie hat ihre Bewertungskarten hervorgezogen und hält eine Zehn hoch.

Cal hält mich weiter in seinen Armen. Er spürt wohl, dass ich in Panik weglaufen könnte, und stimmt in ihr Lachen ein. Laura kommt herbei und knufft meinen Arm.

»Das wurde aber auch langsam mal Zeit, verdammt«, sagt sie sichtlich erfreut.

# 36. KAPITEL

Die Party geht schließlich zu Ende, und kurz nach Mitternacht liefert Becca ihre letzten Fahrgäste in The Rockery ab. Die Fahrt war höchst amüsant, das Wohnmobil gerammelt voll. Wir haben auf den Tischen und einander auf dem Schoß gesessen. Möglicherweise haben wir gegen ein paar Personenbeförderungsgesetze verstoßen, doch die Straßen waren komplett leer und Becca stocknüchtern.

Sie kutschiert uns durch die glitzernde Schneelandschaft wie eine echte Taxifahrerin. Noch immer geschminkt und im hautengen Kleid, nur jetzt mit klobigen Sportschuhen an den Füßen, betätigt sie sich als Fremdenführerin. Die Sehenswürdigkeiten auf ihrer Rundfahrt beinhalten unter anderem die berühmte Stelle, an der Midgebo den größten Haufen der Welt gemacht hat, die weltberühmte Bushaltestelle, an der Lizzie einmal ohne Eyeliner aufgetaucht ist, und das Maisfeld, in dem Matt Hunter, angesehener Tierarzt und Stütze der Gesellschaft, zum ersten Mal mit ihrer Schwester geknutscht hat. Da wir alle betrunken sind, finden wir das alles natürlich saukomisch.

Sie setzt Familie Jones am Cider Cave ab, Edie, Sophie und Ivy Wellkettle im Dorf, Willow und Lynnie an ihrem kleinen

Cottage am Dorfrand, ehe sie einen kleinen Schlenker zu Franks Farm macht und anschließend nach The Rockery fährt. Sie parkt, und wir alle stapfen durch den Schnee zu unseren Häusern und umarmen uns zum Abschied.

Der Abend ist wunderschön – klirrend kalt, aber wunderschön. Der Himmel ist klar und dunkel und mit funkelnden Sternen übersät, es ist Vollmond, er leuchtet wie ein riesiger Käse am Himmel, und der neu gefallene Schnee glitzert in einem gelben Schein. Der Schneemann, den die Kinder vor wenigen Stunden gebaut haben, ist noch immer da. Er trägt Cals Plastikhut mit der Aufschrift »Küss Mich Schnell«, seine Karottennase hängt leicht schief, und er lächelt uns mit seinem Rosenkohlmund an.

Ich tätschele seinen Kopf, als wir an ihm vorbeigehen. Wir landen alle in Lilac Wine, wo es behaglich und warm ist. Die Vorhänge sind zugezogen, die Heizung ist an. Wir stoßen alle drei einen kleinen Seufzer der Erleichterung aus, wieder im Warmen zu sein. Es hat erneut zu schneien begonnen, kleine Flocken rieseln vom Himmel herab, und es fühlt sich gut und gemütlich an, drinnen zu sein.

Cal ist mitgekommen, angeblich um seine Weihnachtsgeschenke zu holen, bevor er in sein Cottage hinübergeht. Doch da ist immer noch dieses Gefühl von etwas Unerledigtem zwischen uns. Ich habe keine Ahnung, wohin das führen wird, und bin entsprechend nervös und aufgeregt. Und auch ein bisschen beschwipst.

Mit der Erkenntnis gehe ich in die Küche und gieße mir ein Glas Wasser ein. Beschwipst und nervös – das ist keine gute Mischung. Das beschert mir nur einen flauen Magen und einen wirren Kopf; ich bin gleichzeitig müde und aufgedreht. Allein der Gedanke an unseren Last-Christmas-Kuss genügt, dass ich vor mich hin starre und seufze. Ehrlich, ich glaube nicht, dass ich schon einmal so verdammt gründlich geküsst worden bin – er hat nicht gelogen, als er neulich abends von seinen göttlichen Qualitäten gesprochen hat.

Ich stehe da, lehne mich gegen die Theke, trinke mein Wasser und frage mich gerade, wie göttlich es werden könnte, wenn wir den Faden weiterspinnen würden, als Martha in die Küche hereinspaziert. Mit der einen Hand hält sie ihre Stiefel an den Schubändern fest, in der anderen eine Packung Cheezels.

»Ich bin erledigt, und die hier klaue ich jetzt«, sagt sie und schwenkt die Tüte. »Ich muss mich doch mit meiner australischen Herkunft auseinandersetzen. Also, ich geh jetzt ins Bett. Und … noch mal frohe Weihnachten. Ich hatte mich aus verständlichen Gründen dieses Jahr überhaupt nicht darauf gefreut, doch … es war gar nicht so schrecklich, wie ich es erwartet hatte.«

»Wow«, antworte ich und lächele. »Das ist in der Tat ein großes Lob. Dann schlaf gut, du kleine böse Prinzessin.«

Sie schneidet mir eine Grimasse und stolziert aus der Küche. Ich höre erst ihre Schritte auf der Treppe, dann einen dumpfen Knall, als sie die Stiefel auf den Boden fallen lässt, und schließlich das Geräusch einer sich schließenden Tür. So – geht es mir durch den Kopf –, jetzt sind Cal und ich allein. Kein Publikum. Keine Martha. Keine Pufferzone. Ich frage mich, ob ich weglaufen und in diesem Wohnmobil schlafen kann …

Nachdem ich zu dem Schluss gekommen bin, dass es für mein Fluchtvorhaben zu kalt und zu spät ist, gehe ich zurück ins Wohnzimmer. Ich halte mir eine Hand vor den Mund und tue so, als würde ich gähnen. Das Verhalten erinnert mich an das von Martha, was nicht gut sein kann.

Als Cal die scheinheilige Vorstellung sieht, beginnt er zu lachen. Er sitzt ausgestreckt auf dem Sofa. Die obersten Knöpfe seines Hemds sind offen, sodass seine goldene Haut hervorscheint. Das blonde Haar ist wild und zerzaust. Er sieht aus wie ein Adonis in Cowboykluft. Ein amüsiert blickender Adonis in Cowboykluft.

»Echt?«, sagt er, als er schließlich aufhört, über mich zu lachen. »Du willst die ›Ich-bin-so-müde-ich-geh-sofort-ins-Bett-um-dir-aus-dem-Weg-zu-gehen‹-Nummer abziehen? Wovor hast du Angst?«

Ich gebe ein »Hmm« von mir – keiner will wegen seines törichten Verhaltens zur Rede gestellt werden – und ignoriere, dass er auf den Platz neben sich klopft. Stattdessen setze ich mich in den Sessel und versuche, sittsam und furchtlos auszusehen.

»Ich habe vor gar nichts Angst. Außer vor Wespen«, antworte ich und blinzele ihn an.

»Doch, hast du. Du hast Angst vor mir. Vor uns. Vor diesem Kuss – diesem verdammt phänomenalen Kuss. Du hast Angst davor, was passieren könnte, wenn du mich noch mal küsst. Du bist ein Angsthase – so viel steht fest.«

Wider besseres Wissen muss ich grinsen. Denn natürlich hat er mit seiner Einschätzung ins Schwarze getroffen.

»Du hast mir nie erzählt, wie du zu dieser Narbe gekommen bist«, lenke ich vom Thema ab. »Und du hast mir versprochen, dass du das tun wirst …«

»Das werde ich«, erwidert er. »Wenn du deinen Hintern von diesem Sessel hierherbewegst und dich wenigstens neben mich setzt. Ich werde nicht beißen, versprochen! Außer es ist dein ausdrücklicher Wunsch.«

Ich wäge meine Optionen ab, und schon im nächsten

Augenblick finde ich mich neben ihm auf dem Sofa wieder, ohne mich erinnern zu können, eine Entscheidung getroffen zu haben. Du meine Güte – dieser Mann scheint auch noch die Gedanken anderer Menschen kontrollieren zu können. Er zieht mich augenblicklich zu sich heran, und ich schmiege mich schließlich an seine Brust, die Hand auf seinem Bauch, nur wenige Zentimeter von der Gürtelschnalle entfernt. Schluck!

»Also, die Narbe habe ich mir mit zwölf zugezogen«, beginnt er, als wir schließlich aneinandergekuschelt auf der Couch sitzen. »Es war keine Prügelei mit Russel Crowe. Es waren auch keine Haie oder Krokodile daran beteiligt, sondern eigentlich nur ich, mein Skateboard und die hintere Windschutzscheibe des Jeeps meines Vaters. Ich bin geradewegs durch sie hindurchgeschossen – als praktisch denkender Kerl ist mein Vater selbstverständlich mehr um das Auto besorgt gewesen. Doch die Verletzung war ziemlich schlimm. Es hat damit geendet, dass ich mehrfach operiert werden musste und viele Stiche im Gesicht hatte. Meine Zukunft als männliches Model war mir einem Schlag dahin.«

»Das ist alles?«, sage ich, sehe ihn an und streiche mit dem Finger über die Narbe. »Da bin ich aber irgendwie enttäuscht. Ich werde diese Geschichte jetzt einfach vergessen und mir einreden, dass es ein Haiangriff war, während du gerade Nicole Kidman vor Kannibalen gerettet hast.«

»Das ist für mich in Ordnung«, antwortet er lachend, greift nach meiner Hand und küsst sanft die Innenfläche. Obwohl es keine feurige Berührung ist, genügt sie, um meine Atmung zu beschleunigen und mich innerlich in Aufruhr zu versetzen. Meine Finger scheinen ihren Weg unter sein Hemd gefunden zu haben. Die Haut seines muskulösen

Bauchs fühlt sich warm und glatt an. Sie wandern weiter hinauf und treffen auf weiches Haar.

Ich höre, wie er durch die Zähne Luft einsaugt, und seine Lippen bewegen sich von meiner Hand zu meinem Mund. Es braucht nicht viel, um das Feuer wieder zu entfachen. Als er mich küsst, zieht er mich auf seinen Schoß, sodass ich rittlings auf ihm sitze. Mein Haar bedeckt unsere Gesichter. Er drückt mich an sich, küsst mich leidenschaftlich und vergräbt seine Hände in meinem Haar, wir beide verlieren uns im Augenblick.

Seine Lippen wandern zu meinem Hals, liebkosen die empfindsame Haut, und ich scheine sein Hemd aufzuknöpfen. Er ist ein wunderbares Geschöpf, und meine Finger fahren über seinen Oberkörper bis hinauf zu den Schultern, erkunden seinen Rücken, während ich mich in seine Hände schmiege, die angefangen haben, meinen Körper zu erkunden.

Ich spüre ihn. Er ist offensichtlich genauso erregt wie ich, was meine Begierde nur noch verstärkt. Ich stöhne auf, als seine Finger meine Brustwarzen finden und sein Mund meinen Hals streift. Er seufzt meinen Namen. Monate des Vorspiels entladen sich plötzlich, und ich will ihn nackt spüren. Ich will ihn nackt spüren, will ihn auf mir spüren, will ihn unter mir spüren, will ihn in mir spüren. Ich will ihn überall spüren, und ich weiß, dass ich das seit unserer ersten Begegnung gewollt habe – ich war nur zu vernünftig, es zuzulassen.

Als meine Hände dann von seiner Brust aus nach unten wandern, zu dem Gürtel mit der riesigen Schnalle, den ich ihm sehr gern ausziehen möchte, zusammen mit dem Rest der Kleidung, ist jedwede Vernunft ausgeschaltet.

Er grinst, als ich daran herumnestele und fluche, weil ich ihn nicht aufbekomme. Das lässt uns gerade genug Zeit, uns daran zu erinnern, wo wir sind, was wir gerade machen und wo wir es machen. Und noch wichtiger, wer oben ist.

Ich höre Martha durch ihr Zimmer gehen, eine Tür öffnet sich, Wasser rauscht in ihrem Badezimmer – ich erkenne an Cals Reaktion, dass er es auch gehört hat.

Wir beide erstarren wie zwei schuldbewusste Teenager und sehen uns entsetzt an, während wir darauf warten, dass auf der Treppe Fußschritte erklingen ....

Ich springe sicherheitshalber von ihm herunter und lande ungraziös auf dem Boden. Das Haar wirr und zerzaust, das Gesicht hellrot, der BH unter meinem T-Shirt geöffnet und nach oben gerutscht. Cal betrachtet mich und lacht.

»Alles in Ordnung«, sagt er und streckt eine Hand aus, um mir auf die Füße zu helfen. »Die Gefahr ist vorüber. Sie scheint wieder in ihr Bett gegangen zu sein.«

Ich stehe auf, die Beine wacklig und unsicher, und mache einen Schritt von ihm weg, als wäre er radioaktiv verseucht.

»Ja ... aber ...«, murmele ich, immer noch im Kampf-oder-Flucht-Modus und verrenke meine Arme unter dem T-Shirt, um den unartigen BH wieder zuzumachen.

»Ich weiß. Es fühlt sich nicht richtig an, oder?«, sagt er, seufzt und fährt frustriert mit den Händen durch sein Haar. »Nicht mit Martha da oben. Wenn wir es machen – und das wünsche ich mir sehr –, dann sollten wir es richtig machen.« Mein Herzschlag wird schneller, als ich mir das vorstelle ... wenn das, was wir gerade gemacht haben, sich falsch anfühlt, wie fühlt es sich dann erst an, wenn wir es richtig machen? Ich nicke und gehe noch ein paar Schritte weiter weg. Ich muss auf Abstand geben. Ich muss mich beruhigen. Ich muss meinen Blick von dieser Brust und dieser leichten Behaarung lösen, die sich seinen Bauch hinabschlängelt. Ich darf nicht mehr daran denken, wie diese großen Hände sich auf meinem Körper angefühlt haben.

»Ich gehe ins Bett«, sage ich schnell und drehe mich um, bevor ich es mir noch einmal anders überlegen kann. »Ähm … danke?«

Ich bin mir nicht sicher, ob das die angemessenen Worte sind, doch ich spüre, dass ich etwas sagen muss.

»Gern geschehen. Und Zoe?«

Ich bleibe stehen, als ich die Tür erreicht habe und blicke zurück zu ihm. Er steht da, groß, schlank und immer noch eindeutig einsatzbereit.

»Ja?«

»Das hier wird fortgesetzt, okay? Geh nicht ins Bett und bedaure es oder erfinde irgendwelche Gründe, um dir einzureden, dass es nie passiert ist. Der Text von Last Christmas trifft hier nicht zu, und wir befinden uns nicht im Jahr 1993. Dein Herz ist bei mir in sicheren Händen.«

Ich nicke und eile auf allen vieren die Treppe hoch, wie ein erschrockener Affe.

# 37. KAPITEL

Als ich am nächsten Morgen aufwache, bin ich in einem äußerst seltsamen Gefühlszustand. Es dauert eine Weile, bis ich begreife, dass ich keinen Kater habe, nicht vor Selbstverachtung triefe oder das Verlangen verspüre, sofort wieder einzuschlafen.

Nein, denke ich, während ich mich strecke und die Wärme unter der Bettdecke genieße – es ist tatsächlich ein Zustand des Glücks.

Wir haben ein tolles Weihnachtsfest gehabt, entgegen allen Erwartungen. Wir haben Peter geholfen und so eine gute Tat vollbracht. Wir haben ein freundliches Gespräch mit Barbara und Ron geführt. Wir haben uns witzig beschenkt. Wir haben im Schnee gegrillt und eine Party mit unseren Freunden gefeiert. Martha hat mir durch die Blume gesagt, dass sie mich lieb hat, auch wenn sie mich dabei als Schlampe bezeichnet hat. Wir haben nur ein bisschen um Kate geweint. Und außerdem ist der gestrige Abend zwischen mir und Cal noch ziemlich heiß verlaufen, denke ich – und erkenne, dass zu meinem Zustand des Glücks auch noch eine heftige Dosis Lust hinzukommt.

Ich erlaube mir, ein paar Minuten in der Erinnerung zu

schwelgen, und denke an den Kuss und das Gefühl, seine Hände auf meiner Haut zu spüren. Denke an seine letzte Bemerkung … Fortsetzung folgt.

Ich habe keine Ahnung, wohin das führen wird, doch ich will mehr davon. Und sei es nur für wenige Tage. Meine ganze frühere Zurückhaltung scheint verflogen und Widerstand sowieso zwecklos zu sein, wenn ein Mann so küssen kann. Zumindest werde ich Spaß haben – und was das betrifft, bin ich weiß Gott wahrscheinlich schon lange überfällig.

Ich weiß, dass da neben der körperlichen Anziehungskraft, der Neugierde und der reinen Lust noch mehr ist. Dass meine Gefühle für ihn sehr viel tiefgehender sind, als dass ich nur auf ihn stehe. Dass er einen Platz in meinem Leben eingenommen hat, der leer bleiben wird, wenn er nach Australien zurückkehrt – doch jetzt konzentriere ich mich erst einmal auf das Schöne. Darauf, dass ich in meinem warmen Bett liege, keine Kopfschmerzen habe und mich auf den Tag und auf das freue, was er für mich bereithält. Zeit mit Martha, Zeit mit Cal, Zeit, um unsere Gesellschaft zu genießen, solange wir das noch können. Das ist Zeit, die Kate nie hatte, und ich habe vor, sie auszukosten.

Vielleicht werde ich in meinem Alter ja doch noch achtsam. Oder vielleicht versetzt mich der Gedanke an umwerfenden Sex auch derart in Aufregung, dass ich es schaffe, meine üblichen Vorbehalte über Bord zu werfen. Wer weiß?

Ich quäle mich aus dem Bett und friere nicht sofort fest – was bedeutet, dass die Heizung schon an ist. Das wiederum bedeutet, dass es später ist, als ich gedacht habe. Ich sehe auf meine Uhr. Tatsächlich, es ist schon fast elf, und ich habe fantastisch geschlafen. Kein Wunder, dass es mir gut geht. So gut, dass ich schon fast erwarte, winzige Hüttensänger um meinen

Kopf herumflattern zu sehen, als ich mich im Spiegel betrachte.

Aber da ist nichts dergleichen – nur meine übliche zerzauste Mähne –, doch das ist in Ordnung. Die Hüttensänger müssen von der unsichtbaren Sorte sein. Ich schlüpfe in eine Leggings und mein David-Bowie-T-Shirt und trete mit nackten Füßen auf den Treppenabsatz. Ich bin fröhlich und heiter, fast ein bisschen albern, und frage mich, ob das noch am gestrigen Tag liegt. An Marthas offensichtlicher Zufriedenheit, an der Sippschaft vom Café und daran, dass ich rittlings auf einem Adonis in Cowboykluft gesessen habe. Einem Adonis, dem ich meinem Gefühl nach vertrauen kann – der mir gesagt hat, dass mein Herz bei ihm in sicheren Händen ist.

Was immer es ist, ich mag es und hoffe, dass es anhält.

Wenn ich mich so fühle, steche ich normalerweise mit einem großen, aus einem »Ja, aber ...« bestehenden Stock darauf ein. Ich bin mir sicher, alle Frauen wissen, wovon ich rede. Dieses »Ja, aber – was kommt als Nächstes?«. Dieses »Ja, aber – das ist zu schön, um wahr zu sein!«. Dieses »Ja, aber – er fährt in ein paar Tagen, und was ist, wenn ich in eine handfeste Krise rutsche?«.

Heute errichte ich eine große, stabile Mauer zwischen mir und dem Ja, aber – meine ureigene mentale Zoe-Mauer.

Ich freue mich stattdessen auf einen Becher Kaffee und vielleicht ein Stück Kuchen – immerhin ist ja noch Weihnachten und Schlemmen damit erlaubt –, als ich die Treppe auf Zehenspitzen hinuntergehe. Auch wenn ich mir ziemlich sicher bin, dass Martha mittlerweile auf ist, schleiche ich die Stufen trotzdem vorsichtshalber hinunter. Als ich fast unten angekommen bin, höre ich Geräusche aus dem Wohnzimmer. Sie ist also nicht nur auf, sondern hat sogar Gesellschaft.

Ich höre, wie sie und Cal sich unterhalten, und setze mich kurz auf die unterste Stufe. Der Klang seiner Stimme treibt mir sofort die Röte ins Gesicht, und ich brauche einen Augenblick, um wieder eine normale Gesichtsfarbe anzunehmen. Entweder ist er vorhin vorbeigekommen, oder er hat die Nacht sogar hier verbracht, eingerollt auf dem Sofa, genauso frustriert wie ich, als ich in mein Zimmer geflüchtet bin.

Ich fächele mir Luft zu, um die Röte zu vertreiben, und höre ihrem Gespräch zu. Eigentlich will ich nicht lauschen – so bin ich wirklich nicht gestrickt –, doch die Tür ist leicht geöffnet, und ich höre unweigerlich mit.

»Ich weiß«, sagt Martha mit leiser Stimme. Sie will mich offensichtlich nicht wecken und hat nicht bemerkt, dass ich schon heruntergekommen bin. »Ich freue mich echt darauf. Aber ich mache mir auch ein bisschen Sorgen – wegen Zoe. Kann sein, dass sie ausflippt.«

»Davon solltest du nicht ausgehen«, erwidert Cal in einem beruhigenden, gelassenen Ton. »Aber wir müssen mit ihr sprechen. Am besten noch heute.«

Martha stößt ein »Bäh« aus, und ich kann mir das Gesicht vorstellen, das sie dabei macht. Mittlerweile ist mein Interesse geweckt. Sorge steigt in mir auf. Ich weiß, dass ich durch diese Tür spazieren oder zu singen beginnen sollte – um sie wissen zu lassen, dass ich hier bin. Doch ich mache es nicht. Denn ich bin ein Mensch mit vielen Fehlern.

»Ja, okay. Wir werden es ihr heute sagen und auf das Beste hoffen. Ist mit den Flügen alles okay?«

»Ja«, antwortet er. »Es geht, wie geplant, am dritten Januar los. Zwischenlandung in Singapur, dann weiter nach Sydney. Ich kann es kaum erwarten, dass du die Stadt kennenlernst, Martha. Sie ist wunderschön.«

Ihr bisheriges Zögern scheint verklungen zu sein, als sie antwortet. Jetzt klingt sie aufgeregt.

»Es wird toll. Du kannst mir zeigen, wo du aufgewachsen bist, und ich werde meine Großeltern kennenlernen – Wahnsinn! – und Koalas sehen. Und dann … ich denke, alles wird anders sein, oder? Danach.«

»Es wird anders sein – aber hoffentlich noch besser. Ist es immer noch das, was du möchtest, mein Schatz? Du kannst noch immer deine Meinung ändern. Dafür ist es noch nicht zu spät. Das ist eine große Veränderung, und wenn du damit nicht glücklich bist, verstehe ich das.«

Es tritt eine kurze Gesprächspause ein. Martha denkt wahrscheinlich darüber nach, was er gerade gesagt hat. Währenddessen sitze ich auf der untersten Treppenstufe und halte mir den Bauch und frage mich, ob ich mich gleich übergeben muss. Ich bin zwar mitten in diese Unterhaltung hineingerutscht – doch worum es geht, ist völlig klar.

Sie sprechen darüber, nach Australien zu gehen. Zusammen. Beide.

»Nein«, erklärt Martha entschieden. »Es ist das, was ich möchte. Ich möchte Australien kennenlernen, und ich möchte bei dir sein, Cal – aber bist *du* dir sicher? Ich kann nämlich schon eine echte Nervensäge sein – frag Zoe! Du handelst dir mit mir viel Verantwortung und wenig Belohnung ein. Bist du dir sicher, dass du dazu bereit bist?«

»Zoe sieht dich nicht so, und das weißt du«, entgegnet Cal und klingt leicht verärgert über sie. Er verteidigt mich, während er gleichzeitig plant, mich zu verlassen. »Und, ja. Ich bin mehr als bereit dazu. Außerdem kannst du jetzt, wo wir zusammenleben werden, ja vielleicht mal versuchen, ›Dad‹ statt ›Cal‹ zu mir zu sagen, Martha …«

Das meint er eindeutig scherzhaft, und Martha lacht darauf. Ich hingegen habe das Gefühl, als würde ich womöglich nie wieder lachen können.

»Okay, *Dad* … wir werden es Zoe heute sagen. Auf das Gespräch freue ich mich nicht. Stell schon mal die Feuerlöscher bereit, denn sie wird richtig hochgehen …«

In dem Moment höre ich, wie sie sich bewegen und aufstehen. Vielleicht wollen sie einen Spaziergang machen oder in die Küche gehen. Auf jeden Fall muss ich mich aus dem Staub machen. Ich will nicht mit einem halb wütenden, völlig verwirrten und gequälten Gesichtsausdruck hier auf der Treppe erwischt werden. Ich will nicht der Mensch sein, für den Martha mich hält – und »richtig hochgehen«.

Ich husche schnell, aber leise die Treppe wieder hinauf in mein Zimmer. Ich schließe die Tür für den Fall, dass einer von ihnen nach oben kommt, setze mich aufs Bett und versuche, mich zusammenzureißen.

Das ist natürlich schwerer, als es klingt. Ich kauere dort und bin wie erstarrt von dem, was ich gerade gehört habe.

Ich wälze es gedanklich hin und her, versuche, es aus verschiedenen Blickwinkeln zu betrachten, um mich zu der Überzeugung zu bringen, dass ich etwas missverstanden habe. Doch egal, welche Perspektive ich einnehme, es ist unmöglich – ich habe gerade mitbekommen, dass Martha und Cal zusammen nach Australien gehen wollen, um dort zu leben, und dass sie einen Plan geschmiedet haben, wie sie der Durchgeknallten von oben die Neuigkeit am besten beibringen.

Mittlerweile zittere ich, und Adrenalin schießt durch meinen Körper, während ich alles verarbeite. Und als Tropfen auf meinem Schoß landen, stelle ich fest, dass ich zusammengerollt auf dem Bett liege und weine.

Ich war so glücklich aufgewacht. Ich war zu dem Schluss gekommen, dass ich Cal vertrauen kann. Ich hatte meine Zoe-Mauer gebaut. Ich hatte all meine »Ja, aber« bezwungen … doch wie sich jetzt herausstellt, hätte ich mir die Mühe sparen können. Denn so ist es nur noch schlimmer, der Tatsache ins Auge zu schauen, dass sie alle gerechtfertigt waren.

Ich bin traurig und komme mir allein und verraten vor – und das Schlimmste daran ist, dass keins dieser Gefühle für mich neu ist. Sie sind immer da, lauern unter der Oberfläche, warten auf eine Chance, zu entwischen und das Steuer zu übernehmen. Warten auf eine Chance, mir aufs Butterbrot zu schmieren: »Hab ich dir doch gesagt!«

Menschen lügen. Das weiß ich. Menschen lügen aus allen möglichen Gründen. Sie lügen, weil sie sich einen Vorteil verschaffen, sich schützen oder vor unangenehmen Wahrheiten verstecken wollen. Martha lügt, ich lüge, wir lügen alle. Und Männer … tja, denke ich bitterlich, die lügen genauso. Dass ein Mann lügt, um eine Frau rumzukriegen, ist doch keinem unbekannt, oder? Ich hatte nur von Cal was Besseres erwartet – da habe ich wohl einen Fehler gemacht.

Ich habe mich auch selbst belogen. Und das ist das wirklich Schlimme daran. Ich habe versucht das, was zwischen mir und Cal war, auf Spaß zu reduzieren – meine wahren Gefühle zu ignorieren –, und jetzt bezahle ich den Preis dafür. Das mit Cal war nicht nur Spaß – ich habe mich in ihn verliebt. Bis über beide Ohren. Zumindest habe ich mich in meine idealisierte Ausgabe von ihm verliebt – die Ausgabe, die nicht lügt und die keine Pläne hinter meinem Rücken schmiedet, um meine Fasttochter Tausende von Meilen von mir wegzubringen und mit ihr in Australien zu leben.

Ich versuche, Martha nicht die Schuld zu geben. Sie ist nur

ein Teenager. Ein Teenager, der zu viel durchgemacht hat – wer kann es ihr schon verübeln, dass sie weggehen will? Dass sie einen Neunanfang mit dem einzigen Elternteil möchte, der ihr noch geblieben ist? Es ist ja nicht so, als hätte ich ihr eine großartige Alternative geboten, nicht? Ich bin weder ihr Vater, noch kann ich mit Koalas aufwarten. Ich versuche, ihr keinen Vorwurf zu machen … trotzdem tut es weh. Plötzlich habe ich das Gefühl, dass all die Schritte, die wir nach vorne gemacht haben, und all meine Hoffnung auf einen Fortschritt nichts als eine Illusion waren – hierherzuziehen und meinen Job aufzugeben, all das war umsonst.

Nein … nicht umsonst, korrigiere ich mich. Dass wir hierhergezogen sind, hat dazu geführt, dass Cal in ihr Leben getreten ist. Und sosehr mich meine eigene, armselige Rolle bei dieser Zusammenführung auch schmerzt, wird es vielleicht das Beste für sie sein – vielleicht wird sie dort glücklicher sein, mit ihm, am anderen Ende der Welt. Vielleicht wird wenigstens einer von uns in seinem Leben ein Happy End erleben.

Ich wische mir das Gesicht mit der Bettdecke ab und hole ein paarmal tief Luft. Ich will nicht die Durchgeknallte von oben sein – ich will Marthas Chance auf ein Happy End nicht verderben. Ich will ihr keine Last sein. Doch im Moment bin ich überfordert – ich kann diese Treppe jetzt nicht hinuntergehen und so tun, als wäre alles in Ordnung. Kann nicht mit Cal flirten, Kuchen essen und darauf warten, dass der Hammer auf mich niedergeht. Das kann ich einfach nicht. Ich brauche ein bisschen Zeit und Abstand und Einsamkeit, um meine Gedanken zu ordnen und der starke Mensch zu sein, der ich sein muss.

Ich muss meine eigene Enttäuschung, meine eigenen zerschmetterten Hoffnungen und Träume vergessen und mich damit abfinden – doch um das zu können, muss ich von hier weg. Ich muss flüchten. Ich muss etwas machen, worin ich im Laufe der Jahre zur Expertin geworden bin. Ich muss weglaufen. Nur für eine Weile. Nicht für immer – ich habe mir versprochen, immer für Martha da zu sein, und ich werde immer für sie da sein. Beziehungsweise so lange, wie sie mich braucht. Doch erst einmal brauche ich ein, zwei Tage für mich. Ich muss weglaufen.

Ich stopfe ein paar Sachen in meinen Rucksack, schlüpfe in Socken und Crocs und binde das Haar zu einem bauschigen Pferdeschwanz zusammen. Dann greife ich nach meinem Handy und dem Schlüssel und verbiete es mir, noch einmal über alles nachzudenken. Denn wenn ich darüber nachdenke, werde ich wieder weinen, und wenn ich wieder weine, höre ich damit vielleicht nicht mehr auf – und wo würde uns das hinführen? Die beiden kommen schon eine Nacht ohne mich klar – wie es scheint, sogar für immer.

Mein Blick wandert durch das Zimmer – auf die verstreut herumliegenden Bücher, auf die Schminke und die Bürste mit den vielen roten Haaren in den Borsten –, und ich frage mich, ob ich mich jemals wieder so wohlfühlen werde. Mir ist gerade der Boden unter den Füßen weggerissen worden, und ich habe das Gefühl, als müsste ich mich selbst dafür ohrfeigen, dass ich es zugelassen habe, mich in einer derart falschen Sicherheit zu wiegen. Als hätte ich nichts vom Leben gelernt.

Ich gehe noch einmal auf Zehenspitzen die Treppe hinunter, doch das Gefühl dabei ist jetzt ein völlig anderes. Von Hüttensängern ist da keine Spur mehr – nur Aaskrähen kreisen um meine verbliebene Selbstachtung. Ich öffne leise die Haustür, dann laufe ich los – zu meinem Auto, zur Straße. Nach Hause.

# VIERTER TEIL

# 38. KAPITEL

Ich bin zurück in meiner Wohnung und total erleichtert, dass ich mich dagegen entschieden habe, sie zu vermieten. Denn dann hätte ich jetzt vor meiner Haustür gestanden und wie ein Straßenkind aus einem Roman von Charles Dickens durch das Fenster geschaut und Fremden zugesehen, wie sie in meinem Zuhause leben.

Die Wohnung riecht muffig und unbewohnt, doch sie ist immer noch mein Zuhause. Als ich nach einer anstrengenden Fahrt durch Schnee und Graupelschauer das Auto geparkt hatte, war mir aufgefallen, dass Kates Haus tipptopp aussieht. Barbara und Ron haben sich offensichtlich bestens darum gekümmert; der kleine Vorplatz ist makellos, die Haustür neu gestrichen, und der Türklopfer aus Messing glänzt. Ich würde zweifelllos die saubersten Toiletten der Welt benutzen können, wenn ich hineinginge.

Doch ich gehe nicht hinein. Kate und den Geistern entgegenzutreten, die in diesen Räumen herumspuken – das wäre zu viel für mich. Viel zu viel.

Ich habe auf dem Rückweg an einer Tankstelle gehalten und mich mit Milch, Brot und einer Packung Krispy Kreme Doughnuts eingedeckt, die ich wahrscheinlich nicht essen werde. Ich habe mir einen Becher Tee gemacht, die Heizung aufgedreht und die Vorhänge zugezogen. Es ist Abend und bereits dunkel. Die Geräusche des Stadtlebens sind aufdringlich und nach der langen Zeit in Dorset deutlich wahrnehmbar – jaulende Katzen, zuschlagende Autotüren, gelegentliches Sirenengeheul.

Ich nehme das alles dankbar in mich auf – es ist anders, und genau das brauche ich im Moment. Ich muss aufhören, an grüne Felder zu denken, an eine Küste, die sich endlos erstreckt, an Cafés voller Behaglichkeit und voller freundlicher Menschen. Ich muss aufhören, mir eine Zukunft vorzustellen, in der ich all das gehabt hätte, in der Martha geblieben wäre und in der Cal … na ja. In der Cal existiert hätte.

Wenn ich eins im Lauf der Jahre gelernt habe, dann mit Enttäuschungen umzugehen. Ich habe mir so viele Techniken angeeignet, dass ich wahrscheinlich einen Ratgeber dazu schreiben könnte: Was Tun, Wenn Alles – Wieder Einmal – In Die Hose geht.

Unter anderem Tee trinken, was ich gerade tue. Musik hören, was ich ebenfalls tue – Bowies *Diamond Dogs* spielt im Hintergrund. Und einfach nur stur sein und unbedingten Überlebenswillen zeigen.

Der scheint mir allerdings zumindest im Augenblick ausgegangen zu sein. Man kann ihn leider auch nicht bei der Tankstelle besorgen oder von iTunes herunterladen. Er steckt in einem selbst – und die Quelle ist im Moment versiegt.

Das ist ebenfalls ein vertrautes Gefühl und eins, von dem ich weiß, das es vorbeigehen wird. Ich muss mich nur neu formieren. Mich abhärten. Die empfindsamen Stellen verstecken und so tun, als hätte es sie nie gegeben – die emotionalen

Pflaster auftragen, die mir die nötige Stärke verleihen werden weiterzumachen.

Sobald ich das geschafft habe, werde ich zurückfahren. Ich werde lächeln und souverän reagieren, wenn sie es mir erzählen. Ich werde ihnen alles erdenklich Gute wünschen, sie zum Flughafen bringen und winkend verabschieden, als würde ich mich für sie freuen. Ich werde ihnen versprechen, in Kontakt zu bleiben und sie zu besuchen. Martha wird ihr neues Leben beginnen können, ohne dass sie ein schlechtes Gewissen hat oder sich um mich Ärmste sorgen muss. Das alles werde ich tun, und dann werde ich zusammenbrechen. Doch das ist in Ordnung – sie wird nicht da sein und es sehen, und Cal auch nicht.

All das sage ich mir, während ich da sitze, allein, umgeben von dem Menschen, der ich einmal war. Dem Menschen, der zu Festivals ging, Plakate an die Wände hängte und gebatikte T-Shirts trug. Dem Menschen, der sich in dieser Wohnung einen winzigen Schutzraum geschaffen und ein kleines, zufriedenes Leben geführt hat. Dem Menschen, der nie davon geträumt hat, jemanden wie Cal kennenzulernen oder Mutter zu sein oder das Wagnis einzugehen, sich in eine Gemeinschaft von Freunden zu begeben. Vielleicht kann ich dieser Mensch ja wieder sein. Eines Tages.

Eines Tages – wenn die beiden weg sind.

Natürlich haben Martha und Cal bemerkt, dass ich weg bin. Cal hat dreimal vergeblich versucht, mich anzurufen, und Martha hat mir mehrere bissige SMS geschickt. Selbst Laura hat mir geschrieben, dass die beiden mich in Hyacinth gesucht haben.

Ich antworte Martha und beruhige sie, so gut ich kann. »Hab eine nachweihnachtliche Pause gebraucht«, schreibe ich. »Dieser ganze rührselige Kram ist mir einfach zu viel geworden. Bin morgen wieder zurück.«

Sie wird das verstehen. Immerhin ist sie Martha – sie fürchtet sich genauso wie ich ein bisschen vor dem ganzen rührseligen Kram. Cal hat natürlich angenommen, dass ich mich wegen gestern Abend aus dem Staub gemacht habe. Damit kann ich leben. So ist es einfacher.

»Bin morgen wieder zurück«, schreibe ich ihm. »Wir brauchen 'n bisschen Zeit zum Runterkommen, finde ich.«

Nach meinen schriftlichen Entschuldigungen und Versprechungen erlaube ich mir den Luxus, meinen aktuellen Gefühlszustand zu analysieren: Ich fühle mich absolut schrecklich. Ich wünschte, Kate wäre hier, um mich in den Arm zu nehmen und mir zu sagen, dass alles gut werden wird, oder dass ich Eltern hätte, an die ich mich wenden könnte. Ich überlege sogar, bei Barbara und Ron vorbeizufahren, komme dann aber doch zur Vernunft.

Gegen acht Uhr abends trinke ich den fünfzehnten Becher Tee und habe es lediglich geschafft, einen halben Doughnut zu essen. Das ist nicht gut, ich weiß. Ich muss auf mich aufpassen, doch mein Magen streikt und weigert sich zu kooperieren.

Der Schnee hat sich in graue Graupeln verwandelt, die gegen das Fenster schlagen, als wären sie Monster, die versuchen einzudringen. Ich liege im Bett, lausche ihnen und versuche einzuschlafen, als jemand an die Tür klopft. Ich beachte es nicht – wahrscheinlich ist es ein Betrunkener, und ich bin nicht in der Verfassung, mich mit einem Betrunkenen auseinanderzusetzen.

Ich kneife die Augen zu, als würde ich so das erneut einsetzende Klopfen nicht hören. Ich ignoriere es weiter. Draußen flucht jemand. Eine Autotür wird geöffnet und wieder zugeschlagen, und auf der anderen Straßenseite wird es laut. Betrunkene, wie ich schon vermutet habe.

Wenige Minuten später scheint der Betrunkene irgendwie einen Schlüssel zu meiner Wohnung gefunden zu haben. Ich setze mich erschrocken auf. Als die Tür sich scharrend öffnet, springe ich auf und greife nach einer dicken, gebundenen Ausgabe des Oxford English Dictionary, um mich damit zu verteidigen – Wörter können definitiv schlagkräftiger sein als ein Schwert.

Ich halte das Buch über dem Kopf, bereit, den Eindringling damit niederzustrecken, als die Tür aufgeht und Cal hereinspaziert. Er erblickt mich – das Wörterbuch, meine Angriffshaltung, meinen Gesichtsausdruck – und macht augenblicklich einen Schritt zurück, die Hände dabei kapitulierend erhoben.

»Hey! Ich bin's nur … ganz ruhig, Zoe …«

Ich schnaube erleichtert und lasse den Arm fallen. Ein Teil von mir würde ihm immer noch liebend gern das Wörterbuch über den Schädel ziehen, aber ich halte mich zurück. Ich lege es aufs Bett und setze eine neutralere Miene auf. Eine gefasstere Miene.

Er ist mittlerweile in der Wohnung, wodurch sie mir klein und überfüllt vorkommt, was mir nicht gefällt. Er hat seinen üblichen Cowboyhut nicht auf dem Kopf und ist klatschnass – wahrscheinlich vom Rumlatschen im Schneeregen draußen. Das Wasser tropft ihm an den Haaren herunter in den Nacken, und das weiße T-Shirt klebt in einer Weise an seinem Körper, dass ich doch tatsächlich spüre, wie Begierde in mir aufzusteigen beginnt. Was äußerst unfair ist!

»Was machst du hier?«, frage ich, unterdrücke das lustvolle Gefühl und widme mich dieser raffinierten britischen Kunst, sich abzulenken, indem ich den Wasserkessel aufsetze. Wieder einmal. »Wo ist Martha? Geht's ihr gut?«

Er tritt zu mir, nimmt mir den Kessel aus der Hand und stellt ihn außer Reichweite. Dann dreht er mich zu sich herum, sodass ich ihn ansehen muss, während er spricht.

»Sie ist in Kates Haus. Sie hat mir den Ersatzschlüssel gegeben und wartet drüben – sie hat genau gewusst, wo du sein würdest.«

»Tja, ich bin eben sehr durchschaubar … aber warum *seid* ihr hier? Ich habe euch beiden geschrieben, dass es mir gut geht und ich morgen wieder zurückkomme.«

»Ja, hast du. Aber wir haben beide sofort gewusst, dass das völliger Blödsinn ist. Was ist los? Warum bist du weggelaufen? Und wie kannst du in einer so kleinen Wohnung leben – da kommt man sich ja vor wie in einer Hobbit-Höhle.«

Ich fühle mich auf den Schlips getreten durch diese Bemerkung und fauche zurück. »Mir genügt das völlig! Ich habe dich nie gebeten, hierherzukommen und den Raum auszufüllen – von mir aus kannst du dich gern wieder nach Budbury verziehen!«

»Erst, wenn du mir gesagt hast, was los ist«, erwidert er, greift nach meiner Hand und zieht mich zum Bett. »Du bist verschwunden, ohne dich zu verabschieden. Du hast uns SMS geschickt und rumgefaselt, dass du Zeit brauchst, um runterzukommen. Und du siehst beschissen aus. Ich glaube dir keine Minute, dass das an unserem gestrigen Abend liegt … also hör auf zu lügen und sag mir, was das Problem ist. Wir waren beide krank vor Sorge um dich.«

Er klingt mittlerweile verärgert, spricht aber noch immer ruhig und langsam, als würde er sich bemühen, die Beherrschung nicht zu verlieren und nicht an die Decke zu gehen. Er klingt, ehrlich gesagt, auch ein bisschen verletzt. Vielleicht hat er erwartet, dass seine göttlichen Qualitäten eine andere Wirkung auf mich haben.

Ich bleibe still, kaue auf meiner Lippe herum und wünsche mir, dass er einfach geht.

»Komm schon, Zo«, sagt er in einem sanfteren Ton und greift nach meiner Hand. »Nur wir zwei sind hier, du und ich. Keine Martha. Sei ehrlich zu mir, Herrgott noch mal – was ist los?«

Er hat recht, denke ich und lasse meine Finger leblos in seine fallen. Nur wir zwei sind hier. Keine Martha. Es gibt für mich keinen Grund, weiter so zu tun, als wäre nichts geschehen – und vielleicht verdient er ein bisschen Ehrlichkeit. Vielleicht verdient er es zu wissen, wie sehr er mich verletzt hat. Selbst wenn das bedeutet, dass ich meine Würde opfere.

»Ich habe euch gehört«, antworte ich und sehe die Bücherregale an. Sehe die Plakate an. Nur nicht ihn. Es ist schon so schwer genug, ohne dass ich in sein Gesicht sehe.

»Ich habe euch gehört. Dich und Martha. Heute Morgen. Ihr habt über eure Pläne gesprochen. Darüber, dass ihr nach Australien gehen und dort gemeinsam leben wollt. Ich habe alles gehört. Und das ist okay … Ich versteh das. Ein Neuanfang. Vater und Tochter. Ich begreife das. Und soweit es Martha betrifft, werde ich so tun, als fände ich das völlig in Ordnung. Aber so ist es nicht. Ich finde es nicht in Ordnung. Ich habe dir vertraut, Cal – ich habe dir *vertraut*! Und das ist für mich eine verdammt große Sache …«

Ich höre ihn seufzen und spüre, wie er meine Finger drückt. Er umfasst mein Gesicht und dreht es zu sich. Ich versuche, mich abzuwenden, doch das lässt er nicht zu. Und so muss ich ihm in die Augen sehen. In seine tiefen, dunklen traurigen Augen.

»Du bist eine verdammte Vollidiotin«, sagt er und schüttelt den Kopf.

Ich reiße die Augen auf und frage mich, ob ich noch mal an das Wörterbuch komme – ich habe mit Wut gerechnet. Oder Verlegenheit. Oder Bedauern. Aber bestimmt nicht damit, dass ich als verdammte Idiotin bezeichnet werde, was mir überhaupt nicht gefällt. Ich öffne den Mund, um ihm eine schnippische Antwort zu geben, doch er spricht bereits weiter.

»Nein, meine Liebe! Du bist jetzt still und hörst mir zu, okay? Du hast also heute Morgen unser Gespräch mitbekommen, bist vom Schlimmsten ausgegangen und weggerannt? Ohne uns die Chance zu geben, es dir zu erklären? Kommt das ungefähr so hin?«

»Was gibt es da noch zu erklären?«, erwidere ich mit piepsiger, verzweifelter Stimme. »Ihr beide fliegt am dritten Januar los. Martha geht nach Australien. Ihr werdet zusammen dort leben. Ihr zerbrecht euch beide den Kopf, wie ihr mir die Nachricht beibringt. Und du willst, dass sie dich Dad nennt …«

Daraufhin lacht er laut los, was wieder völlig unerwartet kommt. Ich bin mittlerweile gleichermaßen verwirrt wie wütend. Und die Tatsache, dass er mich küsst, schnell und fest, eine kurze Berührung, die fast genauso schnell vorüber ist, wie sie begonnen hat, ist da nicht hilfreich. Er streckt die Hand aus, klemmt eine Haarsträhne hinter mein Ohr, streicht mit den Fingern über mein Gesicht – fährt unterhalb der Augen entlang, die vom Weinen gerötet sind – und stößt einen tiefen Seufzer aus.

»Wie ich schon gesagt habe, du bist eine verdammte Vollidiotin«, fährt er fort. »Du hast nur die Hälfte des Gesprächs gehört, Zoe. Ja, Martha fliegt am dritten Januar mit mir nach Australien. Für zwei Wochen. In denen ich alles regeln werde, mich von meinen Eltern verabschiede, meine Sachen packe, um hierherzuziehen. Und ja, wir hoffen, dass wir zusammenleben werden – in Budbury, mit dir, du dumme Kuh. Frank hat mir angeboten, die Leitung der Farm zu übernehmen, damit er und Cherie sich endlich zur Ruhe setzen können.«

Ich blinzele ihn unsicher an und kann nicht so recht begreifen, was er da gerade gesagt hat.

»Was?«, stottere ich und runzele verwirrt die Stirn. »Warum hast du mir das nicht gesagt?«

»Weil ich zuerst mit Martha sprechen musste, um zu hören, ob sie will, dass ihr Vater dableibt oder nicht. Erst dann konnte ich mit dir sprechen – was ich auch gestern Abend habe tun wollen, doch dann … na ja, sind uns da andere Sachen dazwischengekommen, und wir sind abgelenkt worden, oder?«

Wie vorherzusehen war, werde ich bei der Bemerkung rot – was nett ist, denn es bedeutet, dass meine Augen- und meine Gesichtsfarbe sich nun entsprechen. Ich nicke. Ja. Wurden wir. In der Tat.

»Aber warum hast du dir solche Sorgen gemacht, es mir zu sagen, wenn sie doch nur mit dir in die Ferien fährt?«, frage ich und habe noch immer Mühe, mit ihm Schritt zu halten.

»Weil sie ab dem fünften Januar wieder Schule hat und Unterrichtsstoff verpassen wird. Ich habe befürchtet, dass du deswegen ausflippst. So einfach ist das. Doch dass du geglaubt hast, wir würden dich verlassen, kann ich nicht fassen … anderen zu vertrauen ist nicht deine Stärke, was? Du hast also den ganzen Tag hier in der festen Überzeugung verbracht, dass wir dich abservieren?«

Ich nicke kläglich und zittere, so emotional aufgewühlt bin ich. Ich weiß einfach nicht, wie ich reagieren soll – ich habe mich so in das Gefühl verrannt, verraten worden zu sein und das Schlimmste denken zu müssen, dass nicht mehr viel übrig ist im Tank.

Er legt den Arm um meine Schulter und drückt mich an seine Brust. Eine Hand streichelt mein Haar, die andere hält mich ein paar Sekunden lang ruhig fest.

»Hast du nichts zu sagen?«, fragt er schließlich. »Sind dir die Worte ausgegangen? Das wäre neu …«

Ich greife sein T-Shirt, küsse ihn einmal auf die Brust und sehe ihn an. Es lohnt sich, ihn anzuschauen, diesen Mann – doch ihn anzuschauen und zu wissen, dass er bleibt, ist irgendwie noch beängstigender, als ihn anzuschauen und zu wissen, dass er geht. Oh Mann. Ich bin echt am Ende.

»Es … es tut mir leid«, sage ich und lege meine Hände auf seine Schultern. »Es tut mir leid, dass ich dir keine Möglichkeit gegeben habe, es zu erklären. Die Macht der Gewohnheit. Ich war wohl … total verängstigt. Wegen dir und mir. Und dass wir Freunde waren. Dass wir mehr als Freunde waren. Eigentlich wegen allem. Ich hätte nicht weglaufen dürfen. Ich wollte wirklich zurückkommen – aber ich hätte nicht weglaufen dürfen.«

»Schon in Ordnung«, antwortet er und sieht mich prüfend an. »Ich verzeihe dir. Du hast dich wahrscheinlich heute schon genug gequält, ohne dass ich es noch schlimmer machen muss. Aber … du hast mir noch immer keine Antwort gegeben. Wie denkst du darüber, dass ich bleibe. Es zählt nicht nur Marthas Meinung. Ich bleibe nicht nur wegen Martha hier … auch wegen dir, Zoe.

Ich habe dir gesagt, dass ich dir das Herz nicht brechen werde, und das war ehrlich gemeint. Ich liebe Martha, und ich liebe dich. Ich habe das Gefühl, dass das zwischen uns was Besonderes ist. Doch ich muss wissen, ob du genauso fühlst … und ich nicht der Einzige bin, der so denkt.«

Ich schließe die Augen und hole Luft. Tief Luft. Cal hat mir gerade gesagt, dass er mich liebt. Und ich weiß, dass ich genauso fühle. Der plötzliche Wechsel von Kummer zu Freude macht mich schwindelig, und mein Herz pocht so sehr, dass ich es fast höre. Ich habe den ganzen Tag damit verbracht, mich dafür zu verachten, dass ich diesem Mann vertraut habe – dass ich mir erlaubt habe zu hoffen –, und das abzulegen ist nicht so einfach.

Nicht einfach – aber nicht unmöglich. Ich mag zwar Probleme haben, anderen Menschen zu vertrauen, doch ich bin kein hoffnungsloser Fall. Ich sehe ihn an und lächele. Meine Finger wandern in sein Haar, und meine Lippen berühren kurz seine.

»Ich liebe dich auch«, sage ich schließlich. »Und ich möchte sehr gern, dass du hierbleibst. Es macht mir Angst, aber ich möchte es. Mehr als alles andere. Und jetzt küss mich, richtig, bevor wir rüber zu Martha gehen.«

»Sehr gern«, antwortet er grinsend. Und küsst mich auf seine für ihn typische göttliche Weise.

# 39. KAPITEL

Cal schließt Kates Haus mit seinem Schlüssel auf. Ich zögere kurz, bevor ich eintrete, und nehme den Geruch von Reinigungsmitteln wahr, die nach Kiefern duften, sehe die fast unnatürlich wirkende Sauberkeit und Ordnung, die Barbaras Besuche hinterlassen haben. Doch das ist nicht alles, was ich sehe.

Ich sehe Kate in der Küche. Sie rührt in der Pfanne, während ich Wein trinke. Ich sehe mich und Kate auf der Terrasse. Wir lachen und bringen die Welt in Ordnung. Ich sehe uns mit Martha. Wir liegen ausgestreckt auf den Sofas, sehen Fernsehen und essen Popcorn. Ich sehe Kate ihren Mantel aufhängen. Ich sehe sie beim Telefonieren. Und ich sehe sie auf dem Sessel, ein Nickerchen machend.

Ich sehe sie überall – und nirgendwo.

Cal bemerkt meine Reaktion und nimmt mich in die Arme. Er murmelt tröstende Worte, hält mich fest, und die Welt kehrt langsam in die Wirklichkeit zurück. Ich atme seinen Duft ein, genieße das Gefühl meiner Finger auf seinem Körper und reiße mich zusammen. Wenn die Rückkehr in dieses Haus mich so stark bewegt, dann ist es für Martha wahrscheinlich noch schlimmer.

Ich löse mich behutsam aus seiner Umarmung und lächele. »Alles okay. Nur … na ja. Nennen wir es einen Kulturschock. Ich gehe mal Martha suchen – gibst du uns fünf Minuten?«

Er nickt und beginnt, sich im Wohnzimmer umzusehen. Das muss eigenartig für ihn sein – er ist zum ersten Mal in Kates Haus, dem Haus, in dem seine Tochter aufgewachsen ist. Ehe ich nach oben gehe, um nach der kleinen bösen Prinzessin zu suchen, küsse ich ihn noch einmal.

»Danke«, sage ich und streiche über sein noch immer feuchtes Haar. »Ich liebe dich.«

Diese Worte sind mir noch nie leicht über die Lippen gekommen, doch ich sollte mich besser daran gewöhnen, sie auszusprechen – allein um diesen Blick in seinem Gesicht zu sehen. Ich zwinkere ihm zu und gehe die Treppe hinauf.

Vor Marthas Zimmer bleibe ich kurz stehen, hole tief Luft und mache die Tür auf, innerlich gewappnet, ein Kissen ins Gesicht zu bekommen oder wüst beschimpft zu werden. Ich hätte es verdient und bin bereit, mein Schicksal zu akzeptieren.

Häh, denke ich, als ich mich nervös ins Zimmer vortaste – sie ist überhaupt nicht da. Ihr Bett ist perfekt gemacht, die Tagesdecke durch etwas grässlich Rosafarbenes ersetzt – danke Barbara –, und die Sachen, die sie dagelassen hat, stehen aufgeräumt und abgestaubt in den Regalen.

Ich schließe die Tür wieder, stehe auf dem Treppenabsatz und sammle mich. Ich weiß, wo sie ist – nur wird es schwer, damit umzugehen. Vielleicht ist Barbara auch dort drinnen gewesen und hat alles desinfiziert. Laura-Ashley-Tapeten an die Wände angebracht, die Schnur des Glätteisens aufgerollt, ihre alten Parfümflaschen weggeworfen …

Ich drehe den Türknauf und zwinge mich hineinzugehen. Als ich das Zimmer betrete, sehe ich sofort, dass selbst Barbaras knallhartes Vorgehen hiervor haltgemacht hat. Sie hat den Raum so gelassen, wie er war, und lediglich Staub gewischt – nur dadurch ist überhaupt erkennbar, dass sie hier war. Die Vorhänge sind offen, und das Licht der Straßenlampe dringt herein, in deren Schein der Schneeregen zu sehen ist, der tänzelnde Schatten auf Marthas Gesicht wirft.

Sie liegt, eingerollt in ihren Glastonbury-Hoodie, auf dem Bett, das alte Kissen ihrer Mum eng umschlungen. Das schwarze Haar ergießt sich über das weiße Leinen. Sie rührt sich kaum, als ich hereinkomme, und kommentiert mein Eintreten mit keiner Silbe.

Ich krieche auf das Bett und lege meine Arme um sie. Sie macht sich leicht steif, führt aber keine Karateschläge aus oder fängt an zu schreien.

»Es tut mir leid, mein Schatz«, sage ich flüsternd in ihr Ohr. »Ich wollte dich nicht verunsichern. Ich wollte zurückkommen, das weißt du, oder? Ich würde dich nie im Stich lassen.«

Sie schnieft etwas und wischt sich die Nase an meinem Ärmel ab. Schön.

»Hast du aber. Irgendwie. Ich weiß, ich bin hysterisch, aber ich habe nicht gewusst, was los ist. Cal auch nicht. Hat er's dir gesagt? Also, dass ich mit ihm für ein paar Wochen nach Australien fliege und dass er dann zurückkommt, um hierzubleiben?«

Ich nicke und streichle ihr übers Haar. Ihr Eyeliner ist verschmiert, was nicht überraschend ist.

»Hat er. Er hat gesagt, dass Frank ihm einen Job angeboten hat. Wie findest du das, dass er für immer hierherzieht?«

»Das habe ich großartig gefunden«, antwortet sie und stößt mir in die Rippen. Mittelstark. »Bis du abgehauen bist. Warum bist du weggefahren, ohne uns was zu sagen?«

Ich hole tief Luft, während ich überlege, wie ich darauf antworten soll. Sie weiß nicht, dass ich das gesamte Gespräch mitbekommen und die falschen Schlüsse gezogen habe. Ich könnte davonkommen, wenn ich schwindele …

»Ich war ein Dummkopf«, sage ich stattdessen. Die Zeit des Schwindelns ist vorbei. Wir alle müssen anfangen, ehrlicher miteinander zu sein, egal, wie schwer es ist. »Ich habe zufällig mitbekommen, wie ihr beide darüber gesprochen habt, nach Australien zu fliegen. Und da habe ich geglaubt, du hättest dich dafür entschieden, für immer mit ihm dort zu bleiben. Ich war völlig aufgelöst, und ich wollte nicht, dass du mich so siehst.«

Sie reißt überrascht die Augen auf und runzelt die Stirn, da sie sich offensichtlich an die genauen Worte des Gesprächs zu erinnern versucht. Während sie die Unterhaltung gedanklich abspult und sie aus meiner Perspektive betrachtet, löst sich ihre Verwirrung auf.

»Okay. Ja. Das kann ich nachvollziehen. Dann hatten wir beide im Grunde Angst, weil wir geglaubt haben, dass der andere uns verlässt?«

»Ja, so ungefähr«, sage ich traurig.

»Was sind wir doch für Deppen, wir zwei. Aber ich denke, das ist auch irgendwie verständlich … wir haben beide das Gefühl gehabt, als hätte man uns verlassen, nicht? Obwohl Mum nicht gehen wollte, ist sie gegangen. Vielleicht können wir uns ja verzeihen, dass wir ab und zu Deppen sind.«

Ich drücke sie fest, und sie tut so, als würde sie nach Luft ringen, bis ich aufhöre. Dieses Mädchen ist viel weiser, als ihr Alter es vermuten lässt – und so unglaublich kostbar.

»Kann ich, wenn du kannst. Und Martha? Ich gehe nirgendwohin. Versprochen.«

Sie nickt. »Ich auch nicht«, antwortet sie. »Na ja … nicht bevor ich studiere. Dann bin ich so schnell weg wie der Blitz. Was ist mit Cal? Ist das für dich so in Ordnung? Unter dem Mistelzweig hat es ganz danach ausgesehen …«

Ich lache und versichere ihr, dass das mit Cal »und allem« hundertprozentig für mich in Ordnung ist. Ich erzähle ihr von Cheries Jobangebot im Brilliant Book Café (so, habe ich beschlossen, soll meine Ecke des Reichs heißen) und frage nach, ob es für sie in Ordnung ist, weiter in Budbury zur Schule zu gehen, was sie bejaht. Es ist für sie mehr als in Ordnung – außerdem wird es nicht mehr lange dauern, bis sie studiert, wie sie schon gesagt hat. Vielleicht werden wir es bis dahin gelassener sehen, wenn der andere geht.

Wir hören ein sanftes Klopfen, und Cal steckt den Kopf zur Tür herein, um nach uns zu sehen. Er sieht uns beide auf dem Bett sitzen und lächelt.

»Ist da noch Platz für einen kleinen Jungen?«, fragt er und grinst über seinen eigenen Witz. Er rutscht zwischen uns aufs Bett, legt einen Arm um mich und den anderen um Martha. Sie stammelt herum und tut so, als hätte sie etwas dagegen einzuwenden, doch das ist nur Show – sie ist immer noch ein kleines Mädchen und hat viele Umarmungen von ihrem Dad nachzuholen.

Wir liegen eine Weile so da, wir drei, auf Kates Bett. Wir reden und lachen und halten uns fest. Wir klammern uns nicht nur an die Vergangenheit, sondern auch an die Zukunft. Zum ersten Mal fühlt es sich an, als hätten wir eine – und ich bin mir ziemlich sicher, dass Kate sagen würde: »Los Mädels, nichts wie ran!«, wenn sie da wäre.

Ihre Lippen würde dieses Lächeln umspielen, dieses magische Lächeln, und sie würde sich für uns freuen. Für uns alle.

»Lasst uns die Nacht hier verbringen!«, sagt Martha, blickt sich in dem alten Zimmer ihrer Mum um und fühlt in diesem Moment vielleicht genau das Gleiche wie ich.

»Und morgen fahren wir dann wieder nach Hause«, fügt sie hinzu. »Zusammen.«